COLLECTION FOLIO

Philippe Le Guillou

# Le dieu noir

*Chronique romanesque du pontifical de Miltiade II pape du XXI^e^ siècle*

Mercure de France

Philippe Le Guillou est né en 1959. Il est agrégé de Lettres, professeur à Rennes. *Le Dieu noir,* paru en 1987, est son troisième roman. Il a également publié *L'Inventaire du vitrail* en 1983, *Les Portes de l'Apocalypse* en 1984 et *La Rumeur du soleil* en 1989.

Philippe Le Guillou [illegible]
[illegible] Le Dieu noir [illegible]
[illegible]
[illegible]

*Pour Renan Duthion,*
*en signe d'indéfectible amitié.*

# PROLOGUE

Les heures d'intense prière n'endorment pas Léopold, elles le maintiennent longuement en état de veille. Une énergie lucide le laisse aux rives d'un monde en sommeil. Seul dans sa chambre, il médite. La nuit est claire et silencieuse. Parfois des vagues de clameurs la traversent. A la lisière du bidonville, quelques ethnies déracinées jouent encore de leurs instruments primitifs : tam-tams, troncs évidés, crânes d'animaux. La rumeur de leurs percussions vient mourir dans la chambre. L'ombre et la lune se taillent un espace resserré, austère, où veille le cardinal. C'est l'heure où remontent de sa mémoire quelques images fortes de son enfance : la grande maison de pisé rouge, aux confins des marais d'Hédor, déserte, écrasée de soleil, les mains fines et blessées de sa mère emmaillotant de bandelettes le cadavre tétanisé d'un jeune crocodile. La maison familiale et ses totems. Il revoit les vitrines bourrées d'os, d'insectes cloués. Il croit qu'il va enfin dormir. Le chant d'un coq éclate. Un autre lui répond. Deux heures. Léopold se lève, entre dans la chambre voisine où dort un grand séminariste maigre, au visage balafré : Din, son fidèle secrétaire. Le grincement de la porte a réveillé le prêtre qui, aussitôt, se lève et s'habille. Il connaît les habitudes de celui qu'il sert depuis cinq ans déjà. Et il se dévoue sans réticence à Léopold. Sans lui, il pourrirait encore dans sa prison du Burundi. Une à deux fois par semaine, les nuits où il ne trouve pas le sommeil, Léopold fait appeler un taxi — de préférence celui d'Amadeus, tôlier le jour, chauffeur la nuit — pour visiter la ville. Il a mis au point ce subterfuge pour s'échapper du palais et déjouer la surveillance scrupuleuse de ses gardes. C'est M'Bo, le président, qui lui a consenti cette protection rapprochée, et d'élite, depuis que des groupuscules antireligieux ont officiellement pris pour cible le prélat. Au début, Léopold a accepté avec difficulté cette entrave à sa liberté. Puis il a cédé aux recommandations pressantes de Rome et de son entourage. Sa récente nomination comme Prix Nobel de la Paix a fait de lui un homme cloîtré. Léopold compte sur l'oubli et le reflux des passions pour reprendre le cours normal de son existence. Mais il sait qu'il dérange, qu'il cristallise des haines farouches, et que le premier à vouloir l'éliminer est peut-être le maréchal-président, auquel il porte ombrage.

Le cardinal et son secrétaire, tous deux vêtus de noir, — rien ne les distingue du commun des prêtres — gagnent la rue par une issue secondaire qui donne sur les jardins. L'énorme guimbarde d'Amadeus les attend au portail Léopold monte à l'avant. La voiture roule à tombeau ouvert dans les larges avenues de la Résidence. C'est le quartier des ambassades, des villas, des palais ministériels. Léopold a dû s'y installer. Le gouvernement ne garantissait plus sa sécurité dans son ancien palais miséreux des abords de la cathédrale. Léopold a quitté à regret le noyau vivant de la capitale. Le taxi file. Les hautes demeures aux frontons blancs se cachent derrière grilles et buissons. L'adolescent joue l'intrépide. Il accélère, freine brusquement, prend les virages en soulevant de longues nuées de poussière ocre. Il a choisi de faire le grand tour, celui qui permet de découvrir la ville par itinéraires concentriques, des buildings miroitant dans la nuit, aux cases, aux bouges de la *Cité*. Tandis qu'Amadeus chantonne, le cardinal, par la vitre baissée, observe. Les pluies d'étuve, la moisissure ont couvert les murs d'une sorte de toison végétale. Plus on s'aventure vers les bas quartiers, à proximité du fleuve, plus la ville donne l'impression de s'écraser à la façon d'un corps échoué, lagunaire, réseau de cases modestes, rongées de lèpre, agglomération déchue qui s'enfonce dans une torpeur d'eaux malades. Le quartier est désert. On dirait que les maisons, en forme de barcasses en torchis, ont fondu, murant leurs ouvertures. Léopold respire fortement les odeurs malsaines, il se penche à la portière, rit quand il reçoit en plein visage une giclée de poussière. Il aime étreindre sa ville. Un barrage de police intercepte le taxi à l'entrée du port. Le planton somme Amadeus de lui donner ses papiers, il braque même la mitraillette à l'intérieur de l'habitacle et va pour déchiffrer l'autorisation à circuler de nuit quand il avise la calotte rouge posée sur les genoux du passager.

— Bonne route, Monseigneur, clame-t-il aussitôt en un français impeccable.

Léopold s'incline, bénit le soldat. La voiture repart. La saison des pluies a eu raison de la route. Le déluge a raviné les assises, de grands blocs d'asphalte et de cailloux émergent entre coulées sableuses et crevasses. Le taxi patine, s'égare dans des lits d'ornières.

Au fond, couché sur la banquette, Din roupille, d'un sommeil sonore, coupé de plaintes, de gémissements. Toutes les nuits il revit ainsi son calvaire de prisonnier et de martyr. La mélopée du cauchemar fascine Amadeus et Léopold qui prie. Il connaît ces cris étouffés, cette chair à vif qui hoquette. Toutes les nuits la douleur sauvage monte dans la chambre voisine. La torture, les journées sans boire dans la cellule surchauffée, les pieds brûlés, l'attente du supplice. Léopold signe le front de Din. Ce geste a le pouvoir de l'apaiser, de faire taire la mémoire qui saigne. Puis, les doigts crispés sur sa croix pectorale, Léopold prie pour l'humanité douloureuse. Amadeus s'est tu, il a ralenti, quand il verra les doigts se dénouer, les yeux se rouvrir, il reprendra sa folle errance.

Le taxi longe la bordure septentrionale de la ville, du côté du bidonville et du cimetière. La termitière des pauvres et la nécropole ont une frontière commune. Chaque nuit des sépultures sont violées. Le bidonville engendre sa provende de charognards et de pillards. Un chien efflanqué traverse la piste, dans les phares. Il tient dans sa gueule les restes d'un bras. Une odeur de chair fétide pénètre dans la voiture. Amadeus raconte que les dernières pluies ont provoqué un glissement de terrain, des torrents d'eau boueuse ont charrié jusque dans le bidonville cercueils et cadavres. Cette évocation macabre indigne Léopold :

— Qu'a décidé le gouvernement ? interroge-t-il.

— Rien, lui répond l'adolescent. Rien. C'est dans son intérêt de les laisser crever.

Amadeus informe le cardinal de tout ce qui peuple la vie intime de la ville. Grâce à lui, la misère, les viols, les assassinats ont des noms, parfois des visages. Depuis que les honneurs et les menaces de mort l'ont coupé de la réalité vivante, Léopold n'a guère de contacts avec ce grand corps qui souffre. Il vit replié dans son palais de marbre. Il est devenu une sorte de contemplatif, un exilé de la prière.

La voiture s'engouffre dans une rue étroite, une de ces artères vivifiantes, chaotiques, creusées de fondrières, qui plongent au cœur même de la vieille ville. A chaque sortie nocturne, Léopold insiste pour visiter les quartiers chauds de Kinshasa. La masse blanche et orgueilleuse de la cathédrale les surplombe. Vestige colonial, tours carrées, pinacles gothiques et circulaires. Les armoiries des évêques — belges pour les premiers, zaïrois ensuite — qui occupèrent le siège épiscopal de la ville garnissent les vitraux. La nuit en fait des verrières opaques, seules les résilles flambent sous le ciel de pleine lune. Amadeus circule sans hésiter dans ce fouillis de ruelles pentues, l'œil accroche au hasard les façades désolées où s'adossent des prostituées sans client, jeunes Alurs alanguies et dociles, longues Nilotiques au corps sculptural, bardé de muscles, filles vérolées, loqueteuses des régions lacustres. Elles s'animent au passage du taxi, l'escouade des yeux fixes et vitreux mitraille les éventuels clients, les rivalités renaissent. Ces bas-fonds de l'humanité, ces rives de la souille et du rebut magnétisent Léopold. Le décor lui-même est étrange, outré : hautes façades placardées d'enseignes fluorescentes, étagements d'inscriptions et de spots, buvettes illuminées d'ampoules, lupanars au fond de cours secrètes, et ces flots de boue, ce mélange d'égout et de sable, ces flaques de sciure et d'eau putride qui éclaboussent les sexes broussailleux des filles. Léopold bénit la cohorte des femmes. Certaines signent leurs seins nus et dardés. D'autres, les plus âgées, les plus récalcitrantes, flétries sous leurs dentelles en ruine, paupières purpurines, mâchoires cireuses, celles qui, à cette heure avancée de l'orgie, au moment où la nuit chavire vers le deuxième chant du coq — quatre heures — ont attendu, en vain, qu'on les honore, laissent éclater leur haine, elles explosent, se convulsent, appellent de leurs cris la venue du diable sur l'homme l'Eglise. Leur danse déchaînée encercle bientôt le taxi. Léopold donne alors à Amadeus l'ordre de fuir. Les insultes, les invocations obscènes résonnent encore au fond de l'impasse.

Le nom d'une boîte très en vogue chez les jeunes Kinois a le don de faire rire chaque fois Amadeus : *Vatican*. Les lettres flamboient au fronton d'un grand palais blanc, style Mille et Une nuits. Vatican : l'ascèse égarée dans la débauche souterraine. La luxure rouge et les catacombes du vice. Les jeunes fortunés s'y dévoient. Les abords de l'édifice puent la bière, les corps noués. Certains, parmi les tenants de la bourgeoisie catholique de la ville, n'ont pas compris que l'archevêque n'intervienne pas pour faire changer l'enseigne de l'établissement. Ici et là on n'a pas manqué de fustiger la faiblesse, la permissivité coupable du cardinal. Qu'importe ! Léopold a laissé dire. Depuis le Nobel, son aire d'action a dépassé le champ clos de la capitale. A l'occasion de ses derniers voyages, il a erré de nuit dans Stockholm sonore et gelée, Londres décadente, New York barbare, mais nulle part il n'a ressenti l'émotion, l'ivresse qu'il éprouve à parcourir la nuit d'Afrique. Les fibres de la ville et de son être s'emmêlent intimement. Ici il est vraiment chez lui. Ce bain d'odeurs chavirantes et musquées est le seul à pouvoir griser aussi vivement son odorat. La magie des parfums — bougainvillées, magnolias, orangers, lauriers-roses, huiles capiteuses dont s'enduisent les courtisanes — ne le comble que lorsqu'elle admet dans sa gamme quelques ferments de moisissure, l'haleine d'une momie putréfiée. Pour Léopold l'extase navigue entre fleur et cadavre.

Quatre heures : nouveau chant du coq. Comme un rire sonore et halluciné. Le monde quitte ses linges brûlés d'astres. Une traînée de météore allume le ciel du côté du fleuve. La cendre prédomine encore. Le taxi fuit le cloaque, remonte furieusement la pente ponctuée de lampadaires volants. Quelques silhouettes s'arrachent aux ténèbres. On voit leur profil de sabre, leurs yeux écarquillés. Ils jaillissent de leurs maisons basses, niches de parpaings et de torchis que les pluies chaudes durcissent, ils s'alignent, quelque chose de royal émane de leurs poses, de leurs gestes sacrés, faciès épatés, cous graciles, ils se logent dans l'anfractuosité de leurs portes : sacrificateurs de la nuit qui s'éclipse, veilleurs incertains du jour qui s'annonce, eux les migrants, les terrassiers, minables employés, dockers en surnombre qui se précipitent chaque matin au port pour vider les soutes du premier navire de passage. Léopold les interpelle, il sort de la voiture pour se mêler à eux. C'est à qui baisera l'anneau le premier. Léopold les serre longuement dans ses bras. Ils sont d'origine diverse :

réfugiés, paysans, orphelins, bâtards issus d'amours ancillaires. Certains, parmi les plus grands, sont les derniers représentants de races en voie d'extinction. La migration de leurs tribus les a jetés là, aux marges du noyau purulent de la ville. L'alcool et la prostitution sont leurs fléaux. Eux dont les ancêtres, à l'orée des temps, ont croisé leur sang avec celui des rois. La quête d'un boulot les appelle. Léopold remonte dans la voiture. Il semble heureux. Les rues s'animent. Quelques cars aux plates-formes découvertes les sillonnent. Le ramassage des ouvriers commence. Les premiers pousse-poussiers drainent leur clientèle habituelle. Le taxi gagne les hauteurs.

La grande avenue bordée d'hévéas et de flamboyants tranche la nébulosité pierreuse de la ville. Elle contourne le cœur épineux, les ruisseaux d'immondices, les égouts obstrués, la puanteur de la misère. Le ventre d'ombre, le cloaque vont éponger la nuit jusque dans ses dernières gouttes de cendre. Anus et giron. Le ciel s'élargit. L'espace s'ouvre. Le charbon céleste se fendille, et aussitôt les granits, les soufres de la ville éclairent leur morceau de nébuleuse. Un milliard de torches se répand. Amadeus fonce. L'allégresse du monde gonfle son sexe. A l'horizon l'anthracite et la pourpre alignent leurs bataillons de molécules. Une lumière laiteuse monte de la terre. Des îlots de braise crèvent les dernières franges nocturnes. Puis le rouge forcené du soleil s'enroule dans son cercle. Un foyer d'attraction aimante le cosmos. Le ciel a des éclats de tuerie. Des chairs, des tissus perdent leur sang. Et l'hémorragie se résorbe, le partage des règnes s'accomplit, la ville s'ordonne sous le soleil. La voiture ivre la transperce. Massacre de chromes et de freins hurlants.

Tout au-dessus des palais décrépits, des bicoques éventrées du comptoir primitif se dressent les glaciers translucides des buildings, les pyramides blanches des ministères, les grandes cliniques, les ambassades, façades lisses qui réfractent l'ébullition de l'aurore. Le jour dévoile par transparence leurs sédiments et leurs entrailles. Alors la mégapole prolifère dans son urgence à couvrir la terre nue, d'extension en conquête, réseau longiligne de pierrailles, boutiques, banques, berceaux de richesse sur le sable qui tangue, de parcs en jardins, réserves luxuriantes, forêts de flamboyants, remparts de palmiers décharnés. La ville habite le monde. Du fleuve à l'horizon. De l'Eden à Babel. Et, bientôt, elle libère la foule, son essaim touffu. Adam, Eve, leur descendance noire : dix millions de nomades pétris dans l'argile et la nuit.

D'un geste enthousiaste, geste de célébration qu'il esquisse souvent pour répondre à l'ovation de la foule, Léopold a montré la direction du port et de l'embarcadère. Amadeus a compris. Il se fraie un chemin entre vélos et chiens. A l'arrière du taxi, Din s'est redressé. Le visage souriant, ressuyé. Sa métamorphose matinale, au sortir d'une nuit d'horreur, surprend toujours Léopold. « J'ai encore subi mes bourreaux... », ironise souvent Din. Au même moment Léopold l'étreint. Au Burundi, le séminariste qui luttait pour le respect des droits de l'homme a réellement connu l'horreur. Longues années de détention. Camp de travail et de rééducation. Le corps porte d'affreuses cicatrices. L'âme, elle, a frôlé le doute. La foi ne survit en Din que parce qu'il s'est trouvé un père en Léopold. Il se peut que sans lui il aurait déjà quitté les ordres. Mais il lui doit sa libération, et certains de ses détracteurs, jaloux de la place qu'il occupe dans l'entourage immédiat du cardinal, n'hésitent pas à affirmer qu'il croit plus en Léopold qu'en Dieu. Le cardinal, lui, affecte de ne rien entendre et ne manque jamais une occasion de renouveler la confiance qu'il témoigne à son secrétaire. Duo étrange, forgé au hasard des circonstances : le patriarche et son confident.

Din couve Léopold du regard. Il observe cette nuque soigneusement épilée, ce col blanc, strict, qui dépasse légèrement la soutane, les gros maillons d'or de la chaîne qui soutient la croix pectorale. Il lui arrive de se demander quels sont les liens qui le nouent à cet homme-là, pourquoi il a désormais, et pour l'éternité, lié sa vie au destin du cardinal. Il se considère comme un fruste, un primitif. Il est d'origine modeste. Il n'a étudié qu'au séminaire. Puis il s'est lancé à corps perdu dans l'action, impressionné par les vertus de ce que l'on appelait alors la théologie de la libération : l'évangélisation de peuplades asservies par un régime autoritaire, d'obédience marxiste. Une bande de militaires incultes, une junte de tyrans mégalomanes comme on en trouve dans presque tous les pays d'Afrique. Oui il s'interroge sur sa destinée. La culture, l'intelligence de Léopold l'intimident. Sa fragilité aussi. Il l'a vu pleurer le soir de la réception du Nobel, douter de son mérite à recevoir le Prix. Il connaît l'intimité de Léopold, la vigueur de sa foi, le prisme de sa personnalité. Il ne sait pas ce qu'est la sainteté, mais il se dit que la ligne de vie austère de son maître, les heures et les heures de prière, son angoisse et sa jubilation d'exister s'en rapprochent. Il se sent impur devant tant de rigueur, de force. Il a souffert, il souffre encore, dans sa chair, dans sa mémoire : voilà des motifs qui légitiment ce doute qu'il ne se remet pourtant pas d'avoir un jour connu. Le fils coupable s'abrite sous la protection du père. La tenue du courrier du cardinal, les heures d'échange et de prière communes l'occupent au point de lui éviter de penser, d'ouvrir la faille, la harpe de vide et de terreur qui le lamine.

Le taxi s'arrête à l'embarcadère. Ses trois passagers en sortent bientôt. Léopold aime découvrir le fleuve à cette heure première où il lui semble vivre la naissance du monde. Une houle serrée de courants s'ébroue dans l'immense bief écartelé de soleil. La cohue dévastatrice roule, implacable, somme de milliers de bras, d'affluents, de lacs, de rapides et de chutes. Les eaux du monde se bousculent, froides dans le matin rouge. Elles étendent leur bouclier à perte de vue. Une buée verte danse à la surface. La coulée uniforme du fleuve hypnotise le regard. Au premier plan, un désordre de guérites et d'installations portuaires, un cordon de jeunes arbres arrêtent l'œil. Il faut dépasser ces repères, ces dernières marques humaines pour affronter le vide du ciel et de l'eau. Léopold s'approche du rivage. Il cherche le contact de cette artère vivante, le bruit envoûtant de cette cavalerie de glaises. Ebloui, les mains en visière, il fouille la perspective liquide. Quelques pirogues, quelques rafiots se laissent porter par l'universelle dérive. Ce sont de vraies caravanes flottantes. Cités populeuses et colorées. Trafic de caisses de vivres, de tonneaux d'huile, de chèvres, de poules, et peut-être d'ivoire. L'accostage est proche. Léopold retrouve son Afrique migrante, debout. Il contemple, impassible dans la touffeur. Son regard, son imagination inversent le cours du fleuve. Il veut rêver l'avant, les défilés entre les verrous d'îles boisées, les entassements de sable qui affleurent, les jardins flottants, les colonies de jacinthes drues, et les villages, la forêt truffée de cavernes et de lacs. Sa mémoire est là-bas, quelque part du côté de l'origine. Enfouie et claire, en alerte, à l'image du fleuve dont les lentes provisions d'eau avivent l'insomnie.

Sous le soleil déjà caniculaire, le grand fleuve Zaïre bande son tissu de chenaux et de nerfs, puise aux mille faisceaux de sa chevelure lacustre et convoie les limons nourriciers, les dépouilles des monstres, sauriens, anacondas et squales. Sa grandiose géométrie aquatique brasse les lianes, les reptiles, les constructions effondrées des termites, l'humus millénaire, les sables, les racines. Le bouillon permanent des matières éveille l'âme. La fascination de Léopold est grande. Elle balance entre l'extase et l'effroi. Toute une histoire lui revient, massive, inextricable. Elle mêle aussi bien des éléments de son passé intime et de sa tribu que des visions légendaires du continent noir.

Le passage des eaux force les lentes circulations de la mémoire. Léopold s'agenouille sur la berge. A même le sable, près de la foule, dans le brouhaha de la gare fluviale, il prie pour la terre qui le porte, et loue le Créateur en un sursaut charnel. L'histoire de la création bouge en lui, comme un sommeil lourd, lézardé. Elle condense un milliard de terreurs primitives. Le chaos, le mal aiguisent leurs menaces.

Amadeus se tient à distance, il chante, et quelques bribes de son chant ombreux, hoquetant d'esclave viennent nourrir la rêverie de Léopold.

Tout en priant, le cardinal se souvient d'une légende que lui racontait sa mère : celle des Nzondo, ces demi-hommes mutilés, unijambistes, borgnes, qui, aux origines des origines, s'engloutirent dans le fleuve tandis que surgissait sur la rive le ficus vert, l'arbre de fondation des villages kongo. Il se souvient du malin plaisir qu'elle éprouvait à lui détailler les anomalies physiques de cette première humanité tronquée, pour l'effrayer sans doute. Et le voilà qui plonge dans le bain grouillant des monstres... Sa foi repose sur ce fonds de primitivisme. Le Zaïre vibre en Léopold : royaume de Kakongo, Ngoyo, Anzique. En lui se noue le lacis des grandes pistes caravanières, leurs mirages, leurs richesses : charrois bourrés d'or, de mil, de vin de palme, de cuir, de kola et d'esclaves. Il a la nostalgie des empires exsangues, aux racines du fleuve, dans l'immensité végétale.

Sa trajectoire planétaire prend là-bas son essor.

En Ontario, un village lacustre : Keyamawun Lodge. C'est là que se sont donné rendez-vous deux importants responsables des services secrets américain et soviétique. Un village charmant, quadrillé de pontons et de barques. La villa de bois — une baraque de pêcheur somptueusement aménagée — a été louée pour le week-end au nom de touristes irlandais. Cette rencontre est la dernière d'une longue série. Le rapprochement du KGB et de la CIA s'est d'abord opéré sous les auspices de médiateurs anglais et bulgares. Puis des officiers subalternes russes et américains se sont rencontrés. Sans objet précis, à seule fin d'organiser cette entrevue entre leurs supérieurs. Ainsi, progressivement, on a remonté les deux étages de la pyramide.

La rencontre de ce jour est top-secret. Peut-être même se déroule-t-elle à l'insu des gouvernements. Certes l'impulsion, comme toujours, vient des têtes pensantes du Kremlin et de la Maison-Blanche. La mission des services secrets y a été ébauchée. Le gros de l'œuvre reste à accomplir.

Fortement arrimée à ses pilotis, la maison forme un balcon fixe sur la moire des eaux. De temps à autre, le fracas des hélices d'un hydravion vient perturber le silence de l'entrevue. Les deux légats se font face. On dirait deux vacanciers débonnaires que réunit une partie d'échecs. Débonnaires, ils le sont en effet. D'entrée de jeu ils se sont entendus sur un projet commun. Mais, comme dans toute rencontre de ce type, l'échiquier est planétaire, l'enjeu, lui, plus spécifiquement religieux. Evidemment ils se moquent de toute croyance. Ils connaissent trop les abîmes du cerveau humain pour croire à quelque forme de rachat. Ils ne considèrent la religion que dans ses prolongements politiques, et ils s'accordent à reconnaître les effets désastreux pour leur pays du pontificat de l'Irlandais Jean XXIV, le pape régnant. En ce début du troisième millénaire, le successeur de Jean-Paul II en est à la neuvième année de son ministère. Neuf années d'effondrement de l'Eglise romaine et de dérive vers la conflagration. Il a laissé se développer de multiples chrétientés sécessionnistes. Une mosaïque de schismes mine l'unité de l'Eglise. Trois, quatre « papes des pauvres » — un Philippin, un Africain, un Chinois, un Mexicain — ont pris les rênes de leurs Eglises respectives. Ils ne se soucient plus du successeur de Pierre et se présentent comme les fers de lance d'un Tiers monde résolu à ruiner la Russie et l'Occident. Pas de déclaration où ils ne fustigent l'hégémonie blanche, où ils n'annoncent la fin des empires d'Amérique et d'Europe, et le triomphe de Dieu. Des soubresauts déchirent l'Union Soviétique. La Pologne est prête au martyre. Une grande partie de la Chine convertie menace. La subversion s'insinue aux frontières. Pareillement l'Amérique latine en ébullition, galvanisée par ses prédicateurs fous, jette ses hordes de terroristes en direction des USA. Jean XXIV laisse faire. On dit même qu'il approuve. Sa formation d'intellectuel libertaire, son goût pour les spéculations théologiques, son catholicisme irlandais viscéral, baigné de sang et de luttes meurtrières en font, aux yeux des Américains et des Russes, un liquidateur de leurs empires. Voilà quelque temps il se réjouissait du balcon de Saint-Pierre de l'éclatement de la Chrétienté, louant les mérites d'un peuple multipolaire dont le ciment, bien plus que le pape, est Dieu. Les hordes du Christ bouillonnent, déferlent pour le plus grand plaisir du pape. Sa politique, ses déclarations suffisent à le désigner comme l'ennemi à abattre.

Le déposer ? L'assassiner ? Nos deux légats s'interrogent. L'après-midi est calme, un peu grise, l'étang reflète les profils sombres des conifères. L'Américain s'est levé, il va à la fenêtre, écarte le voilage.

— Pas de doute, nos intérêts sont les mêmes dans cette affaire. Notre chute ou notre survie passent par Rome. Il faut faire élire un pape qui rétablisse l'unité de l'Eglise.

— Un homme du Tiers monde, lui répond Kolnikov. On va chercher un homme qui nous est acquis. Il faut rassurer le Tiers monde, lui donner des gages. Un homme qu'on manipulera.

— Ça ne doit pas manquer. Oui, vous avez raison, un pape qui décapite ces rébellions, qui fédère l'Eglise, n'importe quoi, un mage, tout sauf ce pourri d'Irlandais.

— N'oubliez pas que ce pourri est l'un des vôtres, ironise Kolnikov.

Un rire s'allume dans ses prunelles en forme de meurtrière. Etrange, ce décalage. Les lèvres, elles, restent fixes, unies sous la moustache broussailleuse et lissée. Les litiges qui opposent Russes et Américains ne sont pas près d'être apurés. L'entente est intéressée, conjoncturelle.

— Oui, reprend-il, éliminez-le vous-même, nous n'y verrons pas d'inconvénient.

Hilton trahit quelques signes d'énervement. Comme s'il considérait l'horreur de la charge que l'autre lui refile. Il semble vouloir épuiser du regard le paysage. Il détaille les barques adossées aux maisons, les entassements de casiers, les filets qui sèchent. Le peintre du dimanche qu'il fut, avant son entrée dans les services secrets, quand il avait encore du temps pour lui et pour sa famille, est sensible à la qualité du jaune des lichens incrustés dans les parements vermoulus des pontons. Il scrute ce jaune jusque dans ses pores. La voix coupante de l'envoyé russe l'arrache à sa méditation.

— Ne procédez pas comme nous avec le prédécesseur. N'engagez pas de tueurs. Ils se font prendre. On remonte les filières. Les complots s'éventent sans problème. On a tôt fait de désigner le commanditaire. Utilisez une manière plus *propre*...

— Je vois ce que vous voulez dire. On va chercher la main du crime dans la cour vaticane. Il suffit de jouer sur quelques haines tenaces, il suffit de faire miroiter la succession à un ennemi juré du pape. Green, le secrétaire d'Etat, devrait être notre allié. Il trouvera lui-même l'exécutant idéal.

— Je crois savoir d'ailleurs que ce genre de tâche ne le rebuterait guère. Il me semble qu'il a fait pire...

— Sans aucun doute.

Kolnikov se lève à son tour. Le crépuscule encercle le village de pêcheurs. L'horizon brouillé annule toute perspective.

— Quel vous semble être le délai raisonnable ? demande Hilton.

— L'intervention doit être des plus rapides. Dernier délai : la fin de l'hiver. Après ce serait l'aventure. Je dis bien : l'aventure.

De son bureau, Léopold assiste à la relève de la garde dans la cour d'honneur de l'Archevêché. Seul l'orage brise parfois le cérémonial. La relève est immanquablement fixée à huit heures. Les deux troupes se postent en lignes parallèles avant d'échanger leurs places au son du clairon. Le rituel s'inspire de celui de la garde présidentielle. Seuls diffèrent l'apparat et l'effectif, plus modestes pour le cardinal. Les sabres et les insignes rutilent. Léopold ne se familiarise guère avec ce vacarme clinquant. Il regrette son palais du centre de la ville, le grand cloître de pierres ajourées. Il se sent exilé sur les hauteurs.

Il a dit sa messe aux premières heures du jour avant de partager un petit déjeuner très occidental avec Din. C'est une tradition qui lui vient de sa famille. Sa mère avait achevé ses études de naturaliste à Paris. Léopold respecte scrupuleusement ce rite. Din s'enferme ensuite dans son bureau et règle les affaires administratives. Léopold rend parfois une brève visite au maréchal-président qui l'entraîne presque toujours dans son immense parc à la végétation touffue où il s'est fait installer un zoo. Girafes, éléphants, antilopes, lions, buffles, gazelles y évoluent. Le regard halluciné, le maréchal détaille les qualités de sa réserve sur un ton de camelot ivre. Les cris des bêtes couvrent la rumeur assourdie des klaxons.

M'Bo et Léopold marchent sous les toits de bougainvillées. Les lions ont figé leurs muscles en bosselures qui vibrent sous la peau. Le jour brûle. Dans la trouée des arbres on devine le fleuve, durci dans la lumière, ses grandes chutes qui écument. M'Bo délire. Il serait sur le point de posséder la bombe atomique. Du moins il aime à le laisser entendre. Il s'est converti tout récemment au catholicisme. Son univers, c'est le Grand Siècle, la cour, les glaces et les jets d'eau, le luxe, les jacasseries onctueuses et le venin des intrigues. On lui a lu Saint-Simon. La partie qu'il préfère, c'est le récit de l'agonie de Louis XIV. Devant Léopold, il affecte le sérieux, la gravité de l'homme d'Etat. Mais le cardinal n'ignore pas les légendes les plus folles qui courent sur M'Bo, son goût immodéré des fastes, son tempérament orgiaque. On rapporte que chaque semaine il mime sa mort sous un grand dais rouge aux tentures pétrifiées. Un ostensoir incrusté de rubis fait face au lit. M'Bo agonise, hurle devant confesseur et courtisans qu'il abuse. Il veut saisir les premiers signes d'une joie qui se cache, il traque les visages lisses et réjouis de ses proches, enfin libérés de sa tyrannie. Puis il se redresse, part d'un violent éclat de rire. « Je vous ai vus, crie-t-il alors, vermine bonne à donner aux vautours, je vous ai vus vous réjouir, bande de salauds. » Din, sans trahir le secret de la confession, a raconté à Léopold les actes sacrilèges de M'Bo. Plus le maréchal s'emporte, plus ses prunelles semblent prêtes à rouler hors de son crâne. Les paroles s'emballent, la paranoïa monte. Le tyran noir rêve de puissance, d'une Europe asservie, il ne connaît rien aux mécanismes de l'économie, aux fluctuations des fonds, mais il souhaite le krach financier, la débâcle des Blancs sans songer un seul instant aux répercussions immédiates sur un continent dont la survie dépend du moindre soubresaut monétaire.

Léopold et M'Bo poursuivent leur marche dans le parc. La criaillerie des singes étouffe la conversation. Le ciel arrondit sa coupole, d'un bleu limpide. Des esclaves nus croisent les visiteurs. Au terme d'une série de patios, de cours intérieures, de promenoirs, le palais ouvre sa perspective de trompe-l'œil. Des miroirs enchâssés dans le porphyre répercutent toute une symphonie d'échos lumineux : ocelles de paons, parures d'antilopes sacrifiées, trophées de buffles, massacres d'éléphants aux orbites remplies d'or et de gemmes. Un amoncellement de tapis et de peaux de bêtes amortit le fracas des pas. Des jets d'eau brouillent l'éclat des miroirs avant de s'engloutir dans des vasques en forme de crocodiles, poissons lunes aux gueules ahuries, léviathans, têtes d'esclaves momifiés. C'est Din qui a appris à Léopold l'existence de la chambre des courtisanes où trône le harem nu de M'Bo. Plus loin se situe l'oratoire où le maréchal feint de prier. Un Christ d'ébène noueux, cadeau du cardinal, occupe le centre de la chapelle. A mesure que progresse son éducation catholique, M'Bo se découvre une nature mystique. Il multiplie les séances de prière, double le nombre des psaumes et des versets, goûte avec un certain masochisme aux épreuves de mortification. Léopold redoute ses accès de fureur, ses crises. Il sait que chez M'Bo la ruse prend très vite la trajectoire du meurtre. Le maréchal ne lésine pas. Il a le poignard facile. Le sang de ses victimes sur son uniforme ne l'effarouche guère. On murmure que les exécutions ont lieu la nuit, dans les longs tunnels de glace, à la lueur des torches.

Dans les capitales européennes des campagnes de presse dénoncent le cannibalisme de M'Bo. Léopold n'en a cure. Quelque chose dans le visage massif et grêlé du maréchal le fascine. Les griffures des joues, le déséquilibre des mâchoires, séquelle d'un maxillaire fracassé, la mobilité des yeux peut-être. Ce mélange de tyran et de primate, cette main d'étrangleur qui empoigne le sceptre. Léopold l'imagine la nuit, seul dans le palais quand la ville sous la lune n'est qu'une marée d'âmes mortes. Seul entre ses totems et l'eau dure des miroirs. M'Bo court le long de ses galeries, il lorgne les glaces qui réfléchissent la mosaïque émiettée des continents. A la naissance de sa nuque, l'instinct gronde. Le carnage est proche.

Si la visite reste toujours protocolaire, elle n'en ébranle pas moins Léopold. Difficile de ne pas céder à une certaine forme d'envoûtement, si contrôlé soit-il. Le tyran orgueilleux, assoiffé de puissance est aux antipodes de ce qu'incarne l'archevêque. Loin de l'Evangile dont Léopold veut nourrir la chair du monde. Loin de la rigueur occidentale qu'a transmise au cardinal sa mère. S'il est bien une donnée du vivant dont se méfie Léopold, c'est l'instinct. Le travail de la prière, le cours régulier de la méditation ont purifié en lui ces brusques assauts du malin. Quand il descend les marches du palais présidentiel, Léopold s'accuse d'avoir cédé à la fascination du tyran. L'angoisse le taraude. Sous sa calotte, la sueur ruisselle en fines coulées. La chaleur épaisse décourage l'énergie. Mais cette croix d'or qui cogne sur son torse est là pour lui rappeler la vigueur de son engagement. Le chauffeur de l'Archevêché l'attend. C'est l'heure d'aller visiter Loé, l'ermite.

La berline noire, austère, fend la foule en direction du fleuve. Le petit drapeau blanc aux armes de Léopold, qui flotte sur le capot, avertit les passants. La foule s'écarte, pluie de pieuvres colorées, sourires dorés dans la poussière. Parfois les visages s'épatent contre la vitre. La voiture piétine dans la cohue des corps. Enchevêtrement de blouses fleuries, pagnes qui flamboient dans la cambrure des dos, les corps balancent, enfants perchés sur les épaules, tuniques échancrées qui découvrent le grain lisse d'une peau. Aux carrefours, aux intersections vivantes, les marchands déploient leurs étals. L'odeur des brochettes de poisson et des beignets de maïs attire des myriades d'enfants affamés et geignards. La lippe pendante, l'œil avide, ils profitent du moindre moment d'inattention du vendeur pour voler la nourriture. Puis ils foncent dans le creux grouillant de la foule. Les miettes du festin se consomment à l'arraché, dans la course et la sueur. La ville, saisie de transe, fendue de courants, sécrète et brouille le flux de ses nuées voraces.

Une fois le dernier poste de police franchi, dès que l'amas serré des bâtisses se disperse, on gagne la grand-route jalonnée de palmiers rongés par les miasmes de l'air. Il ne reste de certains d'entre eux que d'immenses hampes effeuillées, minées de colonies d'insectes. La route s'étale comme un axe maudit. Des gosses chient en bord de piste. Les chiens viennent les torcher de leur langue rugueuse. La berline traverse le grand espace de la misère et de la soif. La chaleur vibre sur les pierres. A intervalles réguliers, d'immenses panneaux verts — la couleur du régime — rappellent à force de slogans la guerre obscure, larvée, que le Zaïre mène contre son voisin angolais. Les derniers contreforts du bidonville dressent leurs falaises ravinées de coulures ocre. Une zone marécageuse sépare le fleuve des à-pics rocheux. Tout commence par un champ de débris, carcasses de voitures, monticules d'ordures, cargaisons de légumes avariés, épluchures, ventres blêmes de poissons morts. A l'infini, le long de la barre miroitante du fleuve, cette perspective blafarde, creusée de tranchées et de lacs asséchés, durcis, envahit l'espace et engendre sa population de parasites et de récupérateurs, toute une humanité fourmillante et déchue, condamnée à vivre des restes que rejette la ville, dans le sable poisseux ou la boue, la pestilence ou le magma.

Loé, l'ermite, habite une cellule de la falaise. Impossible de lui donner un âge. La barbe est noire mais mêlée de tortillons blancs, l'œil vitreux s'embusque sous les plissures de la chair. Posé sur une natte qu'il a lui-même tissée, au cœur d'un cercle de statues de saints sculptées de sa main, Loé veille sur le bidonville et son placenta géant. Il vit assis, comme enkysté dans la crasse de la cellule et le bourdonnement permanent des mouches. Les oiseaux marins qui remontent le fleuve ont aspergé de leurs fientes les pilastres de la porte. Des décoctions à base de racines, d'herbes, de jus d'insectes broyés répandent leur puanteur dans la chambre basse. Un tabernacle creusé dans la roche abrite une pierre noire, un vieil objet talismanique, amulette de genèse et d'ancêtres. La pupille d'obsidienne a figé dans sa liquidité, sa transparence assombrie, l'énigme du monde, le secret du cosmos. Cuirassé de mouches et de vers, parent de ce peuple de revenants flétris qui s'infiltre à travers les carcasses et les déchets, Loé prie. Léopold s'installe près de l'ermite et le rejoint dans sa méditation. La chaleur bleutée d'essence, alourdie de suies et de fumées, fait monter vers eux le suint des corps et l'aromate douceâtre d'une ville en décomposition.

Léopold revient vers la capitale. Le soleil mitraille. La poussière, en rafales, noie les rues. Les buildings, les hautes façades de verre braquent leurs miroirs en fusion. La ville est une bogue de feu. Léopold cherche un lieu où se tenir, loin des images du monde, loin du fer brûlant des sensations. Il se fait déposer à l'arrière de la cathédrale, du côté de l'abside. Notre-Dame d'Afrique. Les vitraux chamarrés — glands verts des évêques, rouges des cardinaux — tamisent la lumière. Les monuments à la mémoire des archevêques défunts, ses prédécesseurs, encombrent le déambulatoire. Les cercueils, eux, ont été descendus dans le chœur ou la crypte. Léopold s'incline devant les tombes. Chaque fois la lecture de la formule latine rituelle l'émeut : « Hic jacet, carnis expectans resurrectionem. » Le blason du défunt et un résumé succinct de sa vie ont été gravés dans la dalle. Les pas du cardinal résonnent sur le pavage truffé de fosses. Il imagine dessous, dans la pourpre, les restes pourris, le squelette qui, le Jour venu, comme dans la vision d'Ezéchiel, se rhabillera de sa chair et prendra sa place dans l'ordre de Dieu.

Il lui arrive de visiter la chapelle où sera déposé son cadavre. La sépulture est rituellement creusée à l'avènement de chaque archevêque. La dalle est nue. La vue de sa tombe l'attire et l'horrifie. Il se signe devant sa sépulture, puis il marche dans la nef parmi l'ombre liquide et moisie. Des femmes, toujours des femmes, circulent dans les travées. Elles esquissent une génuflexion au passage du cardinal qui leur répond d'un sourire.

Léopold aime être surpris dans sa prière par le ronflement subit de l'orgue. Les tuyaux vibrent ; flûtes, bourdons, nasards conjuguent leurs souffles. Pour Léopold l'orgue évoque confusément une respiration souterraine, le poumon de Dieu. Il remonte vers le chœur. Il ne sait jamais qui s'exerce à l'orgue : le titulaire ou quelque novice. Il suffit de se hisser à la balustrade pour découvrir l'ampleur de la nef et la silhouette fragile de l'instrumentiste. Aujourd'hui Léopold reconnaît l'organiste à sa nuque, à cette façon qu'il a d'incliner le buste. C'est Amadeus qui, après sa journée de travail à l'atelier de refonte des carrosseries, jongle avec les claviers et les tirettes. Ses longs pieds déchaussés dansent sur les pédales. L'adolescent baptisé sous le signe de la musique pilote le vaisseau de Dieu.

*Log-book :*

Mes armes sont d'azur, l'azur d'un fleuve bouillonnant, au centre duquel émerge la Croix du Rédempteur. Un crocodile, emblème de notre famille, s'enlace aux montants de l'Arbre du Crucifié. Vingt-deux étoiles parsèment le blason et commémorent la dispersion cosmique du corps de l'Ancêtre de notre ethnie. Au cimier le chapeau rouge de cardinal et ses glands. Ma devise : *De cruce ad lucem* clôt mes armoiries à leur extrémité inférieure. Tout courrier signé de ma main porte ce dessin imposant que j'ai accepté parce que la tradition y invitait. C'est le signe de ma gloire de cardinal. Il a le mérite de condenser les grandes étapes de mon itinéraire, à travers la mémoire de ma race physique et de ma foi.

Je sais que la curie romaine n'a guère apprécié le voisinage de l'Arbre du Salut avec des insignes païens. Le cardinal Green, secrétaire d'Etat du pape Jean XXIV a demandé aux héraldistes du Vatican de me proposer de nouveaux projets d'armoiries. J'ai refusé. Je ne dois ma dignité de cardinal qu'à l'aimable compréhension du Saint-Père. Il compte parmi les rares qui me soutiennent à Rome. L'ambition existe aussi chez les serviteurs de Dieu. Et la rectitude de mon parcours agace. Je suis ému des marques d'affection que me témoigne le pape.

*Purpuratus :* Je revois sur ma lettre de nomination au cardinalat les caractères réguliers, détachés, d'un rouge agressif sur le vélin vieilli. L'archaïsme du latin, la majesté de la procédure pour confirmer la vigueur d'une Eglise plus que deux fois millénaire. Je crois avoir pleuré à la réception de cette lettre. Non que la splendeur du titre m'ait grisé. J'ai aussitôt mesuré l'ampleur écrasante de la charge. Le symbolisme du titre et sa couleur ne mentaient pas à cet égard : lié au martyre de Pierre et de Paul, par la prière et la mémoire consolidée de la foi, je dois aller jusqu'au sacrifice de ma chair périssable et baptisée pour la grandeur de notre Eglise.

Les temps sont dangereux. Le pape, dépassé par les mouvements contradictoires qui secouent la planète, floué aussi par les camps de factieux qui gravitent autour de lui, a laissé se déchirer le tissu vital de l'Eglise. Quels que soient le respect et l'affection que je lui porte, je dois dire qu'il a commis là une erreur capitale. L'Eglise ne peut être qu'*une, sainte, catholique* et *apostolique.* Il n'y a pas d'Eglises d'Amérique, d'Asie ou d'Afrique. Il n'y a qu'une Eglise, une Loi, une Doctrine auxquelles il faut se soumettre. Quitte à être taxé de conservatisme aveugle, je reconnaîtrai toujours la prépondérance de l'autorité pontificale. Je ne suis que patriarche du Zaïre. Mon ministère pastoral s'arrête aux limites de notre territoire. La suprématie du pape, le respect du rite romain ne souffrent pas à mes yeux la moindre contestation. J'ai présentement sur mon bureau le dossier confidentiel — *Sub secreto* — que mon secrétaire transmet chaque semaine à Rome : j'y propose la condamnation de plusieurs de mes évêques et prêtres pour agissements préjudiciables à l'unité de l'Eglise romaine. L'un de mes suffragants, l'évêque de Lusambo, a récemment déclaré que le mouvement zaïrois de l'authenticité impliquait une décolonisation totale, la lutte ouverte contre l'Europe, surtout dans l'Eglise. Des prêtres m'ont demandé l'autorisation de consacrer du vin de palme. J'ai farouchement opposé mon veto.

La pratique de la foi catholique appelle un ralliement sans faille à l'Evêque de Rome. Je souffre de voir la hiérarchie romaine cautionner l'effritement du continent du Christ universel. Africaniser, américaniser ou asiatiser le message du Christ ont toutes chances de conduire à une déformation inéluctable de la Parole, à une perte du Sens divin.

Aujourd'hui je vois le monde comme une multitude de lambeaux errants, tous détenteurs d'une fraction de vérité. Hostie tentaculaire et morcelée. Il conviendrait de se souvenir un seul instant du sacrifice du Fils de l'Homme au jardin d'agonie. J'attends la réunification de l'Eglise autour de sa source, la racine de Jessé, le tronc de l'Arbre du Salut. Mon Eglise est celle du mystère, du miracle et de la jubilation.

† Léopold Card. Hédor Dagotta

La chambre pontificale à Castel Gandolfo. Palais désert, cour réduite. L'état-major du Vatican s'est replié dans la résidence d'été des monts Albains pour une retraite et une série d'exercices spirituels. Le soleil décline sur la campagne, dépose au pied des escarpements plantés d'oliviers de lentes ombres géométriques et dures comme des figures de basalte. La terre nue, rugueuse.

Tout le jour les touristes ont guetté une éventuelle apparition du pape aux fenêtres du palais. Les persiennes sont restées closes. Le palais dort d'un sommeil étanche dans la chaleur plombée. Le pape serait entré dans une de ces phases de mysticisme intense qui lui font prendre en horreur le versant mondain de sa charge. Il partage l'essentiel de son temps entre sa chapelle et sa chambre. Univers de prière et de bure. Son récent voyage au Bangladesh sur les terres ravagées par le raz de marée l'a achevé physiquement. Le spectacle des cadavres dans l'écume putride des villages l'a même atteint spirituellement. A peine revenu à Rome, il a manifesté l'intention de se retirer à Castel Gandolfo pour vivre une longue période de réclusion.

Le monde se tient à distance du palais, comme si l'ombre du lac en étouffait toutes les rumeurs. A l'intérieur un dédale de vestibules et de salons, de longues galeries tapissées de tentures armoriées, des portraits en pied des derniers papes de la Chrétienté, des crucifix robustes, des rosaires naïfs stagnent dans une pénombre ouatée. La lumière, brisée en fines lames par les claies des volets, flotte comme au fond d'une nef engloutie. Elle cerne les choses, vaporise leur écorce fragile. Bientôt la chaleur s'allège, les flots bleutés de la lune entrent à grand renfort. Un garde suisse en costume démodé veille, et la nuit immobile lui taillade un masque de cire. Des ombres glissent le long des murs.

Parfois les profils déchiquetés des torches se découpent sur les hautes tapisseries des vestibules. Une étrange activité nocturne ébranle le palais. Passent des cortèges d'officiants muets, comme blindés, vieillards autophages aux paupières cousues, tout ratatinés en eux-mêmes. Des pas s'égarent, feutrés. Des conciliabules s'échangent dans les couloirs, on en saisit quelques bribes au hasard d'une volée de marches, italien pur, coulé.

Une transe de somnambule délègue ses servants jusque

dans la chambre pontificale. Là une horde d'hommes en noir grouille autour du lit. Au centre, dans l'étalement des draps, un corps figé, yeux révulsés, mâchoire ouverte. Un oursin de rictus crépusculaires. Les veines affleurent, les muscles saillent et dessinent des bosselures d'écorché. On croirait que le mort a été foudroyé par une tétanie virulente. Il darde un regard vide, durci, vers le plafond labouré de craquelures. Dépouille archaïque où se mire l'ombre d'un hiérarque dépecé, pharaon croupissant entre deux eaux du temps, défroque abandonnée, comme surgie d'une histoire, d'un cosmos en miettes. Visage livide, au glacé de foie gluant, dans l'architectonie bouleversée du monde.

Une machinerie de cordes ligote le défunt aux épaules et aux chevilles, au creux même des articulations pétrifiées, et les hommes tirent, tirent, de façon à assouplir la chair, à effacer toute trace de mort convulsive. Les muscles refroidis résistent, puis émettent un craquement sourd. Les ligaments rompus, le corps s'étale et une grisaille reptilienne l'envahit, comme si les tissus dévastés commençaient déjà à libérer leur jus, leur bouillie de cellules morbides. Les prunelles percent toujours, l'éclat glacé de la mort brûle à la surface de leurs globes dilatés.

Les vêtements sont tombés, révélant le torse, les aplats ridés des cuisses, le sexe. L'un des hommes en noir s'avance et palpe l'abdomen. Un jeune servant malingre fond aussitôt sur lui, l'écarte violemment du corps. Les yeux, les dents n'ont pas encore disparu dans la masse de la chair. Le parfait moulage du cadavre, le simulacre de sommeil impénétrable et lisse appellent la fermeture forcée de ces cratères où se sont englouties les dernières visions des sacrificateurs resserrant leur ronde dans la chambre.

Les pans des lourdes tentures funèbres ont éteint les miroirs. Ni fenêtre, ni glace, plus d'ouverture, déjà le champ clos de la tombe et de la chair qui se résorbe, simplement une porte entrebâillée sur la chapelle où, les traits tirés, les lèvres fines et pincées, comme jointes dans la cire, patiente le camerlingue. Le jeune maigre au visage d'inquisiteur lui adresse un signe, le camerlingue peut alors faire son entrée. Il s'approche du lit, dépose au chevet une mallette d'où il extrait des fioles d'huiles et un marteau. Comme si le pape agonisait encore, il lui donne l'extrême-onction. La chambre a sombré dans des tonalités de vert abyssal, les veines des marbres suppurent, une lave ténébreuse ruisselle à même les murs, l'ocre cuit des plafonds se peuple d'ailes d'anges décapités. Vert damné à la Masaccio. Impassible, le camerlingue récite : « Ego facultate mihi ab Apostolica Sede tributa, indulgentiam plenariam et remissionem omnium peccatorum tibi concedo, et benedico te. In nomine Patris, et Filii et Spiritus Sancti. Amen. » Puis il saisit le marteau d'argent et frappe le front à trois reprises. Le crâne déserté lui renvoie le terrible écho du vide. Toujours imperturbable parmi les ombres des anges décollés, il conclut : « Vere Papa Joannes mortuus est. »

Ils sont seuls, le grand pénitencier, crinière léonine sous la calotte, droit devant les restes et l'autre, osseux, féminin, qui tremble. Ils se regardent. La vue d'un corps rompu ne les intimide même pas. Pas plus que le plafond mouvant et ses cataractes d'ombres. Ils fixent leur regard sur cette face lunaire et verdie. La chambre suinte. Une sueur rouillée dégoutte des rosaces et des stucs. Ils vont, à l'aube, annoncer la nouvelle au monde, préparer le retour à Rome, l'exposition, la pavane et les funérailles. Eux seuls veillent sur l'interrègne. De leur habileté ou de leurs maladresses dépend le pontificat futur.

*Log-book :*

Ma première réaction a été de ne pas croire à cette mort. C'est l'entourage de M'Bo qui m'a communiqué la nouvelle, transmise au petit jour par les ambassades occidentales. J'ai d'abord pensé à ces rumeurs qui circulent de temps en temps sur la disparition de tel ou tel grand dirigeant politique. Puis la confirmation m'est venue, la dépêche officielle diffusée par Radio-Vatican : « Sa Sainteté le pape Jean XXIV a rendu l'âme dans la nuit », suivie d'un communiqué de l'archiâtre, le médecin personnel du pape : « La mort de Jean XXIV est due à une rupture d'anévrisme. » L'annonce de ce décès m'a poignardé. Jusqu'à son dernier voyage au Bangladesh, le pape témoignait d'une vitalité des plus enviables. Dieu a décidé de rappeler à Lui son premier serviteur. Je m'incline. Que Jean monte devant son Juge, fort de son activité d'apôtre. Oui, qu'il gravisse les marches de cet escalier que ses prédécesseurs ont foulé, tremblants, intimement convaincus de leur indignité. Sa vie de chasteté et de contemplation, au service des serviteurs de Dieu, restera pour moi un modèle.

L'indigne Green est monté aujourd'hui, en sa qualité de camerlingue, sur le Trône vacant du Vicaire du Christ. Il est évident qu'il nourrit l'ambition de succéder au pape Jean. Je ferai en sorte que les prélats africains contrent d'emblée cette manœuvre. Le conclave s'annonce âpre, serré. La mosaïque éclatée de l'Eglise admettra difficilement un chef résolu à la réunifier. Oui, l'histoire montrera sans aucun doute que Jean XXIV a enterré la Papauté, guide et ciment de la Chrétienté.

La peur m'étreint à la perspective de ce conclave, mon premier. Mes pensées sont confuses, il y en a que je ne veux pas m'avouer. Je souhaite de tout cœur pouvoir revenir ici. L'idée du pontificat m'effraie. Pour l'avenir de l'Eglise et la réussite du conclave, je ne cesse d'invoquer ma mère, la Vierge, le Saint-Esprit et son baptême de feu, pour que la soif de Dieu et l'ardeur de la foi revisitent nos continents.

Je vais quitter Kinshasa demain. En sa qualité de récent

converti, M'Bo se fait une fête d'assister aux obsèques du pape. Je l'accompagne. J'arriverai à Rome parmi les premiers. Certains prélats d'Afrique ou d'Asie, sans argent, pourchassés par les régimes en place, n'auront pas ma chance. Ils devront attendre la faveur des fidèles et se contenter des vols réguliers. Din sera mon assistant de conclave. Cette nuit, je ferai appeler Amadeus. Je ressens la nécessité vitale de parcourir ma ville. Les funérailles, l'interrègne et ses tractations, l'élection et l'investiture du nouveau pontife : je ne serai pas de retour avant un mois.

Conformément à l'habitude, Amadeus attend Léopold au portail du parc. Ce soir, Din n'accompagne pas le cardinal. Il est resté veiller à la préparation des bagages, tous ces bréviaires, missels, textes de gnose, croix, étoles, soutanes de rechange et autres minuscules reliques, indispensables supports de la vie mystique de Léopold. Le lit et le prie-Dieu du cardinal prennent aussi la direction de Rome. Les soutes de l'avion présidentiel sont spacieuses. Une pluie torrentielle surprend le prélat et l'adolescent à la sortie des jardins de l'Archevêché. L'orage tambourine sur les feuillages drus des eucalyptus. Les essuie-glaces de la guimbarde ne suffisent pas à dégager le pare-brise. Les rues obscures plongent dans un océan de végétaux luisants. L'eau monte. Les égouts débordent. De longues filles, tuniques collées au corps, trouvent refuge au hasard des premières encoignures.

Arche noire livrée aux mains d'Amadeus, le génie du chalumeau et de l'orgue, la voiture fend les lacs du déluge, de grands espaces de silence. On dirait que l'orage a éteint les rumeurs et les cris. Plus l'adolescent éclabousse de passants, plus il s'amuse. Tassé au fond du taxi, Léopold semble absent. La fuite, le fracas de l'eau sous les roues le bercent. Il a demandé à Amadeus de le conduire au bord du fleuve, par-delà le bidonville, du côté des longues rives de sable grossier. Taciturne, comme prostré, il suit le fil d'une de ces lentes rêveries dont il a le secret.

Le taxi s'est garé tout près de la digue que l'on a édifiée pour parer aux crues. Léopold sort, laisse tomber sa soutane à même le rivage, s'avance d'un pas rapide vers le fleuve et plonge. Le cours se divise à cet endroit en un réseau de lacs que délimite un cloisonnement d'îles. La lune tranche les flots de son noyau d'ivoire. Le clapotis sourd des vagues contre les berges habite le silence. Léopold écarte le placenta des eaux fertiles, le limon liquide que la nuit étoilée crible d'un foisonnement d'écailles. Il se glisse dans la tiédeur de la boue, entre les longs fourreaux d'écorces et de fougères putrescentes. A la brasse il préfère le crawl ; la coulée des alluvions lui cuirasse le torse et lui procure la sensation d'un cocon chaud, tout vibrant d'influx protecteurs.

Léopold renonce à toute pensée : les muscles relaient l'activité cérébrale, le nageur est le jouet des courants, des remous qui traversent l'architecture vivante du fleuve. La nuit est lourde, poisseuse, saturée d'insectes et de sucs. Léopold charrie dans sa nage quantité de feuillages, de racines gluantes et blanchies, grumeaux et mottes arrachés aux rives, délivres opalescents, lunules de plancton et de suie végétale, chevelures de palmiers et de raphias. De temps à autre il lui faut, d'une poussée violente du corps, se délester de cette charge qui l'enserre. Sa nudité retrouvée le fait frémir. Du monde il ne saisit que les plissures de l'eau qui se boursoufle sous son regard, la gifle des courants et des broussailles. Il ignore résolument la rotonde galactique, les grands feux de météores qui trouent les clairières, les couleurs, les parfums, les sonorités. Il n'est plus que cette foudre vitale qui empoigne ses reins, irradie tout au long de son corps. Sa nage est une reconnaissance de la création. Parfois une zone d'intenses tourbillons menace de l'engloutir. Les flots, noués de lianes, dévient son sillage impeccable. Il s'abandonne au courant, feint la noyade. Un grand trou d'ombre et de vertige mine sa conscience. Ce souffle régulier, cette respiration ample qu'il ne perd jamais, à la mesure de son énergie et de sa fougue, lui permet de poursuivre sa traversée. Il veut toucher le gravier clair de l'île en face. Il en devine la voûte luxuriante, les lèvres noires. La vue de l'île déchaîne en lui un désir d'union et de totalité. Il ralentit le rythme de ses mouvements, offre ses flancs à l'écharde du ressac. Un tumulte d'oiseaux secoue la mangrove. Jacinthes, roseaux et bambous protègent les atteintes de l'île. Le corps se débat, les bras sectionnent les résistances. Léopold entend à tout prix gagner le rivage. Il veut humer la fermentation de ces eaux sombres, cette vase pétrie de charogne et de vinaigre. Le marécage de la naissance est proche. Une ultime lame l'y plonge, pour un primitif et éperdu baiser des origines.

*Log-book :*

M'Bo, en grand uniforme, somnole à mes côtés. Notre compartiment dans l'avion est tapissé de portraits le représentant. Mauvaises peintures, d'un réalisme servile. L'ancien petit caporal de l'armée zaïroise, promu maréchal au soir d'un des coups d'Etat les plus sanglants de notre histoire, vole vers Rome, la Ville Mère du monde que dans sa mégalomanie il rêverait d'annexer. Nous sommes entrés dans des temps de fanatisme et de pillage. Le Tiers monde brûle de se nourrir des entrailles de l'Europe. M'Bo déborde de chimères. Depuis sa récente conversion, il ne parle que de papes, d'Eglise triomphaliste et conquérante. Il m'a confié qu'il avait proposé à Green les services de son chef de protocole pour l'orchestration des funérailles. Il dort à présent, et il est piteux. Narines dilatées et nerveuses, visage bouffi. Etalée sur la tablette devant lui, la presse internationale. Il s'est indigné tout à l'heure de l'obscurité des articles. J'ai dû traduire. La lecture de mon nom dans la liste hâtive, incomplète et indécente des *papabili* — Jean XXIV n'est même pas enterré — a suffi à déclencher son enthousiasme. Il rêve de me faire Pape. Il ne sait pas que les manipulations demeurent étrangères au conclave, cette longue réclusion obscure, comme une dormition d'avant les mondes, cette assemblée indivise, où remuent les germes d'une foi cavernale qui va renouveler l'Eglise. Je l'ai laissé dire. J'ai pris le parti de ne plus lire la presse, de me désintéresser de tout ce qui s'écrit sur la mort suspecte de Jean XXIV ou le nom présumé de son successeur. Les uns et les autres, nous serons aussi fragiles, aussi démunis au conclave. Seule la prière nous permettra de mériter la confiance du Seigneur.

Nous remontons vers le soleil. L'Afrique est derrière nous comme une traînée de cendre. Bientôt Rome où nous allons porter Jean au tombeau de Saint-Pierre. La carlingue vibre. M'Bo a le visage labouré de ses crimes. Un carré de ciel clair s'inscrit dans le hublot. J'ai hâte d'arriver, de me débarrasser de ce voisinage encombrant. Quelle belle synthèse des temps nouveaux pourtant que ce face à face aveugle de la tyrannie et de la foi écrasée !

L'avion ballotte dans ses flancs un peu de terre d'Afrique, quelques grumeaux de latérite tressés de racines, imbibés de sueur végétale, que je suis allé prendre dans le jardin de la cathédrale, la nuit dernière, après mon bain dans le Zaïre. Je suis venu les arracher à la croûte épaisse du parc, nu, trempé sous ma cuirasse de boue et d'algues. Rien ne m'enivre autant que l'odeur de la terre qui s'ouvre, galion de graines fétides, de pourritures écloses. L'ordure âcre que je pétris, meuble après l'orage, féconde encore, comme une chevelure odorante, lisse, toute en faisceaux, strates où s'infiltre la sève, je l'emporte à Rome. Le fleuve m'habille encore de ses courants. J'arrive après avoir plongé aux pôles vivants de ma mémoire. Je vais réensemencer l'Eglise !

## I

## LA RELÈVE DU TOMBEAU

A l'annonce du décès du pape, Samuel n'avait pas hésité un seul instant. Il avait aussitôt quitté Assise où il venait d'entreprendre un long métrage sur les fresques de Giotto pour descendre à Rome. Là, pensait-il, les sources nouvelles d'inspiration ne manqueraient pas. Le jeune cinéaste traversait depuis quelque temps une période de crise. Il est vrai que son cinéma ne cadrait guère avec les goûts du public américain. Il avait publié un essai venimeux sur le monde du spectacle, projeté d'écrire un roman avant d'imaginer une construction dialoguée sur la vie de saint François d'Assise.

Bien qu'il fût agnostique, les sujets à dominante religieuse l'avaient toujours intéressé. Il se retrouva à Rome bien loin du calme de l'Ombrie. Les touristes affluaient déjà. Dix ans qu'un tel événement n'avait frappé l'Eglise. L'enterrement d'un pape rassemble traditionnellement des nuées de voyeurs. La plupart ont le sentiment d'assister à une manifestation archéologique, une cérémonie archaïque par ses fastes et ses rites.

La perspective des funérailles, la préparation du conclave excitaient Samuel. Il loua un appartement tout près de la piazza di Spagna, prit soin d'installer dans la bibliothèque quelques livres qu'il relisait inlassablement — *le Bruit et la Fureur, l'Idiot, A la Recherche du Temps perdu*

— puis téléphona à Diane, sa compagne, qui ne l'avait pas suivi à Assise. Ils avaient ainsi, selon les saisons, trois, quatre résidences que Samuel avait héritées de son père : un ancien atelier de peintre tout vitré à Manhattan, un appartement aux hautes croisées et aux plafonds vieillis dans l'île Saint-Louis à Paris, un studio dans un palace ruineux de Venise, et maintenant ce duplex avec terrasse, assiégé de lumière, d'où l'on embrassait l'étendue rouge de la ville et le dôme de Saint-Pierre.

Diane promit de venir dès qu'elle aurait fini son reportage, selon elle fracassant, sur le terrorisme latino-américain aux USA. Samuel n'avait jamais aimé l'Amérique, bien qu'il y fût né et qu'il y eût vécu toute son enfance. Il entretenait avec son pays d'origine une relation haineuse. Il détestait cette civilisation qui, pour tout art, n'avait inventé que le verre et l'acier. Aussi se réfugiait-il, dès qu'il le pouvait, en Europe. Il n'avait pas de film à promouvoir avant au moins deux ans. Il était libre d'organiser son temps comme il l'entendait et avait conçu le projet du long métrage sur Giotto comme un pari qu'il voulait depuis longtemps risquer. De plus, la réalisation du film l'obligeait à quitter Diane momentanément. Quatre années de vie commune lui avaient révélé les faiblesses de cette journaliste célèbre, toujours happée par son travail, dévorée par l'obsession de l'image que la télévision, où elle apparaissait chaque soir, renvoyait d'elle.

Tout s'était noué entre eux à l'occasion d'une interview pour la sortie du film de Samuel, *le Miroir du Juste*. Elle en avait aimé le suspense policier. Leur aventure s'était tissée sous les projecteurs et continuait depuis. Diane ne s'embarrassait ni de culture, ni de méditation. Leur rencontre avait eu l'effet d'un fabuleux coup de publicité pour l'un comme pour l'autre. Ils appartenaient désormais au nombre de ces couples connus et exposés que la célébrité garrotte dans son ghetto.

Diane débarqua à Rome dans la touffeur d'un soir de mai. Elle avait fait le voyage en compagnie de l'archevêque de Philadelphie, Mac Gregor, un ascète filiforme au teint de cire, toujours très aristocratique dans sa soutane noire filetée de rouge. Le cardinal, irlandais d'origine, avait visité tous les continents, il avait une connaissance aiguë des problèmes de l'Eglise et du monde. Diane, qui s'était mise pour la durée des événements romains, en congé de son journal de 21 heures, en profita pour lui demander ses pronostics sur la nationalité et l'identité du futur pape. « L'intérêt patriotique, confia l'archevêque, m'oblige dans un premier temps à soutenir la candidature Green. » Diane et lui convinrent de se retrouver entre l'inhumation de Jean XXIV et l'ouverture du conclave.

Elle arriva piazza di Spagna, haletante et épuisée. Rome était prise d'assaut par les journalistes, les délégations étrangères, les émissaires du Vatican qui se rendaient à Fiumicino à chaque vol pour accueillir les prélats du monde entier. De plus une surveillance militaire tout à fait exceptionnelle verrouillait la ville. Diane découvrit un appartement frais qui surplombait la marée bruissante de la place. Samuel avait disposé le long des baies du salon une série de moulages de bronzes étrusques qu'il avait rapportés d'une vente aux enchères où il était entré par hasard. Diane contenait mal son excitation.

— Je suis sur un coup, dit-elle. Je parie que la Maison-Blanche et Germin, en premier chef, vont tout faire pour privilégier la candidature de Green, le camerlingue. Mac Gregor m'en a parlé dans l'avion. Par ailleurs, mon reportage, tu sais, cette longue filature que je menais depuis des mois dans les milieux mexicains et brésiliens à New York, est interdit de diffusion jusqu'à l'élection du pape. La Maison-Blanche est derrière cette interdiction. On ne me l'a pas caché. Les pistes se recoupent. Pour faire élire Green, il faut les voix des Sud-Américains. La réunification de l'Eglise n'est pas pour demain.

— Pourquoi avoir tué Jean XXIV si c'est pour mettre Green à sa place ? Il mènera la même politique ?

— Jean XXIV n'a pas été tué. Je ne crois pas un seul instant au complot. Les Américains, l'Europe ne laisseront jamais le Vatican basculer dans le camp du Tiers monde. Tu imagines sa force dans ce cas. Non, on va partager les rôles : un Occidental sur le trône de Saint Pierre et en revanche la quasi-autonomie pour les églises nationales...

Diane n'avait même pas pris le temps de visiter l'appartement. Déjà elle tapotait le clavier du téléphone, nouant des contacts avec les reporters de CBS à Rome ; elle n'avait qu'un objectif : réaliser un scoop, interviewer Green avant son élection. Elle appela le séminaire des Saints Apôtres où était descendu Mac Gregor. On lui répondit qu'il avait pris la direction du Vatican. Il lui fallait coûte que coûte rencontrer Green avant les autres.

Elle avait passé un tailleur Chanel et projeté de dîner avec un obscur prélat, le seul disponible ce soir-là. Samuel sortit, déçu. Il s'en alla traîner sur les marches fleuries d'azalées qui grimpent à la Trinité des Monts. Il avait rêvé d'une soirée en tête à tête, il se retrouvait seul. Inutile d'attendre que Diane modifie son programme. L'urgence du métier, la quête du scoop primaient toujours. Il se souvint qu'au téléphone elle lui avait fait miroiter une longue nuit d'amour : c'était leur façon à eux d'intégrer à leur univers un nouvel espace. Il crut un moment qu'il allait prendre la direction d'Assise, demander au gardien l'ouverture des basiliques pour recommencer le tournage du film. Puis, dès qu'il se fut plongé dans la moiteur de la ville et qu'il eut choisi de longer les murs cuits des palais, son envie de retourner à Assise s'estompa très vite. Il resterait à Rome. Il laisserait Diane butiner les ragots, fouiller le fumier des intrigues. Il s'en moquait du nom, de la couleur du pape. Il le découvrirait quand il apparaîtrait à la loggia de Saint-Pierre. Ce qui le fascinait, c'était cette machinerie huilée, ce décorum, ces rites d'exposition du cadavre, cette convergence du monde au tombeau supposé de saint Pierre, la soudaine remontée de la pourpre et des prélats pantelants à l'âge du satellite et des colonies de peuplement que son Amérique, qu'il détestait, s'apprêtait à lancer dans la lune. Peu lui importaient les enjeux mondiaux, l'extinction du terrorisme mexicain aux USA, l'insurrection de la Pologne, le déchirement de l'Afrique entre le catholicisme et l'Islam. Il admettait que l'élection se jouerait sur fond de luttes et de négociations planétaires ; l'Europe en crise, ruinée, tolérerait difficilement que le trône du Vatican lui échappe, même si ses églises n'étaient plus que des musées et ses fidèles quelques sectes éparses. Il avait confusément espéré que le Vatican échoirait aux mains d'un Mexicain, d'un Asiatique ou d'un Noir. Les confidences de Diane tout à l'heure avaient déçu cet espoir.

Il se fit aborder au bas des marches par un de ces loueurs de calèches pour touristes. Il dut parlementer pour que le cocher accepte de le conduire au Vatican. Il résolut d'y mettre le prix et monta dans la carriole flamboyante. La course cahotante lui redonna une certaine fraîcheur. Mais bientôt, près du Tibre, des embouteillages paralysèrent la circulation. La calèche se trouva coincée dans un goulot brûlant. La poussière cinglait les carrosseries. Samuel abandonna son cocher, marcha le long du fleuve asséché, puis s'engagea via della Conciliazione. Un flot continu de touristes déambulait, l'appareil photographique en sautoir, les tares et les vices sculptés à même les visages. La vulgarité affichée de ces voyeurs le révulsa.

Dans la rumeur brouillée des langues, il isola une remarque, une seule, qui le secoua d'un frisson : « Il pue ! » Il crut d'abord que la phrase lui était adressée, et, dans son délire, comme il pénétrait place Saint-Pierre, dans l'ombre lourde des colonnades, il eut l'illusion qu'une odeur délétère gagnait la ville. Il bouscula des vendeurs de portraits du pape défunt, des groupes de religieuses en larmes, s'engouffra sous le porche de Maderno. Quand il eut passé le seuil de la porte de bronze, il découvrit la gigantesque nef assombrie, la masse tortueuse du baldaquin, ciselée par le soleil qui déclinait à l'arrière. L'odeur, lui sembla-t-il, persistait. Il mit une seconde à comprendre la giration de la foule entre les pilastres de marbre et se fondit au flux. Les lampes de la balustrade de la Confession vacillaient au pied de l'autel. Durant la lente remontée de la basilique, il ne cessa de scruter la nuque décharnée de la vieille Italienne qui le précédait. Le corps du pape avait déjà été montré à la télévision, il ne l'avait pas vu. Il se remémora les dernières images du pontife dans les espaces dévastés du Bangladesh. Il se souvint de sa silhouette hamlétique, de son visage creusé.

Devant lui, derrière lui, on évoquait les conditions de la mort, le virus contracté là-bas, le poison peut-être, un des mots les plus aptes à enflammer les imaginations. Il voulut saisir la vie intime du flot, l'âme même de ce grouillement faussement recueilli, tous les bruits, du sanglot avalé à la main qui se crispe, tous les frissons de ce tortillard chamarré. Il lui semblait que tous parlaient de l'odeur, et le simple fait d'entendre les autres en parler rendait la puanteur plus insoutenable encore à ses sens.

Un cordon de paravents pourpres délimitait, juste devant le baldaquin, l'enceinte mortuaire. Samuel s'y arrêta : le corps du pontife en chasuble rouge et mitre blanche était exposé devant lui sur un haut catafalque tendu de vieux velours. Il dut se frayer un passage entre une meute de fidèles en prière. Il lui sembla que le pontife coulait déjà dans son arche de cierges. Les pommettes dessinaient leur arceau nu sous la peau, le maquillage, fondu, laissait voir les aplats huileux et verdis du nez. La coupole dorée, le baldaquin écrasant, les hauts pilastres fermaient le cercueil géant du pontife en décomposition.

Samuel songea à toutes les représentations du Christ mort, qu'il avait amassées au cours de ses voyages : le Christ grand putrescent d'Holbein, le Christ minéral sous ses linges cendreux de Mantegna à Milan, les deux Christ de Carpaccio, l'un éploré sur le Trône de l'Ecriture, l'autre couché à même la pierre du Golgotha.

L'odeur montait jusque dans la tiare monumentale de la coupole... Samuel eut du mal à s'arracher à la contemplation. La foule le pressait dans son dos. Le soleil, filtré par la verrière safran de l'abside, nimbait le masque osseux qui affleurait dans la cendre. Samuel était proche de l'extase. Il eût voulu s'imprégner de cette odeur de chair, de cire et de marbre pourris, goûter jusqu'au bout la puanteur de cette injure échouée dans le cosmos flambant de la basilique, le trou noir du tombeau sous l'arche du Bernin, la momie de Dieu. Il se dit que s'il avait dû être élu pape, il se serait fait couronner, oui couronner selon les rites anciens, à l'endroit même où le cadavre ruisselant de son prédécesseur avait à jamais souillé les veinules du marbre. L'encens l'enivrait. Les cérémoniaires ne savaient plus que faire pour chasser la puanteur. On sonna. C'était l'heure de la fermeture.

Une joyeuse ambiance animait le salon de la piazza di Spagna lorsque Samuel y entra. Le prélat s'était décommandé à la dernière minute et Diane avait préféré passer la soirée en compagnie de quelques confrères.

— D'où reviens-tu ? attaqua-t-elle d'emblée sur ce ton d'inquisitrice qu'elle cultivait dans son métier.

— De Saint-Pierre.

Samuel n'entendait pas en dire plus. Depuis son retour, il bouillonnait de projets. Green ou un autre, Grégoire,

Pie, Clément ou pourquoi pas Pierre, il planterait ses caméras au Vatican. Il rêvait de sacre.

— Alors, est-il vrai qu'il pue ? demanda un jeune chauve, un des collaborateurs de Diane.

Le leitmotiv avait fait le tour de Rome. Il pue ! Il pue ! Les touristes, les journalistes, tout le monde se gargarisait de ce scandale.

— Il faut faire un papier là-dessus, ordonna Diane.

A peine arrivée, elle avait transformé l'appartement en salle de rédaction.

— Je veux aussi un billet sur les papabili. Les as-tu recensés ? Il nous faut des biographies condensées. Après tout la candidature Green n'est peut-être qu'un leurre.

Samuel se pencha sur les dossiers et les coupures de presse qui jonchaient le sol. Des portraits des cardinaux les plus en vue couvraient les unes.

— Sait-on qui est le favori d'Alejo Colombo, le coadjuteur du Mexique ? L'élection ne peut se faire sans lui, lança Diane devant un cercle qui s'essoufflait.

Le chauve reprit la parole :

— N'oublie pas, chère rédactrice en chef, qu'il n'est pas cardinal et que rien ne nous dit que le cardinal qu'il assiste, en l'occurrence Mgr Lopez, aura les mêmes exigences que lui. Lopez est un grand malade, il est incapable de fermeté. Il suivra le mouvement !

— On raconte que Jean XXIV s'apprêtait à donner le chapeau rouge à Colombo, dit quelqu'un d'avachi dans un canapé, au fond du salon.

— Pas de pape sans l'accord de Colombo, poursuivit Diane. Vous savez bien qu'il a toute l'Amérique latine derrière lui. C'est un meneur d'hommes. J'ai enquêté : c'est lui qui dirige les bandes de terroristes qui posent leurs bombes aux USA. Quelles sont ses relations avec Green ?

— Bonnes, paraît-il.

— Son grand allié, c'est le Philippin, le patriarche Min... Allez, trêve de recherche, jouons la carte Green !

Leur séance de supputations amusait Samuel.
— Et l'Afrique ? lança un facétieux.
— Quels sont les papabili en Afrique ? D'abord, vous voulez mon avis. Le monde et la Chrétienté ne sont pas prêts à admettre un pape noir — le cigare à la main, Diane avait ce ton catégorique qui avait fait sa renommée —. Un Latino-Américain, d'accord. Un Noir, non. Il y aurait peut-être le Nobel, Léopold Hédor Dagotta...
— C'est un intellectuel et il n'a pas la confiance de l'Afrique...
— Il est célèbre pourtant, reprit Diane. Et estimé. Si je vous suis, on le laisse encore un peu à Kinshasa... Reste Malouba, l'archevêque de Lagos... Il a des positions révolutionnaires assez proches de Colombo...
Leur petit jeu piétinait. Quelqu'un alluma la télévision. Samuel revit Saint-Pierre et le pape, filmé à distance. La coupole, le baldaquin : quel théâtre !
— J'ai trouvé le décor de mon prochain film, souffla-t-il à Diane.
De la puanteur du cadavre, embaumé selon la méthode de l'osmose aromatique — c'est-à-dire comme on avait procédé pour le Christ et les premiers chrétiens — il ne fut question à aucun moment.
Le testament du pape avait été ouvert, on n'en connaissait pas encore la teneur.

*Log-book :*

Et Joseph fit jurer les fils d'Israël : « Quand Dieu vous visitera, dit-il, vous emporterez d'ici mes os. » *Gn, 50, 25.*
« Si tu es Nicodème, cet adorateur nocturne de Dieu, mets-le au tombeau avec les parfums » *saint Grégoire de Nazianze, bréviaire du 5e samedi de Carême.*

Les notes d'un graduel d'orgue ajoutent à la ferveur de la veillée. Entre les gardes suisses et les flambeaux nous sommes quatre, quatre soldats du Christ, vêtus de rouge et venus des quatre continents. Conformément au rituel que le pape Jean a lui-même établi, nous nous relayons auprès de sa dépouille. Cette nuit, la dernière avant l'inhumation, Mgr Saint-Marc, archevêque de Paris, Mgr Mac Gregor, métropolite de Philadelphie, et Mgr Min, patriarche de Manille m'accompagnent. Nous formons une escorte de prieurs autour du corps verdi du pape. Jean XXIV porte la chasuble pourpre de deuil, la mitre et le pallium ; la croix noueuse qui lui servait de crosse est couchée à son côté gauche, sur le velours usé du catafalque. Dans le secret de la chambre de Castel Gandolfo, les embaumeurs ont prélevé le cœur du pontife. Celui-ci sera déposé demain dans la tombe de sa mère, au moment même où la dépouille, scellée dans son triple cercueil, gagnera son ultime demeure au plus profond des Grottes vaticanes, à quelques pas de la nécropole constantinienne et des restes du Prince des Apôtres.

La nuit a refroidi les marbres encore brûlants du souffle des visiteurs. Le grand vaisseau déroule son théâtre vide. Je regarde les fenêtres intérieures de la loggia où, pour la première fois il y a neuf ans, David cardinal Wits, tout nouveau Jean XXIV, est apparu au monde, puis le cercle béant de la *Confession* où demain on descendra son corps. L'exiguïté d'une vie de pape, les jalons de son chemin de croix éclatent sous ces voûtes qui disent la totalité du cosmos et l'éternité de Dieu. Depuis quelques heures, depuis le reflux de la foule vers la ville, une terrible odeur émane de ce corps nu, vidé de son âme et de son cœur, de ce corps voué à l'ensevelissement. L'odeur monte, elle imprègne nos vêtements, fait défaillir les appétits des cardinaux au pied du catafalque — nombre de rivaux ont quitté chancelants le périmètre funèbre — ; rien ne l'arrête, ni la cire parfumée des cierges, ni les fleurs que l'on jette et leur halo de pollen, ni l'encens qu'un bataillon de cérémoniaires brûle à grand renfort de fumerolles et de volutes. La chair, inexterminable comme la disait Salomon, lutte, et dans notre prière nous veillons à sa métamorphose. L'étuve de la basilique rend l'odeur plus délicieuse encore. Son fumet d'entrailles célestes m'exalte. J'aime cette odeur de fermentation glauque, de viande impure et déchue. Derrière la pourriture il y a les boues de Noé, la langue éteinte de Babel, les cendres fossiles de Sodome, l'humanité gisant au fond du Tombeau, l'Incarnation sanglante, le diamant de la Jérusalem et le vertige de Dieu. La puanteur sacrée de la dépouille m'habite. Je concentre toutes mes forces charnelles pour retrouver son glacé humide de crypte, le germe vif et divin de sa nuit. Sa spirale s'épanouit au plus haut de la coupole, là même où s'écrasent nos voix qui chantent l'office du Mort.

Mes trois coveilleurs, pâles et terrifiés, me donnent l'impression de ne pas savoir franchir les premiers degrés de l'odeur. Ils en restent à cette sensation de bouillie immonde, de charnier blême qui leur ronge les narines. A aucun moment ils ne l'accueillent comme le signe d'un ailleurs de règne et de gloire, comme le signe révélé, *démultiplié* de l'infinie sainteté du défunt.

De Min, qui s'est affaissé sur son prie-Dieu, on n'aperçoit plus que sa calotte, Saint-Marc et Mac Gregor rivalisent de froideur et d'indifférence. Cette nuit, dans toutes les basiliques patriarcales de Rome, à Sainte-Marie-Majeure, à Saint-Jean-de-Latran et à Saint-Paul-hors-les-Murs des autels ont été dressés, chargés de lys et d'encens : Green a voulu que des reliques du pontife soient exposées à la vénération des fidèles, la croix pectorale dans l'or ruisselant de Sainte-Marie-Majeure, la mitre *auriphrygiata* au Latran, l'anneau brisé à Saint-Paul-hors-les-Murs.

Moi l'indigne, le descendant des sorciers, l'adorateur nocturne de Dieu, moi chez qui les prêtres aux veillées funèbres dansent la fuite onduleuse du serpent, moi qui ai voulu entrer dans le Christ, oui moi l'étranger, le fils du quatrième continent que tu as tenu à élever au cardinalat, je te regarde, David, pour l'Eglise Jean XXIV, étendu dans ta gloire, avec la lune pour mitre, le soleil pour suaire. Et dans tes traits démolis je devine la Face vivante de Dieu.

Pendant que dans le cercle des cardinaux, au pied du catafalque, Léopold endure jusqu'à la crise le sentiment de sa bâtardise et de son indignité, Kris-August Némo contemple le baldaquin depuis la loge qui domine la statue de saint Longin. Du Vatican il connaît tous les couloirs, les escaliers, les accès secrets, les pas perdus. Sa qualité de chef des chœurs de la Sixtine, grand maître de l'Académie pontificale de musique, premier chantre des chapelles privées de Sa Sainteté, délégué à la protection des arts vocaux et traditions grégoriennes lui ouvre toutes les portes. Il a quitté précipitamment l'opéra de New York où il donnait *la Flûte enchantée* à la proclamation de la mort du pape. La transparence de sa voix de haute-contre en fait un des artistes les plus admirés et les plus enviés du monde. Sa double carrière — profane et sacrée : il se produit aussi bien à Bayreuth et Milan qu'à Saint-Pierre, Lourdes ou Jérusalem — déchaîne les jalousies. La mort de Jean XXIV, pour qui il avait chanté la messe de couronnement, risque fort de remettre en jeu une place tant convoitée. A cet égard les papes guerriers que la presse donne chaque jour comme possibles successeurs — les Colombo et autres Malouba — lui inspirent une nette répulsion. Kris-August Némo se contenterait à la rigueur d'une carrière sur les scènes les plus en vue des opéras mondiaux. Mais il lui semble que Jean XXIV et Green ont attisé en lui un mysticisme qui lui est devenu vital.

Il s'apprête à chanter tout à l'heure la messe de requiem pour le pontife bien-aimé. Il regarde une dernière fois du balcon ce visage vert et détruit qui émerge des ornements. Les cardinaux, les quatre veilleurs de la dernière nuit, s'inclinent puis se retirent dans la chapelle du Saint-

Sacrement. Il est seul avec les gardes suisses. Saint-Pierre est à lui. De tous les lieux où il se produit, c'est celui qu'il préfère. Les couloirs, les nefs, les plafonds, la grotte centrale et la coupole lui offrent une exceptionnelle caisse de résonance. La dureté du marbre et du bronze magnifie sa voix. Il pousse sa première plainte de la loge où il se trouve. Vocalise nue qui percute les colonnes torses du baldaquin, éclate dans la coupole. En ces lieux d'origine et de création il décide de faire chanter la femme en lui.

Il s'est paré de sa longue cape rouge, il a les cheveux emmêlés, le visage maquillé d'un blanc cadavérique, la prunelle dilatée, comme portée par l'extase. Une deuxième vocalise, plus nue que la première, plus ardente et il lui semble dans sa marche entendre le tambour des marbres, la pulsation des siècles, l'orgie souterraine des papes, leur fracas de fémurs et de crosses pour une primitive pavane. De sa voix lancée comme une déferlante contre les tombeaux, les statues et les autels, de sa voix qui tonne et qui fissure, il module le fameux « Tu es Petrus » gravé dans la coupole, il en fait sonner les syllabes une à une, son visage s'anime, la fureur de chanter, d'arracher sa voix au corps le convulse : on dirait un maître de danse des grands siècles, luxueux et fardé, il lance sa canne, la rattrape au vol, court, exorcise par son chant l'autre qui l'habite. Les veines de son front se gonflent sous le blanc du maquillage. Par son chant à la gloire du défunt il libère son identité enfouie.

Le formidable espace de Saint-Pierre, les tonalités rouges des marbres, les tiares rutilantes, la dépouille et son brasier d'orchidées, l'univers lacéré au pied de Jean XXIV, la chaire et l'autel du Bernin, leur ruissellement de nuages, d'abeilles et d'angelots, l'or, les stucs l'étourdissent. Il chante et sa voix bouscule les dalles, fend les marbres, le « Tu es Petrus » bat le rappel des pontifes, ouvre leur sommeil millénaire. Kris-August, descendant de tous les maîtres de musique de la basilique, fort de toutes les voix de l'Eglise fondues en une, hurle le récitatif originel, l'élection de Pierre...

... Une lumière de miel inonde la basilique... Le grand théâtre se peuple de revenants, les rangs frémissent, on saisit la rumeur d'une remontée dans les piliers de la coupole, des têtes encapuchonnées paraissent aux balcons, Kris-August reconnaît le *camauro* immortalisé par Raphaël sur le portrait de Jules II, pourpre gorgée de cendre et de vers... Alors Kris-August, en un chant plus vibrant, plus forcené, les entraîne tous dans sa ronde, il en élit quarante-cinq pour soutenir la coupole mystique de Salomon, ils sont tous Pierre mais il leur accorde l'honneur de les nommer, car, à force de hanter les dédales du Vatican il les connaît, il a vu leur effigie sur les tombeaux, au fronton des portes, partout, dans la Sixtine, la Pauline, la Nicoline... Paul III, Pie VII, Léon XI, Alexandre VII et les autres... Ils reviennent, hiératiques, dévastés, dans un grand tumulte de plumeaux et de chaises gestatoires... Ils ballottent au gré de la chaîne sonore des « Tu es Petrus » ; dans leur gloire ils ne sont que cendre et leur survie dépend du moindre caprice du Maître des Ombres...

L'orage a éclaté sur Rome après plus de vingt jours d'une chaleur sèche, arrosant la foule massée place Saint-Pierre pour assister aux funérailles de Jean XXIV. Les fidèles — plus de 500 000 selon les chiffres publiés par la secrétairerie d'Etat — impassibles sous les trombes ont suivi sur grand écran la cérémonie du requiem à l'intérieur de la basilique. La menace d'une action terroriste en provenance des pays islamiques — Arabie, Iran — avait incité le conseil des cardinaux réunis autour du camerlingue Green à célébrer les obsèques du pape dans l'enceinte même de la basilique.

Les derniers prélats sont arrivés à Rome juste avant les funérailles. Les séminaires romains sont au complet. On sait déjà que bien plus que le nom du prochain pape et les modalités ou les conditions de sa désignation, l'éventuelle autopsie de la dépouille de Jean XXIV a fortement divisé le Sacré Collège. Le refus farouche du cardinal Green, au nom du caractère inviolable et sacré des dépouilles pontificales n'a pas manqué de soulever la réprobation et la suspicion des cardinaux d'Amérique du Sud et d'Extrême-Orient. On a même vu l'archevêque de Mexico, Mgr Lopez, réclamer cette autopsie en se fondant sur le précédent de Pie VIII au XIX^e^ siècle. Lopez a menacé de quitter Rome immédiatement. Le corps de Jean XXIV a été inhumé. Il n'y aura pas d'autopsie. Lopez participera au conclave. Bien qu'aveugle et usé par la maladie, il conserve une certaine autorité morale auprès de ses collègues.

La campagne d'avant-conclave bat son plein. Les cardinaux multiplient les déjeuners et les rencontres. Malouba, l'archevêque de Lagos, et Min, le patriarche de Manille, auxquels se seraient joints le Brésilien Esteban et le métropolite de Bangkok, Dan Phu, auraient décidé de former un front de refus à l'élection de tout prélat occidental. Griyan, le successeur de Jean XXIV au siège épiscopal de Dublin, se répand en invectives contre les assassins du pape. Il consulte ses pairs, entreprend de constituer une commission d'enquête. Mais ceux qui lui accordent leur soutien un jour le lui retirent le lendemain, trop soucieux de ne rien faire qui puisse gêner leur élection. De Mexico, Alejo Colombo — il n'est qu'évêque et ne peut donc participer au conclave — prédit l'embrasement des pays d'Amérique latine si le pape n'est pas un fils du Tiers monde.

Résolument muet, le prix Nobel Léopold Hédor Dagotta se serait retiré à Assise pour méditer en compagnie de l'archevêque de Paris, le cardinal Saint-Marc. Leurs noms seraient au centre des intrigues.

L'autre grand absent, c'est le cardinal Green. Il ne quitte guère ses appartements du premier étage du palais apostolique où il prépare le conclave. Il s'en tient pour l'heure à des questions de pure forme. Il a rappelé à l'ordre tous ceux qui s'étaient montrés au Vatican dans des tenues non conformes au temps de deuil. Les rochets de lin ne doivent pas comporter un volant de plus de trois centimètres de dentelle. La tenue vive et tapageuse de Malouba qui avait ressorti l'antique *cappa magna* lui est apparue intolérable. A croire que l'Eglise renoue avec la pompe, surtout quand elle vient du Tiers monde.

Loin de Rome Léopold médite dans sa cellule d'Assise. Il sort peu, se réfugie dans la prière. Pour la première fois depuis le départ de Kinshasa, Din a clairement évoqué devant lui l'hypothèse de son élection. « Je ne veux pas y penser », a répondu le cardinal, déjà blessé par les campagnes de calomnies qui l'accusent de compromissions avec M'Bo. Des photos de son arrivée à Rome en compagnie du maréchal-président du Zaïre circulent entre les mains d'Européens et d'Africains proches de Malouba. Une rare nervosité brûle en lui. Qu'on lui barre la route du pontificat passe encore, qu'on le salisse, non. Il a pensé rétorquer avec éclat. Mais convaincu de l'inutilité de son geste, il a préféré attendre et s'en remettre à Dieu. L'archevêque de Paris lui a présenté le cinéaste Samuel de retour à Assise. Le soir, sur la terrasse du monastère qui surplombe les toits de tuiles encore bourdonnants de soleil, Léopold raconte ses souvenirs de Paris : les quais, Notre-Dame, la Sainte Chapelle et ses murs de vitraux. Le cardinal Saint-Marc se lamente du peu de foi de son Eglise. Plus de prêtres, une jeunesse ravagée par le chômage et la délinquance, un matérialisme forcené, un régime politique, comme toutes les démocraties occidentales, laminé par la toute-puissance des intérêts particuliers. L'anarchie, le terrorisme, les pratiques de gouvernants véreux pourrissent l'Etat. « Nous avons fait la preuve de notre indignité..., conclut-il. L'Occident est mort. Je souhaite que toi,

Léopold, tu puisses reprendre en main l'Eglise. » Din se réjouit à cette perspective. Samuel projette déjà de filmer le sacre. Léopold sourit, puis une terrible angoisse creuse son visage. Il ne mange plus. Les nuits de prières ruinent son sommeil.

*Log-book :*

Giotto m'accompagne durant ce séjour à Assise. Mes yeux sont comblés de ses bleus, de ses ors, de ses rouges primitifs. Ma prière est un pèlerinage à travers ses couleurs. La rigidité des visages et des poses me semble le signe de leur intense spiritualité. Les couleurs comme autant de saisies de Dieu. Comme j'aime le bleu dévasté, écaillé de la *Vision des Trônes,* tous ces paysages épurés et naïfs que hante la figure sombre et sauvage de saint François. La rigidité terreuse d'Honorius dans *la Prédication devant Honorius III* me saisit. Le pape tiaré, attentif, robe d'argile rouge, recevant le message des Simples. *Le Songe d'Innocent III* aussi où le pape voit la basilique du Latran — et l'Eglise ! — toute proche de la ruine, soutenue, pour qu'elle ne s'effondre pas, par les fragiles épaules du *poverollo* d'Assise !

La nuit, dans ma prière, ces visages, ces couleurs resurgissent. Giotto peignait à genoux, foudroyé par la grâce. Ses fresques m'ouvrent les voies d'un cheminement dans une matière spiritualisée et à l'intérieur de moi-même. Dès que se déchire le prisme lavé des couleurs de Giotto, je retrouve mon angoisse, nue, féroce, et le cadavre de Jean XXIV. L'odeur insupportable me revient. Je parcours inlassablement la nef de la basilique supérieure. Je suis partagé entre la grâce et le vide.

## II

## L'OS DE PIERRE

Le *Jugement dernier* de Michel-Ange dresse sa muraille livide. Tohu-bohu de corps légers, myriades ascensionnelles, fracas de diables et de lémures dans le terreau ténébreux du cauchemar. La main levée, le Roi du Jugement veille, la Vierge apeurée blottie contre lui. Il y a quelques heures le conclave s'est réuni sous la menace du Bras divin prêt à réduire le monde en cendres. Ils sont tous là les cent vingt-deux cardinaux électeurs, en camail rouge et rochet blanc, alignés sous les fresques qui racontent la Création du monde, de l'invention de la lumière à l'ivresse de Noé. Enfermés selon la règle de l'isolement décrétée à Viterbe pour l'élection de Grégoire X. Condamnés à vivre dans la haute forteresse taillée aux dimensions exactes du temple de Salomon fixées par la Bible — 60 coudées de long, 20 de large ; 30 de haut — tant que la Chrétienté n'aura pas trouvé de chef. Les cellules ont été tirées au sort. Les pièces voisines de la Sixtine — appartements Borgia, galeries de Raphaël — ne sont plus qu'un immense dortoir aux cloisons mobiles. Sur ordre du camerlingue les fenêtres ont été fermées d'un voile hermétique. Des *tours* aménagés dans les murs permettent de ravitailler le grand bivouac sacré. On a fouillé les lieux, tenté par tous les moyens de détecter les micros. Toute personne qui d'une façon ou d'une autre divulguerait le contenu des délibérations est menacée d'excommunication.

Léopold a reçu pour cellule la portion de chambre qui donne sous la *Messe à Bolsène* de Raphaël, dans la stanze d'Héliodore. Din partage avec lui cet espace exigu. Chaque cardinal est accompagné d'un conclaviste : clerc, secrétaire, intime de longue date. La vieille garde des cardinaux italiens, Salviati, évêque d'Ostie et doyen du Sacré Collège en tête, n'a pas manqué de s'insurger contre cette invasion d'espions. Les conclavistes n'ont pas accès à la Sixtine mais ils ont tout loisir de comploter dans les coulisses. Plus que jamais l'Eglise est une Babel colorée, légion de peaux brunes et d'yeux bridés. La pourpre uniformise l'émiettement des races et des origines. Ce conclave, par le respect des rites, ressemble à tous ceux qui l'ont précédé. Mais il n'y a jamais eu autant de Noirs, d'Asiatiques et de Sud-Américains sous les fresques craquelées de Michel-Ange.

« Extra omnes ! » Le maître des cérémonies — un Irlandais nommé à ce poste par Jean XXIV — a prononcé la formule rituelle. La porte de la Chapelle est fermée de l'intérieur et de l'extérieur. Nul ne sortira plus de l'enceinte. La réclusion commence. La main posée sur les Evangiles, les cardinaux, un à un, viennent prêter serment au pied de l'autel. Tout le monde s'épie. Il va falloir apprivoiser cette cohue de visages, cette ronde de masques ciselés par la sainteté, la ruse ou le vice, il va falloir s'enfoncer dans ce parterre de princes dont certains sont des moines et d'autres des terroristes.

De sa place à la droite de l'autel, Léopold les observe. Il ne les connaît pas tous. Certains visages le surprennent, durs, habités d'une violence sourde. Des airs de chefs de tribu. Leur ignorance du latin les oblige à prononcer le serment dans leur langue maternelle. Tout près de Léopold, Salviati barre d'un trait rageur sur la liste des participants les noms de ces étrangers. Il ne votera que pour un cardinal qui parle au moins l'italien. Il supporte mal l'universalisation de l'Eglise. Le long cortège des prélats l'ennuie. Aussi s'est-il muni d'une paire de jumelles de théâtre pour pouvoir contempler les *Ignudi* de Michel-Ange, ces jeunes hommes nus qui peuplent le plafond. Les rangs se sont formés. Tous ont repris leur place. Le camerlingue Green donne lecture de la constitution apostolique *pro eligendo Pontifice.* La fatigue des derniers jours a raviné son visage. Le teint translucide, d'une pâleur de sel, il détaille les modalités de l'élection. Son camail flotte sur ses épaules. Le cordon de la croix pectorale serré à la naissance du cou ajoute à l'austérité de la tenue. Près de lui se tient Giulio, son conclaviste, l'ancien secrétaire de Jean XXIV. Un franciscain sec à l'œil d'acier et à la voix de crécelle. Ils paraissent tous deux écrasés par les soufres bleutés du *Jugement.* Green enjoint à ses collègues de prier pour l'heureuse et rapide conclusion du conclave. Selon lui un conclave long entamerait le crédit du nouveau pape. Son discours achevé, il rentre dans le rang.

Le passage des heures imprime ses couleurs sur la grande fresque verticale. Deux scènes se jouent dans la Chapelle. L'une, immense, sur fond de lumière nauséeuse : le tribunal des Temps accomplis, une nuit de catacombe trouée de milliers d'yeux. L'autre, plane, huilée : la lente procession flamboyante venant déposer les bulletins du vote sur la patène d'un grand calice de vermeil. Une pluie de soufre et de feu embrase le chevet de la Chapelle. Les tombes s'ouvrent. C'est l'éclosion des suaires. Crânes et muscles diaphanes jaillissent de l'épaisseur velue de la terre, couleur de sable ou de cendre. Monte comme un grésillement de scorpions et de buccins. Le geste bégayant, les cardinaux gagnent l'autel, laissent glisser le bulletin dans l'urne sacrée, puis redescendent les marches vers leur place. Formes grisâtres surgies du néant, arrachées à la nuit ventrale, à leur posture fœtale d'ensevelissement et de prière, à la poussière de leurs vieilles carnes.

Green était grand favori au premier tour. Il a frôlé

l'élection. Des cardinaux d'Europe, auxquels se sont joints quelques modérés du Tiers monde, pressés d'en finir, ont voulu rééditer le précédent de Pie XII en 1939 : la désignation du secrétaire d'Etat après la mort du pontife. Mais au deuxième, au troisième et plus encore au quatrième tour l'écart se comble, de nouveaux noms ravissent les suffrages. L'unanimisme des débuts s'effrite. Le premier jour de conclave se solde par quatre panaches de fumée noire. Les cardinaux peuvent rejoindre leurs cellules. Certains descendent dans la Cour des Perroquets voisine. Green s'est enfermé dans son bureau. Avec Giulio. Léopold retrouve Din. Il parvient difficilement à masquer sa joie. D'autres prélats africains l'ont rejoint dans sa cellule. Il règne sous la *Messe à Bolsène* une atmosphère de société secrète. « Le pape sera un des nôtres ! », clame Indji, l'archevêque de Dakar. Un évêque du Bénin invite Léopold à se présenter. « Pas question ! », réplique le patriarche du Zaïre. Aux dernières nouvelles, Malouba voudrait pousser Lopez sur le trône de Pierre. Le vieux cardinal aveugle — le seul à être accompagné de son conclaviste dans l'enceinte de la Sixtine afin de faciliter ses déplacements — a fait preuve jusqu'ici d'une vivacité exceptionnelle. Il a même pris la parole avant le troisième tour avec cette éloquence chatoyante, brisée par l'asthme, pour inciter ses collègues à bien réfléchir avant de donner le Saint-Siège à un Occidental.

Ce soir, dans la grande salle des appartements Borgia, Green a ostensiblement évité Lopez. Chacun s'installe peu à peu dans les habitudes de la vie communautaire. L'inconfort des cellules meublées simplement d'un lit de fer, d'un prie-Dieu et d'une écritoire suscite déjà des réactions d'hostilité contre Green chargé de l'intendance du conclave. On le soupçonne d'avoir tout fait pour que le pape soit élu au plus vite. La chaleur plombe les cellules. Les soupiraux ne suffisent plus à l'aération. Les systèmes de ventilation seraient en panne. Les cardinaux piétinent dans l'espace étroit des cours et remâchent leur rancœur. Le règlement stipule qu'à vingt-trois heures chacun doit s'enfermer dans sa cellule pour prier. La première messe sera dite demain à six heures.

Au soir de ce premier jour, Léopold s'est tissé un cercle d'amis. Le vieux Salviati, issu d'une famille inscrite à l'Annuaire pontifical depuis 1746, l'amuse. Le vieux cardinal, à un mois de son quatre-vingtième anniversaire peut encore participer au conclave. « Jean XXIV est mort à temps », ironise-t-il dans les couloirs de la Sixtine. Léopold respecte ce vieillard, vestige de la toute-puissance italienne dans l'Eglise. Sa conversation d'esthète le distrait pendant les longues séances de vote et de dépouillement. Il lui raconte le couronnement de Paul VI, le concile Vatican II. La culture européenne de Léopold intéresse le vieux Romain. Las des manies procédurières du conclave, ils évoquent Michel-Ange, Raphaël, le sac de Rome et la création du *Jugement dernier*. Puis Salviati somnole, bredouille tout haut et se réveille en lorgnant à travers ses jumelles les éphèbes nus.

Cloués à leurs paillasses, les cardinaux ont plongé dans le sommeil. Grand insomniaque, Léopold, après avoir enfreint le règlement en dictant à Din le récit détaillé de cette première journée, contemple une nouvelle fois l'effigie de Jules II sur la fresque de Raphaël et traverse à pas feutrés l'immense dortoir improvisé. L'éclat de quelques veilleuses filtre par-dessous les cloisons. Léopold descend vers la Sixtine. La grande nef désertée l'attire. Il veut affronter l'essaim des ombres et le radeau des spectres. Enfant déjà il jouait au noctambule. L'âge accentue ce penchant. La pauvreté lisse du jour le désole. Il aime le relief, la profondeur buissonnante de la nuit. Il s'enfonce dans la Chapelle comme dans une grotte. Il se repère très vite et circule sans problème entre les tribunes. La chaleur pèse encore dans la forteresse. Les fenêtres haut percées laissent planer une lumière décapante et nue. Le *Jugement* diffuse une faible phosphorescence. Léopold s'avance, magnétisé, comme bu par la fresque. La giration des corps le prend à la gorge. Le souffle coupé, les tempes battantes, il cherche inconsciemment l'endroit où Paul III tomba à terre le jour de l'inauguration du grand mur des ombres. Le plus grand mur de la Chrétienté et de l'art. Mur d'une nudité profane qui poignarde la méditation mais nourrit l'extase. Mur frémissant, grouillant. Le cuivre verdi des corps glorieux éclaire la partie gauche de la fresque. La terre craque en un séisme d'ossements. Gigantesque accouchement des siècles, la genèse de l'os. Tranchée comme une prunelle vitreuse, la nuit fourmille de squelettes et de démons velus, griffus, le torse cuirassé d'ambre.

A aucun moment la fresque n'évoque aux yeux de Léopold l'énigme de la résurrection. Partout la mort suinte. Grappes de damnés sur leur chaloupe d'épouvante, pelletées vives jetées au gril de l'Enfer. Brasier de corps, d'os, de restes comme une énorme planche d'anatomie putride. Ligaments pourris des temps révolus. La Sixtine ou l'utérus de la mort. Les signes du néant affleurent partout : instruments de torture des saints, blêmes comme des vieillards formolés, guenilles jaunies des réprouvés, la fumée froide de l'Enfer, et surtout le visage déformé du peintre dans la défroque de saint Barthélemy, la signature blafarde, visage émietté, liquide. Dans la caverne ossuaire flottent les cyclones de vapeurs, de lueurs blanches.

L'œil est happé par les marais tourbeux de l'Enfer, il stagne parmi cette humanité miséreuse, croupie. Michel-Ange a peint l'Utérus et le Sépulcre, le vertige de la boue, le néant de la matière en proie à l'insurrection de l'ombre. Sans doute ne croit-il plus à rien. Le terrible sac de 1527 a ravagé Rome. Les troupes de Charles Quint ont fait de la Sixtine une écurie. Les alezans à l'encolure nerveuse ont piaffé sous la voûte de la *Genèse,* offert en miroir à la

*Création d'Adam* une litière de paille et de crottin ! L'Histoire chavire tel un corps exsangue, gangrené. Seul Michel-Ange saura peindre cette odeur de l'Histoire, fade, intestinale. Glaires de l'agonie et prurit de vers. Au plafond la *Genèse,* le modelé charnel des corps ; au chevet, le gouffre, l'attirance morbide des fleuves infernaux. Rome est pillée. La soldatesque mercenaire détruit, viole, incendie. Un rêve béat d'harmonie s'effondre. Clément VII assiste impuissant au sac de sa ville. De ses fenêtres il contemple le cadavre lacéré de l'Eternité. La plainte des femmes, le gémissement de la torture le plongent dans l'abîme. Le doute lamine sa foi. Il laisse échapper les paroles de Job : « Pourquoi ne suis-je pas mort dans le sein de ma mère ? Pourquoi n'ai-je pas rendu l'âme à l'heure de ma naissance ? »

La vie tuée aux portes de la chair, l'Histoire rétractée au plus profond des lèvres sanglantes. Le temps vaginal. Ce doute, cette immersion dans l'entraille livide de l'origine, Michel-Ange va les peindre. Le monde vide malgré l'agglutinement des ombres, le Christ imberbe et transparent, comme empâté dans sa lourdeur, le cloaque tracé au pas cahoté des chevaux qui hantent la Chapelle, la peinture grise, vidée de sa grâce, délivre ruisselant d'une ville damnée.

Tout près du calice d'où sortira le nom de l'élu du prochain pontificat, Léopold fixe la grande paroi placentaire. La Chapelle où jadis on exposait la dépouille des papes avant de la revêtir des ornements pontificaux, cette Chapelle aussi où naissent les papes l'enferme dans son berceau cadavérique. Entre Genèse et Jugement. Cosmos et décomposition. Il n'a jamais ressenti à ce point l'enlisement de la mort.

Les cardinaux ont l'appétit fringant. Ils ont copieusement déjeuné avant de s'enfermer à nouveau dans la

Sixtine pour les deux scrutins du matin. Green n'est plus candidat. Il erre dans le conclave comme un spectre jailli du *Jugement.* Lopez attire à lui une cour nombreuse. Malouba, qui arbore une croix pectorale plus richement incrustée que celle du camerlingue et du doyen, passe d'une cour à l'autre. Il s'assure en fait le soutien de l'Amérique du Sud et de l'Asie. Il ne se sépare plus de Dan Phu, l'archevêque de Bangkok. D'une cellule à l'autre, les rivalités, les calomnies couvent. Les conclavistes ne cessent de porter des messages d'un dortoir à l'autre. Les couloirs résonnent de leurs cavalcades. Le plus empressé, le plus vif, c'est le jeune secrétaire de Dan Phu : un adolescent mince, agile, au teint safran de moine bouddhiste. Ses vêtements embaument l'encens, pas celui de la Sixtine, l'encens oriental, enivrant, vanillé. Pikul, c'est l'anguille du conclave. Impossible de mettre la main sur lui. Un capuchon noir dissimule les cheveux que certains disent rasés. Pendant les repas, il s'installe derrière son maître. La beauté de son visage androgynique fascine Salviati. Joues lisses, sourire de lotus. De tous les conclavistes, assure Din, c'est celui qui a la meilleure connaissance du périmètre du conclave tant il le visite et le traverse. Aux zones d'étranglement, lorsque le boyau des vestibules se resserre, pour peu que des prélats s'y attardent à bavarder, il se plaque contre les murs et se faufile. Il déjoue tous les obstacles. Il brûle de l'urgence des êtres éphémères.

Le bruit court que si Dan Phu était élu, il transférerait aussitôt le Vatican à Bangkok. Un autre prélat intrigue lui par sa discrétion : Kruz, l'archevêque de Prague. Il promène sous les fresques de Raphaël sa silhouette fantomatique. Austère, blessé. Un physique de guetteur inquiet. Issu d'une famille rescapée de l'holocauste nazi, il ne fait pas mystère de ses origines. Il aimerait être le premier pape juif de l'Histoire. Il a raconté à Léopold qu'il souhaiterait que la judaïté, qui est le terreau de l'Eglise, vienne la confirmer de son sceau à la fin de sa course. Il croit aux prédictions de Malachie. L'élu de ce conclave sera le dernier des papes.

Les opérations de vote ont repris. Lopez s'est débarrassé des lunettes sombres qui cachent ordinairement ses yeux fous pour intimider ses collègues.

— Si le pape n'est pas élu ce soir, je ne quitte plus ma cellule, proclame-t-il à l'adresse du Sacré Collège.

La réponse de Green est cinglante :

— Excellence, un cardinal infirmier ira dans ce cas recueillir votre bulletin dans votre cellule. Tout est prévu.

La tension monte. Pourquoi Lopez s'anime-t-il ? La crainte de devoir rendre des comptes à son coadjuteur Colombo l'éperonnerait-elle si fort ? Le conclave demeure imperturbable. Malouba, le guerrier, le fanatique, lui qui a fait brûler sur les places des villages du Nigéria tous les insignes occidentaux — bannières, croix missionnaires — qui restaient dans les églises, ne répond pas. Il sait que le temps joue en sa faveur. L'émiettement des camps et des factions est tel qu'arithmétiquement l'élection du pape est impossible si l'un des camps ne s'allie pas à un autre. Il y a plusieurs coalitions possibles : Afrique-Asie, Amérique latine-Afrique, Europe-Asie... L'Occident ne se résigne pas à perdre la papauté. Le candidat tacite de ce premier tour — tel est le résultat des palabres nocturnes et des commissions préparatoires officiellement interdites — est Mac Gregor, l'archevêque de Philadelphie. Le cardinal a fait distribuer à ses collègues une notice fournie afin de se présenter. Le document relié, en papier glacé, frappé à ses armes, apparaît ce matin sur tous les pupitres. Green hier ne s'était même pas offert ce luxe. Assis à sa table devant l'autel, le camerlingue enrage. Il se pince les lèvres pour contenir sa colère. Il se promet de prendre des mesures de surveillance draconiennes. Comment ces documents de propagande ont-ils pu être introduits au conclave ? Il sent qu'on se joue de lui. Mais lui-même s'est déjà avancé trop loin. Il doit garder le silence. Ce soir, de son bureau, il rendra compte à l'envoyé secret des USA du déroulement précis des opérations.

Sur la fresque, au-dessus du Christ vengeur, Jonas, rescapé du ricin, se convulse sur son trône. Le conclave languit. Au plafond, les astres créés, la terre séparée des eaux, le premier couple humain, dodu et uniformément glabre copule et commet son premier larcin. Les grands *ignudi* ont des postures de vierges effarouchées. Ils se déhanchent, se pâment, les vingt amants de Michel-Ange. Un tel étalement d'orgie surprend dans cette enceinte austère. Au-dessous, les cardinaux s'inclinent et s'agitent en un bal d'automates dans le jour avarement filtré par les hautes baies. Une odeur monte, mêlée de sueur et de poussière soulevée.

La candidature de Mac Gregor a été rejetée au premier tour. Au second quelques noms isolés reçoivent de maigres suffrages. L'air désolé, un des cardinaux scrutateurs coud méticuleusement la liasse des bulletins avant de l'enflammer dans le poêle de la sacristie. Les trois soutanes blanches déposées là à l'intention du futur pape se souillent chaque fois d'un peu de suie. Le flot des prélats s'épanche lentement vers la sortie. Les officiants vacillent. Un nouvel après-midi passe. Salviati se porte candidat, prononce une longue harangue où il implore l'Esprit Saint de redescendre sur le conclave, d'inspirer ce collège de saints hommes (sic), il trace déjà à coup de vives rafales verbales les grandes lignes de son pontificat, reconnaît tacitement l'autorité de Lopez et de Min. Le résultat est mince. Seuls l'honorent les suffrages du cartel européen mené par Saint-Marc et ceux des plus modérés du Tiers monde.

Quelques sons moites parviennent jusqu'à la forteresse. Le campement s'apprête pour la nuit. Dans les cellules on chuchote, on suppute. Quelques veilleuses laissent entrevoir des visages épais, pensifs. Une paire d'yeux bridés infiltre sa dague dans le pli ondulant d'un rideau. Une senteur entêtante envahit les dortoirs : un fumet de peaux sales et exotiques. Tous n'ont pas les mêmes habitudes hygiéniques. Les installations sanitaires sont des plus rudimentaires. Salviati peste déjà contre *la vermine cosmopolite.*

Les quelques courants d'air qu'octroient les soupiraux entrouverts ne suffisent pas à chasser la chaleur accumulée dans les chambres. Il fait plus de trente degrés. Le grand labyrinthe des Borgia déchaîne les cauchemars de ses captifs. Dans la moire des rumeurs qui s'élève des loges on reconnaît le souffle brisé de Lopez, l'enfer tonitruant de Din — ce long soupir haletant, ce fracas de cachot et de mémoire —, les prières psalmodiées des insomniaques, et, quelque part du côté des cellules d'Asie, aux confins de la salle des Palefreniers et de celle de Constantin une embardée de secousses et de sons rauques, le cri pâmé d'un rut.

Le troisième, le quatrième jour furent d'une même monotonie. Le Paraclet désertait la Sixtine. Plongés dans la lumière nauséeuse et grêlée de la Chapelle, les cardinaux, quelle que fût leur identité profonde — inspirés, mystiques, terroristes, concupiscents, guerriers — n'étaient plus que l'ombre d'eux-mêmes. Vêtus du sang caillé des martyrs, ils avaient l'air de revenants flétris dans le plus luxueux des pourrissoirs du monde.

A présent Kruz, l'archevêque de Prague et Ramirez, un obscur prélat jadis torturé par les Américains à Puerto Rico se disputaient les suffrages. Ramirez qui n'était qu'un fantoche, fut vite exclu. Quant à Kruz, sa mansuétude à l'égard de l'URSS lui fut reprochée par un Polonais. Lopez avait mis ses menaces à exécution : il ne quittait plus sa cellule. Green fit désigner un cardinal infirmier pour recueillir les bulletins du prélat malade. Suivant son exemple d'autres renoncèrent à descendre à la Sixtine. Ce fut le cas de Salviati, terrassé par une crise de goutte. Le verrou des diverses factions du Tiers monde opposait un obstacle majeur à toute élection. Green, qui multipliait frauduleusement les contacts avec l'extérieur, déclara à la face du conclave que l'Esprit-Saint lui avait parlé en rêve, lui annonçant que le pape serait africain. Les têtes noires du Sacré Collège furent aussitôt désignées à la vindicte des Asiatiques et des Latino-Américains. Une campagne insidieuse frappa Léopold : on lui reprochait pêle-mêle ses compromissions avec M'Bo, sa vision abstraite des problèmes du Tiers monde, son élitisme, ses apartés avec Salviati. On le soupçonna tour à tour de faiblesse, de complaisance à l'égard des Occidentaux. Sa biographie fut examinée avec le plus grand soin. Le fait qu'il eut accepté le Nobel révélait aux dires de ses adversaires sa sensibilité pro-occidentale. Pendant ce temps, Green et Saint-Marc, pour des motifs bien différents, tentaient de rallier le camp occidental à la candidature Dagotta.

Le délire commençait de pourrir les consciences. Au début les cardinaux s'étaient sentis reliés à l'extérieur par la fraîcheur de leurs souvenirs. Désormais la réclusion resserrait son étau. Une véritable guerre d'usure s'ouvrit. Les plus âgés résistaient mal à l'épuisement. Dans la lueur grisâtre des dortoirs on les voyait, solennels, décharnés, le visage dévoré par l'ombre. Le conclave se muait en un ballet de têtes grises, ravinées, aux pommettes blêmes ou violâtres, un travestissement pieux, un carnaval d'yeux rougis par l'insomnie. Le moindre bruit saisi, la moindre rumeur donnaient lieu à d'innombrables interprétations. Tout devenait signe : le sommeil torturé de Din, l'illusion de ce halètement étouffé qui minait la paix des vieillards. Chacun laissa parler ses superstitions enfouies, l'éclat d'un visage, sa résistance à l'érosion — celui lisse et pur de Léopold — paraissait un augure de sainteté, une marque d'élection divine.

Lopez s'était changé en une longue méduse caparaçonnée de pourpre, le visage barré du bandeau noir des lunettes, les traits amollis, comme si la bouffissure de la décomposition l'avait déjà gonflé de son empreinte. Sous la main sinistre du Christ le conclave piétinait, suspendu à la menace du *Jugement dernier,* à cette attente, cette brusque insurrection de la matière qui libérerait sa faune d'élus et de damnés. On vit les cardinaux se désintéresser des votes — le blocage provenait soit de l'Asie, soit de l'Amérique latine en un superbe effet de balancier —, scruter la grande lunette céleste, la vitre des temps accomplis. Rigide dans le fond bleuâtre de la Chapelle, le visage blafard, les cheveux tirés sous la calotte, Green s'était fait sous l'influence de Giulio à l'idée de l'élection de Léopold. L'horreur de l'emprisonnement le déstabilisait. Les Américains et les Russes connaissaient de longue date la précarité de sa santé mentale et savaient qu'il céderait, et que, poussé par le fanatisme de Giulio, il obligerait une majorité du Sacré Collège à le suivre.

Au cinquième jour les opérations se répétèrent, inchangées. On savait déjà que ce conclave était le plus long des temps modernes. Jean XXIV avait été élu en une journée. Green rappela les 54 jours nécessaires à l'élection de Grégoire XVI en 1830. Malouba répliqua tout haut que cent jours ne l'intimideraient pas.

Alors on gravit de nouveaux degrés dans l'hypnose collective. La fournaise de la Sixtine, le tracas routinier des votes, le *frascati* abondamment servi sur ordre du camerlingue amplifièrent le travail de la fatigue. Les plus mystiques ne parvenaient plus à prier. Ramirez déclara en pleine table qu'on leur servait du rat. Il reconnaissait la saveur de cette viande qu'il avait mangée en prison. Lopez, lui, annonça qu'il entendait être sorti du conclave avant deux jours pour assister au passage de la comète Coggia. « C'est un signe de la Vierge, cette comète viendra saluer le nouveau pape », conclut Green. Tous ceux qui s'étaient intimement ralliés à la candidature de Léopold Hédor

Dagotta applaudirent. La comète, les rats, la relation circonstanciée de l'agonie de Jean XXIV savamment instillée par Giulio, tout était bon pour aviver le délire. Salviati racontait ses hallucinations à qui voulait l'entendre : il se disait le témoin nocturne des lamentations de Michel-Ange occupé à peindre la voûte de la Sixtine, il affirma même avoir croisé dans les dédales du dortoir le spectre du pape Jules II.

Ils compensaient tous par le fantasme l'ignorance dans laquelle ils étaient des événements du monde extérieur : à cet égard, Giulio trouvait toujours des oreilles attentives pour répandre son venin. Din avait immédiatement compris le manège, se prêtant de bonne grâce au rôle de confident que l'autre attendait. On avait tué Jean XXIV comme on tuerait le prochain pape. L'archiâtre, le médecin personnel du pape, qui était de la conspiration, venait de disparaître mystérieusement dans une croisière. L'élection bloquée, le passage de la comète ravageaient les esprits.

Du conclave impérieux et solennel, à l'entrée duquel avaient assisté les diplomates et les journalistes accrédités auprès du Saint-Siège et les téléspectateurs de la planète, il ne restait qu'une ronde de teints citron, exsangues, un opéra de peaux vieillies à la façon de paraffines craquelées.

Les deux seuls témoins extérieurs de l'enlisement des votes étaient Kolnikov et Hilton, les deux agents des services spéciaux. L'un et l'autre avaient appris à se connaître sous ces identités qu'ils savaient d'emprunt. Un réseau de caméras miniatures, d'une haute technicité, accepté par Green dans l'enceinte de la Sixtine, à l'insu bien entendu du collège des cardinaux, leur permettait de suivre heure par heure le déroulement des opérations. Ils avaient trouvé refuge non loin du Vatican, dans un décor d'icônes et de mosaïques luxueuses, au centre secret des transmissions de l'ambassade soviétique, la vieille villa

Abamelek, située tout au début de l'ancienne voie aurélienne, à un kilomètre environ au sud de la place Saint-Pierre. Jusqu'à présent l'exécution du programme leur avait donné entière satisfaction. Green était désormais leur otage. L'usure du conclave les ravissait. Le vote se ferait à l'arraché et aux acclamations. Green imposerait leur candidat, Léopold Hédor Dagotta, pourtant ennemi juré du camerlingue. Le choc de l'élection d'un Africain serait tel que le monde blanc en profiterait pour se ressaisir et neutraliser le catholicisme terroriste du Mexique et de l'Asie.

Leur choix s'était porté sur Dagotta après une inspection minutieuse des différents papabili. Ils avaient étudié toutes les cartes, toutes les hypothèses. Certes le cardinal avait lutté contre le totalitarisme — à la tête de brigades de la foi, au Burundi, ce qui lui avait valu le Nobel — mais dans ses écrits ou ses déclarations on ne trouvait aucune trace de système ou de théologie incriminant l'Occident, pas la moindre mise en cause des empires de l'Est. Au contraire, le patriarche du Zaïre — dont Hilton et Kolnikov connaissaient par divers intermédiaires la faiblesse et le caractère irrésolu — avait toujours prêché la fraternité et l'unité, à l'inverse des prélats du Nigéria, du Kenya ou du Cameroun qui, eux, rêvaient tout haut d'une guerre sainte contre l'Occident, d'une lente déstabilisation de l'Est. Les options religieuses du cardinal Dagotta, par-delà la constante exaltation de ce que le cardinal lui-même appelait « l'Eglise du mystère, du miracle et de la jubilation » relevait simplement du principe de l'ecclésiologie pyramidale : toute autorité découle du pape.

— Voilà notre homme, notre mage, conclut Hilton. Le Tiers monde va l'applaudir pour sa couleur, pas pour ses options. Il va reprendre en main l'Eglise, mater la rébellion.

— C'est effectivement un homme d'ordre. Nous lui ferons savoir ce qu'il doit dire. Pas question de provoquer l'embrasement. Le monde béat en a pour un an à l'idolâtrer, son pape noir. — Kolnikov semblait, lui, avoir rompu depuis longtemps avec l'idolâtrie. — Un bon cardinal n'est pas forcément un grand pape. Mais au point où nous en étions...

Pris en tenaille entre son remords et sa rancœur, Green ne savait plus à quelle cause se vouer. Sa fibre patriotique avait toujours été plus forte que sa foi. Aujourd'hui encore il y allait de l'intérêt supérieur des USA. Hilton le lui avait fait comprendre. Et, à défaut du trône pontifical irrémédiablement perdu, mieux valait la rente promise — en cas de non-élection, selon les termes du contrat — que la perte pure et simple.

Au matin du sixième jour le conclave usé reconnut la nécessité de former en son sein un sous-conclave, une commission de treize *compromissaires* chargés de désigner le pape. On choisit d'en confier la présidence à un prélat argentin, Mgr Pablo Ramon Serva, benjamin du Sacré Collège, habitué des vols transatlantiques et grand spécialiste de géopolitique auprès du Saint-Siège. Green assisterait l'Argentin. Se joignirent à eux par ailleurs l'enragé Malouba, Indji, l'archevêque de Dakar, Min, Dan Phu, Kruz, l'archevêque de Paris Saint-Marc, Salviati, les archevêques de Tokyo et des Antilles, et enfin Mgr Ivera, d'origine espagnole, qui avait fait toute sa carrière à Rome et qui passait pour un défenseur enflammé de la canonisation de Christophe Colomb. Lopez accepta de venir compléter le mini-conclave. Le reste du Sacré Collège se dispersa pour laisser les *compromissaires* délibérer dans la Sixtine. Le choix de Ramon Serva comme président de commission n'était pas innocent. C'était le voisin de cellule de Léopold.

Les travaux se prolongèrent tard dans l'après-midi. Les discussions furent âpres. Green, Indji, Serva, Saint-Marc et, étrangement Salviati — sans doute les discussions d'esthètes y étaient-elles pour quelque chose — se montrèrent d'emblée d'ardents zélateurs de Dagotta. Lopez demanda au camerlingue s'il pouvait prendre contact avec Colombo écarté du conclave parce qu'il n'était qu'évêque, pour lui soumettre la candidature de Léopold, mais dès que Min et Malouba — l'honneur noir en jeu imposait son soutien — se furent ralliés, il accepta de se ranger à l'avis de ses collègues. Les autres suivirent. Six jours, six nuits avaient été nécessaires à l'élection du premier pape noir de l'Histoire, Léopold Hédor Dagotta. Soulagé, Green, qui n'était plus camerlingue que pour quelques minutes, fit rappeler la totalité du Sacré Collège.

La Sixtine s'est remplie. Côte à côte à la table des délibérations, Green et Serva attendent le silence pour révéler le nom de l'élu. Le camerlingue prend la parole :

— La commission des treize cardinaux compromissaires formée selon les articles XV et XVI de la constitution apostolique *Pro eligendo Pontifice* s'est prononcée à l'unanimité pour l'élection au trône de Pierre du Très Révérend Cardinal Léopold Hédor Dagotta. Mes chers frères dans le Christ, ratifiez-vous ce choix ?

Les cent vingt-deux cardinaux, à l'exception de Léopold se lèvent aussitôt, enlèvent barrettes et calottes, et éclatent en applaudissements. Le spectacle est irréel, le moment magique : on ne sait si les prélats fêtent l'élection du premier pape noir de la Chrétienté ou laissent libre cours à leur joie de voir s'achever leur claustration. Les mains tonnent sous les fresques soudain inondées de lumière. Les saillies du visage huilées de larmes, Léopold semble prostré. Les paumes claquent. Un fracas monte vers la *Création d'Adam,* l'assourdissant brouhaha de toutes les langues du monde. Les ave, les hourra fusent.

Le centre de la Chapelle s'est déplacé de l'autel vers une

modeste place du second rang du côté droit, quelque part sous les *Tentations* bariolées de Botticelli. Là, les mains nouées à sa croix, un homme noir, de complexion fragile, au regard de mage et d'esclave, pleure dans les bras de Salviati qui pour l'occasion a laissé tomber ses jumelles. Le rituel prend alors le pas sur l'émotion. Green s'approche de Léopold et, impassible, le toise. La question solennelle a été posée à quelque deux cents pontifes dont il ne subsiste que quelques ossements dans l'humidité de la crypte vaticane. Elle vise aujourd'hui Léopold dans sa cinglante évidence :

— Acceptasne electionem canonicam in Summum pontificem de te factam ?

Léopold se redresse, serre violemment sa croix pectorale, se signe, puis répond d'une voix forte :

— Accepto.

La houle des applaudissements déferle à nouveau. D'un geste autoritaire Green la réduit au silence. Il poursuit : « Quel nom veux-tu prendre ? » Silence de Léopold. L'assistance frissonne. Green doit reformuler la question. Alors Léopold proclame :

— Moi le fils de l'Afrique, je prendrai le nom d'un pape de mon continent, même s'il venait de la frange orientale, oui, le nom d'un Saint, le nom de celui qui arracha l'Eglise à la clandestinité des catacombes et la porta dans sa gloire. Ce nom m'inspirera en ces temps difficiles. Moi, 266ᵉ successeur de Pierre je porterai le nom du 32ᵉ des papes. Un nom originel et archaïque. Je serai Miltiade II.

Le conclave médusé réapplaudit. Le charisme neuf de l'élu emporte l'adhésion. Miltiade reprend la parole, en italien : « Avant de recevoir votre obédience, mes chers cardinaux — il porte toujours la pourpre mais il affirme déjà sa primauté sur le Sacré Collège — avant aussi de bénir le peuple de Rome, je voudrais, devant vous, pouvoir me recueillir en touchant les reliques du Prince des Apôtres. »

La demande surprend Green qui dépêche aussitôt Giulio et le Maître des cérémonies vers la basilique pour qu'ils y prennent les ossements de Pierre tout au fond de la Confession. Le petit personnel du conclave s'est massé derrière la haute balustrade qui coupe la Sixtine aux deux tiers de sa nef. Religieuses, infirmiers, plombiers, maçons, ouvriers de la Révérende Fabrique — ceux-là mêmes qui ont installé les tribunes du conclave — auxquels s'est jointe la horde des conclavistes, Din en tête, tous veulent apercevoir le pape dont le nom circule déjà, écorché, tant sa rudesse s'accorde mal aux consonances fluides de l'italien. Certains prononcent Miltiar comme une contraction de millénaire et de tiare. Nom de Nil et de dieu sorcier. A défaut de pouvoir toucher le pape, on se dispute son secrétaire. Une marée de religieuses pleurant de joie encercle Din qui octroie bénédiction sur bénédiction. Il veut retrouver celui qui est toujours pour lui son cardinal. Il secoue frénétiquement la grille, un garde suisse consent à la lui ouvrir, il fend le tumulte des cardinaux, court à l'autel. Mgr Ramon Serva vient à lui et le prie d'attendre. Ses tempes cognent. Il parle d'un débit saccadé : il veut voir le pape. Serva, pour l'apaiser, le conduit jusqu'au siège laissé vacant par Dagotta et Din se retrouve — préfiguration de son destin ? — éberlué, entre Saint-Marc et Salviati. Din ne comprend rien à l'anarchie qui agite la Sixtine. Des cardinaux âgés pleurent, d'autres, en l'absence de l'élu, battent toujours des mains.

Pendant ce temps, dans le secret de la sacristie, Miltiade naît à son destin de pape. Il a vu Green jeter dans le poêle de la Sixtine tous les documents du conclave, les arroser d'une substance chimique avant de les embraser. La *sfumata* blanche va avertir le monde de l'élection. Il est comme absent. Il se livre sans réticence aux mains du tailleur qui le débarrasse de la soutane rouge. La cimarre blanche prévue pour Green lui va à merveille. On lui passe alors le rochet de dentelle, la mozette écarlate, l'étole frappée des clés, insignes de la fonction, une croix pectorale du Trésor des papes et dont le bulbe renferme un fragment de la Vraie Croix, la calotte blanche. Le tailleur se baisse pour lui enlever les chaussettes rouges. Miltiade s'est assis. Nerveusement affecté. Il tremble et demande qu'on lui serve à boire. Il a une nouvelle fois le réflexe de serrer jusqu'à la douleur la croix pectorale. Dans son village du Haut Zaïre, pendant la Semaine Sainte, un missionnaire espagnol obligeait les fidèles à empoigner jusqu'au sang les clous d'un grand crucifix terreux. Et, comme le tailleur lui enfile les bas blancs et les mocassins rouges ornés sur l'empeigne du monogramme du Christ, l'odeur des orchidées et des jacinthes flétries qu'on jetait sur le crucifié monte à ses narines. Le tailleur lui signifie que son travail est accompli. Déjà Green s'approche. « Laissez-moi seul... » ordonne Miltiade.

Les ossements de l'Apôtre ont été déposés sur l'autel. Le Christ du *Jugement* surplombe les reliques éparses de son premier Vicaire. De plus il y a contraste vertigineux entre la silhouette massive et charpentée de l'Apôtre porteur des clés tel que Michel-Ange l'a peint sur sa fresque, et son résidu terrestre, ce gravier d'os rougi par le sable et les infiltrations des grottes. Avant de recevoir l'obédience solennelle des cardinaux, le pape impose trois fois les mains sur ces pierres émiettées.

Lopez a déjà gagné la Loge des bénédictions. C'est à lui que revient en sa qualité de protodiacre d'annoncer à la foule le nom du pape. Son conclaviste le guide. Mais, arrivé au balcon, d'un mouvement sec, il le repousse. Il sent la foule, son grouillement, son impatience. Cette vie torrentielle malgré la canicule l'exalte. Son tempérament d'acteur, son goût du spectacle le galvanisent. La foule hurle et acclame le prélat aveugle qui, première entorse au rituel, la bénit. De tous ses nerfs, de toutes ses cellules il sent ce bruissement de termitière dans la mâchoire des colonnades. Alors, de son fort accent espagnol, il met fin au deuil de l'Eglise : « Annuntio vobis gaudium magnum ! Habemus Papam ! » Les haut-parleurs grésillent. La ville entière exulte. D'un geste onctueux Lopez flatte la foule, se joue de son impatience. Un tonnerre d'ovations monte vers le balcon. Il reprend : « Habemus Papam ! » Un raz de marée prolonge l'onde cassée de sa voix. « Reverendissimum ac Illustrissimum Dominum Leopoldum Sanctae Romanae Ecclesiae Cardinalem Hedor Dagotta qui nomen sibi imposuit Miltiadem Secundum ! » La foule a retenu les deux noms magiques : Dagotta-Miltiade. Elle braille sa joie aux accents les plus cosmopolites. La main gantée du vieux cardinal a déjà disparu dans le fouillis des tentures de la loggia. Une risée de vent chaud gonfle la grande bannière du balcon, encore marquée du cormoran emblématique de Jean XXIV.

« Je suis... » Ta voix aussitôt s'étrangle ; l'humilité, la peur devant le parterre des races tassé en cercles au pied de l'obélisque de Caligula te pétrifient. Des confins de la Place, les regards déferlent, fixent, hébétés, l'ovale noir de ton visage dans la pourpre des ornements. Ta calotte forme une auréole aplatie. A nouveau tes doigts se nouent sur la croix des papes.

« Je suis venu, comme l'Apôtre Pierre, d'autres lieux, je suis venu ensemencer l'Eglise. » La foule t'interrompt, t'applaudit. C'est le délire. Juchées sur les bras de la colonnade des milliers de caméras saisissent ton image et la répercutent dans l'univers. De ton italien académique, auquel tu as soin de donner des intonations populaires, tu évoques l'œuvre inachevée du pontife bien-aimé, ton prédécesseur, la Sueur de Gethsémani, la détresse du monde, l'universalité de ta fonction, ton vieux nom dont tu veux qu'il soit signe d'amnistie et de réconciliation. Ton visage, ton corps s'animent. Tu habites pleinement ton rôle. Puis tu accordes ta première bénédiction *Urbi et Orbi*.

Les cérémoniaires qui t'accompagnent t'invitent à quitter la loggia, le cirque mouvant de la Place, le soleil qui t'a tant manqué pendant les six jours obscurs du conclave, et ses feux rampant sur les pièces d'eau. Tu traverses des galeries monumentales, tu descends des escaliers baroques. A ton passage les gardes suisses te saluent, genou à terre. Tu as manifesté l'intention de passer cette dernière nuit avec les cardinaux, dans ta cellule d'Héliodore. Tu dois écrire le discours programme de ton pontificat que tu liras demain sous le baldaquin de Saint-Pierre. Tous les regards convergent sur toi. On te montre une première photo de ton apparition au balcon : tu ne te reconnais pas. Tu n'as jamais aimé les photos qui, selon toi, te sculptent une identité qui n'est pas la tienne. L'air figé, dominateur. Index et majeur collés en un geste bénisseur. Un Pie XII noir. Déjà tu crains les ravages de cette image, tu te promets de corriger cette impression arrogante. On te demande une dédicace. Tu vas pour signer de ton ancien nom. Tu te rétractes et apposes au dos du cliché ton premier *Miltiades PP II.* Ta main vibre comme sous l'effet d'une transe. Tu t'interdis de lire ton paraphe. Tu trembles comme le plus novice des faussaires. Tu regagnes ta modeste cellule.

Green, que tu t'apprêtes à proroger pour six mois dans ses fonctions de secrétaire d'Etat, selon les clauses d'un contrat occulte que tu as toi-même deviné, a proposé de mettre à ta disposition pour ta première nuit de pape son appartement du palais apostolique. Tu as refusé. Sept nuits d'insomnie sous le plus grand des chefs-d'œuvre de Raphaël, voilà un record comme tu les apprécies. La nuée bourdonnante de ta suite consent enfin à te laisser seul. Tu retrouves ton espace, tes intimes : Din et Pablo Ramon Serva.

D'étranges petits messages à l'écriture déguisée t'attendent sur ton pupitre : ce sont les vœux de tes cardinaux. On y détaille avec délices et raffinement les buissons ardents de ton pontificat : Sodome, la famine, les guerres, le sac de Rome et ton assassinat. Din, qui connaît ta fragilité, voulait détruire ces papiers. Serva a insisté pour que tu puisses les lire. Un dernier message, dans la liasse, attire ton attention : il est écrit d'une main plus habile au tracé de l'idéogramme qu'à celui des caractères romains. Il est laconique : « Tu quitteras Rome en enjambant les cadavres de tes prêtres. Souviens-toi de Formose. » Voilà qui glisse sur toi, sans t'ébranler. Tu entreprends la rédaction de ton message au monde. Mais Giulio demande que tu l'entendes et le confesses. On t'apprend par ailleurs qu'une foule énorme, massée des rives du Tibre jusqu'aux marches de Saint-Pierre scande ton nom et prie pour ton pontificat. Voilà qui t'étonne de la part d'une ville que tu croyais impie. Tu continues d'écrire, avec frénésie. On revient te dire que cette foule te demande. Tu revêts le *ferraiuolo,* l'ample pèlerine de drap rouge des papes et tu reprends la direction de la loggia. Une batterie de projecteurs éclaire la façade de Saint-Pierre. Rome vit le plus grand bivouac sacré de tous les temps. Ondule à tes pieds une mer de cierges et de torches de fortune. Les jeunes Noirs de la ville brandissent le poinçon allumé de leurs briquets. Des chants, des danses secouent l'essaim des ombres. Tu perçois l'écho de quelques instruments de ta terre : crânes, lithophones, balafons et calebasses. Nouveau Moïse, tu te dresses sur le front de la clameur. Les feux t'éblouissent. Les vagues, les remous, les mascarets de ces milliers de têtes et d'oriflammes te saoulent. Tu voudrais les étreindre. Tu te penches, tu les bénis. Alors tu demandes en leur honneur l'arrêt de toutes les guerres du monde jusqu'à ton sacre, six jours pleins de concorde et de paix. Tu enjoins aux terroristes de renoncer à la violence et à la subversion, toi le premier pape noir de l'humanité. Six jours de trêve, voilà ta seule exigence. Tu leur parles, l'écho de ta voix, plus vraie qu'à ta première apparition, les électrise. Tu ne peux plus t'arracher à eux. Tu es l'envoûté d'un million de pèlerins nocturnes. Leur flux et leur rumeur t'hypnotisent. Tu te crois à Kinshasa, au bord du fleuve.

Tu es peut-être l'otage d'un rêve éveillé. Tu reviens à ta cellule pour écrire. De temps à autre Green délègue auprès de toi un de ses envoyés qui te demande quand il pourra dactylographier ton texte. Tu le renvoies sans ménagement. Tu parles longuement d'unité, d'autorité. La fatigue commence à entamer tes perceptions. Face à toi l'Hostie de la *Messe à Bolsène* répand un sang vermeil. Les servants et les porteurs s'ennuient, tissent des conciliabules secrets. Le pape Jules II a l'air d'un guerrier qui fait halte. Ramon Serva est entré discrètement dans ta cellule, un objet à la main, un globe de glaise concassé d'où surgit l'épieu d'un phallus. Symbole androgynique et fondateur. Vieux totem des tribus montagnardes d'Argentine. C'est le premier cadeau de ton pontificat. Tu le glisses dans la poche de ta soutane précieuse.

Tu t'enfermes dans ta cellule. Tu t'insurges contre ce fond de paganisme et de magie qui te poursuit. Toi, le maître du monde chrétien. Le serviteur de Dieu. Une autre destinée commence pour toi. Te voilà jeté sur la scène du monde, écartelé entre deux noms. Cette nuit, tu te glisses dans l'habit réincarné de Pierre — la faille ouverte de l'Histoire.

## III

## LES CLÉS CÉLESTES

*Log-book :*

« Je ne suis moi-même qu'un mortel comme tous les autres et je descends du premier homme formé de la terre. Mon corps a été façonné dans le sein de ma mère où, pendant dix mois, dans le sang, j'ai pris consistance de la semence virile et du plaisir, voisin du sommeil. Moi aussi, dès ma naissance, j'ai respiré l'air commun, je suis tombé, de la même façon que tous, sur la même terre, et comme tous, dans les mêmes pleurs, j'ai poussé mon premier cri. J'ai été élevé dans les langes au milieu de soins assidus ; car aucun roi n'a eu d'autre début dans l'existence. Pour tous l'entrée dans la vie est la même, et le départ semblable. Aussi ai-je prié, et l'intelligence m'a été donnée, j'ai supplié et l'esprit de Sagesse est venu à moi. »

*Sagesse*, 7 (1-7)

Je médite ces lignes de Salomon jusqu'à l'ivresse. Moi le pontife, fils d'Adam le terreux illuminé par le Christ, moi qui par mon élection, mon itinéraire rituel, recommence le temps.

Les scellés qui fermaient les appartements du pape depuis la mort de Jean XXIV ont été brisés. Je me retrouve dans ce décor historique, comme un étranger. Tout y est défraîchi, fané. Dans le grand salon le vieux piano-forte du pape est intact, partitions ouvertes, comme si Jean XXIV allait venir y jouer une de ses sonatines favorites. J'ai simplement fait venir du séminaire des Missions africaines mon lit et mon prie-Dieu. Din, que j'ai nommé secrétaire particulier du pape pour contrôler les agissements de Green, s'assure du transfert ici de ma bibliothèque et du reste de mes affaires.

Il est encore trop tôt pour que je puisse démêler les souvenirs — la stagnation du conclave, l'élection miraculeuse. Certains parleront d'usure, de calcul, de négociations secrètes et de partage des rôles, j'y vois pour ma part la seule marque de l'Esprit Saint.

J'ai confirmé Green dans ses fonctions de secrétaire d'Etat pour une durée limitée et à seule fin de ne pas choquer plus durement l'Occident en le dépossédant des fonctions patriarcales dans l'Eglise. Sa charge sera strictement honorifique. Il a, la nuit dernière, à mon insu, contre mon gré, fortement remanié la version de mon message au monde, version que je lui avais remise pour qu'il la fasse dactylographier. J'ai heureusement demandé à revoir mon texte une heure avant l'ouverture de la cérémonie à Saint-Pierre. J'ai ainsi découvert la contrefaçon. Ma connaissance de l'italien ne m'aurait pas permis d'improviser devant les cardinaux, les diplomates, les journalistes. J'ai évité le pire. A peine la cérémonie achevée, à peine les grands principes d'unité et d'autorité réaffirmés, j'ai nommé Mgr Ramon Serva, substitut du secrétaire d'Etat. Cette reconnaissance de l'Amérique latine comble Lopez et Colombo. Et empiète sur le territoire de Green.

Je serai couronné vendredi prochain 29 juin, jour des Saints Apôtres Pierre et Paul. J'ai demandé à recevoir le pallium et la tiare. Cela ne se faisait plus. Tant pis. Son or sera incrusté d'émeraudes du Zaïre. C'est un cadeau de M'Bo. Si l'on veut redonner de l'éclat à l'Eglise, il faut la réancrer dans sa tradition la plus glorieuse. Le faste est la plus belle expression qui soit de la foi.

Les télégrammes de félicitations affluent. Le président

des Etats-Unis Germin et le président du Praesidium du Soviet suprême se proposent l'un et l'autre d'assister à la messe inaugurale de mon pontificat. Mais, par-delà les témoignages diplomatiques et les manifestations officielles, je crois saisir dans le monde un mouvement massif d'adhésion à l'élection d'un pape noir. Ma plus grande émotion de ces dernières heures — outre le « j'accepte » que je ne me souviens plus d'avoir prononcé — c'est la foule tumultueuse, avec ses lampions et ses croix, la foule vivante, lorgnant le pignon nu de la Sixtine, appelant le pape, rôle que je me suis efforcé de tenir devant elle.

Deux carabiniers de la brigade pontificale, porteurs d'un message, ont réveillé Samuel dans son studio de la place d'Espagne : « Je vous attends. Signé : Miltiade. » Samuel a vécu avec intensité les événements des derniers jours : l'enfermement du conclave, l'élection bloquée et l'avènement du cardinal Dagotta, que son ami Saint-Marc lui avait présenté à Assise. La perspective de travailler pour un pape ne lui déplaît pas. Jeune cinéaste, il a déjà conseillé quelques chefs d'Etat du Tiers monde. L'essentiel, selon lui, pour les grands dirigeants modernes, consiste à se forger une légende au plus vite. Une épopée d'images que les satellites renvoient sur tous les écrans de la planète. Sa grande idée à cet égard — il se promet de le dire à Miltiade — c'est que la réserve et la timidité maladive de Jean XXIV ont tué la papauté. Il est sans pitié pour ce pape qu'il n'aimait pas. Mais partial comme pour tout ce qui touche au monde anglo-saxon. Pour lui le pouvoir, comme la beauté, est de l'ordre de l'image. De l'apparition. Il y a choc, reconnaissance immédiate du charisme ou rien. Un leurre magnifique. Et face à ce bombardement planétaire les grandes nations de l'Europe décadente et pourrie de matérialisme sont aussi démunies que les peuplades du Tiers monde.

Il y a une épopée à construire, et Samuel brûle de la faire. La lecture de la presse internationale lui a déjà appris que les agents des services de propagande du régime zaïrois s'étaient emparés du mythe Dagotta-Miltiade en placardant sur d'immenses panneaux vidéo dans les principales villes du pays l'image truquée de Miltiade et de M'Bo s'étreignant au balcon de Saint-Pierre. Le sacre du pape, c'est son affaire. En se rendant au Vatican, il s'aperçoit que le crocodile d'Hédor enlacé à la croix a déjà remplacé au fronton des grandes églises romaines le cormoran noirci et rouillé de Jean XXIV.

Le message pontifical a force de laissez-passer et lui ouvre toutes les portes, y compris la célèbre Porte de bronze que les gardes suisses verrouillent en croisant leurs hallebardes. Tout en traversant les salles, les galeries vitrées qui plongent sur la place Saint-Pierre envahie, Samuel ne peut s'empêcher d'imaginer les éclairages, les plans, les mouvements des acteurs. La vie intérieure du palais obéit encore à trois siècles de rituel. On croise des curés fantomatiques, dévorés par leurs pensées, quelques chanoines, quelques chefs de congrégations empressés. Un vieil ascenseur hoquetant, garni de pourpre et d'un siège à l'intention des vieillards qui hantent ces lieux avec prédilection, mène Samuel au seuil de la bibliothèque pontificale. Un prélat italien aux manières gourmées introduit le cinéaste qui se retrouve enfin face au pape. La pièce est sombre, les fenêtres voilées de tentures opaques. Samuel s'incline, puis s'étonne :

— Saint-Père, vous y voyez ?

— On vit ici à la lumière des lampes, lui répond Miltiade en lui désignant le candélabre illuminé de son bureau. Je n'ai pas le droit d'ouvrir les rideaux, les fenêtres encore moins. L'attentat, l'attentat, voilà leur maître mot. Il ne faut pas non plus que la foule me voie. Les fenêtres claires, dégagées, la tentation serait grande d'aller regarder un peu ce qui se passe au-dehors. Je suis ici depuis trois jours et je n'ai pas encore vu la place, même de ma chambre. Rassurez-vous, je vais y mettre bon ordre. En douceur. Bienvenue quand même dans ma taupinière...

Ils s'installent tout au fond de la salle, le long d'un mur bardé de rayonnages et de vieilles reliures. Le fauteuil de velours crème de Miltiade est légèrement surélevé par rapport à celui de son hôte.

— Je vous ai demandé de venir pour que vous me conseilliez... Comment imaginez-vous mon sacre ?

Samuel est à peine assis, il n'a pas encore repris son souffle après sa longue traversée des galeries qu'il lui faut répondre, proposer, esquisser des plans.

— J'y pensais... J'imagine un couronnement dans la lignée des grandes liturgies de l'Eglise, les grandes messes pontificales qui durent des heures, une célébration gigantesque, flamboyante. Il faut que vous vous affirmiez comme le pontife de la tradition et de la modernité.

— Le maître des cérémonies et ses assistants m'ont proposé une messe dépouillée, monacale, comme les aimait mon prédécesseur — à cet instant, Samuel note combien le Zaïrois s'est coulé dans son personnage de Miltiade II —, j'ai répondu que je souhaitais quelque chose de plus baroque, de plus vibrant...

— Vous avez entièrement raison. Vous devez concevoir l'inauguration de votre pontificat comme l'ouverture d'un film. Songez au jeu des caméras, aux rampes de projecteurs, jouez de votre solitude mais montrez également la collégialité de l'Eglise, vos cardinaux de toutes les races, ne lésinez pas sur l'or, le feu, l'encens, les substances sacrées... L'exposition de la dépouille de l'Irlandais dans Saint-Pierre était déjà quelque chose de grandiose, de poignant. Il faut frapper plus fort...

— Le faste n'est pas incompatible avec la pureté de la foi...

— Exactement. Faites venir votre famille, des représentants de ces villages du Zaïre que vous aimez... Il faut les couleurs de l'Afrique dans la grande basilique mère. Avoir ressorti la tiare est une excellente idée...

— C'est une idée du maréchal M'Bo, reprise par Din, mon secrétaire...

— Ne vous en excusez pas, Saint-Père. Vous êtes le chef du monde chrétien. Vous devez affirmer votre autorité. Nous vivons une époque de signes et de symboles. Tout se joue au niveau de l'apparence... Faites diffuser votre image partout... qu'elle pénètre le bourbier de l'Amérique et de l'Europe comme la brousse... Le Tiers monde a besoin d'un roi... Ce monde se meurt d'une absence tragique du sacré... Si votre couronnement est une réussite visuelle, je vous prédis des milliers d'ordinations dans les mois qui viennent.

— Si cette intronisation peut servir la cause de l'Eglise...

— Elle le fera. Affinez une image de pasteur mais aussi de chef. Vous avez un atout considérable sur Colombo, Malouba, Dan Phu... Vous êtes le pape... Votre sacre, vos paroles atteindront aussi bien les maquis du Mexique que les campagnes thaïlandaises... Pensez-y... Je serais vous, pardonnez-moi... je demanderais qu'on reprenne la vieille chaise à porteurs des papes...

— Je n'oserai pas... Votre sens de la représentation, mon cher Samuel, est plein de génie mais il y a des limites...

— Non, Saint-Père. Justement. L'image est par essence illimitée. Elle n'est jamais assez forte. On n'en retient qu'une poussière. Les limites touchent votre stratégie politique... Par votre couleur, votre nationalité, vous appartenez au Tiers monde, par votre fonction vous incarnez l'Histoire occidentale... Vous allez naviguer entre ces deux pôles... Il y aura toujours quelqu'un pour ouvrir les prisons de M'Bo et vous rendre coupable de ses massacres... Comme il y aura un cardinal ou un illuminé d'Amérique ou d'Asie pour dénoncer votre collusion avec l'Europe...

— Je le sais... Vous liriez les messages anonymes que m'ont adressés certains cardinaux aussitôt après ma désignation, vous seriez édifié. J'ai mesuré les risques avant d'accepter...

— Tout rituel est théâtral... La mort du Christ, la Croix, le rideau qui se fend, la lune sanglante, le bataillon des Ressuscités... quelle mise en scène... Pardonnez le sacrilège... Oui faites-vous porter ! Demandez au président de la République italienne qu'il gracie douze *ragazzi* de Palerme ou de Naples, douze loubards qui croupissent dans une prison de jeunes délinquants ! Vous leur offririez une chance de rachat ! Ce serait superbe... Je vois déjà votre arrivée sous les voûtes, dans le tourbillon des colonnes... Vous êtes un homme de théâtre... Votre apparition le premier soir était magnifique...

— On m'a montré une photo. Je me suis trouvé distant, mal à l'aise... La nuit j'étais mieux...

— C'était une cérémonie étonnante. La colonie noire de Rome, pourtant minuscule, vous a fait une belle ovation... Il y avait des Antillais, des Sud-Américains, et même des Arabes... On a évalué cette foule à un million... Imaginez ce que cela va être vendredi prochain... Saint-Père, souvenez-vous des Mages, souvenez-vous de Gaspard...

Dans le silence de sa chambre, sorte de mirador au toit de tuiles où lui parviennent les éclats de la ville, la rumeur des visiteurs et le son des offices, Miltiade a relu son Bossuet. Chaque fois qu'il veut fuir le monde, la vermine, la peur, il s'y plonge. Princesses, duchesses, gorges pigeonnantes, froufrous, et la main faucheuse de Dieu. A dire vrai l'histoire lui importe peu. Ce qu'il aime, c'est le rythme ample, savamment calculé des périodes. Il s'en imprègne avant d'écrire son texte. Deux grands discours depuis l'élection. Depuis l'incident

Green, il a récusé les scribes du Vatican. Le texte est dactylographié par Din, relu par Mgr Ramon Serva. Pas d'autre intermédiaire.

On raconte déjà mille choses sur ce discours. On l'attend. La tradition voudrait qu'une copie traduite soit remise entre les mains des invités dès le début de la célébration. Le nouveau pape a aussi récusé cet usage. Pour l'heure, il travaille dans sa chambre où les meubles apportés de Kinshasa forment un ensemble disparate. Le lit sommaire, la table de bois rugueux, un grand crucifix expressif et terreux : les sculpteurs du village d'origine de Léopold l'ont laissé deux ans enterré pour le vieillir et lui donner un semblant de patine. Les clous saillent comme des épieux. Le Christ déchiqueté et rompu se tord en un accès de souffrance.

Plus loin, dans un coin sombre de la chambre, taillé dans le même bois et des mains des mêmes sculpteurs, l'ancien bâton épiscopal de l'archevêque de Kinshasa. Longue perche creusée de signes et d'emblèmes. A ses pieds, un tapis usé éponge les cataractes blondes des dernières journées de juin. La canicule pèse sur Rome. Miltiade ne l'a pas encore sentie. Les ventilateurs tournent sans cesse. Il a manifesté l'intention d'aller marcher dans les jardins. Din a transmis l'ordre de préparer la promenade aux autres secrétaires qui l'ont eux-mêmes répercuté aux sous-secrétaires, puis aux valets de la maison pontificale. Le préfet de la maison du pape, un Italien de pure souche, Antonini, inamovible, indéracinable, a très vite eu vent de l'affaire. Il s'est opposé au projet. D'après lui, Rome serait sillonnée de terroristes. La police italienne l'informe chaque jour de menaces, de complots qui viseraient le nouveau pape.

Miltiade se console par l'écriture et la prière. A Din qui voulait aussitôt déplacer tous ces gens installés depuis des dizaines d'années dans l'entourage des papes, Miltiade a répondu qu'il attendrait. « Regarde, laisse-les faire, mais observe-les », a-t-il soufflé à son secrétaire. D'ailleurs le pape n'a guère le temps de s'ennuyer. Ce sont visites sur visites. M'Bo est venu, en grand arroi, le poitrail barré de décorations, présenter quelques échantillons des pierres qui vont habiller la tiare. La couronne, toute en diamants et émeraudes est en préparation dans une mine tenue secrète du Bas-Zaïre : Igdoura-Miracle. Les orfèvres la cisèlent au plus profond des entrailles de l'Afrique. La tiare arrivera à Rome par avion spécial. En guise de remerciement, Miltiade, dans le feu de la conversation, a imprudemment promis à M'Bo un tableau des musées du Vatican.

D'autres visites ont suivi. Antonini, qui en plus de la maison du pape s'occupe aussi de sa garde-robe — ce qui lui vaut le surnom de Mgr *Guardaroba* — est venu avec le prélat en charge de la sacristie de Saint-Pierre proposer tout un choix de dalmatiques, chasubles, aubes et cordons. Miltiade, d'emblée, a écarté les ornements sobres et dépouillés de son prédécesseur. Une flopée de séminaristes a aussitôt emporté la garde-robe liturgique de Jean XXIV.

— S'il faut tailler de nouvelles chasubles, Très Saint-Père, nous sommes trop tard, a prévenu Antonini.

— Qu'à cela ne tienne, donnez-moi de vieux vêtements du Trésor, a répliqué le pape. Antonini a obtempéré, sans cacher sa réprobation.

Dans un obscur bureau qui ouvre sur la cour des Perroquets, non loin des salles où logeaient les cardinaux pendant le conclave, trois prélats réécrivent la messe du couronnement, tiraillés entre les ordres que leur transmet Din et les exigences de Kris-August Némo qui ne veut chanter que des pièces qui l'avantagent. Pas question pour lui de donner la *Messe du Pape Marcel* de Palestrina comme il fut un temps question. Il a menacé de quitter l'Académie pontificale si on ne l'autorisait pas à chanter la *Messe du Couronnement* de Mozart comme il l'avait déjà fait pour Jean XXIV. Il lui a d'ailleurs suffi d'envoyer quelques-uns de ses choristes enquêter discrètement dans le dédale des bureaux pour constater que les tenants de Palestrina n'étaient pas, comme il le pensait, le pape et son secrétaire mais Green et Antonini.

La chemise largement ouverte, les cheveux sales et longs, Kris-August Némo arpente les couloirs du palais apostolique. On est à deux jours de la cérémonie et il ne se décide pas à ouvrir les répétitions. Quelques choristes travaillent seuls. D'autres, désemparés, en ont référé à l'autorité supérieure, Mgr Guardaroba en l'occurrence, puisque selon un usage immémorial il règne sur tout ce qui est la vie matérielle du pape, nourriture, vêtements, réceptions et musique. Antonini a appelé Kris-August. Entrevue orageuse. Examen des mérites comparés de Palestrina et de Mozart. *La messe du Pape Marcel,* c'est de la pisse de flûteau, au dire de Némo. S'en est suivie une cascade d'injures :

— J'obtiendrai du pape votre renvoi, sale barbare allemand !

— Les barbares sont dans la place, les Nègres débarquent... il me semble que le mot est de vous...

— Crapule j'aurai ta peau !

Entre répons et fumées d'encens, on parle un langage rude dans les salons ouatés du Vatican.

Tandis que des cohortes d'employés de la sacristie défilent dans les couloirs les bras remplis de dalmatiques et de fanons qui n'ont pas été portés depuis des lustres et paraissent durs comme des housses de momies, une intense activité agite le personnel des bureaux de la secrétairerie d'Etat. Green, seul à son bureau, entre une vue de New York et son chapeau de cardinal, louvoie parmi les écueils diplomatiques. Où placer tel chef d'Etat ? Peut-on réserver au maréchal M'Bo les honneurs de chef d'Etat associé au Saint-Siège sans heurter la susceptibilité des autres dirigeants du Tiers monde ? Green a toujours aimé ce travail de combine et d'intrigue. Nul indice pour doser les risques, évaluer les réactions en chaîne. Ce qu'il appelle l'influx des chancelleries. Il ne se fie qu'au trébuchet de son intuition. Il a réglé le cérémonial des funérailles et du conclave. D'autres choses avant. Il n'a raté que son élection. Avec Giulio qu'il héberge désormais, comme le ferait une mère captatrice et peureuse, il épie les mouvements qui secouent les étages supérieurs et envoie aux nouvelles dans les cuisines, la sacristie ou encore la Sixtine où les choristes enfin rassemblés entament la répétition de la *Messe du Couronnement,* ses hommes de confiance, *oreilles volantes* du cardinal selon le mot de Ramon Serva.

Les informations sont contradictoires. Green s'en réjouit. Il a fait venir Kris-August dans son bureau pour lui annoncer la venue à Saint-Pierre le jour du couronnement, de Sir Edward Hugue, chef d'orchestre de renommée mondiale mais ennemi déclaré du maître de chapelle. Infondée, aléatoire, simple bruit de cuisines ou de couloir, la nouvelle envenime le conflit. Kris-August met ses menaces à exécution et quitte le Vatican pour une destination inconnue. Green est soulagé. Le pontificat commence mal. Il prend le dossier qu'il doit remettre au pape pour signature, s'apprête à monter au dernier étage du palais. Le centre nerveux du Vatican ne quittera pas son bureau. Il est résolu à déjouer toutes les mises sous tutelle, qu'elles viennent de Serva ou de Din. Il faut, à cet égard, l'entendre parler du secrétaire intime du pape : il se promet de l'attirer dans son jeu. Pour manipuler Miltiade, il faut avant tout manipuler son secrétaire. Les conflits du monde, les affaires de la planète ne l'intéressent que vus sous l'angle américain. Le président des Etats-Unis rendra une visite protocolaire au pape mais déjeunera chez lui. Ainsi en a-t-il lui-même décidé sans en parler au pape. Négligemment il fait tourner les grandes mappemondes qui trônent devant les fenêtres. Grosses boules mosaïquées de continents ocre et de mers verdâtres. Dehors le soleil joue de ses panaches blonds dans l'écume des fontaines. On dirait les *flabelli,* ces anciens chasse-mouches à plumes d'autruche que le *Nègre,* comme il l'appelle, va peut-être ressortir.

Au moment où il se dirige vers la porte, Giulio le saisit par la manche :

— Il faut que je vous parle...

— Je n'ai pas le temps... Il est cinq heures. Le *Nègre* m'attend. Tu sais qu'il a peu de temps entre les défilés de mode !

— Eh bien, cardinal, on murmure que Dagotta connaît les noms des assassins du pape... On nous a trahis...

— Qui donc ? Un des embaumeurs ?

— Je ne sais pas... Un rapport sur les conditions exactes de la mort de Jean XXIV circule à la curie... Le Révérend Din l'aurait intercepté et fait lire au pape...

A cet instant Green fixe Giulio, mince épervier noir dans la lumière effervescente. Il fixe ces yeux pers, mangés par des arcades sourcilières proéminentes, ce visage ravagé. Le monde vacille. Il ne sait brusquement plus qui l'assiste ou cherche à le perdre. Le doute s'empare de lui. Le trône de saint Pierre lui a déjà échappé. Il pourrait parler des conditions de l'élection de Dagotta, porter le scandale sur la scène mondiale. Pour peu il demanderait au pape de le translater à l'archevêché de New York sous prétexte d'enrayer la crise de l'Eglise américaine. Les déconvenues s'accumulent. L'argent promis par Hilton tarde à venir. Les banquiers américains attendraient de juger les effets de l'élection de Miltiade avant de verser le pactole.

Un froissement de soie sur le marbre. Giulio s'est éclipsé. Green se retrouve seul. Il doit monter affronter le pape. Ces éclats de rire qui résonnent dans les antichambres le révulsent. Il passe, hermétique et hautain. Il a l'impression que l'entourage immédiat du pape grossit de jour en jour. Une cour bruissante, nerveuse, ravie jusqu'à la jubilation et qui, à l'anglais ou à l'italien, préfère le français qu'elle déforme ou mutile allégrement. Green a en horreur cette prononciation grasse et sonore. De même il déteste l'affectivité débordante des Noirs. Voient-ils Din traverser un vestibule qu'ils l'entourent, le pressent de bourrades et autres démonstrations bruyantes. Comment l'intellectuel Dagotta peut-il supporter ce tumulte de tribu ? Les hommes d'Antonini, les diplomates vaticans, tous ces exégètes du protocole affichent des airs fermés, condescendants.

Lorsqu'il pénètre dans l'antichambre du pape, Green découvre un vacarme extraordinaire. Une circulation en tous sens ébranle l'inertie du palais. Des émissaires de M'Bo livrent les premiers clichés de la tiare. Les sacristes venus présenter les ébauches de la messe sont renvoyés par Antonini sans ménagement : Palestrina, clame-t-il. Je ne veux pas de Mozart. Miltiade erre parmi cette foule. L'arrivée de Green jette un silence glacé. Le cardinal s'incline devant le pape qui n'esquisse pas même un geste pour l'inviter à se relever, et baise l'anneau. Le cercle de tous les présents se referme autour du pape et de son secrétaire d'Etat.

— Monsieur le cardinal, je veux vous informer de quelques décisions que j'ai prises.

— Très Saint-Père, je suis à vos ordres, répond Green d'un ton figé.

— J'entends que vous fassiez revenir au plus vite le maître de chapelle. La messe chantée sera celle de Mozart. Vous m'avez compris, Mgr Antonini. Je suis le pape. Ne l'oubliez pas. Tous ceux qui ne se plieront pas à mon autorité seront renvoyés à leurs fonctions d'origine. Que cela soit clair. Cardinal Green, je compte sur vous.

L'humiliation dégénère vite en rancune. Dans ce climat de pourrissement général, d'incertitude, mais aussi d'émergence d'un pouvoir fort, Green, blessé à mort, rumine une vengeance possible. L'humiliation devant ce tas de sacristes, de valets, de petits prélats montés en grade sous Jean XXIV, grâce à sa complaisance et qui, aujourd'hui, plutôt que de perdre leur miette de pouvoir, se ruent dans l'arche de Miltiade et désertent la sienne. Démissionner? Jamais. Il rappelle Giulio, lui raconte en quelques mots l'humiliation froide, le ton arrogant de ce pape qu'il a fait élire au nom et au terme de ruses planétaires, fomentées à son insu, et qui, peu à peu mais de façon inéluctable, sont en train de broyer son autorité. Green est abattu comme il l'a rarement été, il découvre son vrai visage devant Giulio. La partie de bras de fer avec le dernier étage — celui des Noirs — est engagée. Green avoue même qu'il a cru que le pape allait se ruer sur lui, lui arracher ses insignes rouges de cardinal, oui le destituer devant ce cénacle de minables qui n'aspirent qu'à sa déchéance.

On a sonné. Giulio entrouvre la porte avec méfiance. Un sanpietri vient demander les mappemondes pour le bureau du pape. Alors Green explose d'une fureur meurtrière. Il bouscule l'huissier, referme la porte avec fracas.

— Je suis ici chez moi. Vous ne m'aurez pas! Je suis secrétaire d'Etat! Si le pape ne veut plus de moi, qu'il me chasse!

Tout au fond des grottes vaticanes, sur un carré de terre fraîchement remuée, brûle une maigre veilleuse à huile. La flamme vibre au passage des ouvriers, des prêtres, des techniciens, des policiers aussi, toute cette multitude qui inspecte la nécropole, y dépose câbles et groupes électrogènes, fleurs et réserves d'encens. La basilique est un chantier. On se croit ramené des siècles en avant, pendant sa construction. Echafaudages, échelles, tribunes encombrent la nef. Un groupe de techniciens acrobates ajuste les projecteurs dans le tambour de la coupole. Les faisceaux doivent converger au pied du baldaquin du Bernin sur un promontoire habillé de vert où sera installé le trône pontifical. De vieilles religieuses tremblantes finissent de coudre les paravents qui délimitent les emplacements des invités personnels du pape : ministres et prélats du Zaïre, des centaines de prêtres amis jadis ordonnés par Léopold dans son palais de la *Cité* à Kinshasa, journalistes, intellectuels proches du cardinal du temps du Nobel et de la première renommée mondiale.

Des peaux d'antilopes et d'impalas recouvrent les dossiers des fauteuils. La tribune zaïroise se dresse à la droite de l'autel : le crocodile de la famille Hédor et les lions verts et musculeux de M'Bo s'affrontent sur les tentures que l'on déploie à grand renfort de plis et de passementeries. A chaque place des cartons sont disposés selon un ordre rigoureux et quasi alchimique.

A la tête du grand orchestre philharmonique de Londres, Sir Edward Hugue dirigera la *Messe du Couronnement.* Les gradins de l'orchestre ont été montés entre l'autel central et celui de la chaire. Kris-August Némo, qui a rencontré personnellement le pape dans ses appartements privés, chantera le *Tu es Petrus* et l'*Ave Verum,* motet de Mozart également choisi par Miltiade pour accompagner l'imposition de la tiare. L'hémicycle de l'orchestre forme une pâtisserie géante et racornie. Les sanpietrini agrafent moquettes et tapis afin de masquer les planches rugueuses et délavées. D'une loge supérieure, Samuel commande les éclairages. Quelques réalisateurs d'envergure se sont joints à lui. Leur coalition a permis d'évincer les réalisateurs traditionnellement affiliés au Vatican, ceux qui filment les cérémonies pontificales en plans surplombants et mornes. Une période de transition comme celle que vit le Vatican aujourd'hui facilite tous les coups de force. Le pape impose ses hommes et certains s'imposent eux-mêmes. Antonini supervise, supplanté par Samuel. Din, à son tour, dirige. Les gerbes de fleurs sont déchargées au pied de l'autel. Quelques servantes de la maison du pape, expertes en art floral, sectionnent les tiges, tressent des compositions à la fois aérées et drues, gorges rouges, traînées sanglantes des pavots, lys lancéolés et trompes d'arums, à quoi s'ajoutent lilas, camélias, orchidées et jacinthes de rivière. Les parements de l'autel sont tendus d'un treillis de lierres et de pétales ensanglantés. Un immense tapis flamboyant rappelle les couleurs de l'autel et descend jusqu'au vestibule d'honneur de la basilique. On y a ménagé une encoche circulaire afin qu'à son entrée dans l'enceinte même, le pape puisse baiser le disque de porphyre millénaire. De même on a sacrifié aux symboles. Samuel a été entendu. Les douze *ragazzi,* délinquants mineurs, issus du gratin comme de la pègre et jetés en prison pour d'obscurs délits porteront le pape jusqu'à l'autel. Pour l'heure ils s'entraînent à déplacer la chaise de vieux velours pourpre. Lentement ils chargent la sedia sur leurs épaules, glissent sur le grand tapis, les traits durcis, les mains cramponnées aux barres transversales, les franges des accoudoirs balancent, un fouillis de vieux coussins lustrés meuble le trône vide. Personne n'ose occuper la place du pape, ne serait-ce que pour habituer les porteurs au vrai poids d'un corps. Antonini, requis par la restauration et l'entretien des ornements liturgiques, rêverait de monter sur la chaise mais il n'en a pas le temps. Aussi, plutôt que de voir un de ses multiples ennemis siéger en roi, il offre généreusement la place à Din.

Trois, quatre, cinq cents personnes travaillent dans la basilique. On accorde des instruments. Harpes, tambours, grosses caisses sont portés à dos d'homme jusqu'à l'estrade de l'orchestre. Sir Edward Hugue et Kris-August Némo occuperont des places diamétralement opposées. Leur emplacement et la concentration qu'exigera leur participation à la célébration ne leur permettront pas même de s'apercevoir. Sir Edward Hugue entrera par la porte creusée sous le tombeau d'Alexandre VII. On imagine déjà l'entrée du vieillard à la crinière léonine sous les marbres veinés de rouille du monument. Quant à Némo, il surgira des marches de la Confession et s'y enfoncera sitôt la messe terminée. Entre eux, engoncé dans ses ornements, le pape. On murmure que Samuel, promu véritable maître de la cérémonie, lui réserve une surprise. La tribu d'Hédor au grand complet ? Non, il se préparerait autre chose. Confrontation archaïque et puissante. Samuel jongle avec les formes et les images, Bernin du troisième millénaire, et Miltiade les habitera de sa foi.

La clameur est telle qu'on ne se croit plus dans un lieu sacré. Injures et éclats de voix retentissent aux quatre coins de la basilique. Des divergences naissent. Sanpietrini et techniciens n'hésitent pas à s'empoigner. Les caméras bourdonnent. Dans les vasques l'encens crépite. Des prêtres déroulent les linges d'autel, serviettes, nappes, corporal. Le pape officiera tourné vers l'est, le dos à l'orchestre. Huit caméras le filmeront de front. Sans compter les centaines d'objectifs des photographes.

Miltiade s'est mis en chemin. Au seuil de la bibliothèque son cortège l'a rejoint. Antonini ouvre la marche. Din, Ramon Serva, quelques autres prélats qui ont réécrit la messe, et, peu à peu, entrent dans l'intimité du pape, les camériers et les gardes suisses, le *bussolante* chargé de porter la cape rouge du pape et son chapeau, colonne semée de torches et de hallebardes dorées qui lancent leurs éclats sur les pavages de marbre. Salle du Trône, petites chambres fleuries où se dresse l'épure de moines austères, le trajet est une véritable reconnaissance des lieux. Au linteau des portes on retrouve, invariable, le titre glorieux des prédécesseurs du pape noir : PONTIFEX MAXIMUS. Le descendant du Pêcheur traverse ses chambres, longe les mosaïques éclatées, lumineuses de son nouveau palais. Les loges vaticanes, où il résidait pendant le conclave, ont retenu sous leur vitrage la fournaise de la journée. Une fine sueur couvre les chefs-d'œuvre de Raphaël qui laissent percer leurs ouragans de bleus et d'ors. Autour de Miltiade les robes noires ou violettes bruissent, longues, buvant dans leurs plis les silhouettes de ceux qui les portent, zébrures d'armes et de moires. Au terme d'escaliers et de couloirs doucement incurvés, dans un resserrement des architectures pareil au goulot d'une grotte, on découvre Saint-Pierre, funèbre et froide. La clameur s'éteint dès que le cortège se présente au seuil de la chapelle latérale du Sacramento. Instinctivement gardiens, techniciens, tous ceux qui s'activent à la préparation du grand rituel se glissent dans l'anfractuosité des chapelles adventices. Samuel accueille le pape et s'incline. Dans la lumière qui sombre, le pape distingue encore la masse géante de l'autel drapé de fleurs, le trône curviligne, houssé d'or, et blotti au pied, le berceau de la Confession où il s'enfonce. Le pontife vivant est venu prier tout près de la poussière de ses devanciers, tout près de ce rectangle de terre brunâtre couvert d'un monceau de roses et d'œillets où se décompose le corps de son prédécesseur. Miltiade restera là jusqu'à l'aube, plombé dans sa prière. Pendant ce temps les allées et venues des servants se poursuivent, adoucies. Miltiade n'entend rien. Il égrène les litanies de la Vierge : *Domus aurea ! Janua Coeli ! Turris eburnea !* A l'aube, il est prévu qu'on le conduise au plus profond des catacombes de San Callisto, sur la tombe supposée du premier Miltiade, martyr et saint. Avant de recevoir le pallium et la tiare, le pape descend le grand arbre généalogique de la Chrétienté.

A peine sorti de la nuit des catacombes où flottent l'âme des martyrs et les nappes d'encens, Miltiade se retrouve au Vatican dans sa chapelle privée du dernier étage. La voiture blindée l'a ramené sans qu'il puisse faire une halte. Miltiade a eu tout juste le temps d'apercevoir l'esplanade pelée du Latran, l'effigie blanche des Apôtres au balcon de sa cathédrale. Avertisseurs, soldats armés, nuées de carabiniers aux aguets l'escortent. L'ONU a consenti qu'une légion de ses Casques bleus surveille la Ville éternelle le temps des cérémonies du couronnement. Il faut dire que ce que le monde compte de têtes couronnées ou influentes s'est fait un honneur de s'installer à Rome pour l'inauguration du pontificat du pape noir. Certains dirigeants du Tiers monde — Syriens, Libyens, Pakistanais — ont fait le voyage sans avoir l'intention d'assister à la messe du couronnement. Tout simplement parce qu'il faut être à Rome pour afficher sa puissance. Russes et Américains ont désigné à la tête de leurs délégations leurs plus hauts responsables. Le président Lucas Germin représente les USA. Vladimir Ougdanov, le tsar rouge, siège quant à lui dans son ambassade des bords du Tibre. Quelques entrevues protocolaires ont même été prévues. On se déplace d'un état-major à l'autre. Les blazers marine de l'Université d'Harvard côtoient les uniformes brunâtres des militaires soviétiques. Les échanges restent, en apparence, des plus conventionnels. On hésite entre le quant-à-soi et la guerre froide. L'élection de ce pape noir scelle officiellement un glissement des influences vers le Tiers monde qu'on ne peut que condamner. Les pays vassaux se déplacent en délégations et viennent faire acte d'obédience auprès des grands leaders du monde blanc. Les célébrations vaticanes constituent une maigre part de l'emploi du temps des Américains et des Russes.

A l'aube, entre le retour du pape de San Callisto et le passage du président Germin, un attentat a détruit les locaux d'une annexe militaire de l'ambassade soviétique. Bilan provisoire : dix-huit morts, quarante blessés dont une vingtaine de civils italiens. Quelques foyers de terrorisme s'allument ici et là : une brigade d'inspiration islamique vient de cribler de décharges de mitraillette les grandes mosaïques de Saint-Paul-hors-les-Murs. Les Casques bleus patrouillent. Toute la partie occidentale de la ville du Tibre au Transtévère en passant par le Janicule est interdite aux véhicules. Des barrages de police filtrent les incursions sur le territoire du Vatican. Depuis les premières heures du jour, les menaces, les annonces d'attentats, les revendications multiples et contradictoires harcèlent les commissariats, les ministères et les rédactions des grands journaux. Rome risque à tout instant de devenir le champ clos du terrorisme international. Aussi le gouvernement a-t-il pris des mesures de surveillance draconienne des édifices publics et des sièges des organisations politiques — socialistes, communistes, démocrates-chrétiens — qui se réclament du jeu démocratique. La chaleur, les volets clos des palais, les patrouilles de l'armée et de la police, les chars d'assaut qui sillonnent le Corso et la Place du Peuple, tout cela donne à la ville l'aspect d'une cité lénifiée, poignardée en son cœur par on ne sait quel occulte coup d'Etat.

Miltiade ignore tout de ce climat de menace. Depuis sa descente dans la basilique pour une nuit de veille, il n'a pas échangé la moindre parole avec un seul membre de son entourage. A son retour de San Callisto il a célébré une messe dans sa chapelle privée. En un geste d'humilité, il a lavé les pieds des douze adolescents qui le porteront à l'autel du Bernin. Assistaient à cette messe son frère — si ressemblant qu'on le prendrait pour son jumeau — et ses cinq sœurs, belles négresses à la croupe fière et nerveuse, harnachées de costumes flamboyants, boubous roses, écarlates ou malachite, tressés de guirlandes d'orchidées. Le pape les a tous bénis, puis il les a longuement étreints. Un appartement du palais apostolique a été mis à leur disposition.

Puis Miltiade s'est muré dans sa chambre. Déjeuner symbolique et frugal. Il a demandé à goûter quelques-unes de ces grosses crevettes zaïroises que lui ont apportées ses sœurs. Depuis, couché à même le *pavimento* de sa chapelle privée, il prie. Il veut revivre les premières heures de son ministère de prêtre dans une modeste chapelle de missionnaire des temps de la colonisation, simple paillote à laquelle on avait ajouté une guérite circulaire tenant lieu de chœur et une grande vitre barbouillée de sang animal et de décoctions rougeâtres. Il tient à se remémorer cette ordination aux pieds d'un vieil évêque d'origine belge, tout tremblant dans sa chape amarante, le doigt bagué d'améthyste, cette messe où ses sœurs avaient composé et soigné la décoration florale et à laquelle sa mère, renonçant pour une fois à son scientisme farouche, avait daigné assister, plus par amour que par croyance. Elle s'était placée au premier rang, tout près de l'autel garni d'une haie de bambous verts, et avait répondu avec sa conscience rigoureuse d'intellectuelle, elle qui qualifiait la Bible de romance extravagante et dangereuse, combattait avec une égale énergie le fétichisme et l'évangélisation, et n'avait jamais cru au salut de l'âme. Elle n'avait cependant pas pu empêcher l'ordination de son fils auquel elle prédisait un avenir superbe d'intellectuel, pourvu d'une chaire universitaire, en Europe si possible. Elle avait, elle, fini titulaire de la chaire de biologie animale à l'Université de Kinshasa, grande spécialiste des reptiles qu'elle empaillait pendant ses rares moments de loisir. Elle avait dû accepter cette ordination — qu'elle devinait vitale — en se disant qu'il ferait carrière dans l'Eglise. C'était là sa seule consolation. Elle avait suivi quelques étapes du cursus : chanoine, docteur de droit canon, agrégé de théologie et elle l'avait vu recevoir ses premières fonctions épiscopales à Boma. Elle était morte quelques mois avant sa nomination comme archevêque de Kinshasa, patriarche du Zaïre. Miltiade songe à sa tombe, quelque part dans les marais d'Hédor, tertre de granit pourri, fleuri d'excroissances vénéneuses, elle, l'encyclopédiste de la forêt vierge.

Sa vue se trouble, et il lui semble embrasser le granit poreux comme il se baisse pour poser ses lèvres sur le disque rouge du centre de la nef. Ses porteurs l'encadrent. Miltiade se redresse, remonte sur la sedia. On lui réajuste sa mitre précieuse incrustée de pierreries. L'immense procession encercle le baldaquin, s'infiltre dans les chapelles. De part et d'autre de la travée, les invités battent des mains, certains debout sur les chaises, d'autres prosternés. Un brouhaha de cris, d'exultations sauvages que le fracas des tambours et la flagellation des archets couvrent à peine. Des têtes. Une marée cosmopolite. Le cortège remonte lentement. Il se creuse un passage dans la foule qui palpite. Les porteurs, essoufflés, fragiles, vacillent. Le roulis de la chaise, la réverbération des flashes ajoutent à la nausée du pape qui, consciencieusement, patiemment, de sa main droite, bénit, tantôt d'un côté, tantôt de l'autre. Les marbres brûlent sous les rampes de projecteurs. Le travertin de Tivoli prend des reflets incandescents. Un déluge lumineux s'écrase de la coupole et enlace le baldaquin qui se dresse, comme en apesanteur, dans une pluie de molécules et d'ocelles.

Des invités anonymes — admis dans l'enceinte de la basilique après des dizaines d'heures d'attente et une fouille sévère — lancent des gerbes de pétales sur le pontife. Etamines et cornets tachés de pollen ruissellent sur la dalmatique incrustée de fils d'or. Végétations mystiques, dorées, moutonnant sur les genoux et les mains gantées du pape rigide et sombre, comme un juge souterrain jailli des catacombes et du froid des grottes. Et la foule applaudit sans relâche, battant le piston des paumes, dans une sorte de transe avivée par le pollen, l'encens, les larmes d'Italiennes, paysannes austères, ravinées, venues acclamer le Pape comme l'incarnation vivace d'une divinité, si petites, si tassées sur leurs rotules usées qu'elles s'engloutissent dans le sein chaud de la foule en sueur, apercevant tout juste la mitre et son bonnet de pierres, pierre à Jésus, labradorite, gypse laminaire, et la main, tendue, impérieuse, oui pour elles le Pape, le Pontife vivant, plus romain qu'africain, plus doré que noir.

Il se joue un cérémonial millénaire sur ces fondements de lave et d'aérolithes que mouilla le sang du lointain Apôtre, et ce Pape acclamé, porté, centre de toutes les espérances et de toutes les terreurs du monde, coursier de Dieu, détenteur des clés célestes et des arcanes de la nuit entend la plainte en lui de l'Apôtre crucifié, la tête en bas, au plus terrible de l'humiliation, les cris hystériques et vengeurs de la foule, Rome en feu, hérissée de brasiers où se tordent les corps des Chrétiens immolés, orgie de meurtres, les crocs des chiens saignant de lambeaux de muscles, la chair palpitante encore, et ce Pape aujourd'hui, dans cette nef fastueuse, saturée de fleurs dont l'orage imminent alourdit les parfums, ce Pape-météore, Pêcheur ramant sur les épaules des douze nautiers qui flageolent, ce Pape, fils des ténèbres, dur, visage buriné, comme son jumeau en habit, perdu parmi la sainte famille où resplendissent les seins voluptueux des cinq sœurs aux noms musicaux, prédestinés — Paloma, Europa, Esther, Belphégor et Isis — ce Pape, esclave et roi, en qui cogne l'hémorragie de sa race, le martyre, l'asservissement, la mémoire des galions féroces promenés sur les mers, bourrés de diamants, de cuirs, de peaux ensanglantées et de nègres aux fers. Ce pape cette nuit dans la nef de l'Eglise blanche, tombeau de l'Apôtre Pierre et berceau du pouvoir, de la tyrannie catholique, de l'Inquisition, centre vital de l'Eglise et miroir d'une Europe dominante, ce Pape, somptueux, pourpre, les ailes du nez comme empoussiérées d'un léger duvet, le visage jauni de pollen, souverain nocturne d'un empire qui s'émiette, Miltiade II l'Obscur, celui que la Chrétienté déclinante va peut-être entraîner avec elle, dans son reflux, comme une mer qui se retire, fêté, adulé, soutenu par douze Blancs, lui Pierre et Pie, à la tête d'un continent qui se lève.

La chaise arrive dans le cercle de la coupole, au pied du baldaquin, et là, première surprise de cette cérémonie qui joue de l'étonnement et du trompe-l'œil, Miltiade rencontre son double, l'antique saint Pierre de bronze, le joyau noir d'Arnolfo di Cambio, réplique pétrifiée du Saint-Père : tiare ruisselante de topazes orientales et de sardoines, l'anneau du Pêcheur tout scintillant sur le doigt levé, la chape rouge que ferme une agrafe de pierreries. Miltiade s'avance et, sur le pied de métal usé par les baisers des pèlerins successifs — sept siècles de vénération ! — il appuie longuement ses lèvres. Pierre l'Originel, gardien terreux de la foi et son successeur noir.

Miltiade s'apprête à monter les gradins de l'autel quand un moine voilé d'une défroque grisâtre surgit du rang et l'interpelle. L'homme brandit un court bâton qu'il enflamme. Le pape sursaute, esquisse un geste de défiance puis se signe. Le moine laisse alors tomber son capuchon et Miltiade reconnaît Loé, l'ermite qu'il visitait souvent à Kinshasa au bord du fleuve et du bidonville. Loé tient à bout de bras un bâton d'argent à l'extrémité duquel flambe une touffe d'étoupe. Les sautillements liminaires de la messe de Mozart se sont tus. Trois fois, narguant le pape jusqu'à lui roussir presque les narines, l'ermite s'avance et hurle :

— Beatissime Pater ! Sic transit gloria mundi !

Alors, sous les pupilles dilatées du pape, l'étoupe crépite et se divise en une pluie de fils calcinés.

A son pupitre de réalisateur installé dans la *Sala Regia*, Samuel sélectionne les images funèbres. Pendant le rite de l'étoupe et du bâton, il fait filmer le pape sur une marqueterie de tombeaux et de signes lugubres. Le pape noir s'inscrit entre la clepsydre et le squelette torturé du tombeau d'Alexandre VII. Sur fond de cuivre et de grincements d'archets, Kris-August Némo peut alors entonner le *Kyrie*. Il se détache du groupe des choristes, habit noir satiné et plastron blanc, salue le pape qui le bénit. De son siège Miltiade entrevoit l'espace réservé à sa famille, à quelques prêtres du Zaïre, il devine aussi M'Bo, grotesque dans son habit vert cru, le poitrail barré de cordons, de colliers, de plaques et de rosettes — chaque insigne renvoyant à autant d'exploits fictifs —, plus loin, derrière le Sacré Collège, le président français, l'air mystique et inspiré, les représentants des vieilles monarchies européennes, figures de cire d'un temps échu, les uniformes brunâtres des Polonais, des Russes et autres membres du bloc de l'Est, vieillards sanguinaires assis sur les cendres des purges et des holocaustes, et puis Lucas Germin, le président des USA, avec son masque de technocrate calculateur et froid, fasciste dans ses thèses et son action politique, siégeant, ironie du sort, à quelques mètres du cardinal Lopez assisté de son coadjuteur Colombo, un des déstabilisateurs désignés des USA. Miltiade les observe malgré la distance, l'engagement et le recueillement qu'appelle le rituel du pardon. Puis il laisse son regard glisser le long des cordons rouges, s'attardant parfois à un de ces généraux d'Amérique du Sud ou d'Asie — même profil, même attitude de militaire d'opérette — inévitablement accompagné de l'épouse voilée de noir conformément aux exigences du protocole. Il leur réserve tout à l'heure une longue partie de son discours inaugural sur la fin des régimes oppresseurs.

Cinq heures. Miltiade les retiendra tout ce temps dans sa basilique pour un sacre dont il veut qu'il soit celui de la Parole du Christ. La fin de la première heure de célébration le voit confirmé dans sa dignité de pasteur de la Sainte Eglise. Mgr Lopez, protodiacre, monte péniblement jusqu'au trône, s'empare du pallium et le dépose sur les épaules du pape. La bande de laine et de lin a été tissée par les religieuses de Sainte-Cécile-du-Transtévère avec la laine de jeunes agneaux tondus le jour de la Sainte-Agnès et enfermée ensuite, le temps de sa consécration, tout au fond de la Confession, près de la Tombe de Pierre. En remettant à Miltiade le collier frappé de six croix noires, Lopez exalte tout haut *la merveille robe sans couture qui avait habillé le Sauveur du monde.* Peu avant de prononcer son discours, Miltiade reçoit l'obédience des cardinaux. Tous viennent un à un, tête nue, s'agenouiller aux pieds du pontife, tous de Green à Salviati, le vieux compagnon de la Sixtine, et Ramon Serva, l'intime, Kruz, Saint-Marc, le primat français, Mac Gregor, plus hautain que jamais. Symboliquement, mais aussi avec un sens aigu de la diplomatie religieuse, le pape se lèvera pour accueillir les prélats orientaux Min et Dan Phu qui lui offrent à l'occasion une flache d'encens, Malouba, son vieil ennemi, provisoirement rallié au « pauvreté, foi et pureté » que, malgré le luxe, le pape s'apprête à défendre, Lopez majestueux mais décharné, raide comme un insecte dont il ne resterait que la carapace, et Colombo, le regard d'acier d'un Saint-Just solaire, la soutane violette cachant à peine l'arme du terroriste. A cet instant, le seul dira plus tard Miltiade, l'Eglise cosmopolite aura donné l'illusion de se rallier au pape.

Tout le temps de la cérémonie, dans une atmosphère qui s'alourdit, sous les marbres et les bronzes surchauffés, Miltiade lutte contre les diverses sollicitations visuelles, sonores, olfactives. Parfois l'embrasement des cuivres et des instruments à cordes le captive, le génie météorique de Mozart. A d'autres moments, il est comme happé par la nuit mouvante des grottes qui se creuse à ses pieds, et il lui semble entendre craquer le tuf qui porte le Vatican. Et tous ces corps d'Occidentales, corsages de dentelles claires, le luxe des éventails, des jumelles en nacre... L'Evangile, lu en latin par le cardinal diacre d'office, puis ensuite repris en grec, n'est autre que le texte fondateur de l'Apostolat de Pierre, le seizième chapitre de l'Evangile de Matthieu. On y voit le Christ interroger ses apôtres sur sa véritable identité. Seul Simon Pierre sait découvrir la paternité divine. Ce qui lui vaut les réponses fameuses : « Tu es magnifique, Simon Bar-Jona... Et moi je te dis que tu es Pierre et sur cette pierre je bâtirai mon Eglise » dont l'inscription latine court au-dessus du pape juste sous l'imposte de la coupole. Miltiade puisera à ces lignes fondatrices pour déterminer les grands axes de son pontificat. Il se pose successivement comme misérable humain et intercesseur auprès de Dieu. Puis il pourfend la décadence européenne, les démocraties occidentales pourries, les dictatures, qu'elles soient de l'Est ou de l'Ouest, du Nord ou du Sud. « Si j'ai choisi comme devise *De Cruce ad Lucem,* c'est parce que je veux vous dire la force du message du Christ, le sens profondément humain de son exemple, la voie douloureuse et sainte qu'il nous désigne vers la Lumière du Père. Ce pontificat sera ma croix. La place laissée vacante par le rappel au Seigneur du pape Jean, la réclusion obscure du conclave, le mûrissement de la prière et l'inspiration du Saint-Esprit ont formé une conjonction puissamment mystérieuse pour que je devienne, moi, le serviteur de Dieu, dépositaire de l'héritage du Christ, des Apôtres et des papes. J'ai accepté parce que j'ai choisi d'être lapidé, honni, écharpé. »

Les regards, à cet instant, percutent le monarque sombre et moiré, mitré debout sur son trône d'où il domine l'Amérique et l'Asie, la Russie et l'Afrique, celui que la presse italienne désigne depuis quelques jours comme la cible : *il bersaglio.* Il se cambre, les muscles durcis, une grosse veine palpitant soudain à son front. La voix est assurée, le regard apparemment posé sur les feuillets qu'il déchiffre, balaie l'assistance, cardinaux, chefs d'Etat et par le biais des caméras la foule lointaine à laquelle on a interdit l'entrée dans la basilique, et qui descend jusqu'au Tibre. Les grands dirigeants invités — Américains et Russes en tête — ne prisent guère les allusions politiques mais la foule massée au-dehors fait monter l'écho de son approbation. En revanche ils ne cachent plus leur satisfaction quand le pape rappelle l'Eglise à l'ordre et à l'unité.

« Je suis le pasteur de l'Eglise universelle et j'appelle les conférences épiscopales de toutes les nations à un grand concile qui sera le vingt-deuxième de l'Eglise et que je réunirai dans la basilique de l'Evêque de Rome, mère de toutes les cathédrales et de toutes les églises, au Latran ! »

Le Sacré Collège à cet instant se fait un devoir d'applaudir, même si certains — Sud-Américains, Africains ou Orientaux — perçoivent clairement la volonté de Miltiade de réduire leur marge de manœuvre en les maintenant à Rome le temps d'un long concile. Le pontificat se dessine progressivement. Dans la *Sala Regia* les télex s'enflamment à l'annonce du concile. On analyse déjà la stratégie du pontife, sa démarche unificatrice. A l'*Osservatore Romano,* toutes les hypothèses avaient été soigneusement détaillées, sauf la proclamation d'un concile auquel il faut d'urgence trouver un numéro. Le pape ne l'a pas annoncé. Vingt-deuxième concile de l'Histoire de l'Eglise, a-t-il dit. Ils n'ont pas tous eu lieu au Latran. Celui de Trente et ceux du Vatican comptent parmi les plus célèbres. L'ordinateur interrogé tranche pour Latran VI. Le rédacteur en chef, Luigi Carnelo, tient déjà les grandes lignes de son éditorial.

Miltiade redira le même texte en neuf langues : latin, italien, français, anglais, allemand, espagnol, portugais, polonais et russe. Neuf fois il répétera l'annonce du concile et sa volonté de tout entreprendre pour unir l'Eglise et sauver l'humanité. Il évoquera également les maux du monde moderne : la distorsion économique entre le monde blanc et le Tiers monde, la famine, la désertification, le matérialisme et la décadence. « J'appelle aussi la levée de nouvelles légions de la foi, à vocation humanitaire. Il nous faut des prêtres. J'irai les ordonner dans tous les pays du monde. Je prie déjà, je supplie qu'on ouvre les frontières à l'envoyé du Christ ! »

Dehors, sous le soleil aride, la foule exulte. Sous un parasol strié de fines raies d'or, une nuée d'évêques du continent noir porte sous un prisme de verre feuilleté la tiare aux trois étages de diamants et d'émeraudes. Des groupes de danseurs africains saluent l'arrivée de la couronne sur le parvis de Saint-Pierre. Ils jaillissent, pieds nus, se prosternent, puis, vêtus de parures chatoyantes hérissées de plumes et de raphias, le torse noué du tissu fibreux des palmiers, ils se convulsent, s'enlacent puis se projettent au sol en lançant de longues stridulations rauques. Les Zaïrois laissent exploser leur joie comme ils le feraient au retour d'une pêche abondante ou à la tombée des pluies et leur allégresse trouve son prolongement dans le fracas des tambours et des balafons, dans les *Viva il Papa* qu'entonnent les chœurs de femmes accompagnant leurs ovations de pirouettes, de sauts, de brusques torsades colorées et de battements de mains, tandis que dans sa basilique de marbre leur frère, devenu le mandataire de Dieu auprès de l'Eglise, exalte d'une voix monodique la fraternité vivante des chrétiens de la planète.

Rien de ces variations spontanées et ludiques ne filtre dans Saint-Pierre. Les lourdes portes verrouillées font obstacle. Miltiade a gagné l'autel où il célèbre l'Eucharistie. Fragile et nu soudain. On l'a débarrassé de sa mitre et de sa calotte. De ses gants aussi qu'il avait enfilés pour ne pas choquer l'Europe et l'Occident. Il est noir et seul à l'autel où il déplie les linges, remplit le calice, prépare le sacrifice avec l'ardeur et l'émotion qu'il ressentit lors de sa première messe. Lui parviennent les vibrations de l'orchestre. Kris-August Némo chante l'offertoire. Il ignore avec quelle liberté et quelle authenticité dehors on acclame sa couronne. Il ne sait pas combien fuse cette culture originelle qu'il a lui-même combattue et réprimée. Il baigne dans Mozart. Sir Edward Hugue, protestant puritain, sinistre et froid, dirige avec maestria et exubérance. Sous la verrière frappée par le jour déclinant, l'orchestre jubile. C'est l'heure où le soleil s'enfonce derrière le baldaquin dont, brusquement, les colonnes, comme foudroyées dans leur croissance, noircissent. Les abeilles des Barberini se figent dans le bronze. Le pape officie entre la grâce aérienne de Mozart et le raffinement décadent de Némo. Salzbourg et New York. Deux pôles de l'Histoire blanche. Le berceau baroque et le pourrissoir aux aubes sales, mer boueuse et putréfiée. Mozart et Némo, le même destin d'artiste maudit, la malédiction du créateur et de l'exécutant.

Les projecteurs disposés pour éclairer le pape frappent Némo en plein visage et le couvrent d'une phosphorescence verdâtre. Le maquillage du maître de chapelle ruisselle sous la chaleur, révélant le creusement des joues, les lèvres pâles et menaçantes. Les thrènes du *Sanctus* semblent s'extraire d'un masque funéraire. Condamné à exorciser l'autre qui habite en lui, cette femme vertigineuse, à la voix absolue, Kris-August Némo exhibe sa monstruosité au pied de l'autel papal. Cardinaux, curés de Rome, évêques en rochet blanc et mozette violette ont rejoint Miltiade sous le baldaquin. Commence la commémoration de la Cène. Conformément à l'usage des papes, Miltiade présente l'hostie aux quatre points cardinaux. Kris-August et son rival Hugue se retrouvent en une même attitude : ils s'agenouillent devant le pape. La foule s'incline. Il en est de même lors de la présentation du Sang. Des centaines de prêtres ont été chargés de distribuer la communion dans la basilique et à l'extérieur. Miltiade la porte à son frère, ses sœurs, les dirigeants et les prêtres du Zaïre. Les cardinaux Green et Salviati se dirigent vers les têtes couronnées, Ramon Serva s'approche du Rideau de fer et attend symbolique la venue des fidèles...

La bénédiction donnée, la messe proprement dite s'achève. Mais le pasteur de la Sainte Eglise a tenu à marquer son attachement à la généalogie mystique des papes en demandant la tiare. Les portes de la basilique s'ouvrent et la nuit romaine, ponctuée de klaxons, de décharges de feux d'artifice que l'on tire de la Trinité des Monts, du Colisée et du Janicule, des cris d'une foule en délire pénètre jusqu'au chœur. Le pape, mitré, ganté, le pallium au cou a regagné son trône devant l'autel. La basilique s'anuite à l'exception du baldaquin qui reluit de projecteurs, de cierges et de torches. De son fauteuil Miltiade aperçoit l'échancrure de la place Saint-Pierre, la trajectoire illuminée de la via della Conciliazione. Il se crispe, joint ses paumes, baisse la tête et prie. Il songe à la lignée de ses devanciers enfouis dans la nécropole antique. Il saisit, dans sa prière, le maillon vivant de la lignée des papes. Il suffoque, écrasé par la chaleur et le poids des ornements. Din s'approche et lui éponge le front. Ses gants sont trempés. Le pape se contracte, ferme les paupières. Les fleurs, fripées par le feu des lampes, ont commencé à pourrir. Il monte des vases et des jardinières une odeur âcre. La foule repose, silencieuse, ses dirigeants en tête, impassibles, comme des éperviers héraldiques. Des lampions, des luminaires tournoient sur la place comme des feux à éclats. Pour la première fois, au terme de quatre heures quarante-cinq de cérémonie, le faste et l'hyperbole connaissent une rémission. Dehors les grands saints de la colonnade du Bernin veillent. Cachés dans leur drapé, les tireurs d'élite sont eux sur le qui-vive. L'obélisque d'Héliopolis dresse son glaive grevé de signes. Le pape impose à Rome le silence surnaturel de sa prière. Alors éclatent les premières mesures de l'*Ave Verum*. Le motet dédié au Corps crucifié et sanglant du Christ descend lentement vers la ville et chacun se rappelle que le pape tout à l'heure s'est offert pour être cette nouvelle victime expiatoire que le monde attend peut-être pour sa rédemption. L'évocation des perforations, du corps lumineux et troué du Sauveur illustre dans son harmonie, comme un balancement de vagues après une lame de fond, les paroles du pape : « J'ai accepté d'être lapidé, honni, écharpé. »

Guidé à nouveau par Colombo, le cardinal Lopez remonte vers le trône pontifical. Il ne reste plus au deux-cent-soixante-sixième successeur de Pierre, pleinement investi de sa charge pastorale qu'à recevoir les insignes de la royauté mystique. Sous son prisme, toujours portée par les anciens pairs du pape, la tiare remonte vers l'autel. Blanche et verte. Les larmes de la Vierge et les loupes de roche, au travers desquelles Néron scruta l'incendie de Rome, rutilent. On dirait que les pierres réfractent une lumière intérieure. A l'arrière les deux fanons pendent, incrustés des armes, mi-religieuses, mi-démoniaques du nouveau pontife. Une minuscule croix termine à son sommet le casque précieux. Météore arraché aux murs de la Jérusalem Céleste, reliquaire bouillant de la terre d'Afrique. Au bas des marches de la Confession, Lopez reçoit la tiare. Sur son trône, débarrassé de la mitre, Miltiade se courbe et attend. Lopez s'avance avec difficulté. Colombo l'aide à déposer le trirègne sur la tête de Miltiade qui, d'un geste affectueux, pose ses mains gantées sur celles du protodiacre et de son coadjuteur. Le motet amorce sa décrue. Miltiade se redresse : désormais il est le Père des princes et des rois, le guide du monde, le vicaire sur la terre du Christ. Il est l'exacte réplique de la statue vénérée d'Arnolfo di Cambio. A nouveau les servants vêtus de dalmatiques rouges entourent le Saint-Père, approchent les micros et le Livre. C'est l'instant de l'ultime bénédiction à la ville et au monde. Le pape, très recueilli, a la voix émue, brisée. Il n'est plus qu'or et pierreries. Marionnette divine, idole exhumée, le pape noir s'est glissé et resplendit dans le suaire de l'Europe. Cinquante mille âmes se taisent à ses pieds. Au loin bouge une mer de feux et de danses. Le bouillonnement des courants l'attire. Il remonte sur la sedia. L'épuisement est tel après cinq heures de cérémonie qu'il s'écroulerait s'il n'était pas porté. Le trône décoré de minuscules tiares et d'incrustations d'ivoire descend lentement la nef dans un froissement de mouchoirs et de drapeaux. Juste après la bénédiction, reprenant l'exemple de saint Pie X, le pape a demandé qu'on n'applaudisse pas le serviteur dans la maison du Maître.

Perché sur sa sedia, il surplombe les têtes, la foule compacte, tassée du baptistère à la chapelle du Sacramento. La même foule silencieuse l'attend sur le parvis. Là ont été disposés quelques-uns, parmi les moins volumineux, des cadeaux des pays invités : montagnes d'or, de pierres de toute sorte destinées à l'enrichissement des églises romaines, cages renfermant des animaux rares, lémures hirsutes et hurlants, singes du Centrafrique, okapis, sangliers géants et antilopes noires, le squelette reconstitué du plus vieux gorille de l'Ituri, pelage d'hyène, ivoire. Les autres animaux ont été provisoirement parqués au zoo de Rome. Le pape bénit ces offrandes. A nouveau les danseurs lui font fête. Ils sortent d'une arche immense, tissée de lianes et de bambous, s'élancent jusqu'aux porteurs, masques de brousse parmi les visages laiteux de Raphaël et de Titien, et s'étreignent dans un mouvement de possession, de danse incestueuse et orgiaque. Leur musique primitive se mêle à la volée de toutes les cloches romaines. Les danseurs gesticulent, acclament la momie qui passe et leur sourit, enchâssée dans ses dentelles et dans ses ors, plus que le pape mythique de leur catéchisme, un dieu, un morceau d'eux-mêmes sublimé, couronné, porté à dos d'hommes blancs. L'Afrique enfin est reine. Leur pape vient de l'autre bout de la nuit, même si par sa culture et son éducation il n'a jamais vraiment été très proche d'eux, toute cette nuit ils le considéreront comme leur frère, leur roi. Des confettis volent.

Le visage méditatif, marqué par la fatigue et l'angoisse de ce qui l'attend, le pape regagne les appartements pontificaux. Lorsqu'il disparaît sous l'Arc des cloches, les tireurs d'élite peuvent poser leur arme : le pape est enfin à l'abri. Le cortège s'éparpille. Toujours en grande tenue, Miltiade se fait porter jusqu'au seuil de l'ascenseur. La nuit chaude est gonflée d'odeurs : chèvrefeuilles, jasmins. La tiare et ses cinq kilos d'or et de pierres lui pèse. Il demande à ce qu'on l'en débarrasse. Cour Saint-Damase, la chaise est posée au sol. Le pape dégrafe la chasuble, s'extrait du carcan des vêtements liturgiques et pose enfin le pied à terre. Il est comme ivre. Il bénit rapidement ce qui lui reste d'entourage et s'engouffre dans l'ascenseur. A peine arrivé chez lui, il se jette sur le pavage de sa chapelle privée et pleure longuement, invoquant le Christ et la Mère de Dieu. Il mesure sa solitude et sa fausse puissance. Il s'accuse d'avoir un instant cédé à la griserie de la lumière et de la fête. Comme un comédien qui s'enferme dans sa loge après la représentation, il ne sait plus vraiment qui il est.

Dans son bureau, près des fenêtres dont les volets fermés atténuent le fracas de la liesse africaine sur la place, il trouve les lourdes mappemondes qu'il a fait venir de chez Green. Négligemment il enclenche le mécanisme. Les boules dévident leurs guirlandes de terres, d'océans peuplés de monstres et de divinités marines. L'Afrique, l'Amérique du Sud, l'Asie, il est le guide de ces continents en marche. La misère, une majorité d'analphabètes, la famine, une foi terrifiante, incendiaire. En face, le musée blanc, qu'il a revu tout à l'heure, pourri, miné par la crise. Il va lui falloir gouverner entre ces deux pôles, entre le brûlot et le bourbier. Il va lui falloir souffrir pour tous. Le drame, il l'intériorise, lui le guide du monde, il concentre dans son cœur les plaies et la foudre, la sueur, l'eau amère, le serpent et la soif. La clarté nocturne des flambeaux de la fête filtre jusque dans sa chambre. On tire encore des feux d'artifice, on incendie des voitures. La flamme et la cendre dansent place Saint-Pierre.

Pendant ce temps, dans sa chambre d'angle striée d'éclairs, l'évêque de Rome, vicaire du Christ, successeur du Prince des Apôtres, souverain pontife de l'Eglise universelle, patriarche de l'Occident, primat d'Italie, archevêque et métropolite de la province romaine, souverain de l'Etat et de la cité du Vatican, serviteur des serviteurs de Dieu, Miltiade II l'Obscur entend acclamer son nom dehors, comme une houle trépidante qui s'enfle puis décroît, comme un sac et un ressac, la pulsation d'un monde qui tourne — et il s'enfonce dans son sommeil.

L'émeute a ravagé la ville. Heurts entre Noirs et Italiens, entre Noirs et Arabes. Pendant que les diverses délégations fêtaient dans le calme des jardins auprès des eaux sabrées de lune l'investiture du nouveau pape, attentats, bagarres, émeutes, incendies ensanglantaient Rome. Carcasses calcinées, monceaux de cendre, vitrines éventrées, deux ou trois églises du nord de la ville profanées, le bilan est lourd. Les carabiniers aidés des Casques bleus ont bataillé pour asseoir l'ordre. On dénombre des centaines de morts. Un immeuble de l'extrême banlieue romaine, habité par des Jamaïcains a été la cible d'un attentat. Depuis l'aube on s'active à nettoyer la ville, surtout tout au long du parcours qu'emprunteront les délégations étrangères reçues au Vatican. Ce matin, Rome a un air de ville en guerre.

Prévenu par Ramon Serva, contre l'avis de Green et Antonini qui entendaient dissimuler la vérité, le pape s'est rendu dès les premières heures du jour sur les lieux de l'attentat. Il a fallu improviser un dispositif extraordinaire de sécurité. Miltiade a visité les églises incendiées, parmi lesquelles la merveilleuse et baroque San Patrizio et l'immeuble détruit.

A son retour au Vatican avant même d'accueillir les délégations étrangères, il a fait appeler Giulio, lui a redemandé d'avouer tout ce qu'il savait des conditions exactes de la mort de Jean XXIV — « On l'a tué, Très Saint-Père, mais je n'en sais pas plus... » —, ordonné l'exhumation discrète et l'autopsie du corps du pape irlandais, la nuit si possible, de manière à ce que les fidèles et les visiteurs des grottes puissent continuer normalement à venir prier sur les tombes des papes, et sur celle momentanément vide de Jean XXIV, et, dans un tout autre registre, la mise sur microfilms des collections les plus précieuses de la bibliothèque vaticane. Din et Ramon Serva ont transmis les ordres. L'exhumation et l'autopsie doivent être pratiquées à l'insu de Green. Aussi Ramon Serva a-t-il été chargé de prendre contact avec un collège de médecins de Mexico et de Sao Paulo, légistes dont on sait qu'ils n'ont jamais été en contact avec ce qu'au palais apostolique on appelle désormais la filière Green.

Au Vatican, rituel des grands jours, tireurs d'élite sur les toits, patrouilles héliportées et haies d'honneur. Les caméras vigiles des jardins permettent de suivre la progression des invités jusqu'à la cour Saint-Damase où, entouré de quatorze gardes suisses en grand costume, Mgr Guardaroba joue les maîtres de maison. Le protocole prévoit pour ce lendemain d'investiture la réception de toutes les délégations représentées à la messe. On commence par l'Europe et la France, fille aînée de l'Eglise, suivent l'URSS et les USA. A chaque fois le pape est invité à se rendre en voyage dans ces pays. Discours officiels dans la bibliothèque du second étage. Le pape porte camail et étole rouge quand il reçoit les représentants des pays de longue tradition catholique. Epouse, ministres et prélats accompagnent le chef d'Etat. Mgr Guardaroba et ses aides indiquent rapidement les places, le pape entre en compagnie du président avec lequel il n'a eu le temps que d'échanger quelques mots. Sont reçus plus longuement le chancelier d'Allemagne, le président américain Germin et le secrétaire général du PCUS, Ougdanov. Entre deux réceptions le pape a tout juste le temps de se rafraîchir, de mettre ou d'ôter l'étole.

Ougdanov a encouragé Miltiade à servir la cause de la paix et à visiter l'Union soviétique, dès qu'il le souhaiterait. Le cérémonial ne prévoit aucune improvisation. Miltiade lit sa réponse : il rappelle quelques règles fondamentales de morale politique, forme des vœux pour la prospérité de ce *grand peuple* et donne un oui de principe pour le voyage. Pendant ce temps les émissaires de la diplomatie vaticane négocient à l'étage inférieur, dans les salons de la secrétairerie d'Etat, la libération de prisonniers politiques chers au cœur des dirigeants français ou allemands.

La réception des Américains est à peu près identique. Lucas Germin dit sa joie de voir enfin un pape noir accéder au trône de Pierre, énonce quelques banalités sur la réussite et la grandeur du pontificat naissant et surenchérit en invitant le pape à participer dès qu'il le voudra à une expédition de la navette Cosmopolis qui enverra les premières colonies de peuplement sur la lune. Cela pour la façade. Dans le secret du cabinet de travail attenant, le président des USA s'est montré plus ferme :

— Nous apprécions votre volonté de réunir l'Eglise, a-t-il confié, mais je tiens à vous mettre en garde devant le danger que fait courir aux intérêts vitaux de notre pays le catholicisme révolutionnaire du patriarche Colombo... L'Eglise mexicaine est minée par la subversion et elle nous menace. Colombo a été mis en place sous votre prédécesseur. Le cardinal Lopez ne restera plus longtemps à son poste. Colombo le pousse à démissionner... Faites nommer Mgr Colombo ailleurs qu'au Mexique... Appelez-le par exemple auprès de vous à Rome comme vous l'avez fait pour Mgr Ramon Serva...

— Je ne puis, a répondu le pape, prendre d'engagement aussi net. Les fibres qui unissent Mgr Colombo à son Eglise sont vivantes. Je ne suis pas certain qu'il assume le rôle que vous lui attribuez... Par ailleurs j'aimerais que vous preniez des mesures concrètes pour les millions de sans-abri et d'affamés qui errent chez vous... Je les ai vus à New York et à Washington il y a deux ans. On me dit que leur nombre s'alourdit de manière sensible. Une démocratie, Monsieur le Président, ne peut tolérer chez elle une telle misère...

Puis Germin et son entourage sont descendus déjeuner chez Green qu'ils ont invité à surveiller la politique de Miltiade. « Il y a danger de dérive vers l'Amérique australe », ont-ils conclu.

Les délégations se sont succédé. Au gouvernement irlandais très affecté par la disparition de Jean XXIV, Miltiade a promis que toute la vérité serait faite. L'Asie a été longuement reçue : les Philippins catholiques ont invité le pape à Manille ; Pékin avait délégué à Rome le nième vice-président du parti, les souverains thaïlandais, bien que de confession bouddhiste, étaient accompagnés de Dan Phu, leur meneur d'hommes. Le pape a terminé cette journée de manifestations diplomatiques en recevant le roi du Maroc, guide du monde islamique et les envoyés africains. M'Bo, entouré de sa famille au grand complet, de photographes et de cameramen, s'est ostensiblement prosterné aux pieds du pape. Il a annoncé qu'il souhaitait être couronné à Kinshasa des mains de Miltiade, pape zaïrois. Le pape, là encore, a accepté. Et, à l'écart des journalistes et du public, il a remis, comme promis, au maréchal un tableau d'un émule de Raphaël. En revanche il a montré son intention de se démarquer du dictateur en ramenant la durée de l'entrevue aux quinze minutes protocolaires.

Harassé, le pape s'est enfermé dans son appartement. Il veut prolonger sa méditation. Déjà il sent se creuser la faille entre l'état-major américain et lui. Green a reçu à déjeuner le président Germin sans en référer à lui. C'est, aux yeux de Miltiade, une faute grave, d'autant qu'il ne peut y avoir au Vatican de direction bicéphale. Ramon Serva, l'air calme et réjoui, entre par le fond de la pièce. Les intimes de Miltiade entrent toujours sans s'annoncer.

— L'heure est grave, mon cher Pablo...

— Pourquoi donc Saint-Père ? Les contacts diplomatiques m'ont semblé bons...

— L'accroc avec les USA... J'ai peur d'avoir été maladroit... J'ai répondu vivement à cette requête au sujet de Colombo...

— Rien de bien grave, Saint-Père. On vous teste. Vous, moi. Tout le monde ici. On commente la réduction de l'entrevue avec M'Bo, on parle beaucoup de votre prochaine montée dans le cosmos...

— Oui, mais j'ai vu ce matin quelque chose d'horrible... Dites-moi... Combien de papes dans l'Histoire ont-ils commencé leur pontificat en visitant les ruines de leurs églises dévastées ?

*Log-book :*

Je suis réveillé bien avant l'aube. Ici, comme à Castel Gandolfo, je vois le ciel s'éclaircir à travers les fentes de mes volets. Dans la résidence d'été, ce sont les lamentations des mendiants massés sur la place devant le palais qui me réveillaient. Ici on interdit la nuit l'accès de la place à tous les visiteurs. Quelques bourrasques précoces bousculent les volets, s'engouffrent dans les caves et les galeries de tuf. La cendre volcanique bourdonne. A cette heure, avant que je ne rencontre mes premiers invités dans ma chapelle, une lucidité tranchante m'habite. A Kinshasa, je vivais la nuit, je dormais le jour. Ici mon rythme de vie s'est inversé. Mes seuls moments d'intimité, je les goûte dans cette chambre d'angle où nombre de mes prédécesseurs sont morts, derrière ces fenêtres opaques et blindées que lorgnent à longueur de journée des milliers de visiteurs. On me dit qu'ils sont encore plus nombreux depuis mon élection. Je les vois, le mercredi pour l'audience générale. Il m'arrive d'en bénir dans la cour Saint-Damase, depuis les galeries de Bramante. Le reste du temps, je travaille dans mon bureau, à la lumière des lampes. Je n'ai guère quitté ces lieux depuis mon avènement. C'est à cette heure, au moment où le jour se dresse, plein de sève et de lumière, que je ressens la disponibilité du monde, une certaine forme de vide que le temps, les choses vont combler, et ma force. J'aime renaître tous les matins avec la lumière, ne rien perdre de son envol, de son énergie. Ses bonds, son grain m'animent. Je gagne la terrasse de mes appartements, sur les toits du palais apostolique. L'espace est réduit, réservé à ces papes malades et vieillis qu'abritait le Vatican jadis. A midi j'y étoufferais mais à l'aube, je vis la dilatation de la lumière, le mauvissement des collines dont les strates absorbent les étoiles, le découpage minutieux, progressif de la façade de la Trinité des Monts, le blondissement du Tibre. Sec, lunaire, comme un fagot de rocailles et de lagunes. L'eau roule ses lames entre les sables et les rochers. Elle paraît jaunâtre, bourbeuse. Ni force, ni poussée. Un endormissement, un assèchement, comme la dessiccation d'un cadavre qui laisserait affleurer son filigrane d'os et de tendons. J'aime les fleuves, bouillonnants, écumeux. Ils me renvoient une image de la naissance, de l'origine. Le Zaïre me manque, et ce ne sont pas les quelques vues de ses rapides ou de ses îles que j'ai pu placer ici ou là dans mon bureau qui atténueront ce manque. J'y pêchais avec mon frère. Juchés sur une plate ligaturée de lianes, nous plongions dans l'eau des casiers, dans le meilleur des cas, au pire, des carcasses de bêtes avariées ; les anguilles, les congres s'y accumulaient en essaims grouillants. J'ai la nostalgie du fleuve vert, couvert d'insectes et d'éphémères. Le Tibre sec, marneux me semble l'ossature d'un fleuve, loin des respirations, des pauses, des soubresauts vertigineux, l'image menaçante d'une ville détruite, calcifiée.

Derrière moi, la façade de Saint-Pierre s'allume comme un temple de lumière et je pense à ces miniatures de la basilique englouties dans des globes à mon effigie, que vendent les marchands de souvenirs pour pèlerins. Il me faut m'enfoncer dans mon terrier de mosaïques et de miroirs, redescendre dans la nuit et l'Histoire. Depuis le début de l'été, mes journées obéissent au même rituel. Démuni et fragile, je m'ouvre au Seigneur pour qu'il tarisse de sa grâce ce qui reste en moi d'indignité humaine. Je lui redis les paroles de Pierre : *Vous avez brisé mes liens* et *Je vous sacrifierai l'hostie de ma louange.* Seule la prière me réconforte. Et l'écriture de ce journal. Et, encore, il va de soi que je ne peux pas tout dire. J'abrite en moi un bastion d'aveux inviolables. Je saisis, peu à peu, les éléments du labyrinthe qui au plan humain ont façonné mon élection. La grâce, elle, ne s'embarrasse jamais d'autant de détours. Sans doute Dieu veut-il me rappeler la rigueur de mon apostolat. Mon front, sous la tiare, est marqué du sceau noir des forçats.

Le jeune Amadeus avait aussi profité de la promotion de son ancien client pour s'installer à Rome. Miltiade avait confié à Din le soin de veiller à l'hébergement de son ancien chauffeur dans un séminaire de la ville. On avait chargé Amadeus de tenir la maison d'un vieil évêque polonais rescapé des geôles communistes. L'installation du chauffeur au Vatican même n'aurait pas manqué de raviver la cabale du vieux camp européen de la curie contre la cour kinoise du pape. Aussi Miltiade avait-il décidé de ralentir provisoirement l'afflux des Noirs au palais apostolique. Ceux qui avaient fait le voyage du Zaïre n'avaient tout de même pas été refoulés mais priés d'attendre dans de vieux monastères décrépits de la périphérie romaine. Le vieil évêque, usé par une sclérose en plaques, passait le plus clair de son temps dans sa chapelle. Amadeus avait ainsi loisir de visiter Rome, de traîner au Transtévère ou au Colisée ou de retrouver Din, à la nuit tombée, chez l'évêque.

Le monastère avait les dimensions d'une villa cossue avec jardin intérieur, rocailles et fontaines et tout autour un long promenoir vitré. L'évêque couché, la religieuse qui lui servait de garde-malade se retirait à son tour, et Din et Amadeus avaient le monastère pour eux. Ils égrenaient quelques souvenirs de Kinshasa, les promenades nocturnes avec celui qu'avec une déférence teintée de nostalgie ils appelaient parfois encore *le cardinal.* Ils auraient aimé que le pape, de temps à autre, les rejoigne mais Miltiade, écrasé de travail, veillait jusqu'à des heures avancées de la nuit.

Parfois le cardinal Ramon Serva ralliait le monastère. Le vieil évêque slave muré en lui-même par la maladie était loin de deviner que la nuit venue sa maison recevait les plus proches collaborateurs du pape. Ramon Serva travaillait d'arrache-pied à la préparation du concile, multipliant à longueur de journée les contacts avec les épiscopats africain, sud-américain, philippin, allemand et français que Miltiade entendait souder pour unifier l'Eglise. Mgr Lopez était mort à Mexico peu après le couronnement de Miltiade. Colombo s'était empressé de prendre les rênes de l'Eglise mexicaine et le pape, en bon temporisateur, conseillé en cela par Ramon Serva, avait choisi de différer sa promotion au cardinalat, ce qui avait pleinement satisfait la Maison-Blanche. D'ailleurs le concile tout proche rassemblerait bientôt quatre mille évêques du monde entier au Latran. Relayée par tous les médias de la planète, l'image de fédérateur de l'Eglise de Miltiade II s'était vite imposée. Pour l'instant le pape avait refusé tous les voyages continentaux, les repoussant à la fin du concile.

Amadeus, insouciant, trop grisé par la nouveauté de son installation à Rome, laissait le plus souvent Din et Ramon Serva parler dès que la conversation roulait sur les problèmes de l'Eglise et du monde. Sa petite caboche lisse à laquelle on avait imposé une discrète tonsure — initiation vaticane oblige —, son regard rieur d'adolescent volage n'avaient rien à faire de ces malheurs, de ces pensées, de ces ruses qui ternissaient les visages de Ramon Serva et de Din. Parfois même, échauffés par la vodka aux herbes de bison, tout droit venue de Pologne, qu'Amadeus descendait leur chercher dans la cave de l'évêque, ils disaient tout haut le guêpier de traquenards dans lequel eux et Miltiade devaient se débattre. L'alcool pur éclairait l'eau grise des regards. Sans aucune retenue ils maudissaient Giulio, le petit franciscain sec, le camp retranché de la secrétairerie d'Etat où Green, Giulio et tant d'autres fomentaient sans relâche une revanche, eux qui n'avaient peut-être jamais cru en Dieu et n'attendaient plus qu'une ganse rouge ou violette sur les parements de leurs soutanes.

— Comment croire encore, clamait souvent Din, quand on nous dit qu'ils ont assassiné l'Irlandais, toi Pablo tu sais, Léopold aussi.

— Le pape a reçu au soir du conclave la confession de Giulio, moi j'ai les conclusions des expertises demandées par Miltiade…

Même ces intrigues vaticano-policières, cette cour de poignards et de Borgia n'intéressaient pas Amadeus. Il rêvait tout fort Rome, l'Europe, l'hiver, cette froideur qu'il découvrait, cette ville dure, sédimentée par le temps à la différence de Kinshasa dont le fleuve et les tangages du sable remuaient et brouillaient les fondations, loin du verre, des orgies du soleil, il découvrait la pierre, l'éternité. A Kinshasa il avait peu pour vivre. Désormais le Vatican subvenait à ses besoins. Il expédiait de l'argent à Kinshasa pour ses frères et sœurs. La vieille religieuse l'aidait à écrire à sa famille, toujours au dos de cartes postales représentant Miltiade pourpre et tiaré sous le baldaquin tropical du Bernin. L'image flattait sa fibre africaine.

Un jour Din emmena Amadeus chez Samuel, place d'Espagne. Le cinéaste s'apprêtait à partir en compagnie de Diane Hurster au Zaïre filmer les lieux où le pape avait vécu son enfance et sa maturité. Il proposa aussitôt au garçon de se joindre à eux comme guide. Refus immédiat d'Amadeus.

— L'Afrique, ça ne m'intéresse plus, lança-t-il à la grande surprise de Samuel de plus en plus fasciné par la race et l'itinéraire de Miltiade. Moi, ce que je veux voir c'est Paris, New York, Berlin…

— Faites-le accompagner Kris-August Némo dans sa prochaine tournée, le pape n'y verra pas d'inconvénient, proposa Samuel à Din. Moi je vais filmer les marais d'Hédor, les forêts, les lacs, Kinshasa... Le film sera prêt pour l'ouverture du concile... Pour que le pape existe plus encore, il faut raconter sa terre, son cheminement...

— Soit, coupa Din que ses combats passés et son goût de l'authentique rendaient méfiant face à l'art. Bon voyage là-bas !

A l'inverse d'Amadeus, Din commençait lui à souffrir de l'exil. Six, huit mois, il ne comptait plus. Au Vatican les rituels, le calendrier des liturgies nivelaient, noyaient le temps. On n'avait plus le sentiment d'appartenir à une durée aisément cernable, les rites attaquaient l'identité, le souvenir. On était pape, serviteur du pape, on se coulait dans des habitudes, des manières d'être fixées depuis des siècles par des Blancs, pour des Blancs et cela qui, de toute évidence, ne dérangeait guère Miltiade, le désolait lui. Il s'était trouvé embarqué dans cette galère. Il se disait maintenant qu'il aurait dû refuser de suivre Miltiade le soir de son élection mais l'ivresse, la folie l'avaient gagné ce soir-là, le pavage de la Sixtine avait vacillé sous lui, dans le fracas des vivats ; lié avant, même au prix de doutes et d'angoisses, il s'était trouvé entraîné dans cette accélération subite de l'Histoire — et là, son reste de foi lui faisait dire que seul Dieu avait le pouvoir de ces séismes du temps et de la destinée, impénétrables aux hommes — propulsé confident du Pontife suprême, secrétaire intime, le plus proche assesseur du Vicaire du Christ.

## IV

## L'ANNÉE DU SIROCCO

Un réseau de perturbations météorologiques, après un été caniculaire et un automne exceptionnellement tiède, plongea Rome, ce premier hiver du pontificat de Miltiade, sous la neige. Des chutes redoublées paralysèrent toute circulation dans la capitale rendue un temps à l'immobilité. Excité, Din déboula dans le bureau du pape et entraîna Miltiade dans les jardins. Tous les Noirs de l'entourage du Saint-Père étaient aux fenêtres, pour la plupart, c'était la première fois qu'ils voyaient la neige. Le froid les impressionnait autant qu'il les ravissait. Et ils saluaient de leurs rires ou de leurs battements de mains, quand ils n'amorçaient pas une danse dans l'embrasure des hautes fenêtres vaticanes, la nouveauté du phénomène, la neige inédite, les signes de l'Ultima Thulé. Leur vieux fonds de primitivisme se réveillait à la vue des rafales blanches qui cinglaient les vitres. Ils ouvraient tous des yeux dessillés devant le ballet de molécules moelleuses, partagés entre l'extase et la jubilation, eux dont la race, plus que toute autre, est sensible aux variations de l'épiderme nerveux du cosmos. Ils avaient connu depuis l'enfance la chaleur terrassante, le crépitement des pluies d'orage qui emportent dans leurs flux les chicots éboulés des cases et les minces parements de terre arable, la sécheresse désertique, ils découvraient maintenant la cristallisation, le travestissement du monde, et, pour peu qu'ils s'avancent aux balcons, l'insensibilité du corps, l'engourdissement, une lancinante douleur osseuse.

Pour Miltiade et Din, cette neige ravivait le souvenir de Stockholm et du Nobel, cinq ans avant, la capitale nordique enneigée, les flaques qui fument et bleuissent au crépuscule, dès trois heures.

— Le début de la fin, souffla Din.

— Pourquoi toujours ce dépit, l'interrompit Miltiade, d'un ton agacé. Tu avais lutté, plus que moi, souffert dans ta chair, j'avais pris des positions. On nous récompensait. Le début d'une épopée... Dieu jugera... Je lui rendrai mes actes.

Miltiade ne partageait nullement la nostalgie de son secrétaire. Et, en eût-il été menacé, d'entendre le ton dépité de Din le stimulait lui dans sa détermination à mener jusqu'au bout la mission qu'il avait acceptée de l'Esprit-Saint au soir du conclave.

— C'est difficile, tu as raison Din, mais prie pour moi, oui prie pour que je sache honorer cette fonction écrasante... Le moindre de nos actes aura des répercussions dans l'Histoire du peuple de Dieu.

Tout en faisant assaut d'humilité, Miltiade ne pouvait s'empêcher d'éprouver de la fierté à marcher dans ses jardins assombris par la gigantesque coupole de Saint-Pierre. S'égarer dans ce parc à la géométrie compliquée, faire crisser la neige sous les pas, fouler le silence, la vastitude livide du gel, c'était s'approprier une fois de plus l'Europe, se laver d'une noirceur lourde comme une souillure. S'acclimater au froid, européaniser ses sens.

Ils descendirent jusqu'à la grande fontaine, dite de la Galère. Les jets d'eau pétrifiés faisaient scintiller les vergues d'un navire prisonnier des glaces. La forêt des mâtures et des haubans rehaussait l'arche d'une texture de lianes. Autour du vaisseau, les plantes aquatiques — nénuphars, nymphéas — s'étaient fondues dans les résilles de glace. Le vernis du gel avait donné au bronze de

Maderno l'éclat rosi d'un cristal. Miltiade et Din s'arrêtèrent un moment.

— Je vais demander aux chantiers navals d'Ostie de me préparer un immense bateau pour aller visiter l'Amérique du Sud. Oui, immense, avec une cathédrale au centre, sous le pont. Et les cellules tout autour. Il y a cinq siècles que les papes n'ont plus rien construit... Etonnez-vous que la foi reflue. On me dit que les chantiers navals sont en chômage. Ils auront du travail. Din, les grands papes de l'Histoire ont été des bâtisseurs. Je voudrais que le Vatican redevienne un centre intellectuel... J'ai commandé aux ateliers Nicoli de Carrare un tombeau pour Jean XXIV... Samuel m'a donné le goût des initiatives de prestige. Le jansénisme a enterré l'Eglise. Je suis décidé à combattre la sobriété, le dépouillement. La foi renaît. D'autres commandes suivront. Je voudrais aussi un monument qui commémore le concile Vatican II et annonce Latran VI... L'unité, la filiation mystique des conciles... Un des compagnons des ateliers Nicoli me disait l'autre jour qu'il n'y avait que les grandes sociétés pétrolières du Texas pour leur commander aujourd'hui des monuments de marbre. C'était oublier l'Eglise !

Arche et tombeau. Miltiade avait choisi de défier la mer et le temps. Commencé dans le trouble, les menaces de schisme et les relents de poison, le pontificat noir se déploierait comme une épopée, une lente orchestration humaine et mystique, une longue vigie des âmes et de Dieu. Il y avait longtemps que plus aucun pape n'avait osé construire, lever l'ombre fière d'une proue, une termitière de marbre. Les papes passaient, silhouettes falotes, bénissaient timidement, en retrait, craignant toujours le levain des foules, prenaient l'avion comme les touristes et les gens de négoce et mouraient, pauvrement enterrés comme des curés de campagne. Le goût du spectacle, de la foi révélée et contagieuse, Miltiade l'avait toujours eu. Et lui maintenant dont le nom était Pierre, il graverait dans la matière, il ferait ciseler dans l'émeraude, le bois, le marbre les jalons célestes de la Jérusalem. Partout dans Rome, place du Peuple, au fronton de la Fontaine Trevi, à la Trinité des Monts ou dans le dédale des musées capitolins, il avait vu gravé le nom éternel de ses prédécesseurs, les bâtisseurs. Les autres, le temps les avait engloutis. Miltiade apporterait donc sa pierre dans le grand puzzle romain. Prisonnier du Vatican, il n'aurait pas comme ses lointains prédécesseurs, la mainmise sur la ville. Mais la basilique, le palais apostolique et les jardins lui offraient assez d'espace pour loger des artistes.

— En musique, plus rien depuis Palestrina et les réformes de Pie X, en peinture et sculpture, plus rien depuis des siècles... C'est une forme d'apostolat que de créer pour l'Eglise. Il faut appeler les artistes à cet apostolat.

Din écoutait, un rien hébété. Ce matin-là, portée par le gel sonore des jardins, la voix de Miltiade lui parvenait et il ne la reconnaissait pas. Lui qui jusqu'à présent avait vu le pape douter, avancer à pas feutrés dans ses argumentations, découvrait un homme résolu, presque péremptoire. Comme ils continuaient leur marche le long des bosquets enneigés, il se demanda ce qui avait pu changer ainsi Miltiade. La vérité sur la mort de son prédécesseur, l'exil, une prophétie de Loé, le vieil ermite du bidonville de Kinshasa, sur le sort du monde ? Depuis des semaines maintenant le pape se refermait sur ses secrets. Il parlait de l'Eglise avec Ramon Serva, Din l'avait vu ouvrir les grands dossiers de préparation du concile avec d'autres cardinaux, dont le Français Saint-Marc qu'il appelait fréquemment à Rome, mais le pape évoquait de plus en plus rarement l'Afrique, les souvenirs de Kinshasa.

Tout récemment encore, au retour de la résidence du vieil évêque polonais où habitait Amadeus, Din s'était précipité dans la chambre de Miltiade pour s'entendre dire qu'il l'importunait et que l'archevêché de Kinshasa, les balades au bord du fleuve et les promenades nocturnes en taxi étaient choses révolues. « Laisse-moi, j'ai du travail, avait poursuivi Miltiade, et puis, si dans la nuit de Rome et du monde, la fenêtre de ce bureau ne reste pas allumée, où les hommes trouveront-ils la lumière de l'espoir ? Il faut qu'ils sachent que je veille pour eux. »

Le dépit qu'il avait alors ressenti, Din l'avait vite oublié. Il le retrouvait à présent, intact. Il imputa ce malaise à Rome, aux difficultés que rencontrait Miltiade, à sa propre foi défaillante. Même les intonations de Miltiade avaient changé, moins vives, plus solennelles. La foi de Din avait été trop trempée d'idéologie révolutionnaire pour survivre dans le calme mensonger de Saint-Pierre et l'algèbre de la géopolitique. Et ce qu'il venait d'entendre — ces projets de grande arche et de monument funéraire — lui rappelait les caprices des tyrans du continent africain qu'il n'avait cessé de combattre. Miltiade monologuait. Din essaya de retrouver le fil de son discours. Il regarda, toujours hébété, ce souverain noir, drapé et coiffé de pourpre, comme s'il avait regardé un autre que Léopold, son ancien maître.

— Din, reprit Miltiade, la tradition veut qu'au bout de six mois, les secrétaires privés des papes soient élevés à la dignité épiscopale. Ce sera ton cas pour Noël. Désormais tu t'occuperas de l'Afrique, dossiers politiques et religieux réunis. C'est toi qui iras, tout nouvel évêque, à Kinshasa, sacrer M'Bo. Le pape ne peut pas s'engager personnellement dans une telle mascarade. Mais aller le sacrer, Ramon Serva en est aussi convaincu, c'est resserrer les liens avec lui et s'associer également à sa politique expansionniste... Dans l'année qui vient, il fera une bouchée de l'Angola et du Congo... Washington et Moscou laisseront faire. Nous aussi. Mais nous mettrons des conditions à notre accord, en particulier que l'évangélisation de ces pays soit poursuivie et même accélérée.

Le pape rentré dans ses appartements, Din, lui, descendit en toute hâte vers la ville. Ebranlé, rompu. Une terrible peur l'avait envahi à l'annonce du dernier projet de Miltiade. Le faire évêque, lui déjà déchiré par le doute, l'envoyer à Kinshasa sacrer un tyran de la race de ceux qui pendant six ans l'avaient emprisonné après l'avoir torturé. Il aurait fallu refuser dans l'instant. Maintenant il était trop tard. Il s'engouffra dans la première église qu'il trouva, sur les berges du Tibre, un peu en contrebas du château Saint-Ange, en sueur, la soutane salie par les boues du dégel. Le souffle lui manquait. Il aurait voulu se raccrocher à une pensée stable dans son univers éclaté, l'Afrique, sa terre, mais les dalles funéraires ponctuées d'omégas et de crânes qu'il foula bientôt dispersèrent toute pensée en avivant son angoisse. Il s'inclina devant le tabernacle. Perdues dans une loge baroque fleurie comme une baignoire d'opéra, des voix de femmes psalmodiaient le *Salve Regina.* Il fixa la lampe rouge, à droite du tabernacle, qui incendiait les colonnes et les stylobates de l'autel puis se mit à égrener les versets au rythme des religieuses. Bientôt la rumeur se tut. Din, inconscient, se releva et se retourna du côté de la loge. Les religieuses accoururent aussitôt, demandant à être bénies des mains du secrétaire du Saint-Père. Din réalisa alors que depuis des mois sa photo avait été sans cesse montrée aux côtés du pape. De grosses larmes dévalèrent sur ses joues scarifiées. Pas une des novices, elles aussi si émues qu'elles en hoquetaient, n'aurait deviné l'origine de ses pleurs.

Comme chaque soir, à la même heure, au moment où les cloches des églises environnantes sonnent les premiers offices crépusculaires, Ramon Serva entre chez le pape. Lui qui, tout le jour, a suivi continent par continent les affaires de la planète, avant de venir s'asseoir face au bureau de Miltiade, s'approche des fenêtres et lance, d'une caresse, le mouvement des grandes mappemondes endormies sous leurs festons de comètes et d'algues laminaires.

— Comment va l'Eglise ? interroge rituellement Miltiade.

Des émissaires du Vatican, largement inféodés à Green, télégraphient chaque jour à Rome les grands événements de leurs pays. Mais Ramon Serva s'est assuré le concours des envoyés de la CIA pour contrer les relais officiels du Vatican. Miltiade ayant de plus demandé une relation détaillée des grandes Eglises et la fiche d'identité de chaque prélat, la moisson de renseignements du cardinal est chaque soir plus abondante. Mais, ce soir, ce qui alerte Ramon Serva, c'est l'état de crise de Wall Street. Voici plusieurs semaines que la Bourse américaine cahote. Trois banques, parmi les plus grandes, sont en cessation de paiement. L'édifice financier mondial menace de s'écrouler.

— Il y a des années que la Bourse accumule les signes de faiblesse. Y a-t-il moyen de la relancer artificiellement ?

— Oui, Saint-Père, et me croirez-vous ? A l'aide d'investissements russes... Le capitalisme et le communisme se font du bouche à bouche, mais, cette fois, le guérisseur est aussi mal en point que le malade. Moscou a impérativement besoin des céréales et des technologies américaines... Les exportations s'enrayent... Or, Mgr Kruz vient de me le dire, la Pologne, la Hongrie s'agitent. L'évêque de Lublin serait — je parle au conditionnel — en train de former des commandos suicide contre l'URSS, style Colombo.

— Qui est cet évêque ?

— Mgr Otniewsko. Un évêque ouvrier. Vous savez, Saint-Père, il y en a de nombreux ainsi dans les pays de l'Est. Ils travaillent à l'usine, logent parmi les ouvriers. On raconte que certains d'entre eux sont mariés... Si cet Otniewsko met ses projets à exécution, Moscou va nous demander des comptes... Green dirait qu'il faut le ramener à la raison ou le laisser arrêter par la milice...

— Première solution, oui... La seconde, jamais. Je défendrai tous mes prêtres.

Les mappemondes brassent lentement leurs gerbes d'océans et de terres. Il ne monte de la place qu'une rumeur assourdie. Seul le gros carillon de Saint-Pierre, tous les quarts d'heure, fait imperceptiblement trembler les vitres épaissies par le dispositif pare-balles. Ce que voit le pape de sa table, c'est un grand carré de ciel lavé et l'horizon, bas et lointain, souligné d'un gros cerne de forêt dénudée.

— L'espoir de tous, continue Ramon Serva, le teint ordinairement mat blêmi par les heures et les heures de travail, c'est que le concile mette déjà bon ordre dans toutes les Eglises... On loue votre idée d'avoir tenu à y associer des observateurs juifs, musulmans et protestants...

— Je veux repenser le monde en termes d'universalité. Je ne sais si j'y réussirai. Je prie le Seigneur pour qu'Il ne m'abandonne pas dans cette tâche démesurée. Je veux sentir autour de moi l'unité. Din se rallie à mes thèses. Il veille sur l'Afrique, encore calme...

— Avant que votre M'Bo n'ensanglante l'Afrique centrale...

— Nous verrons. La Chrétienté d'aujourd'hui est du Tiers monde et le Vatican reste le centre de relais, le point de confluence du monde blanc...

Miltiade s'est tu. Il observe son interlocuteur, ce grand cardinal basané, de vingt ans son cadet. Diplomate, maître de lui, connaisseur fervent, passionné de géopolitique. Rien ne l'a fait dévier de la trajectoire romaine. Parfois Miltiade s'avise qu'il le connaît mal. Mais leurs conversations sont à ce point centrées sur les soubresauts du monde qu'ils n'ont guère le temps d'évoquer leur intimité. D'ailleurs ils n'auraient que des souvenirs à évoquer. Leur vie n'est plus que travail et prière. Quand ils veulent se retrouver côte à côte et partager un moment d'intense ferveur, les deux hommes s'agenouillent au pied d'un grand crucifix d'ivoire jauni, cloué à une croix écaillée, devant lequel se sont inclinés bien des prédécesseurs du pape noir. Ils ont alors l'impression que la limite de leurs personnalités se dissout et les rassemble au cœur même de Dieu.

Couché à même le sol — que les guides zaïrois avaient vaguement battu à grands coups de pagaies — en plein cœur des marais du Nord, Samuel ne parvenait pas à trouver le sommeil. S'il n'avait rencontré Miltiade, alors que celui-ci n'était encore que le cardinal archevêque Dagotta, lui, l'homme d'aucune origine, n'aurait jamais échoué au plus secret des marais du Zaïre, dans la moiteur des canaux et des lacs. Il fut longtemps tenu éveillé par les chants monocordes des guides, le chahut des oiseaux, le halètement de la mangrove. Et, longtemps après que les hommes eurent laissé le feu noircir dans le cercle de pierres plates, il resta en alerte, subjugué par la respiration compacte de la forêt, le tissage vocalique des insectes. Le couvoir vénéneux refermait sur lui son maillage d'ailes et de cris.

Samuel avait décidé de signer le premier grand film sur Miltiade. Il remonterait les étapes marquantes de l'itinéraire, des marais d'Hédor à Kinshasa, la mégapole de fumées et de verre en passant par Boma, les maquis du Burundi, l'empreinte belge. Aux bleus lavés de Giotto succéderait la pourpre des latérites et des sables solaires. Immense documentaire, épopée d'images qui ne compterait d'acteurs que les éléments et les lieux, le film accompagnerait sur les écrans du monde l'entrée du pape dans sa cathédrale du Latran pour l'ouverture du grand concile. Samuel avait débarqué en Afrique avec la ferme intention de capter sur sa terre, au nœud même de ses racines, l'énigme du pape au nom de catacombes et de martyr, l'Afrique des provinces d'or et d'émeraude, des fleuves larges comme portions de mer, des volcans rouges des entrailles du cosmos, l'Afrique des sorciers et des sourciers, des monnaies vives et des esprits, des marchands caravaniers, le continent du soleil roi, des pirates et des nomades, des mages, diamant et feu dans les lézardes de Rome.

Le soleil émergea du toit des frondaisons et s'isola dans l'azur. Genèse immédiate qui ne souffre pas la lenteur, le dévoilement progressif. Samuel avait tenu à filmer le surgissement de la lumière. Torpille de flammes dans le fouillis des fougères et des lentisques. Bien avant le lever du cinéaste, la colonie des porteurs et des guides s'était activée à ranger le matériel de campement dans les canots. Les Noirs exhibaient de larges dos musclés. Dès que Samuel eut posé le pied à bord, ils se mirent à ramer. Depuis quelques jours déjà, à la demande expresse du cinéaste, l'expédition avait quitté le cours central du Zaïre pour s'enfoncer sous les galeries forestières à la recherche de ces marais d'où le pape tirait son nom.

Samuel s'était vite aperçu qu'au Zaïre Miltiade était adoré comme une idole. Aussi avait-il demandé au chef de l'expédition de dissimuler ses relations privilégiées avec le pape afin d'éviter le mitraillage de questions des guides. Il remontait les bras adventices, en quête des sources du marais, voilà tout.

Miltiade lui-même était loin d'imaginer le culte dont il était l'objet. Il avait paru comprendre l'envie du cinéaste de commencer ce grand film. Et Samuel avait bien senti que les artistes qui assujettiraient leur art à la cause de l'Eglise universelle avaient tout pour plaire au pape. Miltiade avait clairement évoqué devant Samuel son désir de transformer le Vatican en cité internationale des arts. Le cinéaste avait applaudi au projet, lui qui, pourtant, avait tout à craindre de la concurrence de la peinture. Mais le pape irait-il jusqu'à Berlin ou Mexico pour découvrir les derniers maîtres de la peinture réaliste ? Samuel lui avait tu l'existence de ces ateliers. Ses rapports avec le pape étaient excellents. Miltiade lui savait gré de la réussite scénique de son sacre. Le rituel, les éclairages, l'enchaînement des diverses phases de l'office avaient comblé les espérances du pape qui, juste avant que Samuel ne s'envole de Fiumicino, lui avait fait porter à son domicile de la place d'Espagne une lettre manuscrite d'encouragements où il lui disait que « filmer le Vatican, les catacombes, les basiliques romaines et maintenant les origines géographiques du pape, au cœur de ce vieux continent, contribuait à la consolidation du pouvoir du pontife romain et relevait d'une forme d'apostolat ».

La lecture de la lettre et le souvenir de la dernière entrevue avaient révélé au cinéaste, s'il en était encore besoin, avec quelle facilité le cardinal Dagotta s'était coulé dans son personnage de Miltiade II, mimant le style, le débit ou l'allure de ses prédécesseurs, ces façons de se courber en écoutant l'interlocuteur ; Samuel, homme de scène, était peut-être moins surpris par l'évolution de Léopold que ses plus proches collaborateurs et, en tout premier lieu, Din. Les grands acteurs se livrent d'emblée à leur rôle. Ils s'y soumettent et taillent en eux-mêmes les traits, la voix du rôle. Miltiade lui aussi avait vécu cette métamorphose. Mais là où le cinéaste n'aurait vu que les effets d'un extraordinaire talent, Miltiade, lui, s'agenouillait devant le mystère de la grâce.

Il n'était possible de filmer qu'au pied des grandes murailles végétales. La lumière, en effet, était si crue dans les chenaux que la pellicule, menacée de surexposition, risquait d'impressionner hommes et paysages dans un halo blanc. Aussi Samuel prenait-il soin de cadrer sous les parapluies et les coupoles de lianes de façon à préserver le film. L'Afrique en négatif, les corps d'ébène blanchis... c'était peut-être ce qui allait se passer à Rome ! L'assimilation, l'attirance européenne qui guettaient le pape et son entourage répugnaient à Samuel qui, par un trajet résolument inverse, entendait retrouver la barbarie, la violence primitive du monde. La flottille étirait son cordon de barcasses sous une houle de frondaisons qui se dressait à une hauteur de trente mètres. Parfois des clairières douchées de soleil trouaient la pénombre saturée d'eau. On eût dit que les nappes gluantes des algues s'élevaient en racines échassières. Les règnes se mêlaient et leur concert luxuriant grisait le cinéaste qui avait l'impression que sa vie neutre et plate d'avant se ressourçait dans cette pagaille nourricière. L'Amérique, pourtant, aurait pu lui donner, dans sa ruine, cette sensation d'échevellement baroque, de dissonances fécondes. Les ziggourats de verre et d'acier, les grandes pyramides de krypton et d'aluminium au pied desquelles, dans la vermine, croupissaient des millions de sans-abri, d'affamés et de gueux, le terrorisme sanglant importé d'Amérique du Sud, la menace, sans cesse précisée, d'un terrorisme nucléaire, voilà qui aurait pu appeler au tournage des *Misérables* du troisième millénaire. Non, le mythe, Samuel l'avait trouvé en Miltiade. L'élection d'un pape noir de plus en plus fasciné par le monde blanc au moment où celui-ci s'écroulait, l'approche de ce pape et une récente nomination comme conseiller auprès du Saint-Père pour la propagande et l'image avaient bouleversé sa vie, attisant en lui une foi confuse que la proximité de la forêt primordiale, le fracas du soleil sur l'eau mêlaient encore d'extases païennes.

Au Vatican, l'appartement d'apparat du pape — celui où il reçoit officiellement les hôtes étrangers — séparait le clan des Noirs de la secrétairerie d'Etat toujours dominée par le cardinal Green. Le pape et lui ne se voyaient plus qu'en de rares occasions et Ramon Serva avait charge de maintenir la liaison entre les deux hommes. Pour contrer les espions de Green, le cardinal argentin avait aussi formé sa légion d'*oreilles volantes*. Il était même difficile de savoir qui épiait qui.

On assurait à présent que Green menait d'obscures tractations financières avec Washington. L'épiscopat américain avait de tout temps connu la concussion et le scandale. Il était même fortement question du retour de Green aux USA quand l'annonce de sa maladie déferla à la Curie. Les hommes les plus avisés de l'état-major de Miltiade, en premier lieu desquels le tout récent *Monsignor* Din, crurent d'abord à une manœuvre de diversion. Certes, depuis longtemps le prélat était amaigri mais la déception durable d'avoir perdu la tiare, d'autres disaient le remords en évoquant à demi-mots la mort suspecte de Jean XXIV, suffisait à altérer la santé du cardinal.

Reclus dans ses pièces du premier étage, heurté par la renommée grandissante de Miltiade, les traits ravagés, Green avait tout l'air d'un inquisiteur du Greco. Depuis quelque temps, une terrible frénésie de luxe s'était emparée de lui. Il ne quittait plus la pourpre, portait, même pour l'ordinaire, ses rochets de fine dentelle, camails moirés et lourdes croix pectorales que lui avaient offerts les magnats du Texas et de Californie.

Il avait fait remplacer les mappemondes qu'on pouvait maintenant voir chez le pape par une somptueuse collection de marbres, Laocoon, Vénus, Léda, éphèbes et jeunes guerriers, et, dans ses moments de loisir, s'amusait à dresser deux ménates dont, les premiers jours, les stridences avaient affolé la Curie. La première formule qu'il avait inscrite au répertoire des perroquets était bien entendu le leitmotiv fameux qui minait ses journées et ses nuits : *Les Nègres règnent.* Ce dont il ne se remettrait jamais, plus encore que l'élection de Miltiade, même si les faits étaient étroitement liés, c'était la trahison de l'Amérique à son égard. Les hauts fonctionnaires de la Maison-Blanche ou du Département d'Etat, qu'il soupçonnait d'être à l'origine de toute l'affaire, étaient de sa classe sociale — brillants sujets des classes moyennes férus de droit ou d'économie politique —, sensiblement du même âge que lui. Or, de toute évidence, il n'avait jamais été dans leur plan de mener Green à la papauté. Ils l'avaient leurré. Quel intérêt y aurait-il eu d'ailleurs à remplacer un Irlandais par un Américain ? Ce n'est pas cela qui aurait calmé les terroristes mexicains, bien au contraire.

On lui avait fait miroiter une succession qui ne lui était pas destinée, le chargeant du reste. Or le souvenir de la liquidation du pape lui avait fait perdre définitivement le sommeil. Giulio, en revanche, dormait comme s'il ne s'était rien passé, criminel accompli sous la bure de petit franciscain acerbe et décharné. Il tombait de longues heures en prière. Son regard halluciné, sa maigreur saine et presque rayonnante ne trahissaient nulle expiation. Et si, demain, la main du maudit Giulio se retournait contre lui, Green ? Le cauchemar s'était insinué, tenace. « Je me méfierai toujours des mystiques », avait-il laissé tomber énigmatiquement devant les cardinaux en charge de dicastères venus lui présenter leurs vœux.

Son écritoire désespérément vide ne recevait plus, de temps à autre, que quelques dossiers que l'on daignait lui donner pour signature. Le reste du temps, terrassé par des crises qui s'apparentaient à la goutte et lui paralysaient la jambe gauche, il le passait un peu en retrait des fenêtres plombées, la cage aux perroquets à sa portée. Il pouvait ainsi nourrir ses oiseaux fétiches ou leur donner à boire avant de marteler l'infernale récitation : *Les Nègres règnent.* Il avait d'abord dit *débarquent* mais il avait dû s'habituer à leur enracinement.

Ses seuls visiteurs étaient Giulio, pratiquement toutes les heures, Ramon Serva, chaque soir, avant qu'il ne monte chez le pape — il avait pris là une habitude qui pendant les neuf ans du pontificat de Jean XXIV avait été celle de Green — et mère Ludovica, sa vieille gouvernante. Lorsqu'il se redressait dans son fauteuil, il apercevait l'hémicycle du Bernin et sa colonie de saints mais il se laissait retomber bien vite, la jambe raide, comme morte. La migration de la foule venue pour l'autre le remplissait d'horreur. L'alignement de ses marbres craquelés et verdis, princes, régents, bâtards, vierges et déesses nubiles formait un théâtre dérisoire, seul capable de capter un peu de son énergie.

*Log-book :*

J'habite mon nom. J'habite, dans ma prière, l'antre sombre des catacombes où coula le sang de mon lointain prédécesseur. Il m'arrive d'aller tout au fond des catacombes de San Callisto prier sur la tombe du premier pape africain. Christianisme émergeant encore brûlant de l'empreinte des Apôtres. Et de Miltiade, saint et martyr dont la poussière répandue dans les strates de la nécropole sacrée attend la résurrection, dans ma prière, je dévie vers toi, Pierre. Toi le roc, le fondement de la foi, la base souveraine, le prince et premier prince des Apôtres, le gouverneur et le premier chef de l'Eglise, le porte-clefs de la grâce et du Royaume des cieux. Toi dont la pérennité et la perpétuation de la grâce ont voulu que je sois le descendant sur cette terre romaine, à quelques pas du cirque où, la tête en bas, tu vis le monde s'anéantir et renaître dans la lumière du Christ.

L'Evangile que l'on lit traditionnellement pour l'intronisation des papes ou l'exaltation de leur mémoire, et que j'ai entendu pour la dernière fois dans les fastes de mon couronnement, est ce seizième chapitre du texte de Matthieu. Tout ce qui a trait à la désignation et à l'apostolat de Pierre me touche directement, moi qui, par ma fonction de pape, suis le signe de Pierre, unique pasteur et soutien du monde. Pasteur et soutien éminemment fragile parce que humain. Or, Pierre, les instants qui suivirent ton élection par Jésus comme pierre fondatrice de son Eglise, dès que tu eus rejeté l'idée même du sacrifice qu'il t'annonçait, à savoir la crucifixion de l'Homme-Dieu, il t'écarta rudement de son chemin en te disant : « Passe derrière moi, Satan !

Tu m'es une *pierre de scandale* car tes pensées ne sont pas celles de Dieu, mais celles des hommes. » Toi qui, quelques instants auparavant, te trouvais placé par Jésus au fondement de son Eglise, te voilà motif de scandale. Et je pense à ton reniement plus tard, à tes larmes, joyaux de ton indignité qui obsédèrent et confondirent l'humanité, et que peignit plusieurs fois Le Greco, et devant lesquelles j'irai prier en Angleterre et à Oslo, parce qu'elles sont miracle d'émotion religieuse et d'art, quand j'aurai commencé mon périple missionnaire à travers les continents. *Lève-toi, Pierre, et revêts tes vêtements : ceins-toi de force pour sauver les nations.* (Respons 2um II Nocturni.)

Rome, centre d'un monde morcelé qu'avec la grâce de Dieu je me promets de ramener à l'unité et à la vérité du Christ. Le concile doit être l'occasion de cette réunification sur la tombe de l'Apôtre. J'ai accepté d'être lapidé, honni, écharpé mais je cimenterai cette entente nouvelle. Réévangéliser l'Europe — j'en parlerai longuement lors de mon prochain voyage, le premier, à Paris et à Lourdes où j'irai réconforter une Eglise exsangue, largement minoritaire —, ramener le Tiers monde à la soumission à Rome et au pape, telles sont, à cette heure, mes préoccupations essentielles.

J'ai repris goût aux promenades nocturnes. Din et Amadeus m'accompagnent comme autrefois. J'ai dû batailler ferme avec les services de sécurité pour obtenir ces permissions de sortie. Vous vous offrez en otage aux terroristes, m'a-t-on dit. Tant pis. On est soldat, missionnaire du Christ et il faut accepter son destin, entièrement soumis à l'autorité divine. Une protection rapprochée suit notre voiture banalisée. Je m'arrache enfin à mon musée, je me replonge dans la réalité. Rome, verger de coupoles, de frontons, d'arènes, de longs quais fendillés par l'Histoire, je découvre ton corps. Amadeus m'entraîne dans un lacis de ruelles tortueuses, toutes en coudes et boyaux. Sur un ciel incendié d'étoiles se découpent les hautes façades rouges, adoucies par la nuit, la géométrie tranchante des frontons et des pinacles. Vestiges rouillés, silence des marbres nocturnes. Après la chaleur, le vide. Des ombres glissent, casquées, épineuses. Au centre des places creusées comme des clairières minérales, les obélisques, dressés sur des dos d'éléphants ou des pyramides de rocailles, veillent, sentinelles de l'ombre. Les ruelles déroulent les jambages cahoteux, les déliés de leur calligraphie onciale. J'aime quand Amadeus s'introduit aux lisières du Panthéon, les mortaises du temple romain s'encastrent dans l'église, les architectures chevauchent, soudent les temps. Devant, la place resserrée n'est peuplée que de silhouettes ivres ; le porphyre des colonnes luit faiblement. Ecrasé par la place légèrement surélevée, le monument s'enlise à la façon d'un palais vénitien. Succion irréversible, retour au chaos de la terre. Nous continuons. Un enregistrement de Kris-August Némo nous accompagne. Nous descendons vers le Tibre : Rome est déserte à ses confins. L'île Tibérine cerclée par l'amarre de ses ponts, semble une construction échouée sur les lagunes du fleuve. Je baisse la vitre pour écouter l'eau lente, lourde de sables et de limons. La voix ailée de Kris-August percute le silence. La nuit romaine, quadrillée de vestiges, annule en moi tout souvenir. Je ne ressens pas même le tiraillement de l'exil. Amadeus nous entraîne vers le Quirinal. On s'arrête sur la place déserte. De là j'aime apercevoir le dôme blanc de Saint-Pierre : sous l'arche géante, si haute qu'elle couvre le moutonnement des architectures, repose cette cendre pure d'où je tire ma royauté mystique. Mes tempes cognent. Je m'incline. L'oraison des Apôtres Pierre et Paul remonte à ma mémoire : Ô Dieu, pour garder des ténèbres les membres de l'Eglise, vous avez fait briller comme deux lumières jumelles, et les larmes de Pierre, et les lettres de Paul ; Dieu tout-puissant et éternel, par un ineffable mystère vous avez fondé sur Rome et son nom le droit de la principauté apostolique, afin que la vérité évangélique se répandît de ces hauteurs en tous les royaumes du monde :

faites que l'univers chrétien suive pieusement les maximes dont la prédication de Pierre et de Paul a imbibé la terre.

Invariablement les carabiniers qui veillent aux portes du palais présidentiel me saluent. C'est l'heure où j'aime descendre vers la place de Venise, frôler l'ombre cisaillée de ruines des marchés de Trajan. Avec cette nervosité qui déjà lui faisait sillonner les pentes de la Résidence à Kinshasa, Amadeus nous emmène vers la place Navona. L'ovale du cirque de Domitien détache ses parements sur la nuit pure. Au centre, la Fontaine des Quatre Fleuves, frappée des armes d'Innocent X, pape bâtisseur. Les eaux dansent aux pieds des géants musclés. Et je te vénère toi le Nil, encapuchonné, aux sources lointaines. A côté le Gange, le Danube, le Rio de la Plata, vous aussi je vous remonterai. La place volcanique étire son bracelet de pierres. Les eaux fouettent. Et je te bénis Rome, toi et tes églises, tabernacles, coupoles, éclaboussures d'or, gisants durcis dans les plis du marbre, Rome l'Inféconde, caveau d'os et de crânes, toi bâtie sur la poussière, oui je te bénis, et le nimbe de tes verrières, tes peintures moisies, dépositions filigranées, transparentes Crucifixions ; je te bénis, partout se dressent les lentilles de tes fontaines et de tes obélisques, tes cardinaux et tes damnés, je te bénis entre l'or et le spectre, toi l'Alpha et l'Oméga.

Le capiton dont Mgr Ramon Serva a fait matelasser les murs de son bureau ne le met à l'abri, ni du cri des perroquets de Green, ni des scies et des ponceuses électriques des marbriers Nicoli installés dans les caves du palais apostolique. Tantôt le tressautement des lames, tantôt le slogan strident des ménates l'arrachent à sa méditation. Inutile de songer à travailler. Dehors le printemps rayonne et la lumière blanchit la pièce. Une brise chargée de pollens et d'effluves remplit le bureau. Au loin les faisceaux torsadés des jets d'eau crépitent. Des vapeurs dérivent.

Le cardinal lève les yeux, distrait de son travail par le bruit, la lumière d'azur, une certaine joie panique qui lui noue les entrailles. Voici vingt ans qu'il connaît Rome et le printemps lisse, orageux lui procure toujours la douce et même euphorie. Des nuées de pigeons s'abattent dans la cour Saint-Damase en flocons de plumes et de roucoulements. L'heure sonne et son ricochet résonne à toutes les églises, des graves de Saint-Pierre aux aiguës de Santa Maria Sopra Minerva. Une mauvaise coordination des horloges prolonge les sonnailles. Le prélat s'approche de la fenêtre, hume l'air, cette senteur particulière de Rome au printemps, brassées de pollen, poussière des palais décrépits et neige des monts Albains. Il se souvient de ce que lui disait Lopez qui, devenu aveugle, reconnaissait les villes à leur odeur. « Mexico n'a pas la même odeur que Rome ! », clamait-il avant de se lancer dans une longue tirade hachée par son asthme. « Privés du contact des corps, les religieux sont condamnés à développer une nouvelle palette sensorielle. Eux, à qui le serment de chasteté interdit l'odeur des femmes, le musc des peaux, acquièrent une perception affinée des odeurs des villes qu'ils traversent, de l'encens moisi des églises aux émanations sures des rues et des fleuves. »

Ramon Serva respire à pleins poumons ce parfum de végétations orageuses, de sèves évaporées. Il jouit de cette sensation de plain-pied avec la ville, Rome la jaune comme il l'appelle. L'ocre brûlé des murailles réunit à ses yeux toutes les nuances du jaune, des topazes au soufre. Couvents, toitures, lanterneaux et balustres, pour lui, tout ruisselle de lumière et de flamme. Le cardinal repousse imperceptiblement la croisée et regagne sa table de travail. Les dossiers s'amoncellent. Il y en a de toute sorte, aperçus de la situation financière du monde, études préparatoires avant le concile, liste des archevêques susceptibles d'être nommés cardinaux pour le concile — les premiers du pontificat de Miltiade d'où le soin évident qu'il faut apporter à ces choix — et toutes les communications quotidiennes des dicastères romains, les différents secteurs du gouvernement de l'Eglise. Pas un dossier n'échappe au regard de Ramon Serva. Il lit, annote, sélectionne les documents qu'il présentera au pape pour signature ou arbitrage.

Ces derniers jours, il est en contact permanent avec le palais Farnèse, l'ambassade de France à Rome. L'ambassade française auprès du Saint-Siège ne lui suffit pas, vu l'enjeu de l'affaire : le premier voyage à l'étranger du pape. Miltiade a choisi la France. Et Ramon Serva ne cesse de négocier afin d'obtenir une meilleure protection encore, un minimum de trajets en voiture découverte et la fouille systématique et minutieuse de tous les édifices que visitera le pape. Il connaît la faiblesse du gouvernement français. Aussi ne cesse-t-il de revenir à la charge. Il s'est même rendu au palais Farnèse pour y rencontrer le ministre des Relations extérieures. On s'est finalement entendu sur un projet commun : séjour à Paris avec messe à Notre-Dame et entretiens à l'Elysée, ordinations de prêtres à Reims et Chartres. Enfin pèlerinage à Lourdes.

Ramon Serva a perçu dans les propos du ministre une ironie feutrée quand il parlait du pape. Un Africain ne peut pas comprendre les problèmes de l'Europe. « Et un Argentin ? », a rétorqué le cardinal. Le ministre a préféré battre en retraite. Puis Ramon Serva s'est amusé à le mettre en difficulté en évoquant Chateaubriand, citant tout haut des passages entiers du *Génie du Christianisme :* « Que l'on provoque des hommes que leurs principes retenaient dans le silence, et qui, forcés de descendre dans l'arène, peuvent paraître quelquefois avec des armes qu'on ne leur soupçonnait pas... » Au mutisme gêné du ministre, fade technocrate, le cardinal a conclu que les Français ignoraient leur littérature. Le récit de l'incident a bien fait rire Miltiade qui, lui aussi, depuis le séminaire, est resté un grand admirateur de Chateaubriand, Bloy, Péguy ou

Claudel. Et, mi-graves, mi-rigolards, le pape et le cardinal se sont mis à jouer l'agonie de Rancé, le premier dans le rôle du mourant, le second dans celui de l'évêque de Séez.

*Paris, premier voyage continental du pontificat.*

Le Te Deum vibre à tout rompre sous les arches de Notre-Dame, orgues et chants. A ton entrée, Kris-August s'est isolé du massif blanc des chœurs pour entonner le *Tu es Petrus* qui saluera désormais ton entrée dans toutes les grandes basiliques du monde. Tu remontes lentement la nef. Dans les bas-côtés l'ombre stagne, sépulcrale et moisie. A nouveau, comme dans un stade ou une salle de spectacles, la foule dressée t'ovationne. Des vieillards parcheminés et rabougris se sont tassés le long des cordons, des enfants aussi. Tu les bénis. Peaux de genèse et de cataclysme. Sont-ils venus pour ce Dieu dont tu es le signe terrestre, pour le Christ rompu de souffrance qu'un jour on leur a peut-être montré, pour Rome, pour l'Afrique ou pour toi ? Toi le Noir, pour eux le Sauvage fait pape, le Mage et le Sorcier. L'Eglise sainte, unique, flamboyante dont tu te fais une si haute idée, ils ne connaissent pas. Ils ont une perception fausse, tâtonnante de la divinité. Ils croient aux astres, aux sectes, aux idoles, aux esprits, aux gourous et aux tarots, à la violence des démons qui les habitent. Ils croient aux corps, aux gènes, aux neurones et aux cellules, à la chair qu'ils ne cessent de soigner, de purifier, de maquiller, au sexe et à ses alchimies. Décadents. Il y a des chevelures vertes, roses, tresses et casques, des cimiers et des crinières, une orgie de couleurs. Et tous, ils t'acclament, toi si étrange sous ta mitre et ton pluvial doré, harnaché, caparaçonné comme Héliogabale, vestige baroque, vedette épique et planétaire.

Ton nom, déjà : Miltiade. Immémorial et mystérieux. Ce ne sont plus les Jean, les Pie, Paul, Clément, Grégoire... Ton nom de cendre et de catacombes, leurs gorges en feu le font bondir dans la basilique de Hugo. Ils le hurlent, le projettent au nœud des ogives. Le silence, la méditation, ils ne connaissent pas. Ils sont nés de l'image et du son, de l'écran et de l'anarchie des ondes. Le pulsar et la poussière. Rien à voir avec les immenses foules à genoux qui t'attendent à Mexico, Brazzaville ou Bangkok, les océans d'âmes prosternées. Ces nappes étales que féconde le rayon mystique... Foules en attente, limon d'hommes et de femmes recueillis dans leur pauvreté, prêts à recevoir la Parole...

Devant toi, la grande croix processionnelle ouvre le cortège, comme la proue dorée d'un vaisseau de servants, de prêtres... Il a fallu rameuter le clergé de la France entière, les confesseurs de séminaires, les petits recteurs bernanosiens, ce qu'il reste des légions jésuites, les banlieusards et les ruraux, les vieux chanoines gâteux tout tremblants sous leur camail d'hermine, les défroqués qu'on a fait revenir pour le voyage du pape, et, murmure-t-on, un bataillon de figurants... Jeunes et blêmes romantiques des conservatoires habitués à jouer Montherlant et Claudel... Mgr Saint-Marc, profil royal de vieil aigle, domine la mêlée... Tourné vers toi, le Christ jubile dans la lumière... Gracile, androgynique, une silhouette de Saint-Sébastien... Le soleil le transperce... Ton trône, surmonté d'un dais, a été dressé au cœur du transept, dans la perspective des grandes verrières. Les rosaces brassent leurs gerbes. La roue méridienne flamboie, convulsée de girations de météores. L'autre, la septentrionale, lui fait face, lunaire, assourdie. La déréliction, l'astre mort jalousent Jérusalem en gloire. Taffetas de vitraux froids, cendre des galaxies. Et la foule, noire et lémurienne, gonflée de bogues, durcie de gibbosités... Million de quasimodos, de nains, bâtards, équations folles de chromosomes. Tu les regardes, peuple de Satan. Ils ont bafoué le nom du Christ, piétiné le corps de Dieu. Leur grouillement, leur essaim de tentacules et de métastases menacent la pureté, l'équilibre de la somptueuse arche minérale, son cordeau tendu de voûtes et de piles. L'orgue tremble. Bougonnement de caverne. Gnomes, prurit de la décadence.

« France désertée par la foi, immerge-toi à nouveau dans ton baptême ! Resserre les liens vitaux avec le Corps de ton Christ ! » Et tu continues, d'une voix forte, définitivement châtrée de ses inflexions africaines : « France, fille aînée de l'Eglise, pourquoi es-tu devenue si indigne ? Tous avec moi, autour de moi, soyez les pierres vivantes du continent du Christ universel ! »

Comme toujours, le déferlement des vivats submerge tes derniers mots. Il te faut reprendre, affirmer plus fort encore ton injonction. Toi seul devant ce peuple indigne, spectral, coupé de toute croyance, de toute source, idolâtre et superstitieux, incapable de deviner Dieu sous la membrane du monde. Toi, le Noir, dépositaire de l'Europe dans ce qu'elle eut de plus éminent, ils sont venus t'acclamer comme un acteur, exceptionnel par sa stature et son itinéraire, toi la vedette du ballet d'images qui défile sans cesse sur les écrans de l'Europe, oui un acteur, le héros d'une épopée qui réactive les lambeaux enfouis de leur foi, témoin de ce monde et intercesseur de l'au-delà, le *dieu noir* comme ils t'appellent déjà, toi qui leur répètes à l'envi, et aujourd'hui encore, que certes tu es Pierre, mais aussi, et peut-être avant tout, langue de limon, corps de poussière.

De Paris Miltiade n'aura vu que les alignements de fantassins et de CRS, la foule lointaine. Quelques jets de pierre, quelques slogans racistes, les premiers. Les projectiles ont été lancés des ponts lorsque le pape descendait la Seine à bord d'un bateau-mouche, en jets suffisamment nourris pour étoiler les vitres de l'habitacle. Imperturbable, il est resté à l'avant, continuant de bénir les fidèles éparpillés sur les quais, les taches fauves des torches qui criblaient la nuit de leurs hoquets lumineux. Les loupes épaisses de la cabine grossissent les formes, diffractent les gerbes des projecteurs, Paris est un kaléidoscope, traversé de courants, d'ombres hybrides qui chevauchent sur les remous limoneux de la Seine, se collent aux parois et s'enlisent dans la nuit. De son habitacle garni de pourpre, le pape n'aperçoit que des façades surplombantes, au loin, Notre-Dame, ogives écartelées au médian de son île, l'enfilade des ponts, les arches proliférantes qui se croisent, se brouillent, les fondations mythiques d'une ville sortie des eaux, accroupie aux berges de son fleuve tourbeux. Miltiade regagne la Nonciature. Léger, insouciant. Une joie durable rayonne en lui. Le défilé des ponts, des quais, des coupoles, ce terreau de foules et de végétations noires illuminé pour lui le ravit. Il reste indifférent aux commentaires du guide qui lui serine l'histoire de la capitale. Il se prend à rêver. Mexico, New York. Le concile à venir est une floraison baroque de chapes et de crosses, une brousse de mitres et de masques cosmopolites. Il en oublie la litière de complots, d'intrigues, les enjeux. Les clapotis d'images, les jets de féeries qui éclaboussent la vitre le bercent, la ville convoquée sur ses gradins pour assister au passage du *dieu noir*. Ce qui l'a toujours fasciné, c'est la géographie rigoureuse, l'ordonnance impeccablement calculée des capitales européennes, les bogues sombres, putrides, les noyaux anciens, et l'essaim des quartiers tranchés d'avenues, les sédimentations noueuses du temps, les perspectives nues des esplanades, des grandes places taillées dans le vif des faubourgs, la présence d'un totem parfois qui aimante la constellation, ici ce lourd châssis rouillé, tout bardé de lumières, cette tour Eiffel dont sa mère lui avait montré une reproduction, signe de son intégration européenne. Nulle ressemblance entre le cône de dorure crénelée, rivé à son socle de faux marbre que Miltiade se souvient d'avoir vu sur le bureau de sa mère et cette horrible mâture de ferraille, taudis apocalyptique écrasé sur la rive.

Il est heureux ce soir. Tout ce qu'il a entendu de l'impiété de cette ville, de l'état d'irréligion de la France, il s'en moque. Derrière lui, les flatteurs, les snobs, les faux mystiques grouillent. Il les a tout juste salués. Il scrute le fleuve, son eau noire que laboure l'étrave de la péniche, ce sirop brunâtre d'alluvions et d'égouts. Il pense à son prochain départ, sa traversée de l'Atlantique. Tout en rêvassant, il sourit instinctivement à un photographe. Il aime qu'on le filme. La pose lui est devenue naturelle. Il songe à Mexico, aux races neuves de catholiques terroristes. Pour peu il souhaiterait leur irruption dans ce décor de vieille capitale exsangue. La misère existe peut-être aussi à Paris. On la lui a cachée. Il connaît parfois quelques assauts de rage qui lui donnent l'envie de durcir son discours. Mais très vite, ce soupçon de colère s'estompe. Miltiade apprend à connaître le tissage du monde avant de le dynamiter.

Demain, des discours encore et les entretiens avec le président. Pour l'heure Miltiade ne veut pas y penser. Il imagine ce que fut la vie de la jeune étudiante zaïroise, il y a cinquante ans, dans ce Quartier latin qu'on lui a tout à l'heure montré. Il se promène aux frontières de l'Histoire et de sa généalogie. Il sait que la Vierge qu'il ira adorer à Lourdes est aussi sa mère sublimée, la source de son visage. Des bribes de souvenirs scandent sa mémoire. Le bateau poursuit sa dérive. Lent, hérissé de torchères. Miltiade demande à sortir sur le pont. La nuit sent l'algue, la terre mouillée. Une odeur de lagune et de Zaïre. Dans sa chambre d'apparat de la Nonciature l'attend, sur son chevet, une édition originale du *Journal d'un curé de campagne*. Et un télex, déposé là par Ramon Serva : Green serait entré en agonie.

A peine sorti de la sacristie de Notre-Dame, Kris-August Némo se retrouve dans sa loge de l'Opéra. Il a profité de sa venue à Paris pour occuper une fois encore la scène du Palais-Garnier. Il continue à mener ses deux carrières en parfaite contiguïté. Bientôt New York. Il a déjà décidé de ne pas suivre le pape au Mexique. La barbarie des continents solaires le révulse. Sa décadence le ramène toujours plus au Nord. Berlin, New York, Paris, les capitales qui s'effondrent. Il passe sans problème de l'Europe finlandisée à l'Amérique. Sa clientèle, son public, la grande bourgeoisie rongée par la luxure, ne se lasse pas de lui, de ses pitreries de scène, de sa vertigineuse dualité. On aime qu'il passe de la Sixtine aux voûtes nues de l'Opéra. L'élection de Miltiade, qu'il avait accueillie avec réticence, l'a comblé sur bien des points. La sensibilité baroque du pape, son goût du spectacle aux antipodes de la rigueur monastique de Jean XXIV ont permis de réintroduire au Vatican Mozart, Bach et Verdi. Et comme la mise en scène, le faste et l'outrance ne rebutent guère le pape, le maître de chapelle en profite pour laisser libre cours à son caprice et à sa fantaisie. En un an il a triplé les effectifs des chœurs de la Sixtine, renvoyant à leurs couvents d'origine les vieilles religieuses époumonées. Kris-August Némo donne dans le jeune, l'ambigu, il aime les voix pures, les grandes épées sonores, les gorges neuves d'avant la puberté. Il mûrit en secret le projet de recruter des castrats.

Sa loge de l'Opéra de Paris est encombrée de photos, amants, favoris, jeunes proies de Saint-Patrick à New York ou de Milan, tignasses noires et méditerranéennes, narines épatées ou profils durs et nordiques, toute une anthropométrie du désir. Kris-August se réjouit de voir les artistes du monde entier affluer au Vatican. Il a déjà déambulé dans les caves du palais apostolique où travaillent les sculpteurs Nicoli. Il y a repéré quelques beaux mâles, le torse nu tout souillé de sueur et de poussière de marbre. Le gisant qu'ils sculptent lui est en revanche apparu d'un réalisme aveugle et servile. Kris-August ne croit en rien. Il côtoie les papes depuis dix ans, leur entourage, il a établi ses quartiers à quelques pas des loges de Raphaël, il ne se passe pas une journée quand il est à Rome sans qu'il se prosterne devant un Bellini ou un Caravage mais il se montre plus attentif aux angelots, aux servants des suites pontificales, à tous ces mignons que troussaient les cardinaux qu'aux Christs, Vierges éplorées et autres Madones. Il n'est pour lui d'autels que du désir et de la jouissance. Son installation au Vatican, sa longévité constituent la menace d'un scandale pour la papauté. Or le scandale n'a jamais éclaté, tout simplement parce que Green qui avait soufflé à Jean XXIV le nom du célèbre haute-contre a toujours réussi à éteindre les calomnies et les délations.

Paris : Kris-August aime autant la cathédrale gothique et sombre que l'opéra de stucs et d'or. Il adore y jeter sa voix, attendre que les pierres, les décors lui en renvoient l'écho déchirant. Ici pas de papes, de fantômes à réveiller. La voix ne vole plus sur un lit de cendres spectrales. Elle vibre dans la nef, s'enroule dans les entourloupes de l'opéra. Kris-August, avant de chanter sur les scènes profanes, se maquille longuement. Il accumule les couches d'onguent, les étale jusqu'à ce qu'elles cernent ses orbites d'une farine funèbre. Ce soir il donne Samson et Delilah. La division des sexes, son drame. Le maquillage épais, le cloisonnement infini des décors le sécurisent. Quand il sent la salle tapie dans l'obscurité, tenue à distance par l'étagement des décors, il libère plus vivement encore sa vraie voix. Il la fouille en lui, l'arrache à ses sérails. Ce soir, deux événements attisent sa joie : la mort imminente de Green dont tout à l'heure, juste avant qu'il n'entre en scène, on lui a annoncé l'agonie. Encore un cadavre au Vatican. Il faudra se faire héraut de requiem. La chair qui pourrit décuple son envie de chanter. Et la chair qu'il désire. Il y a là, au premier rang, éclairé par les veilleuses de sécurité, parmi les représentants de la cour noire du pape, son chauffeur, ce bel adolescent cannelé de muscles, au visage lisse et hilare, que Kris-August, depuis le premier jour qu'il l'a vu, c'est-à-dire au couronnement, s'est juré de posséder. Il a lui-même mené son enquête. Un après-midi où l'adolescent traînait au Trastévère, il l'a suivi jusqu'à la maison du vieil évêque polonais. Cet Amadeus, il s'est promis d'en faire sa proie en l'attirant à sa loge après le spectacle.

Din, présent lui aussi parmi les légats du pape, les envoyés des ambassades et de l'Elysée, a saisi le manège. Il a vu un des huissiers glisser à Amadeus un message, puis l'adolescent s'engouffrer dans la brèche des coulisses. Il veut tester ce maître de chapelle, s'assurer de la véracité de ses soupçons. Le spectacle, cette voix qu'il trouve forcée, cet artiste décadent, l'environnement de hauts fonctionnaires tout à la dévotion de Kris-August ont assommé Din. Il lui faut maintenant, en sa qualité de secrétaire du pape, représenter Miltiade à la réception donnée sous les lustres et les miroirs du grand foyer. Un vieux titulaire de l'Académie des Beaux-Arts le harponne à la sortie de la salle et l'interroge, d'emblée, sur les projets architecturaux du pape. Un autre le rejoint aussitôt et supplie qu'on l'invite à la cérémonie de dévoilement du tombeau de Jean XXIV. Din sent fondre sur lui l'escouade des yeux soupçonneux, prompts à le juger. Pour eux il sera toujours le Noir. Il s'applique à mimer les tournures de Miltiade, usant de cette langue classique que souvent le pape ressource à la lecture de Bossuet. Il écoute, passe d'un groupe à l'autre. Pendant tout ce temps une idée trotte en lui : le renvoi du maître de chapelle. Mais voilà qu'on l'interroge sur l'état de santé du cardinal-secrétaire d'Etat. Là encore, l'air grave, il informe et invite ses interlocuteurs à prier pour le prélat... On se dispute Din... C'est à qui recueillera les nouvelles les plus inédites sur l'agonie de Green ou l'orchestration du concile...

L'obscurité règne encore. Miltiade vient de passer une nuit de veille. Il en est ainsi chaque fois qu'il établit ses quartiers dans un lieu nouveau. L'esprit douloureux, il contemple le grand puits de Paris et du monde. Derrière les fenêtres au lourd vitrage la Seine étend sa coulée brasillante. Des écailles ponctuent le flot uniforme. Le pape s'agenouille et récite ses premières prières. Il égrène les versets consacrés sans qu'il lui soit possible de prononcer le nom du cardinal Green.

— Il agonise et demande que vous le confessiez...

C'est Ramon Serva qui est entré, comme il le fait chaque matin, pour apporter au pape les nouvelles de la nuit. Il se tient dans l'embrasure de la fenêtre, jette un œil sur les archipels urbains, à l'est, frangés de soleil. La ville s'allume, trouée de portiques et d'arches comme un champ de ruines.

— Allez-y vous-même... Je continue mon voyage jusqu'au bout...

La réponse a cinglé, inattendue. Le cardinal s'éclipse. Tout en continuant à prier, Miltiade se relève, s'approche de la fenêtre, écarte les voilages. L'horizon libère une lance de lumière qui balaie les parvis des hôtels. Au Vatican on n'a pas l'impression de s'immerger à ce point dans le paysage urbain. Au Vatican... Soudain le pape frémit à la pensée du mourant qui se débat dans sa chambre aux perroquets, épave ballottée entre le remords et le secret. La confession, l'ultime confession pour trancher le nœud de tortures qui l'étrangle... Miltiade chasse cette pensée qui obscurcit sa journée. Il accompagnera l'agonisant dans sa prière, mais à distance. La souffrance, les hoquets, la jambe qui pourrit ne sont jamais que les signes de la Géhenne. L'enfer, Miltiade y croit. Le feu noir, éternel, où ne cesse de griller, sur le mur de Michel-Ange, l'humanité maudite. Et cette confession, même si elle allège celui qui la livre, ne lui épargnera en rien les tourments du brasier céleste. Et n'apportera rien de plus que celle de Giulio au soir du conclave entre menaces de mort et lézard. Ce matin, face à la Seine blafarde, dans le gris du jour,

Miltiade affronte à nouveau la dalle lissée de chair blême sur laquelle vacillent les assises de son pontificat.

La Concorde, les Champs-Elysées semés d'oriflammes qui brûlent dans le vert acide des feuillages, l'enclave paradisiaque de l'Elysée. Miltiade traverse la capitale à bord de son étrange voiture, préfiguration de la navette qui l'enverra dans le cosmos. La foule rare et frileuse est à la mesure de l'angoisse qui étreint le pape. C'est à peine s'il regarde la Concorde, son obélisque, son grand damier de pierres rousses et de fontaines, cette ville dont l'ordonnance et la théâtralité fascinent tant de dirigeants du Tiers monde, au premier rang desquels M'Bo. L'axe lent de la Seine, la masse austère du Louvre, la Concorde et le spectre de son roi guillotiné, le Palais-Bourbon et la Madeleine dont les frontons se répondent, composent un décor travaillé par l'Histoire. Comme à Rome, les pierres s'imbriquent, se brouillent dans un grand puzzle de révolutions et de saccages, surgissent des remous, des longs repos sédimentés par l'Histoire. L'architecture se mue en généalogie. Rien à voir avec les grandes capitales du Tiers monde, Kinshasa, neuves, sans racines, champignons proliférants jaillis du désert ou de la brousse, toutes de verre et d'acier, mégapoles fragiles, pucelles du temps.

Miltiade voudrait méditer, mais tant de sujets l'accaparent, de cette foule qu'il faut bénir aux paroles que tout à l'heure, dans le silence de l'Elysée, il devra prononcer devant le Président. Il aimerait contempler la capitale, sereinement, mais l'obsession de l'agonie de Green lui gâche son plaisir. alors il se tourne vers la foule, sourit aux enfants qui, éblouis, grimacent dans le soleil, reçoit une pleine volée d'injures. Non il n'est pas ce conquistador noir que dénoncent les banderoles, ce premier terroriste du Tiers monde venu dépecer l'Occident sous l'habit pontifical. Il a lu la presse. L'attaque revient avec la vigueur d'un leitmotiv. On parle de complot international, de grande manœuvre dévastatrice qui viserait à atteindre l'Europe en son cœur. Non, — il s'apprête à le redire au président — ce voyage n'a rien de concerté. Il visitera la France comme dans quelques mois il partira pour le Mexique. Comme descendant de Pierre, il n'a d'intentions que pastorales.

Le parc étroit, étranglé par les mailles des bosquets, surprend le pape. Les jardins du Vatican sont infiniment plus vastes, d'une texture florale et boisée où il est encore possible de se perdre. Le Président français fait figure d'otage dans ce parc resserré, encerclé de vitres pare-balles, de radars et de coupoles détectrices qui pointent leur nez sous les charmilles. Il attend le pape sur le perron.

Les deux hommes ont traversé l'enfilade des salons jusqu'à une charmante bibliothèque circulaire qui donne sur le jardin. Dehors veille la cohorte des gardes et des vigiles. Miltiade entame l'échange par les compliments d'usage sur la capitale. Il y ajoute quelques mots d'Histoire, évoque la Révolution française de 1789, parle avec amusement de la façon dont les missionnaires belges la racontaient. Le président écoute avec attention, tout en se carrant dans un fauteuil accolé au marbre de la cheminée, puis il se lance dans une longue digression :

— L'Histoire piétine... Plus de révolutions... Les grands mouvements idéologiques éclairaient, fédéraient... Maintenant il n'y a plus de place que pour l'émiettement, les spasmes terroristes... Je compte chaque jour les attentats dans Paris... Je donne l'ordre, pour la forme, à la police d'enquêter... Oui. Pour ne pas perdre la face...

Le président s'est tendu, les traits figés en un masque blême.

— Terrorisme musulman ? interroge le pape.

— Sans doute... Tiers-mondiste... Prenez l'exemple des USA et de l'Amérique centrale... On a affaire là, me semble-t-il, à un terrorisme d'inspiration catholique... Ici...

le terrorisme est islamique... récupéré par des groupuscules de jeunes nihilistes... Il n'y a plus un seul pays qui soit une unité, qui ait un ciment profond... La démocratie française s'est vidée de toute force... Nous n'avons plus rien à arbitrer... Le terrorisme, les intérêts particuliers gouvernent...

— Je suis venu porter un message d'unité...

— Je vous comprends, Saint-Père, j'ai même fait en sorte que les médias relaient abondamment votre voyage. Nous vous suivons depuis votre élection... Mais les images sont plus fortes que ce que vous dites... Pardonnez-moi... Notre jeunesse ne peut pas vous comprendre... Vos mots sont trop longs, ils charrient trop de concepts... La langue de notre jeunesse vise au monosyllabe. Elle doit coller le plus possible à l'émotion, à l'instant. La vue de votre tiare, de vos vêtements dorés est cent mille fois plus forte que ce que vous pouvez dire...

— Croyez-vous ?

— Mais oui... Vos références... A l'Ecriture, à Bossuet, Chateaubriand... Personne ne lit plus ça... Ces auteurs ont disparu de nos bibliothèques... Dans quelques mois vous visiterez le Mexique... Vous verrez, l'Amérique du Sud est un continent qui pourrit... L'Europe un continent vitrifié... Pas par l'atome, ni les bombes... Non, un continent où l'esprit est mort... En nous gavant de biens matériels, en nous laissant nous gaver, les Russes nous ont finlandisés... Saint-Père, vous pouvez être notre recours.

— Le pape fera tout, sous la conduite du Seigneur, pour demeurer le rempart du monde.

— Vous retarderez la conflagration...

— J'essaierai... Je favoriserai, de toutes mes forces, les dialogues est-ouest, nord-sud, encore que le premier me semble satisfaisant...

— Méfiez-vous, Saint-Père, la réalité des faits est sans doute plus complexe qu'il n'y paraît. Les USA et l'URSS nouent ensemble une sorte de danse spectrale par-dessus nos têtes... Vous avez là deux totalitarismes qui s'affrontent et sont obligés de s'allier s'ils veulent survivre. Bouche à bouche des agonisants comme se plaît à dire votre cardinal Ramon Serva... Lentement, à l'échelle d'un siècle, on se rend compte que par des trajectoires résolument inverses, ils ont atteint le même but. Les USA sont aussi vides spirituellement que l'URSS. Heureusement ils ont le Mexique comme la Russie a la Pologne... La foi va vibrer à Harlem... C'est aussi un brasier que vous pouvez allumer...

— Vous savez, Président, que dans un premier temps je me suis promis de ramener notre Eglise à l'unité... Que cette démarche redonne une certaine cohésion à un monde éclaté, je n'y verrai que des avantages... Mais ma démarche est avant tout spirituelle... En France je compte sur les prêtres que je vais ordonner à Reims et Chartres... Jadis ils s'expatriaient pour être les missionnaires du Tiers monde. Qu'ils fassent aujourd'hui chez eux le même parcours...

— Je l'espère avec vous, autant que vous, Saint-Père.

— Croyez-moi, Président, je ne suis pas cet envahisseur noir que vos journaux dénoncent... Je ne veux pas tirer de Rome les fils du monde... On m'a montré hier à la Nonciature un livre paru en France sur le début de mon pontificat. Je ne me situerai jamais au plan des manigances humaines... On veut me décrire comme l'enfant d'une imposture, d'un rapprochement URSS-USA... Un jour, quand je me serai défait de ma charge, je raconterai ce que je sais... Et ce que je devine... Mais, croyez-moi, la force que je tire de mon adhésion au Christ l'emporte sur le reste.

Le président s'est levé pour offrir au pape une copie du Saint Jean de Rodin :

— Ce qui me ravit aussi dans votre démarche, Saint-Père, c'est l'importance que vous voulez bien accorder à l'art...

— Je suis heureux que vous me rejoigniez sur ce point. Au Zaïre, quand M'Bo, ou d'autres ailleurs bâtissent, c'est pour eux... Les peintres, les sculpteurs qui viendront au Vatican savent déjà que la cause qu'ils servent, c'est celle de l'Eglise...

— En Occident nous sommes devenus amnésiques...

— J'ai été élevé selon deux principes. Le culte de l'ancêtre mythique. Cela peut paraître de la sorcellerie ou de la faribole, pour moi c'est un symbole. Le crocodile et les étoiles de mon blason qui claque à cette heure sur les Champs-Elysées, c'est le signe de cet enracinement dans ma mémoire africaine. L'autre principe, celui que m'a inculqué ma mère, c'est la vénération de l'Europe, de sa culture... Je suis infiniment plus proche de Michel-Ange et de Vinci que de M'Bo... L'Europe, je n'ai pas besoin de la singer, elle bat en moi... Ce que vous me disiez des images tout à l'heure est intéressant. On me l'a déjà dit, le cinéaste Samuel, le premier. Je ne joue pas le rôle des papes. J'ai repris leur flambeau mystique. Dieu m'y aide. Et je ne cesse de l'implorer. Le monde pour moi n'est pas apparence, pure immanence. Il est profondeur et il a une source, le visage de Dieu dans les plis du Suaire...

Miltiade a retrouvé sa volubilité des grands jours, cette pointe d'accent savoureuse, signe des classes bourgeoises à Kinshasa. Le président approuve et se montre séduit par la forme intellectuelle du pape et la justesse de ses vues. Une nouvelle fois, comme il peut le faire ici ou là au hasard des pages de son journal de bord sur lequel veille Din, il a retracé les grandes lignes de son itinéraire spirituel, les jalons et les objectifs de son pontificat. Il se sent bien dans ce petit hémicycle serré de livres. Avant de s'envoler pour Chartres il va demander — première entorse au protocole — à ce qu'on le conduise dans la crypte de Notre-Dame. La pourriture, la vitrification du monde, l'écheveau des conflits et des enjeux l'ont ramené, insensiblement, à l'agonie de Green. On n'a pas interrompu leur entretien. Aucun message de Ramon Serva. Le mourant lutte donc encore.

Green n'en finissait pas de mourir. Son agonie s'étalait au rythme d'une longue et cruelle expiation. Le pape n'avait pas voulu abréger son voyage en France pour recevoir la confession du cardinal. Il avait tenu à ce que soit respecté le programme initialement prévu, laissant à Ramon Serva le soin de rentrer à Rome pour assister Green. Il y avait maintenant dix jours que le secrétaire d'Etat était entré en agonie. Dix jours de veille et d'angoisse au premier étage du palais apostolique. L'activité administrative et diplomatique s'était ralentie dans le dédale des salons et des bureaux. Les tribunaux religieux vaquaient. On avait interrompu l'examen des causes, des procès en canonisation. D'ailleurs, avec un sens extraordinaire de la propagande et de la mise en scène, les journalistes de l'*Osservatore Romano* avaient fait célébrer des messes sur le parvis de Saint-Pierre. Tournés vers la foule, des prêtres en ornements de deuil disaient office sur office avant d'inviter les fidèles à lever les yeux vers les fenêtres fermées du premier étage du palais. A peine rentré, Miltiade coupa court à cette mascarade. Il fit d'urgence démonter les autels, pria les prêtres de rallier leurs congrégations d'origine. Le bruissement de la foule, les psaumes psalmodiés, la parade de deuil le gênaient. Une telle mascarade pour celui qu'au fond de lui-même il jugerait toujours comme un traître et un criminel lui semblait des plus indécentes.

Le mourant se retrouva seul, privé de tout accompagnement sonore. Il s'était habitué aux jérémiades lancinantes de la foule, aux chants d'imploration qui s'élevaient de la colonnade. Il s'était dit que les chants l'épauleraient dans la mort. Cela lui rappelait les grands moments de son ministère de secrétaire d'Etat, à ses débuts, aux côtés de Jean XXIV. Les foules espagnoles ou des Philippines cassées de pleurs le Vendredi Saint. Il eut l'impression de se retrouver seul, malgré l'entourage qui grossissait. En sueur, rongé par la gangrène dans la chambre luxueuse, voilée de pourpre, qui se métamorphosait en étouffoir, il accepta l'idée d'une mort nue, sans leurre ni théâtre. Les cardinaux de la Curie avaient gagné la chambre et l'on voyait leurs profils jaunes et rigides émerger dans l'intervalle des marbres. Une majorité d'Américains, avec à leur tête le métropolite de Philadelphie Mac Gregor et l'archevêque de Kinshasa occupaient les premiers rangs. Quelques Noirs se risquaient de temps en temps dans la chambre. Espions délégués par Din ou simples curieux, on ne savait trop. Pablo Ramon Serva traversait de temps à autre les galeries de Bramante pour s'assurer de l'avancée de l'agonie du cardinal. Mgr Antonini, que tous ici surnommaient Mgr Guardaroba, ne quittait pas l'embrasure de la fenêtre. De là il surveillait à la fois les mouvements de la foule sur la place et le spectacle à l'intérieur de la chambre.

Le dos calé sur d'immenses oreillers, Green s'était redressé dans son lit, ascète décharné, grand fossile de craie prêt à rompre. Giulio lui avait passé ses lunettes rondes, ainsi il pouvait mieux voir malgré l'espèce de cataracte que générait la fièvre, et son regard n'avait rien perdu de son incandescence. Serré Giulio, tassé contre le montant du lit, condamné à jeûner tant que son maître n'aurait pas rendu le dernier souffle. Et les autres, en face, silhouettes noires ou violettes nichées dans l'espacement des marbres, un tribunal de limbes et de passeurs.

La colonie de voyeurs qui avait investi la chambre avait redonné au mourant une sorte de vitalité. Dans son délire il les avait vus comme des rapaces prêts à éventrer ses richesses, à dilapider son butin. Il avait bientôt émergé de son état comateux, le grand soleil de la conscience s'était levé sur les eaux noires de l'agonie ; Green, à nouveau, goûtait, les lèvres pincées, à ce filet de vie hoquetant qui lui tétanisait le cou. Les sursauts de conscience, les moindres pétillements du regard dispersaient le cénacle. Les cardinaux sortaient prendre l'air, laissant les cappa violettes au vestiaire. Green et Giulio se retrouvaient presque seuls. Jamais totalement. Une *oreille volante* traînait toujours par là. Mère Ludovica épongeait le front du malade, dispensait quelques soins. Si la place cuisait au-dehors et si quelques rais de lumière déchiraient l'obscurité de la pièce, elle rajustait les rideaux, emmaillotait les croisées sous de larges housses. Au crépuscule, elle entrouvrait les fenêtres pour laisser passer un peu d'air. Au pâlissement des derniers feux du Janicule elle verrouillait les croisées.

Alors, dans son délire qui le glaçait ou le consumait, toujours avivé par le feu qui dévorait sa jambe, le cardinal eut l'illusion que les marbriers de l'atelier Nicoli installés à la demande de Miltiade dans les caves du palais, c'est-à-dire juste au-dessous de ses appartements, intensifiaient leur travail la nuit. Il lui sembla que la poussière giclait sur les ogives de pierre, compacte et stridente. Les lames, les fraises, les scies, longilignes ou circulaires, les burins, les poinçons criaient, perforaient le marbre. Leur enfer ciselait le visage du gisant. Un fracas de forge, de démiurgie rouge habitait les assises du palais. Le flux et le reflux des scies ballottaient l'agonisant sous leur lame. Green apercevait dans le lait de marbre les joues fines et creusées de l'Irlandais, son poitrail encore mêlé à la masse de la roche. Il vivait cette naissance au moment où lui s'enfonçait dans l'informe.

Le sommeil l'abandonna sous son ressac, infâme, mutilé, conscience guenilleuse, trouée de mille vertiges. Personne n'avait encore daigné l'entendre en confession. Il voulut commencer cette journée par une messe qu'on célébrerait dans sa chambre. Les ordres transitaient par l'entremise de Mgr Guardaroba et ne pouvaient être exécutés qu'avec l'aval du pape. L'accord revint, porté par Din, décidé par lui peut-être et à l'insu de Miltiade, mais à la condition que les marbres impies, les divinités nues, les grandes Vénus, anadyomènes ou callypiges, les janissaires, les éphèbes fussent dégagés de la chambre. Green se sentit dessaisi, poignardé. On lui avait déjà enlevé les chants à l'extérieur, on le dépossédait à présent de ses marbres. La nuit, les sculpteurs Nicoli travaillaient à un rythme d'enfer. A moins que ce ne fussent les Noirs, ces Noirs abhorrés, sauvages au rire vide qui hantaient le palais et qui se défoulaient en broyant sous les scies mille déchets, mille concassures de marbre. Sa collection de statues allait peut-être connaître le même sort, le même saccage. Il préféra refuser et demanda à Giulio de célébrer une messe basse en utilisant le dessus de la commode comme autel.

Miltiade descendrait-il confesser le cardinal ? Mettrait-il enfin les pieds dans cet appartement qu'il n'avait jamais voulu visiter du vivant de Green ? La question occupait le palais, ses visiteurs léthargiques qui traversaient l'enfilade des galeries. On guettait les signes annonciateurs d'un cortège en provenance du dernier étage. Le pape irait-il jusqu'au bout de son refus ? Et le pardon ? Mais quelle était cette pierre d'achoppement, ce ferment de discorde qui, même aux portes de l'agonie, continuait de les opposer ? Miltiade révélait là tout un pan inconnu de sa personnalité. Dans l'entourage immédiat de l'agonisant on multiplia les paris, les suppositions. « Il ne viendra s'incliner que devant son cadavre... », murmura un prélat austère, d'origine européenne, adossé au grand Laocoon. Green s'était assoupi. Les mains croisées sur la poitrine vibraient au rythme lent du cœur. Puis le prélat reprit : « Le pape ne veut pas voir l'imposture qui l'a fait... »

La nuit était tombée depuis peu. La chambre exhalait une odeur mêlée d'urine, de sueur, de substances médicamenteuses et d'os qui pourrit. La jambe du cardinal, noircie et putréfiée, avait inscrit l'empreinte de sa salissure à même le drap. Un autre prélat, au physique de juge des Enfers, souleva les rideaux de manière à renouveler l'air. L'atmosphère continuait à peser. On avait profité de l'assoupissement du cardinal pour éloigner la cage des perroquets. Etait-ce le signe qu'une visite du pape était toujours envisagée ? Seuls Din ou Ramon Serva auraient pu le dire. A ceux qui le pressaient de questions Mgr Guardaroba répondait d'une moue évasive.

Mère Ludovica s'était agenouillée au pied du lit du mourant et récitait alternativement, un chapelet de nacre à la main, l'*Ave Verum* ou le *Stabat Mater*. Même endormi, dans l'ombre de la chambre colorée par les auréoles moirées des tentures murales et les camails des prélats, le cardinal conservait ce masque résolu qu'on voit parfois aux momies aztèques, les traits dominateurs, plissés, presque parcheminés — et auxquels la mort donne une simplicité d'épure — d'un inquisiteur espagnol — il y en avait un dans la chambre, là, au premier rang, Ivera, cet ancien de Tolède, vert, bilieux, et dont les prunelles réverbéraient parfois les chatoiements de ce diable dont l'obsession ne le quittait pas — archevêque farouche, hiératique du Greco, Bernardo de Sandoval y Rojas, cardinal aux lunettes grêlées, peau ocre, tendue, mêlée à l'os en une même couleur pourrie...

Le cardinal ne parlerait plus. La parole s'était rétractée en lui. Il surnageait désormais entre les eaux d'un coma durable et désespéré. On vint en porter l'assurance au pape. La confession ne franchirait plus l'obstacle de la glotte. Mgr Guardaroba arriva, détenteur des instructions pontificales. Les marbres furent emmenés sur des chariots silencieux aux roues garnies de feutrine. Il revint à Din d'étouffer les perroquets dans leur cage de façon à ce qu'ils ne lâchent pas leur terrible cri en présence du pape, en les garrottant dans des manchons d'ouate imbibée de chloroforme. Alors on installa devant le lit le *faldistorio*, ce prie-Dieu en forme d'X, aux coussins de velours rouge, l'exacte réplique de celui sur lequel s'appuie Jules II dans la *Messe à Bolsène* de Raphaël. Des camériers disposèrent des reliques sacrées et la cire dans laquelle le pape graverait le masque du défunt. Les cardinaux affluaient, graves, méditatifs. Ils avaient revêtu leur cappa violette de deuil. Ramon Serva en tête, la peau verdâtre, squameuse comme un lézard. Miné par l'insomnie. Mgr Guardaroba le suivait, l'air calme. Tout était prêt. Il avait réglé le rituel de l'absoute. Les religieuses pour la toilette mortuaire étaient déjà requises. On avait préparé les vêtements, le fourreau de soie violette où l'on glisserait la dépouille. Quelques sanpietrini s'affairaient à monter le lit d'apparat dans l'antichambre. Les cardinaux étrangers présents à Rome assisteraient aussi le pape : Mgr Saint-Marc, rentré précipitamment de Paris avec Miltiade et Ivera, ce prélat espagnol fanatique de Christophe Colomb dont l'admiration passionnée tournait à l'identification névrotique.

Le premier geste de Miltiade fut de baiser le visage muet de l'agonisant. Puis le pape s'installa à son prie-Dieu. Les photographes étaient entrés à sa suite, quelques cadreurs aussi. Même si Samuel n'était pas encore revenu du Zaïre, ses assistants continuaient à fabriquer la mémoire visuelle du pontificat. Le pape noir, agenouillé devant la dépouille terreuse, mûrissant son pardon. L'ombre glauque de la chambre funéraire, entre Raphaël et Greco. Et cette profondeur, ce tabernacle obscur, la crype secrète de la prière à laquelle, nécessairement, l'image s'arrête.

Miltiade avait déjà quitté la chambre, il remontait vers l'arche livide de la Sixtine en récitant à mi-voix le *Dies Irae;* il voulait se perdre dans des visions de cendre et de terreur, fuir la rumeur étroite de ce souffle qui s'étrangle, ces lèvres cousues sous le métal glacé du crucifix...

*Dies irae, dies illa*
*Solvet saeclum in favilla*
*Teste David cum Sibylla.*

*Oro supplex et acclinis*
*Cor contritum quas cinis*
*Gere curam mei finis.*

Green était mort. Déjà la cire durcissait. Seul dans la nef de Salomon Miltiade naviguait entre la peur de l'Apocalypse et celle de sa propre fin.

*Log-book :*

Je travaille, avec Mgr Antonini, à la préparation matérielle du concile. Nous nous inspirons largement des tracés, des plans, des memorandums du concile Vatican II. Je veux tout voir, de la disposition des tribunes dans la nef centrale à l'emplacement de mon trône sous le ciborium polychrome qui abrite le crâne de Pierre. J'ai demandé aussi que soit gravé, au milieu de la nef, sur une dalle de Carrare, ce superbe texte mystique des origines du Latran que m'a récemment apporté un archéologue :

*Ici naît pour le ciel un peuple de race divine*
*Engendré par l'esprit fécondateur de ces eaux.*
*Ici est la source qui lave tout l'univers,*
*Jaillissant de la plaie du Christ.*
*Cette eau que reçoit le vieil homme*
*Fait surgir l'homme nouveau.*
*Entre ceux qui renaissent, aucune différence.*
*Un seul baptême, un seul esprit, une seule foi.*
*Ils sont Un.*

Les quatre mille prélats, quelle que soit leur place, le long des tribunes, pourront de leur siège lire et méditer ce texte. Un jeu de miroirs incrusté dans le plafond réfléchit la dalle légèrement inclinée. Je convoque l'univers au baptême de l'Eglise. Le vaisseau à cinq nefs doit être le théâtre de cette purification. Quels que soient leur âge, leur état de santé, les quatre mille pères conciliaires graviront, pieds nus et à genoux la *Scala Santa,* les vingt-huit marches de marbre du prétoire de Pilate à Jérusalem que Jésus a montées et descendues lors de son procès. Au sommet, la Chapelle du *Sancta Sanctorum,* vestige de la chapelle privée des papes, abritera une ampoule du précieux sang venue tout spécialement de Saint-Janvier de Naples. J'ai décidé le moindre rite de ces journées inaugurales. Mes évêques, pour soldats, ou pour lépreux, pour bidonvilles ou pour puissants, que leur palais soit de marbre ou de terre battue, dans leur diversité j'ai décidé de les rappeler à l'humilité.

Tous les matins je me rends au Latran. J'aime cette église glorieuse, inondée de soleil. Par tempérament, de par mon origine aussi, je suis plus sensible au catholicisme triomphal et solaire de Saint-Jean ou de Sainte-Marie-Majeure qu'au mystère anguleux, ombreux des cathédrales gothiques où je me suis plongé. Notre-Dame de Paris, Reims et Chartres. J'ai été ému par les vitraux, les nefs resserrées et aériennes, les pierres humides et moussues. Catholicisme de la souche, des ramifications souterraines de Jessé, de la strangulation de l'âme. Mais les vagues de soleil qui roulent sur le pavage cosmatesque du Latran, les marbres taillés de veines et de prismes, la claire-voie flamboyante du ciborium, les fresques de l'abside où, des quatre fleuves du paradis, coule l'eau baptismale, le décor entier, tout me donne la sensation de m'ébrouer dans un cosmos ruisselant de galaxies et de lumières. L'eau devenue feu, Pentecôte et Jourdain, le Baptiste et le Christ rassemblés en une même barque. C'est précisément dans cette eau luxuriante et solaire que je veux que s'immerge à nouveau l'Eglise. Qu'elle sache dès à présent que le fruit de sa réflexion sera livré à la révérence et à la curiosité de l'univers. Plus son corps sera vivace et soudé, plus elle sera à l'image du Christ vainqueur et ressuscité.

Je ne réunis pas le concile pour le plaisir d'organiser une somptueuse cérémonie. Pas plus que je ne le réunis pour qu'il décapite le pouvoir du pape. Le descendant de Pierre et les quatre mille descendants des Apôtres — génération proliférante, multipliée par l'Esprit — auront à réaffirmer la confiance qu'ils se portent. Révérendissimes Pères, ce n'est pas moi Miltiade que je vous demande d'assister, mais Pierre en moi.

Voilà quelques éléments de ma réflexion à quelques semaines de l'ouverture du concile. Dans la grande nef les travaux avancent. Par bien des aspects, cette cérémonie me rappelle la préparation de mon couronnement. Les ouvriers de la Révérende Fabrique ont déjà dressé la machinerie grandiose, les gradins, les loges de vieux velours au-dessus, les tentures, les cretonnes, les grands festons, les glands, les tapisseries religieuses dans l'intervalle des colonnes, et mon trône juché sur un chariot à huit mètres du sol. A cette occasion je porterai la tiare. Je suis heureux d'être un des artisans de ce grand concile. Latran VI, renouveau baptismal de l'Eglise. Dans cette basilique, selon l'inscription de la façade, « mère et tête de toutes les églises de Rome et du monde », je place le concile sous la protection de Marie, notre Vierge, « glorieuse et sans tache ». Et je n'oublie pas que cette basilique fut construite à l'emplacement des palais des Laterani, donnés par Constantin au pape Miltiade, mon lointain inspirateur, mon double des catacombes. Sans doute Dieu m'a-t-il nommé pour que je ressoude son Eglise, fragile et laminée, dans l'eau terreuse des origines. C'est qu'il faut boire à cette boue pour mieux mériter l'illumination du Christ.

. . . . . . . . . . . . . . . . . . . . . . . . . . . . . . . . . . . . . . . .

Je me suis réfugié dans la tour du Belvédère, là même où s'enfermait Jean XXIII pour préparer son concile. Je vais partir pour le Mexique. Première étape d'un voyage en Amérique centrale. Juste avant j'aurai eu le temps d'ouvrir la première session du concile, de créer trente nouveaux cardinaux, de dévoiler le monument funéraire de Jean XXIV, de célébrer sa mémoire et ces heures troublées d'où vient mon pontificat. J'ai revu la France, ses cathédrales obscures, Paris, les glaces solaires de Versailles qui obsédaient M'Bo. J'ai aussi humé l'éther, le formol, cette odeur entêtante de mort dans la chambre d'agonie du cardinal Green. Le temps de me souvenir du bain de formol où croupissaient les lézards des biologistes qui assistaient ma mère dans les marais. J'écris ces lignes, délié, ravi. La perspective de ce grand voyage, la traversée de l'Atlantique, la découverte de ce continent qui pourrit aux dires du président français, tout cela m'excite. M'habite un grand rêve de totalité. Les quatre fleuves du Paradis, les quatre fleuves de la place Navona, je sais que je remonterai à leurs sources. La rondeur de la terre, la courbe des vagues, je dévoilerai leur ancrage, leurs secrètes racines. Sous mes yeux, la tenaille de la colonnade du Bernin enserre un ciel limpide, continu, que traversent des voliers d'oiseaux fous. Je vibre à cet opéra de sillages et de partances. Je veux, moi aussi, reconnaître la Création, épuiser le sensible de mes pas, de mes prières. J'ai toujours eu la fibre et la foi d'un explorateur. Je veux coudre, rentoiler les continents, je veux rétablir le monde dans sa plénitude insulaire, sa compacité originelle. Une énergie volcanique s'élance en moi. Je ressens toute l'urgence de ma quête. Ma vie s'endort sous la poussière des trésors. J'ai charge d'âmes, je ne l'oublie pas. Mais les rituels m'enferment sous les sangles du captif. Rome l'Inféconde, Vatican bâti à flanc de cendre morte, si beaux, si riches que vous soyez, comment ne pas se sentir en vos murs, sur les dalles de vos caveaux, floué de l'infini, de la pulsation cosmique ? La beauté ici est veuve, stérile, apanage de momie. Je vis parmi les spectres. Il me faut rompre, trancher, partir. J'habite le nom d'un mort.

Un mini-scandale secouait Rome quand Samuel rentra du Zaïre. Un journaliste malveillant venait de publier quelques extraits soi-disant authentifiés du journal du pape. Le fragment, volé par le plus grand des hasards, exposait longuement les motivations qu'avait Miltiade à ne pas recevoir la confession de Green. Il apparaissait à la lecture de l'extrait que le pape n'avait pas été capable de pardon, ce qui, à quelques jours de l'inauguration du concile, ternissait rudement son image pastorale de fédérateur de l'Eglise. Le Vatican ne broncha pas. S'agissait-il d'une manœuvre extérieure ou d'un projet de déstabilisation commandité par des membres américains de la Curie ? Miltiade, tout au projet de son départ, n'ordonna pas même d'enquête. En revanche, Ramon Serva, à peine installé dans les anciens appartements de Green qu'on venait juste de désinfecter — tradition d'hygiène vaticane oblige — chargea Din et quelques-uns de ses collaborateurs de voir plus clair dans cette affaire. Tout feuillet manuscrit du pape, rappela-t-il, doit être répertorié aux archives, incinéré ou enfermé dans son coffre particulier. Ramon Serva connaissait à la fois le goût du pape pour l'écriture et sa négligence. Miltiade ne se montrant nullement affecté par cette affaire, on en resta là.

Dès que le cardinal, tout nouveau secrétaire d'Etat — on avait à peine attendu que la sépulture de Green dans son église de Saint-Pierre-aux-Liens fût scellée pour publier l'arrêté de nomination — apprit le retour du cinéaste à Rome, il le pria de passer à son bureau. En effet, s'il consacrait désormais l'essentiel de son temps à préparer le voyage de Miltiade au Mexique, il gardait un œil sur l'Afrique, et tout particulièrement le Zaïre. Les rapports de mes informateurs sont contradictoires, il me semble que les choses bougent là-bas, dit en substance le cardinal. Samuel ne cacha pas qu'on allait vers l'explosion. Il raconta ce qu'il avait vu, et filmé : les cadavres dans le Zaïre, la guérilla qui couvait, un regain incendiaire de l'animisme en réaction contre le catholicisme d'Etat, la corruption, la famine. Selon lui, le pouvoir de M'Bo n'en avait plus pour longtemps. « Les évêques zaïrois qui vont venir au concile ne pourront pas rentrer chez eux, entre-temps un régime athée, décidé à pourchasser tout ce qui est empreinte religieuse et signe de ralliement au pape aura remplacé le pouvoir de M'Bo. L'armée risque de prendre les rênes à tout moment », ajouta-t-il.

Din, qui assistait à l'entretien, ne se montra guère surpris. Il avait toujours prédit l'effondrement de cette dictature et invité Miltiade à prendre ses distances. Maintenant on allait payer le prix d'une politique ambiguë à coups de massacres et de martyrs.

— Allez-vous en parler au pape ? demanda Samuel.

— Oui, mais la première chose à laquelle il faut songer, poursuivit Ramon Serva en quêtant l'approbation de Din, c'est le départ de la famille du Saint-Père, ils seront les premiers visés. Il faut d'urgence organiser leur exil, au Congo, ou pourquoi pas ici...

On aurait dit que l'adversité stimulait Ramon Serva. L'épreuve appelait en réaction un surcroît de clairvoyance. Diplomate, il l'était infiniment plus que Miltiade qui avait une vision confuse des mailles de la géopolitique. Le cardinal médita un court instant :

— N'en dites rien au pape. C'est préférable. Son voyage en France l'a épuisé. Ensuite la mort de Green, le concile qui approche... Je me bats déjà pour qu'il se repose à Castel Gandolfo avant de repartir... C'est affreux mais je m'aperçois de plus en plus qu'on ne peut pas tout dire... Il faut qu'il soit brillant au consistoire et au concile... Pardonnez-moi, Din, mais quand l'Histoire de l'Eglise est en jeu à travers un concile, le Zaïre est peu de chose.

Le décalage qui opposait le Vatican endormi, plombé dans un silence irréel — silence écrasant par bien des aspects, mais troué de sursauts, d'influx qui laissaient présager une intense activité secrète — et le continent noir au bord de la conflagration sanglante, déchira Samuel. Il mesura bientôt le poids de la charge que portait Miltiade, et l'isolement, la surdité, l'aveuglement progressivement entretenus par l'entourage. On était à un tournant du pontificat. Le cardinal argentin au visage imberbe et secret était en train de dessaisir Miltiade de tout un versant de son pouvoir. On aurait dit qu'il avait décidé de le cantonner dans les affaires spirituelles.

Samuel descendit dans Saint-Pierre fermée aux visiteurs. Les marbriers achevaient d'installer le tombeau de Jean XXIV. Le soleil tachait le dallage d'un flot d'ocellures. Samuel avait du mal à rentrer dans le jeu romain. Il allait à nouveau falloir filmer. Des choses superbes. Le premier consistoire, le concile, les quatre mille pères conciliaires gravissant les marches de la *Scala Santa.* Vu les tares, les maladies, les handicaps et les rhumatismes le rite s'étalerait sur deux jours nuits incluses ! Et il y avait dans le studio de la place d'Espagne toutes les bobines rapportées d'Afrique. Le voyage avait été difficile. Matériellement d'abord. Conditions climatiques effroyables. La moiteur étouffante des marais était insupportable. Sans compter le dispositif policier d'un régime aux abois qui ne cessait de refermer son étau. Oui, il avait vu des paysages splendides : le fleuve carambolé de vagues, chevelures d'écume de dix mètres, la savane pelée jonchée de débris d'arbres et d'ossements d'animaux, d'un côté l'eau profuse, de l'autre l'assèchement, les micas, le sel, la réverbération torride. Il était sans doute le dernier à avoir pu filmer Kinshasa aussi librement, palais présidentiel y compris. La nature de son voyage le tiraillait, sa profonde ambivalence : à mi-chemin du reportage et de l'œuvre autonome. Que tirer de ces prises de vues successives, de l'émiettement des séquences ?

La lente captivité de Miltiade renforçait sa fascination pour le pape ; le *dieu noir* comme l'appelait désormais le continent africain. Un dieu noir coupé de sa terre, de son vivant ombilic. Comment celui qui avait vécu au cœur d'un tel foisonnement végétal, parmi ses mousses et ses lobélies géantes, son fleuve tigré d'alluvions et de brumes pouvait-il s'accommoder de la stérilité romaine, de ces promenoirs de marbre, de ce temps grevé d'ombres, de complies et de funérailles ? L'énigme saisissait le cinéaste. Il se promit de rester malgré le découragement qui le menaçait. Il regrettait de ne pas être rentré à temps pour accompagner le pape en France. Mais ses assistants avaient largement filmé le voyage ainsi que les prières au pied du lit du cardinal Green. Le pontificat de Miltiade allait à un rythme haletant, toujours nourri d'événements, de surprises. Il fallait sans cesse engranger les images. Samuel était secrètement blessé que le pape n'ait jamais demandé à les voir. Certes il prodiguait des incitations, des encouragements. Peut-être savourait-il son emprise sur le cinéaste mais l'œuvre, dans son mouvement, son architecture, ne l'intéressait guère. Comme si ce pape, à la différence de ses prédécesseurs et en totale contradiction avec la mentalité africaine, n'avait pas eu le souci de la postérité...

*Log-book :*

Rêve éveillé ou vision mystique ? Hier, je me suis endormi avec la sensation d'avaler une hostie qui m'inondait de son sang. Chaleur, velours dans la bouche. Mystère de la Fête Dieu à la base de l'*Ave Verum* qu'au crépuscule j'avais réentendu dans la version de Mozart et de la *Messe à Bolsène* de Raphaël que je ne crois pas avoir contemplé depuis bientôt un an — depuis le conclave. Mystère de la Transsubstantiation. Confondu, transporté, je m'agenouille devant ce miracle qui supporte l'édifice chrétien et mon pontificat. Translucidité d'une aube immatérielle dont le Flanc poignardé ravive le cosmos.

J'ai rouvert l'urne remplie de terre de Kinshasa, plus exactement du cloître verdi, tramé de lichens, de la cathédrale. Je la dissimule dans l'autel de ma chapelle, sous la pierre symbolique. J'ai humé, longuement, ce résidu de débris animaux, végétaux, ce bouquet de minerai et de grenaille. Déception. Je n'ai pas retrouvé l'odeur de pourriture profuse et féconde. Ma terre, les os de mes ancêtres s'évaporent. Mon exil est à la mesure de celui du Peuple de l'Ancienne Alliance. Sans terre, sans attaches sensibles, il ne me reste que l'adoration du Verbe.

Mais, précisément, que sont mes mots face au Verbe ?

Les USA ont lancé un avertissement discret. L'ambassadeur auprès du Saint-Siège s'est déplacé dans un premier temps pour porter un message d'amitié du président Germin. Teneur : notre pays prie pour ce concile dont vous êtes l'initiateur, pour sa réussite et la fécondité de ses recherches. Miltiade l'a reçu personnellement. Puis il est revenu, peu de temps après, mais cette fois chez le secrétaire d'Etat. Il a rappelé les risques que comportait le voyage pontifical en Amérique centrale, la probable annulation du périple américain si le pape confortait les terroristes mexicains dans leurs thèses et leur action. Attention aux risques d'embrasement, a prévenu l'ambassadeur. Ramon Serva a relaté l'entretien au pape. « Je ferai ce que ma conscience et mon attachement à l'Evangile me dictent », a répondu Miltiade. « S'il y a injustice criante, je la dénoncerai. De même je jugerai Colombo sur pièces. J'attends de voir. Ce voyage n'a pas à recevoir la ratification des chancelleries, surtout lorsqu'il est voulu par Dieu au service de son peuple. »

Ramon Serva est redescendu à son bureau, inquiet. Les déplacements successifs de l'ambassadeur ne sont que la face apparente de l'iceberg. Dessous il y a les menaces de la CIA de ne pas venir grossir les rangs du service d'ordre pontifical. Nulle part les risques d'attentat ne sont aussi élevés que sur le continent sud-américain. Et la situation semble totalement incontrôlable. Ramon Serva doit donner des engagements largement hypothéqués par l'indépendance et le caractère imprévisible du pape. Déjà les USA souhaiteraient que le secrétaire d'Etat accompagne le pape tout le temps du voyage. Or Miltiade a clairement annoncé qu'en sa qualité de camerlingue le secrétaire d'Etat devait rester à Rome en cas d'événements graves. Au moment où les regards du monde convergent vers Rome pour le concile, les premières tensions diplomatiques compromettent le pontificat.

On est à trois jours de l'ouverture du concile. Miltiade a inauguré le monument funéraire qu'il dédie à la mémoire de son prédécesseur. Cénotaphe de marbre rouillé, tout en lignes dures et angles vifs. Le profil déchiqueté du défunt surgit d'un globe déchiré, creusé de failles où le marbre se plisse avec la transparence d'une étoffe. Œuvre bâtarde, sans audace. Au lieu de jouer de la rondeur et de la fluidité du marbre, les sculpteurs de Carrare ont travaillé comme des géomètres. On dirait du bronze blanc. Miltiade a marqué sa déception au moment où il dévoilait le tombeau. Il a froidement félicité les maîtres de l'atelier Nicoli, protocole oblige, avant de regretter en privé et sans rien savoir de la cabale de ses détracteurs, d'avoir incrusté une telle verrue dans Saint-Pierre.

La déception du pape est immense. Lui qui avait demandé aux sculpteurs de s'inspirer de deux œuvres parmi ses favorites : le monument d'Alexandre VII du Bernin et le tombeau d'Innocent VIII de Pollaiolo. Une fois caméras rangées, invités dispersés, Mgr Guardaroba, au nom du pape et sans ménagement, a prié l'atelier de rentrer à Carrare. Les caves aménagées pour les sculpteurs ont été aussitôt vidées. Miltiade, nerveux, pris d'une violente colère, a convoqué à son bureau Din, Guardaroba, Ramon Serva. Haletant, bouillant, arpentant le bureau de part en part. « Faites dégager cette horreur... Il n'y a plus d'artistes capables de travailler pour l'Eglise... Des copistes, des tâcherons... sans génie... Quelle honte ! Je vais vous en ramener des vrais, moi ! Ceux-ci ne sont bons qu'à sculpter l'effigie des magnats américains, tous ces dissolus sans descendance ! »

Dans la nuit Rome veille, campement de feux, d'émetteurs, de parapluies de transmission. Aux vestiges, aux balustres éboulés du Forum, sur le crâne fracassé du Colisée on a ajusté les antennes, dômes, coupoles, gueules et oreilles de la communication planétaire. Pour la deuxième fois en un an, le monde est à l'écoute de Rome. Continents, isthmes, archipels, Europe et Asie, Amérique et Afrique referment leur cercle autour de la capitale du *dieu noir*. Déjà on murmure que Miltiade mûrit le projet d'ouvrir une année jubilaire pour le deux-millième anniversaire de la mort du Christ. 2033 : chiffre incertain, frangé d'Apocalypse. Chiffre de la Bête. Le cosmos écoute, ondes, voix voguant parmi les météores. Bivouac de pulsars et de galaxies. Le lever du jour donne à la ville la découpe dentelée d'une cité aztèque hérissée de miradors et de ruines. Les antennes, les capteurs rutilent dans les nappes rouges de l'aube. Jaillies de la cité catholique, les ondes voyagent, traversent blizzards et fournaises, déserts et banquises, répandent l'impérialisme de l'image et du signe. Les images hachent, lacèrent ce que le pape cimente. Rives de Mandchourie, talwegs du Mexique, leurs spectres cernent Rome. Dans Saint-Pierre, seul dans la crypte, au cœur de sa fosse de fondation et de funérailles, l'air dur, fermé, Miltiade prie, fuyant l'image, l'éclatement, la dispersion universelle. Il veut s'enraciner, même dans une terre mêlée de cendre. A l'érosion froide et sèche de l'image il préfère l'humidité des grottes, la chimie de la putréfaction.

Dans la ville, depuis le crépuscule, des rites millénaires se perpétuent. Les pères conciliaires gravissent les marches de la *Scala Santa,* pieds nus, les paumes écorchées par les rugosités du vieux marbre, ses dénivellations polies. Miltiade leur est apparu tout au début de la cérémonie, porté sur sa *sedia* par ses douze valets blancs. Il les a bénis et salués sur l'esplanade du Latran, rigide, impénétrable, avant de leur lancer l'ordre de Dieu à Moïse : « Retire tes sandales car cette terre est sainte ! » Lentement la colonie s'est acheminée, buisson de capes et de calottes. Miltiade, lui, ne s'est pas plié au rite. Mgr Guardaroba et ses acolytes appellent un à un les pères. Samuel filme. Une chaîne de télévision américaine a fait le pari d'assurer la retransmission dans son intégralité. Deux jours entiers de montée, plans identiques, seuls diffèrent les acteurs. Dans les couloirs du métro new-yorkais, les taxis, de Los Angeles à la côte est, on peut suivre l'escalade humiliante des pères du concile. Là-bas, autant qu'ailleurs, on assimile le concile à un spectacle, réplique démultipliée et publique du conclave. Un parlement de la foi, flamboyant et cosmopolite. Les observateurs les plus avisés remarquent que le concile a le pouvoir de ne rien décider. Tous les conciles qui l'ont précédé ont eux une profondeur, une pesanteur d'archives, de décrets et de prières. Trente, Latran, Vatican, tous. Latran VI aura l'évanescence d'un rideau de fumée, — d'un monceau de pellicules.

Miltiade a préparé ce concile comme son œuvre. Il veut en faire le point de départ de son pontificat. L'année écoulée n'est pour lui que tractations, reconnaissances préparatoires. Il a balisé le terrain, imposé ses hommes, du moins ceux qu'il croit tels. Il rêve secrètement d'imprimer sa marque à l'Eglise, et peut-être au monde. Souvent, seul dans son bureau, il se faufile dans l'embrasure de la fenêtre d'où il doit essayer de voir tout l'univers barré par les collines gisant à l'horizon violet, et il se récite la succession des conciles. Il égrène ces noms où l'Histoire le dispute à la géographie mystique. Epaves d'un temps hagard, morcelé, pierres éparpillées du Temple. Il reste de longues heures immobile, comme pétrifié par l'ombre qui gagne. La place s'est vidée de son flux. La façade de Maderno dresse sa géométrie de porches et de loggias comblés par la nuit. Il semble au pape qu'une figure pâle et floue se penche au balcon des pontifes. Fantôme fluctuant dans l'écorchure des pierres. Miltiade lève le regard, du côté des constellations, entre le Dragon et le Serpent. Autant de balises pour sa navigation moirée des semaines à venir. Eaux d'hermines, toges violettes. Cierges. Il rêve le bateau, le vaisseau-cathédrale dont il n'a vu que les plans. Il a fallu débloquer des fonds considérables pour entreprendre la construction de ce bateau. Les marbres somptueux de la collection de Green ont été vendus à cet effet.

Miltiade revient vers son bureau, là où le feu de la lampe trace son cercle. Il lui suffirait d'allumer le téléviseur qui est à sa portée pour voir l'ascension hoquetante des pères conciliaires. Mais il préfère mettre la dernière main à la liste des cardinaux qu'il nommera demain. Pour Colombo, patriarche du Mexique, il attendra de l'avoir visité dans son pays. Quant aux autres il s'agit d'une quinzaine d'Africains, quelques Indiens, une poignée de Latino-Américains, une égale proportion d'intellectuels et de pasteurs, quelles que soient les circonstances des hommes qui lui sont acquis. A Saint-Marc qui s'étonnait de l'absence d'Européens dans cette liste, il a répondu qu'il attendait que l'Europe fasse ses preuves, que les prêtres qu'il a ordonnés en masse à Reims et Chartres lèvent un espoir nouveau et durable. La foi se réveille. Les *miltiades,* prêtres consacrés depuis le couronnement du pape, abondent en Asie et en Afrique. Sans doute est-ce pour mieux les encadrer que Miltiade a choisi prioritairement dans ces continents ses futurs cardinaux. Il les sacrera demain. Là encore selon le rite ancien que Guardaroba et Samuel ont extrait des archives vaticanes. Immédiatement après l'imposition du chapeau, les nouveaux élus se prosterneront coudes à terre devant l'autel de Sainte-Pétronille à Saint-Pierre, la tête couverte du capuchon de deuil. Quelle est cette exigence qui pousse le pape à multiplier les épreuves mortifiantes ? L'humilité, la poussière sont les filigranes obligés du faste. Le baroque renaît dans la nef de Borromini et de Bernin.

*Log-book :*

Je les ai laissés, comme enveloppés d'un suaire, marée de moire couchée sur les marches de Sainte-Pétronille. Je les ai laissés, mes nouveaux cardinaux, méditer leur petitesse, leur nécessaire humilité et leur sujétion au pape. Trente gisants de pourpre auxquels on n'imposait plus la prosternation. Certes la prière devrait suffire, elle qui nous force à nous agenouiller en nous-mêmes. Mais je voulais être sûr de leur humilité. Je veux conforter l'Eglise en l'obligeant à respecter les rites anciens. Voilà qui est fait. De même, qu'ils n'oublient jamais le symbole de la pourpre. Elle a la couleur du sang qu'il leur faudra verser pour la sauvegarde de leur foi. Vêture de martyr. Et je leur ai lu cet extrait de l'homélie de saint André de Crète :

« *Par notre péché, nous étions d'abord rouges comme la pourpre, mais le baptême de renaissance nous a nettoyés et nous sommes devenus blancs comme la laine...* »

Des autres, de ceux qui montent à cette heure encore les marches de la *Scala Santa,* à la lumière des torches et au son des chœurs du *Messie* de Haendel, combien iraient jusqu'à l'effusion de leur sang ? Qu'ils se gardent de l'ostentation et du paganisme. Tous ces rites que j'impose avant l'ouverture du concile visent au dépouillement, selon les mots de saint Paul, à la *circoncision de l'âme.*

A nouveau Rome connaissait l'affluence des grands événements de l'Eglise. Place d'Espagne, un bourdonnement confus montait des abords de la fontaine. Chinois, Brésiliens, une foule tonitruante et bigarrée, les hordes métissées des pèlerinages. Samuel avait du mal à se concentrer dans l'appartement clair vibrant de jets d'eau et de clameurs. Diane avait revu la décoration de l'appartement : tissus muraux beiges, colombages de bois clair et surfaces de plexiglas. Devant les fenêtres, dans l'espace lamellé par les claies des volets, s'alignait une cohorte de fétiches rapportés d'Afrique. Malgré la clameur, la lumière écrasante, une joie indicible ensoleillait l'âme de Samuel. Un état d'harmonie, de plain-pied avec la ville. L'envie qu'il avait eue d'en découdre avec le Vatican et le pape à son retour du Zaïre s'était vite estompée. Là-bas la conflagration tardait. Diane avait pris quelques semaines de congé pour accompagner Samuel au Mexique. Après ils verraient. Le mépris apparent dans lequel le pape tenait le cinéaste et ses assistants n'était pas sans irriter Samuel. Miltiade ne cessait d'encourager les hommes du service de propagande à diffuser son image mais les archives visuelles du pontificat — dont la constitution avait longtemps occupé Samuel — n'avaient jamais semblé l'intéresser.

— Ce n'est pas un homme de l'image. Il s'en sert, voilà tout. Mais il y a comme un fonds d'islam en lui, il n'aime pas la représentation. Un jour il te mettra dehors.

Diane aimait ainsi, de temps en temps, secouer Samuel. Le fait que son ami n'ait plus un seul grand projet, qu'il se soit à ce point asservi à la cause du pape, la désolait parfois.

— Pars aux Philippines, puisque c'est ça ton grand projet. Va filmer la *Passion selon saint Jean* de Bach. Tu n'es rien au Vatican, il faut que tu t'en aperçoives. Un super chef du protocole qui filme. Tu vas perdre tout crédit artistique si le pape tombe...

— Pourquoi si le pape tombe ? coupa Samuel d'un ton irrité. Il me semble qu'il ne fait que consolider son pouvoir.

Consistoire, concile, nomination de Ramon Serva, tout va dans le même sens. Evidemment les Russes se taisent. Il faut dire que le monde s'est calmé, miraculeusement. Il y a le risque des Américains...

— Justement. Ils l'ont installé ton pape. C'est eux qui l'ont fait. Ça commence à se savoir. Eh bien, ils te le chasseront aussi vite qu'ils te l'ont fait... J'ai des informations : le Mexique, c'est un test. S'il prend fait et cause pour Colombo, alors les USA le lâchent et précipitent sa chute...

— Par-delà sa chute il y a des risques de guerre généralisée...

— On le dit. Désordre, terrorisme. Les légions du Mexique vont viser à nouveau les USA, il va y avoir des attentats à la bombe nucléaire à New York... Ils vont te nettoyer un quartier en quelques secondes... L'Islam peut agir de même en Europe... On dit qu'il y a des ramifications entre le Mexique et l'Arabie Saoudite via Cuba et l'URSS... Crois-tu que le pape comprenne quelque chose à cela? Il prend des airs de monarque, de légataire de l'Europe... Et son Tiers monde qui crève, il l'oublie?

Diane avait affiché depuis le début une certaine méfiance à l'égard de Miltiade. A dire vrai, son matérialisme foncier, son enracinement américain ne lui permettaient guère de comprendre la fascination que le pape éprouvait pour l'Europe.

— Ce n'est pas un vrai Noir, que veux-tu Samuel! J'ai vu, il n'y a pas longtemps, Indji, l'archevêque de Dakar. Il vit dans le bidonville. Son palais, c'est une case. A Lomé, à Brazzaville, à Lagos, c'est pareil. Les évêques soignent les enfants décharnés... Ils connaissent la misère... Un des membres de notre équipe rentre des lagunes d'Abidjan... Là-bas le pape est haï... A leurs yeux, c'est un traître... Il monterait dans un taxi d'Afrique comme il le faisait autrefois à Kinshasa, il serait assassiné... Il ne resterait rien de lui, ni ses membres, ni ses dents dont on ferait commerce...

Abasourdi, Samuel interrogeait le visage de Diane, cette subite violence. L'affection qu'il portait au pape lui rendait douloureuses les critiques de sa compagne. Surtout dès l'instant où il acceptait secrètement leur fond de vérité.

— Mets-toi à sa place... Il vit dans l'isolement...

— Il a des conseillers... Les médias sont au Vatican... Il en joue tellement qu'il doit bien les écouter...

— Non, Ramon Serva me l'a dit, il se recueille de plus en plus, il est de plus en plus mystique...

— Il va tomber dans les travers de son prédécesseur...

— Peut-être. C'est leur loi...

— La fatalité, l'Ecriture peut-être, la prédestination, ironisa Diane en mêlant tous ces concepts religieux dont les mystères et les subtilités lui échappaient.

Samuel la regardait se raidir, rouge, carnassière, aussi agressive que lorsque des faits de leur vie intime les opposaient. Ce qu'avant tout elle ne supportait pas, c'était l'ascendant de Miltiade sur Samuel, l'aura de la tiare et de la foi. Elle n'aurait pu trancher entre l'attirance religieuse, charismatique et le goût pour le faste et la mise en scène, la *Scala Santa,* le Latran, les cardinaux couchés comme au Moyen Age.

— Quel dommage qu'ils n'aient élu Mac Gregor... Voilà un prélat, voilà un chef... Je te laisserai partir seul au Mexique... Et puis tout ce qu'on raconte — là, c'était l'Américaine blessée dans son identité, son honneur qui crachait son fiel — notre compatriote Green, est-il vrai qu'il n'est descendu dans sa chambre que lorsqu'il n'y avait plus aucun risque qu'il ne parle...

— Je ne suis pas le confesseur du pape, tonna Samuel. Je travaille pour lui, voilà tout. Je n'habite pas au Vatican. Rentre à New York... les couchers de soleil dans la baie de l'Hudson doivent te manquer. Moi je ne bouge pas d'ici. Je pars pour le Mexique avec Miltiade. Au retour je monterai mon film... On le diffusera dans Saint-Pierre, l'écran, ma belle, sera tendu sur les colonnes du baldaquin comme les voiles des ciboriums jadis pour cacher le mystère de la Consécration... Quel est le cinéaste qui ne rêverait pas de ça ? Le Zaïre, les flots, la forêt vierge, le Mexique projetés dans Saint-Pierre ! Après, je te rejoindrai à New York... Je me sentirai délié de tout engagement.

Diane claqua la porte et sortit. La foule compacte qui occupait les rues, la fournaise des races la feraient vite rebrousser chemin. Samuel connaissait ses voltes d'humeur et il s'y était accoutumé. Même si les attaques contre l'évolution — la dérive — de Miltiade le blessaient. Plusieurs fois, jouant à plein de son intuition, elle avait visé juste. L'ambition créatrice tarie par exemple. Ou encore les penchants monarchistes, conservateurs du pape.

Samuel se retira au fond de l'appartement, dans la bibliothèque. Il trouva là le dépliant touristique que Miltiade avait fait confectionner à l'intention des pères conciliaires, les indications sur le périple à réaliser dans Rome, des catacombes de San Callisto où, à défaut de la poussière du lointain prédécesseur, l'objet du culte était plutôt le nom même du pape, au Latran en passant par la Sixtine, la chapelle du *Sacramento* à Saint-Pierre. Sur la couverture, un portrait du pontife ceint de l'étole. Visage émacié, les traits comme sucés par une force intérieure. Puis il se mit à feuilleter un dictionnaire du Nouveau Testament, voulant méditer autour des mots, des signes de la Nouvelle Alliance, diaspora, fraction, corps eucharistique... suaire... Le mot l'éperonna. Suaire ! Quand on connaissait l'adoration du pape pour le sang, de la *Messe à Bolsène* à l'Ampoule de Saint-Janvier et au Saint-Sang de Bruges dont Miltiade lui avait un jour parlé, au hasard d'une conversation, sous l'effet de ce désir manifesté de remonter toujours plus au Nord, en Belgique, aux sources mêmes de l'empreinte colonisatrice, comment ne pas avoir pensé plus tôt à ce premier négatif, pellicule absolue, marquée de sueur et de sang ? Enivré, comme il l'était toujours quand il découvrait une idée nouvelle dont il devinait l'importance, il ramassa sans plus attendre quelques bagages et commanda un taxi pour Turin.

Miltiade est monté sur sa terrasse, défiant l'interdiction qu'on lui a pourtant renouvelée. Peu lui importe d'être la cible d'attaques aériennes. Ses conseillers, son entourage semblent oublier que son éventuelle immolation est au centre du contrat spirituel qu'il a passé avec le monde le jour de son couronnement. Il aime avoir le palais sous ses pas, les antichambres, les galeries, les bureaux cloisonnés. Le Tibre, la luminosité ocre et fibreuse, l'étagement des murailles dévorées de verdure, l'extrême liquidité de l'air le ravissent. C'est là qu'il vient lire son bréviaire. Il s'installe toujours au même endroit, au-dessus des gouttières poussiéreuses, tachées de lichen. Il a ouvert le concile sous le ciborium du Latran. Son départ vers l'Amérique du Sud n'est plus qu'une affaire de jours.

*Log-book :*

Je me suis habitué à mon palais. Je me suis coulé dans les rites, les rythmes des pontifes. Il m'arrive de songer à ma culture perdue. Une soudaine anamnèse, la mémoire qui se craquelle et envoie une décharge de souvenirs, Kinshasa blême, minéralisée par la distance.

Il m'est arrivé l'autre jour une aventure troublante. Je quitte parfois mon bureau par une issue dérobée, ce qui me permet de déjouer la surveillance harcelante des valets et des gardes pour mieux visiter le Vatican. Je ne connais que ce que l'on daigne me montrer. Les loges de Raphaël où campaient les cardinaux pendant le conclave, les chambres ouatées de lune des environs de la Sixtine avec ses Fra Angelico aux harmonies bleutées, assourdies. Je déambulais là une nuit de veille quand j'ai eu l'idée de réunir le concile. Il y a, à l'origine de tout concile, une nuit insomniaque et bleutée flottant sur l'ensommeillement des âmes où le guide spirituel du monde entre en résonance avec la Divinité.

Donc, j'errais l'autre jour dans ces parages quand, inconsciemment je poussai une porte que ses parements fleuris fondaient aux tigrures du marbre. Je découvris une petite cellule obscure, fendue d'un mince soupirail tissé de toiles d'araignées, sorte de débarras fonctionnel perdu dans les dédales des coursives. Rien n'aurait dû de prime abord retenir mon attention, et pourtant j'y entrai heureux peut-être de trouver un refuge, à l'abri des regards, où méditer. Chambre secrète dont les murs ruisselaient de moisissures et de salpêtre. Tout au fond, je trouvai rangées sur un catafalque de velours les mitres et les chasubles funéraires, installées, déployées, dont, certainement, celles que l'on me destine au moment de mon ensevelissement. Une frayeur doublée de dégoût s'empara de moi. Je quittai rapidement la chambre.

Il fallut de longues heures de prière pour apaiser mon angoisse. Je me sentais captif de toute l'inertie comploteuse du palais et ce n'était pas mon échéance en elle-même qui m'effrayait, mais cette mort, cette agonie de pontife parkinsonien, de valétudinaire rongé, séché jusqu'à la transparence. Univers stérile que le mien. Univers plombé sous le gel d'une vitre. Manies procédurières de la Curie qui répètent inlassablement les mêmes jeux, vieillards usés, blindés en eux-mêmes, religieuses vouées à Dieu ou au service du pape, stériles. Et cette humanité souffrante, spectrale que l'on offre à ma bénédiction. Je n'ai pas encore visité les mouroirs de l'Inde, les camps de l'Est ou les bidonvilles de New York ou de San Francisco, mon pèlerinage à Lourdes a suffi à me faire prendre conscience de cette humanité rompue, vidée de sève, exsangue. Tous ces pauvres, ces malades avec leurs yeux d'ulcères, leurs membres tordus, cauchemardesques, paralytiques, borgnes, boiteux, bossus, leurs haillons de peaux squameuses, tous ces mendiants courant de lieu saint en lieu saint, humanité décharnée aux hampes et béquilles minérales, leur sabbat d'ossuaire.

Je suis sorti sur la terrasse. Je voulais voir la ville rougie, la végétation qui s'agite, les mailles liquides de la lumière. Un escalier hélicoïdal me permet de monter jusqu'à ce carré de terrasse que les vieilles religieuses irlandaises de ma maison — elles servaient déjà Jean XXIV — ont chaque jour soin de balayer. Le vent s'était levé et il ridait une fine pellicule de sable éparpillée sur les dalles. Sable marin porté par les bourrasques d'équinoxe ? J'ai frémi. Puis je me suis agenouillé pour le palper. Son grain cuivré, sa grenaille pourpre m'en ont bientôt révélé la provenance. Je tremblais. Mes nerfs s'enflammaient. Il me semblait que l'édifice mental, l'identité blanche que je m'étais forgée partait en poussière. Cette première année avait commencé dans la neige, pelage aveuglant, vibratile qui avait ébloui et entraîné dans sa danse tous les Noirs de mon entourage. Elle finissait dans le sable. Sable de Nil et d'Ethiopie. Poussière dorée, migrante. Sable de sirocco. Tout un pan de monde asséché, propulsé par la cuisson cosmique. Les sens en feu, je cueillais dans ma paume le sable rugueux des oueds. Je le plaquais sur mes joues comme un masque de tessons, quêtant la griffure des micas — une scarification brûlante. J'aurais voulu y déchiffrer formes, figures, rudiments de langage. Tracer dans cette robe d'Afrique la course du soleil. Mais je n'ai pu qu'y enfouir les larmes du renégat.

## V

## DALMANOUTHA

Sur fond de mer incendiée, le grand salon tenait lieu de plaque tournante, point de passage obligé au sortir des appartements. Légèrement ovale, le sol relevé comme sous l'effet d'un séisme, tendu dans sa partie avant d'un rideau de verres, orné d'appliques et de luminaires de cuivre et de reproductions de Raphaël — dont l'inévitable *Messe à Bolsène* avec son hostie fissurée de sang et son Jules II minéral dont l'exemple, assuraient les mauvaises langues, exerçait sur Miltiade une fascination croissante — il accueillait à tout moment sur ses fauteuils et chauffeuses écarlates les journalistes et les proches du Saint-Père. Miltiade était accompagné d'une suite de deux cents personnes. Et, alors qu'il lui aurait suffi d'un peu plus d'une heure pour venir en avion de Rome à Mexico, il avait préféré cette croisière d'une quinzaine de jours, festive et dispendieuse. Un industriel italien avait armé le bateau, construit sur le modèle des paquebots, avec toutefois quelques variantes qui tenaient à la nature du voyage. De part et d'autre du grand salon central, deux coursives menaient aux chapelles du vaisseau, la Sixtine et la Pauline, comme au Vatican, et qui se voulaient en fait l'exacte reproduction des chapelles latérales de Sainte-Marie-Majeure.

Le bateau blanc avait été construit à Ostie, en grand

secret, dans une enceinte protégée, hyper-surveillée, de manière à préserver la surprise et à désamorcer le scandale. Ramon Serva avait eu soin d'annoncer peu avant la mise à l'eau que le navire serait vendu, sitôt l'ancre jetée au Mexique, au bénéfice de tous les pauvres d'Amérique centrale. L'acquéreur était d'ailleurs pratiquement connu, vieux banquier guatémaltèque qui voulait offrir à sa fille les joies d'une telle croisière. Le navire serait simplement débaptisé. Il perdrait son beau nom de *Dalmanoutha,* nom d'une vieille ville biblique, largement mythique, en tout cas irrepérable, que Miltiade avait trouvé quelque part dans l'Evangile de Marc.

Le pape avait quitté Rome sans regret, laissant à Ramon Serva la charge de l'Eglise tout le mois que durerait le voyage. La première session du concile avait été brève ; Miltiade avait eu le temps de préciser son dessein : repenser l'unité de l'Eglise et la prépondérance romaine, mettre un terme aux séparatismes, ramener dans le bercail les jeunes chrétientés sécessionnistes. Pour cela il comptait beaucoup sur ses nouveaux cardinaux. Les autres, les plus irréductibles, ceux qui avaient tout tenté pour entraver son élection, avaient boudé le concile. C'est ainsi qu'on n'y avait vu ni Min ni Malouba. Des poches de résistance à la politique fédératrice de Miltiade s'affirmaient dans le nord de l'Afrique et le Sud-Est asiatique. L'Europe, l'Amérique dans sa totalité avaient semblé s'unir de bon gré au projet du pape. On avait vu le concile prier dans Saint-Pierre autour des tombes des pontifes et de la sépulture de Pierre. Rendez-vous avait été pris à l'automne pour la deuxième session.

Les journalistes n'avaient eu qu'à quitter la nef du Latran pour se précipiter dans celle de *Dalmanoutha.* Sur toutes les ondes et les écrans du globe, l'épopée de Miltiade ne connaissait pas de trêve. Le pape, ravi, s'était enfermé, sitôt embarqué, dans le cabinet de travail qu'on lui avait aménagé au-dessus de la cabine, tout en proue. Il ne descendait guère au grand salon. Il faut dire que sa sœur Paloma, rescapée de la dernière heure au Zaïre, y passait l'essentiel de son temps, drainant l'attention des journalistes. C'était un personnage haut en couleur, cadette de la famille, ardente et volubile, très africaine dans son tempérament et ses goûts. Elle était loin de partager la fascination de son frère pour l'art européen. La peinture l'ennuyait. Elle raillait pour le plus grand plaisir des journalistes américains cette *Messe à Bolsène* puis, avec un brio étourdissant et consommé du coq-à-l'âne, elle évoquait le siège de Kinshasa, l'incendie du palais de M'Bo, le massacre des prêtres massés dans la cathédrale. Comédienne, elle jouait de l'attention évidente de son auditoire, forçant tel ou tel détail, dramatisant à souhait. Ceux qui l'avaient entendue au moins deux fois étaient subjugués par le talent et la mise en scène. Cependant les détails variaient sans cesse. Les précisions : le début de l'insurrection, le lâchage de l'armée, la fraternisation avec le peuple rebelle. Le luxe du grand salon la comblait. Elle sortait parfois sur le pont et, revigorée par l'air vif, racontait de plus belle l'enfance du pape, le père tôt disparu, s'apprêtait à livrer quelques secrets, quelques confidences qui susciteraient autant de best-sellers sur l'adolescence du pontife avant d'arrêter tout net, bouleversée ou rieuse, invitant son auditoire à se précipiter au bar ou à écouter l'orchestre de chambre qui imperturbablement jouait toutes les heures son concerto de Vivaldi. Din monta dire au pape toujours confiné dans son bureau le risque qu'à court terme lui feraient encourir les confidences débridées de sa sœur. C'en fut fini au grand salon de la belle et délirante Paloma désormais priée de ne plus quitter sa cabine.

Miltiade avait laissé le Vatican avec plaisir, Rome, sa lumière d'orage, ses végétations poussiéreuses. La ville-oméga, comme il l'appelait désormais. Depuis des mois il n'avait qu'une aspiration et cette croisière lui en avait fourni le prétexte : se retremper dans le poème luxuriant du monde. Comme à Kinshasa, au temps des bains nocturnes dans le Zaïre gonflé de boues et de pourritures du bidonville. Depuis son accession au trône de Pierre, depuis que la parentèle mystique des papes s'était refermée sur lui, il avait cessé de vivre dans l'harmonie du monde. Il s'était constitué un univers de symboles et de mythes, de rites et de souvenirs, toute une biographie imaginaire, jusqu'à une naissance dans l'orage sulfureux de la Sixtine qui l'avaient transformé en profondeur. Le prénom, la culture, la terre perdus nourrissaient parfois sa nostalgie. Certains soirs, après la prière et avant qu'il ne s'endorme, le sable rouge que le sirocco avait porté jusque sur la terrasse du palais voletait dans sa mémoire. Une faille s'ouvrait, la douleur montait, lancinante. Il courait dans sa chapelle, soulevait la pierre de l'autel pour toucher la terre desséchée qui durcissait au pied du tabernacle. Elle n'avait plus aucune odeur. Miltiade revenait à sa chambre et se glissait dans le lin verdi des draps.

L'océan labouré de vagues, la lumière blanche, striée de pluies qui lacérait l'écume en lui donnant la blondeur de la bière, la vibration continue, puissante du vaisseau, le territoire moiré des odyssées et des anabases attiraient le pape sur le pont dès les premières heures du jour. Le soleil s'inscrivait dans l'étroit soupirail que traçait l'éclaircie, au ras des eaux.

La houle longue de l'Atlantique fascinait Miltiade. Au loin, par-delà les grands boucliers spectraux qui flottaient comme les débris d'un continent polaire, la mer commençait, avec son orchestration balancée de lames et de murailles, ses villes de volutes et de vrilles, sa cavalerie fantastique lancée aux confins des plaines. La mer, avec son ressassement de crêtes, de striures, d'orages violets couvant entre les mailles de l'horizon. Vivante machinerie de roches soyeuses et d'oiseaux, de vagues pliées, brisées, momie aux bandelettes bruissantes étalée sur l'arc de la terre.

*Dalmanoutha* ouvrait l'horizon de sa proue et Miltiade goûtait à plein toute cette saoulerie d'eau. Les mains vissées à la rampe, il ne pouvait s'arracher à la contemplation, ses yeux s'immergeaient dans la broussaille moussue, brûlée par la clarté, la transparence. Il lui semblait voir parfois des défilés d'animaux égarés, baleineaux blanchâtres tout huilés de mer, condors décharnés, cisaillés de plumes, un mélange fluctuant de règnes. Les arborescences de l'eau, les ailes d'un soleil convulsé, rétracté dans une spirale de nuages lourds, la gelée marine saturée de lumière illuminaient l'espace.

De part et d'autre du vaisseau, la mer s'enflait, violente sous sa harpie d'écume. Les déferlantes frappaient les coupoles des chapelles qui gonflaient le navire de chaque côté et la rumeur de l'eau brisée grondait longtemps au fond des antres d'or et de mosaïques.

Il n'y avait plus de temps, le harcèlement de l'angoisse s'était tu, restait la durée immémoriale, consubstantielle à l'eau, ballottée entre la mer et l'orage. La naissance, l'enroulement des orages marins captivaient Miltiade. De son bureau vitré tout ruisselant d'écume, il les regardait nouer leurs maelströms avec l'application de coquillages cosmiques, c'étaient des boules d'énergie pure, forges de Léviathan qui levaient en pyramides le miroir de la genèse.

Miltiade scrutait à la jumelle ces poches ardentes qui aspiraient l'espace. Prunelles fendues, lunes sanglantes harnachées de pluies, torrents d'écume qui dévalaient sur le pont, glaciers fracturés d'avalanches liquides, le monde recommençait, dans son outrance et son désordre. On eût dit que l'acier blanc du bateau catalysait l'orage. Miltiade contemplait ce déchaînement avec l'indifférence d'un Noé abyssal. Il ne voulait rien perdre de la violence du cosmos renaissant.

La mer, étale ou pelotonnée, infiniment verte sous le

soleil cru, cassée de lames et de plaies de foudre, hérissée de Babels et de Léviathans nocturnes l'inspirait. Il la découvrait. Jusqu'alors il lui avait préféré la concentration nerveuse, plus rapide des fleuves, l'arrondi des lacs : du haut de *Dalmanoutha,* il la regardait, il aimait qu'elle fît craquer la structure du vaisseau — on aurait alors cru que les rivets qui suturaient les plaques de la carène sautaient un à un — ; son architecture fluide, secouée d'éboulements et de gouffres, éclairée de brasiers orageux lui parlait de perte dans l'infini — de dissolution.

*Log-book*

Des œuvres vives du bateau me parvient une rumeur continue, monotone : le ronflement des turbines. Dans le grand enveloppement de l'eau, je peux ainsi rêver le bateau, *Dalmanoutha,* la carène qui s'enfonce dans la vague, se laisse tailler à son ressac, la superposition des cellules qui prolifèrent dans la profondeur marine, l'enchâssement des poutrelles, des linteaux et des rinceaux d'acier, l'affaissement de la poupe et l'envol de la proue, les coursives, les tubulures, les cryptes et les chapelles de mon vaisseau dédaléen, la tension qu'imprime au corps même du navire la résistance de la mer.

J'aime naviguer de nuit, quand le sillage frise à peine l'océan obscurci d'une purée de pois. Je vis intensément ce corps à corps régénérateur avec l'élément marin, c'est pour moi une exaltation constante, l'air, la vague qui cingle, les oiseaux, l'orage et ses trouées d'Apocalypse, comme un rideau qui se déchire, je m'immerge enfin dans l'énergie du monde. Je revis pleinement sur ce bateau. La disposition des cabines, mon cabinet de travail tout en proue me permettent de vivre seul, face à la mer, loin des journalistes qui doivent ressasser à loisir les affaires de la planète. J'ai interdit à Paloma et à Din de me tenir au courant des événements mondiaux. Je n'en veux rien savoir tout le temps que durera cette traversée. J'écris face à la mer. Le balancement des vagues se mire sur mes pages.

Chaque soir j'aime vivre le surgissement violacé du crépuscule, le grand silence qui descend sur les eaux. Le ciel s'écrase sur la mer, tendu, sans faille. A nouveau je sors sur le pont. Les premières étoiles s'allument. Le froid tombe, d'un coup. Pas un froid terrestre, non, pur, vidé de toute odeur, un froid sidéral. Mon corps grandit dans l'espace. Sans limite. J'entre dans l'harmonie du Verbe. Dieu m'admet dans l'ordre du monde. Je scrute la nuit, ses lueurs vacillantes. Mon regard est happé jusqu'aux extrémités du ciel. Le Scorpion, l'Hydre, l'Ara, le Toucan. La Croix du Sud irradie dans la nuit glaciale. Mes lèvres murmurent le *poème au Créateur* de Ben Sirac : « La beauté du Ciel, c'est la gloire des astres, ornement lumineux dans les hauteurs du Seigneur. »

On a arrosé les géraniums dans mon étrave de verre. L'odeur acide des feuilles me grise. Je veux poursuivre ma réflexion, continuer à penser ma mission dans l'Eglise. *Dalmanoutha* glisse, m'enveloppe tout blanc, vaisseau de l'annonce évangélique.

Le fait d'avoir commandé la construction de ce bateau pour descendre vers le Mexique n'est ni un caprice, ni le trait d'une quelconque mégalomanie africaine. C'est un choix concerté. L'élément marin est au centre des Ecritures. La résonance de l'eau propage la voix de Jésus, de même l'eau le sépare de la foule *pour qu'elle ne le presse pas trop* (Mc 3,9). La barque est un motif évangélique. C'est à partir d'elle que les Apôtres — et moi, leur descendant — nous recevons notre destin de « pêcheurs d'hommes ». Plus tard, un grand bâtiment emmène Paul vers Rome. A mon tour, comme l'Apôtre adoré, je suis monté à bord du vaisseau pour propager la nouvelle, pour ramener dans mes filets les continents d'une Eglise éclatée. C'est sur les eaux que plane le Verbe.

Miltiade ne se lassait pas de naviguer. L'écriture des discours qu'il devrait prononcer, la prière, la contemplation du ciel et de l'eau, de la mer lisse et lumineuse, comme offerte à quelque avènement prophétique, occupaient ses journées. Parfois les cris des chœurs qui entonnaient le *Requiem* de Verdi dans le grand salon lui donnaient envie de descendre, d'abandonner un moment son belvédère vitré que l'intense réverbération de l'eau transformait en une serre brûlante. La solitude lui avait permis de redécouvrir la fibre panique de l'existence, il se raccordait aux cycles, aux grands balancements lunaires, aux séismes pourpres qui fendaient le ciel, aux miroitements des nuits de veille sidérale. Le visage tanné par le vent, les yeux brûlés, il méditait les rythmes d'un Evangile solaire, travaillé par les éléments.

Il arriva à Mexico de nuit, dans une atmosphère de liesse débordante. Il eut l'impression d'être projeté dans un orage de couleurs et de cris. Colombo, vêtu de soie violette, l'escortait dans la voiture blindée.

Miltiade eut du mal à retrouver la matière, l'épaisseur d'une ville tapageuse, emplie d'ombres et de réverbérations, un cyclone grouillant de chants et de danses. Pendant quinze jours, la fluidité de l'air, la réfraction des vagues l'avaient porté dans un univers immatériel, délesté. Il traversa la criaillerie morbide des gosses massés au fronton des palais en ruine, la crasse qui suintait, comme dans un rêve, protégé par les vitres de la voiture. Il s'était composé presque instinctivement son visage de grand épervier tutélaire et bénisseur. Il n'avait qu'un désir : retrouver vite le silence, un espace clos où écrire et méditer.

Plus que les images amassées par Samuel, les notes, les souvenirs qu'il griffonnait çà et là dans son journal intime retenaient à ses yeux les traces vivantes, l'émotion de son pontificat. Les fragments, la trame nécessairement décousue qu'il tissait — on pouvait difficilement être narrateur et acteur — ne le satisfaisaient pas pleinement. Il avait toujours un papier froissé dans la poche de sa soutane, un carnet en chiffon, couvert de notes hâtives et désordonnées. A mesure que l'obsession de l'Histoire et du Jugement le gagnait, il voulait assurer lui-même l'écriture des Actes de son pontificat, comme une ultime et dérisoire justification contre l'absurde et l'horreur.

La chambre, qu'on avait mise à sa disposition au palais épiscopal, était l'ancienne chambre du cardinal Lopez, elle avait été sommairement dépoussiérée, repeinte à la hâte, le crocodile, la croix et le fleuve écumant avaient été grossièrement tracés sur la tenture au-dessus du lit. C'était un capharnaüm d'objets, de Christs musculeux et jaunis crucifiés à même le velours, de prie-Dieu éventrés qui crachaient leur bourre, de vieux livres de piété aux feuillets collés, tachés de moisissures et d'insectes. La chambre ouvrait sur un patio régulier, sorte de cloître aux briques rougies, bel espace au pavage disjoint et poli, garni de mousses opulentes, gonflées par la pluie.

Après le luxe de *Dalmanoutha,* le pape ressentit cruellement l'inconfort, la pauvreté, l'impréparation du voyage. Il fut sur le point de demander à partir, puis il se ravisa. Inutile de créer, d'emblée, un clash, de déchaîner la colère d'une foule qu'il avait devinée acquise à son évêque. Durant sa traversée de la ville, le long de *Reforma,* il lui avait semblé apercevoir plus de portraits de Colombo que de lui-même. Mexico fêtait son futur cardinal, là-dedans le pape n'était qu'un modeste auxiliaire Il mesura à quel point il était l'otage de son hôte, l'étroitesse de sa marge de manœuvre. De deux mécontentements, il lui faudrait choisir. Le Mexique hystérique, enflammé, massivement acquis à son évêque, les USA qui, si demain il consacrait Colombo, feraient tout pour pulvériser son pontificat.

Cette pensée le glaça. Il sortit dans le cloître. Il avait toujours aimé les espaces clos, la géométrie des ogives. A

Kinshasa il s'enfermait dans le cloître démantelé de la cathédrale. A Rome il ne connaissait cette émotion, ce resserrement de l'âme, qui, à son sens, dynamisait la méditation, que place Navona, dans l'ovale rougi des bâtisses, à écouter le claquement de l'eau sur le marbre des colosses.

Deux vagues d'odeurs confluaient dans le cloître : la fadeur sure et pourrie de la chambre, la moiteur marécageuse qui montait de la ville. Il eut un frisson, là encore il revivait, malgré l'angoisse et la menace, là encore il s'enfonçait dans une litière d'odeurs africaines, chauffées sous les Tropiques ; ce n'était plus l'odeur sèche, minérale de la Rome fossile, c'était ce parfum délicieux, pluriel, de cadavre ruisselant, de boue piétinée, de saumure, d'agrumes noircis, de végétations noyées, le corps lacustre de la cité qui ne finissait pas de se décomposer.

Cette odeur, il l'avait sentie une fois à Rome, dans Saint-Pierre, le jour de son couronnement, quand, juste au moment de recevoir la tiare — des mains de Lopez, soutenu par Colombo ! — il avait humé la puanteur du cadavre de Jean XXIV et des orchidées putréfiées du sacre. Il marcha longuement, reprit confiance. Son pontificat était écrit. Il s'y conformerait donc. Demain le patriarche du Mexique recevrait le chapeau de cardinal, que Mgr Guardaroba avait eu soin de ranger parmi les affaires du pape. Puis il resterait au Mexique tout le temps de la Semaine Sainte. Ramon Serva aurait approuvé cette façon de faire, pensa-t-il. Au moment où il se dirigeait à nouveau vers sa chambre, Miltiade croisa Din, agité, en grand émoi. L'entourage de Colombo, exclusivement composé d'hommes, avait exigé que Paloma s'installât à la périphérie de la ville. Din avait négocié, sans résultat. Il venait avertir le pape qui ne broncha pas. Un petit oratoire, dans un recoin du cloître, abritait une reproduction de l'icône de Notre-Dame de Guadalupe. Miltiade poussa la grille feuilletée de rouille et tomba en prière.

Dès le lendemain matin le pape dut affronter la monstruosité de la mégapole. Un brouillard dense noyait la ville. On n'apercevait que des formes, de gigantesques profils de verre, des mosaïques bariolées, des ruines de béton hérissées d'armatures rouillées. On distinguait à peine ce qui se construisait de ce qui s'effondrait. Gravats, éboulis, monceaux de tôles et gratte-ciel vidés de leurs étages emplissaient l'espace qu'au réveil Miltiade découvrit du balcon du palais épiscopal. Les séismes de 1985 et 2002 avaient laissé leur empreinte. Sur des milliers d'hectares, sous la vigie de ses volcans, Mexico fourmillait entre la balafre et la fissure.

Colombo demeurait une énigme pour Miltiade. Le second de Lopez, promu archevêque à la mort de celui-ci, avait accueilli le pape dans un mélange de jovialité et de déférence suspecte. Il avait eu soin de s'effacer partout, laissant clairement entendre que la vedette, c'était Miltiade. Dès le premier jour il avait conçu un programme de visite varié : messe solennelle dans le grand stade, visite du musée aztèque, balade sur les canaux de Xochimilco et bénédiction du petit peuple dans le quartier miséreux, grossi d'afflux de paysans ruinés, de Santa Helena.

Les deux hommes ne s'étaient encore rien dit depuis la veille, quelques paroles banales échangées tout au long des trajets. Pourtant il y avait bien des points sur lesquels le pape entendait avoir le cœur net avant d'imposer le chapeau : les activités terroristes de l'Eglise mexicaine en premier lieu.

La nuit venue, sous les ombres caressantes du cloître, Miltiade appela l'évêque. Le pape savait qu'il lui faudrait faire preuve d'une extrême diplomatie pour ne pas heurter Colombo. Sa politique de réunification de l'Eglise passait d'abord par Mexico. S'il ralliait Colombo à ses thèses, il contrôlerait toute l'Amérique centrale. Il vit l'homme arriver entre les arcades mangées de mousse, frêle, le visage taillé sur l'os, les maxillaires saillants, accentués par un menton fuyant. Colombo s'inclina devant Miltiade.

— Je voulais vous voir, mon fils, dit le pape. Vous avez été formé à l'école du cardinal Lopez. C'était un homme considérable. Il est de ceux qui ont aidé à mon élection. Le pape Miltiade a, si je puis dire, une assise mexicaine...

— Le cardinal croyait à la nécessité de l'élection d'un pape du Tiers monde, il ne pouvait que vous aider, répondit Colombo d'un ton rude. Le Mexique vous soutient, Saint-Père.

— Je serai direct, reprit le pape. Vous étiez à Rome pour le concile, vous connaissez mes projets. Vous savez la vision que j'ai de l'Eglise et la conception que j'ai de ma fonction. Derrière mon intention de réunir le concile, il y avait cette vision d'Isaïe... le prophète qui a vu tous les morceaux de l'Eglise se mettre en marche depuis l'horizon... Vous êtes à la tête de quarante millions d'habitants... Combien de catholiques ?

— Tous !

— Oui... il y a la misère, la pauvreté galopante... La foi est un dernier rempart... Il faut que je sois franc... On me dit les pires choses de vous, mon fils... On me dit à Rome que vous êtes l'initiateur d'attentats, que votre Eglise est infiltrée de terroristes, que vous êtes un chef militaire... que votre foi est inexistante... On m'a montré la croix sanglante qui vous servirait à revendiquer vos attentats à New York. Moi je vous fais confiance, et c'est parce que je vous fais confiance que je vous fais cardinal... A la condition que vous calmiez les ardeurs de vos foules, plus de foi, de religieux, mon fils...

— Pardonnez-moi, Saint-Père, d'être direct à mon tour... lança Colombo d'une voix cinglante.

Ils venaient d'entrer dans le grand salon meublé de mobilier espagnol à colonnades austères, rehaussé des portraits des prélats mexicains, hiératiques, portant camail, la barrette à la main. De nombreuses taches d'humidité obscurcissaient les peintures. La galerie de portraits impavides fermait sa ronde. Un instant Miltiade se crut ramené au Vatican dans la chambre mortuaire de Green. Il revit clairement les visages de reptiles, peaux tendues, regard d'acier. La voix musicale de Colombo, les intonations sifflantes l'aidèrent à chasser ce souvenir douloureux.

— Oui, pardonnez-moi, reprit l'évêque, étrangement doux, conciliant, l'œil limpide. Je vais vous dire quelque chose qui va peut-être vous blesser...

— Allez-y...

— Le soir de votre élection, est-il vrai que vous avez demandé à toucher les reliques de saint Pierre ?

— Absolument. Je voulais toucher les restes de celui auquel Jésus avait donné le pouvoir de lier et de délier les péchés...

— Eh bien... L'évêque prenait un air halluciné, d'une violence terrible. Eh bien, ce sont les os des victimes des dictatures sanguinaires soutenues par les USA, les crânes de tous ceux qui ont crevé de faim que vous auriez dû toucher... Dans la montagne je vous montrerai cet ossuaire. La force de l'Eglise, c'est son avenir, pas son passé...

— Vous m'avez mal compris, se récria Miltiade. Tous mes gestes sont symboliques, universels... parce que vécus, portés à un niveau mystique... Je m'associe tous les jours à mes frères qui souffrent dans le Christ. Mais mon fils j'accepte votre critique. Elle est riche d'enseignements. Surtout pour la suite...

— Il ne faut plus que vous vous leurriez, vous et tous vos hommes de la Curie sur la nature réelle des USA... C'est bien une dictature... Le libéralisme poussé jusqu'aux limites amène le fascisme... Les fameuses colonies de peuplement dans la lune, c'est une manière de se débarrasser des gens... Ne soyez pas, Saint-Père, le complice d'un Etat totalitaire... On croit à la démocratie, à la transparence... C'est une vraie dictature, une poignée de riches écrase les plus faibles... Les Indiens, les Noirs bientôt crèvent de faim... Le métro de New York, c'est un cimetière grouillant, un camp improvisé... C'est une manière de les liquider... On a affaire là à un holocauste moderne. Parce que non seulement il y a les pauvres des USA, mais il y a ce continent qui meurt...

Le départ de l'évêque laissa Miltiade en plein désarroi. Il se retrouva seul, prisonnier de la moiteur de la chambre, de la poussière vénéneuse des cactus séchés qui encadraient la fenêtre. Du grand corps culbuté, écrasé là-bas dans l'ombre noire des volcans, de la ville putréfiée, montait un brouhaha de danses et de klaxons, les signes d'une intense agitation nocturne. Des zébrures rouges, puis bleutées, virant au gris métallique, bombardaient le ciel, un opéra de rayons laser, une luminosité de météore qui enflammait les édifices de bronze et de pierre. Il flottait dans l'air comme une moisissure impalpable qui irritait les poumons, pollen venu des montagnes, vermine inexorable ou nuée de pollution industrielle. Des insectes en vols compacts bourdonnaient dans le cloître.

Les propos de Colombo, mesurés, fielleux, mais d'une lucidité tranchante venaient de révéler au pape l'incompréhension qui entourait chacun de ses actes, sa solitude aussi, lui qui s'était donné pour mission d'être la pierre angulaire des continents, de sceller l'entente, l'unité nouvelles. Il avait accédé au siège de Rome au moment même où l'unité de l'Eglise volait en éclats.

Dehors retentissaient des cris, des ruts, des célébrations nocturnes, des sacrifices païens. La cruauté des vieux dieux aztèques aiguisait son dard. La poussière, la boue ensevelissaient Mexico. Et le salpêtre qui mangeait les ferrures, verdissait les murailles. On discernait les mouvements, les reptations d'une foule harcelée par le désir de la fête, l'humanité en guenilles jaillie des taudis et des masures, hagarde, droguée, travaillée par le levain aride des convoitises charnelles. Une humanité qui proliférait la nuit, sous le spectre des cataclysmes, dans la boue et l'offrande, le rite et le rut. Une ville de cactus et de flammes, comme un grand Christ torride, labouré.

La proximité tonitruante de l'animisme, son entêtante et encerclante montée répugnaient à Miltiade, lui qui avait définitivement terrassé le dragon des sorciers. Un vitrail de l'église natale représentait ce combat primitif, issu des plus vieilles cosmogonies, de leur tuf le plus archaïque. On y voyait un saint écarlate immoler un dragon convulsif, ruisselant d'émeraude. Les chants qui montaient de la ville, ombreux, reliés aux régions les plus obscures de l'âme humaine — chants de désir, de fertilité, d'exode —, ponctués de décharges vocales où s'égosillaient les femmes, lui rappelaient cette peur confuse de l'animisme, des puissances sauvages du marais et du fleuve. Or, son itinéraire, c'était cette genèse continuée qui le délivrait des forces noires, ce cheminement lumineux qui l'avait uni, greffé, abouché au corps du Christ. Ruisselant de Sang et rayonnant d'Esprit.

On frappa à la porte, un coup sourd, comme un choc qui s'écrase sur une vitre. C'était Paloma. Elle avait traversé la ville pour retrouver son frère. Svelte, le pas délié, une torche de chair lisse et nerveuse. Elle se laissa tomber sur le vieux lit vermoulu du pape. L'homme en blanc la fascinait de plus en plus, pour le luxe, la croisière, les plaisirs de *Dalmanoutha*. Parallèlement Miltiade la devinait étrangère à ses problèmes, à ses angoisses. La présence dans la chambre, auprès de lui, de ce corps affectueux à la sensualité caressante l'apaisa comme un baume. Là où lui était devenu os, arête frontale, lignes dures d'un visage vidé de sa pulpe, masque d'ascète aux yeux torrides, elle était rondeur, vie heureuse et comblée. Elle vint le rejoindre sur le seuil du cloître qu'inondait la vapeur de lune, dans l'axe qui permettait de découvrir à travers la chute verdâtre de la fontaine, l'icône de la Vierge de Guadalupe. Devant eux le cloître n'était que mousses, plantes tordues de crosses et de corolles. L'eau bouillonnait dans sa barque d'écume. La ville s'était tue. Son grand travail de désir, de mort, de germination continuait, souterrainement.

*Log-book :*

Ce monde, ces villes, j'en suis le gardien, le veilleur. Ce monde dont Dieu m'a institué pontife, pierre angulaire des continents : Kinshasa livrée à son fleuve, Paris quadrangulaire et impériale, Rome tombale et fossile, Mexico pestilentielle, grouillante de loques et d'insectes. A chacun de mes voyages, Dieu m'instaure fondateur de ces villes qui se relèvent dans la foi. Il y a un instant d'émotion, quand, à mon arrivée, au son du *Tu es Petrus,* je baise leur sol, les pierres nivelées des basiliques : c'est Pierre en moi qui salue chacun de ces fragments de monde avant de les ramener à l'unité de la foi. Jusqu'à mon dernier souffle, avant que mon nom ne retombe en poussière, je fermerai la boucle des pôles, des Tropiques, des déserts et des moussons, je conduirai ce tumulte, cet enthousiasme vers la forme que l'hébreu appelle *tohu bohu.*

Parce que comme le disait un prédicateur africain du VIe siècle, je parle toutes les langues. Oui toutes les langues. Car je suis dans ce corps du Christ qui est l'Eglise, laquelle, inondée de l'Esprit, parle toutes les langues. Par ma bouche s'exprime l'universalité de l'Esprit.

Et je suis le légataire de toute cette beauté du monde, de ce cosmos que j'ai vu renaître de *Dalmanoutha.*

L'Eglise connaît deux genres de vie qui lui ont été révélés et recommandés par Dieu, écrit saint Augustin. L'un est dans le travail de l'action, l'autre dans la récompense de la contemplation. L'un s'incarne en Pierre, l'autre en Jean l'Evangéliste. D'un côté l'Apôtre du Roc et des Larmes, de l'autre celui de la Vision et du Verbe. Mon pontificat, jusqu'à présent, s'inscrit à la suite de Pierre. Depuis un an, je navigue, en effet, entre mon désir d'union et ma peur du reniement. Mais, déjà, je devine à mon pontificat une issue *sèche,* plus mystique, et si Dieu le veut, visionnaire.

*Log-book :*

Est-ce de ma culture africaine que me vient ce goût pour le culte des morts ? Déjà l'agonie de Jean XXIV et sa putréfaction dans Saint-Pierre m'ont longtemps hanté. Puis ce fut la vérité sur sa mort, dont j'ai fait enterrer le rapport avec la copie des documents les plus précieux du Vatican tout au fond de mon abri du Château Saint-Ange. Je me remettais à peine de cette obsession quand il me fallut bénir la dépouille de Green.

Depuis trois jours que j'occupe l'ancienne chambre du cardinal Lopez au palais épiscopal, le souvenir du vieux prélat aveugle m'habite constamment. J'ai, chaque soir, l'impression de me coucher dans les draps où il est mort. Je revois sa longue face de méduse au conclave, son air décharné, crâne méditant sorti du *Jugement.* J'ai demandé à pouvoir me recueillir sur sa tombe. On m'a conduit dans une église baroque du quartier de la Zona Rosa, à la décoration espagnole, tout en volutes et tourbillons. Je m'imagine ainsi les églises de Tolède. J'ai pu méditer, dans l'odeur des gerbes, devant la dalle aux inscriptions d'or, puis, modeste symbole, devant son chapeau de cardinal, déjà empoussiéré, pendu à une corde au plafond du cloître. Le plus terrible m'attendait dans la crypte où est conservé, selon le vœu du cardinal — je ne l'aurais jamais cru si barbare — dans une fiole oblongue éclairée aux bougies, son œil gauche, vitreux, flottant et encore emmêlé de tissus ensanglantés.

Au réveil, ce qui surprenait Miltiade, c'étaient, dans le soleil, les grandes fresques mexicaines, les immenses mosaïques que les peintres muralistes avaient dressées sur le flanc même des immeubles. A ses pieds, la ville bougeait déjà, dragon aux écailles poussiéreuses, sous un ciel boueux où les premiers nuages commençaient à s'accumuler du côté des volcans.

Il faudrait l'orage pour essuyer cette noirceur, laver le ciel et plonger plus encore la ville dans sa boue putride. Mais il ne viendrait que le soir. Des jardins environnants montait le parfum moelleux des bougainvillées, des lagunes humides.

On allait entrer dans la Semaine Sainte, dans l'outrance et l'hystérie de la piété mexicaine. Chaque année à cette période, Miltiade en profitait pour intensifier ses exercices spirituels. Ce serait sa deuxième Semaine Sainte de pape. L'année précédente, il l'avait vécue au Vatican où il avait rigoureusement respecté les rites. Il avait tenu à apparaître en grand deuil le Vendredi Saint, sans mitre ni crosse, pieds nus. Puis, la nuit, il avait porté une lourde croix tout le long de la *Via Dolorosa* du Colisée.

Ce matin-là, accoudé au balcon noirâtre du vieux palais, il méditait son vieux rêve de réunification de l'Eglise. Des bribes d'homélie, des formules lui trottaient dans la tête. Les supplications du *Requiem* de Verdi s'élevaient du fond de la chambre. Le premier soleil, les végétaux chauffés s'arrondissaient dans la moiteur. Quand, soudain, une décharge siffla à quelques mètres dans les buissons. Miltiade eut aussitôt le réflexe de se coucher à l'abri du muret qui soutenait la grille. Une seconde décharge vint cribler l'auvent de vieux bois qui s'effondra sur le balcon.

Ecrasé sous les gravats, le pape était sain et sauf. L'alerte fut immédiatement donnée. L'armée quadrilla le quartier, les miliciens chrétiens de Colombo aussi.

La nouvelle de l'attentat fit grand bruit. La ville fut bouclée. Le périmètre du Tepeyac où allaient se dérouler les cérémonies de la Semaine Sainte littéralement assiégé par les forces de police.

Depuis le matin le pape n'était pas réapparu en public. La conférence qu'il devait prononcer à l'Université ayant été annulée, à midi la nouvelle de sa mort courut. On entendit même quelques sonneries rouillées de deuil.

Au palais épiscopal, une fois l'émotion passée, les plaies qu'il avait aux mains et au visage désinfectées, Miltiade s'était retiré dans la chapelle pour prier.

Paloma avait accouru à l'annonce du décès. Déchaînée, hurlant sa douleur. Le médecin personnel du pape avait dû la calmer d'urgence.

Dans sa prière, sous cette cloche plombée qui l'isolait du monde, Miltiade avait cru entendre les cris de Paloma, des éclats de voix. Mais il n'avait pas bougé. Il accueillait cet attentat contre lui comme un signe aux marches de la Passion. Il rumina longtemps cette phrase à l'écriture venue d'Orient que lui avait laissée un des cardinaux à la fin du conclave : « Pierre, tu finiras sous les pierres. » Il y avait déjà eu les cailloux de Paris qui avaient brisé les vitres du bateau-mouche quand il descendait la Seine, aujourd'hui les balles de Mexico. Malgré la prière, une sourde angoisse l'habitait.

Colombo vint le rejoindre.

— Je suis peiné... Le gouvernement veut vous voir... Montrez-vous vite... On dit partout que vous êtes mort... Mgr Ramon Serva a téléphoné...

— Tout cela n'est rien, dit le pape. Pour moi, du moins. Mais c'est le Christ qu'à nouveau on crucifie. Comme si l'Ecriture n'était pas scellée...

Miltiade se releva et serra le futur cardinal dans ses bras.

— Allons-y... Demain on fête les Rameaux... Les fleurs, l'exultation... On reparlera de mort après...

*Log-book :*

Mexico entre demain en Passion. Il fallait une terre aussi incandescente, aussi sismique pour célébrer la mort et la résurrection du Christ. Mon rêve serait de pouvoir célébrer le deux millième anniversaire de la mort de Jésus. Mais depuis ce matin, depuis que les balles ont criblé les pierres sèches du vieux palais je sais que je n'aurai pas cet honneur. Trop indigne. Le visage noir du péché. A l'adorateur nocturne succédera un homme de lumière, un pape du Levant peut-être. J'ai vécu la phase ardente de mon pontificat. Commence la phase testamentaire. Je crains pour le monde la secousse, la poussière, la cendre.

Demain je connaîtrai l'ivresse des salutations et des fleurs. La lumière de Midi. Depuis ce matin, j'ai l'impression de marcher sur un sol miné. Je saisis mal le jeu de Colombo. Ses glissements, ses insinuations. Mais je m'interdis de juger. Quels que soient mes soupçons.

Je veux vivre cette Semaine Sainte intensément. Colombo, toujours lui, se propose de m'offrir un Christ d'un grand artiste mexicain. J'ai désiré visiter l'atelier de ce peintre. Mais il nous a fait savoir, comme nous arrivions à sa porte, que « le pape se présenterait-il au seuil de son atelier, lorsqu'il travaille, il ne pourrait le recevoir ». Etranges manières. Je me suis consolé en visitant dans un couvent jésuite du vieux Mexico une superbe *Création* du même artiste, labyrinthe roulant de météores.

Pour l'heure, je ne veux que prier. La ville m'accueillera demain dans les palmes et les fleurs. Moi le signe de Jésus, le lieu-tenant du Christ. Moi Miltiade II, pape, comme l'écrit saint Paul, « non de par les hommes ni par l'intermédiaire d'un homme, mais par Jésus-Christ et par Dieu le Père qui l'a ressuscité des morts ». Cette semaine, je veux vivre l'Ecriture, de la Genèse à la Croix, la Nouvelle Alliance scellée par le Sang.

Au moment d'entrer dans la ville en commémorant les Rameaux, je ne cesse de me redire les paroles du Christ lors de son entrée dans le monde, paroles parmi celles qui m'émeuvent et me saisissent le plus, parce qu'elles parlent d'Ecriture et d'accomplissement :

« *Tu n'as voulu ni sacrifice ni offrande, mais tu m'as formé un corps. Ni les holocaustes, ni les sacrifices ne te sont agréables. Alors j'ai dit : Je viens (car c'est de moi qu'il s'agit dans le rouleau du livre), je viens, ô mon Dieu, pour faire ta volonté.* » (Ps 39:7-9)

Les ambulances hurlent. Nuées de sirènes, d'avertisseurs. Zigzag des patrouilles. La police et l'armée, en formations conjointes, quadrillent les principales avenues. La psychose de l'attentat est devenue l'obsession majeure des forces de l'ordre depuis les coups de feu tirés la veille sur la façade du palais des évêques. Les journalistes, le peuple affluent tout au long de ce qui sera le trajet du pape.

Il y a la piété, une certaine fidélité légitimiste au pape, et, inavoué, au creux des viscères, le goût du spectacle, l'attente du sang versé. A tout moment, puisque le complot n'a pas été déjoué et que les tueurs rôdent sans doute encore dans la ville, tout peut basculer dans la tragédie.

Le petit peuple s'entasse, vêtu de couleurs chatoyantes, armada de chapeaux, bannières, mouchoirs décorés du portrait du pape. Des diseuses de bonne aventure, enveloppées dans de longues mantilles noires, le visage raviné, les doigts bagués, ont prédit l'assassinat de Miltiade ce dimanche et pas un autre.

La communauté noire s'est massée derrière les hautes barrières qui jalonnent l'avenue des Insurgés. Balaphons, tam-tams, grelots d'osselets, varans aux écailles phosphorescentes, toute une orchestration de fête. Une portion d'Afrique dans cette mosaïque espagnole et indienne.

Les Indiens, eux, ont apporté leurs provisions de pétales qu'ils jetteront au passage du pape. Il y a du monde partout : aux fenêtres, sur les terrasses, des grappes humaines pendues aux pylônes et aux enseignes. La ville craque comme un fruit blet et l'écorce brisée dégorge ses flots de particules, d'atomes piaillants. On ne sait pas ce qu'on vient voir. Une star, un dieu, un monstre, mi-homme, mi-dieu. Les yeux brûlent. La chaleur est tombée sur la cuvette de la ville avec son couvercle de brouillard et de poussière. Il coule une lumière blanche, métallique.

Au centre, à l'intersection de Reforma et de l'avenue des Insurgés, on a tendu sur une immense bannière un portrait du pape. Visage bariolé, tatoué, somme de milliers d'incrustations noires. Le vent fait onduler la toile. On a alors l'impression que le visage s'anime, secoué de rictus qui fragmentent sa face. Le visage noir simplement. Aucune référence au blanc de l'habit. Colombo, lui, a droit à des mosaïques, des surfaces dures qui magnifient son beau visage aigu, sabré. Miltiade se plisse au gré du vent, des clameurs qui montent.

Un mur de regards. D'un bloc, tendu, criblé. C'est l'impression première que ressent Miltiade quand il affronte la foule. Un mur vorace. Façade universelle. Prostituées, paysans, petit peuple loqueteux, visages noirs, safranés, taillés sur l'os. Le pape remonte vers Notre-Dame de Guadalupe. Sa voiture est couverte de pétales, palmes, longues corolles soyeuses.

Depuis l'attentat manqué, la peur de la mort s'est insinuée en lui. Comme il traverse ce carnaval exubérant, tout en multipliant les sourires et les bénédictions, dans l'ivresse des cris et des fleurs, il lutte contre son angoisse, toute charnelle. Il s'accuse de céder à la peur. Partout les portraits de Colombo l'agressent. Tableaux délirants, bordés de rouge. Et il lui semble que la voiture et l'escorte de Colombo qui le suivent sont plus acclamées que la sienne. Complicité d'un homme avec son peuple. D'un meneur d'hommes. Et comment ne pas admettre en voyant cette foule misérable, proliférante, cette foule qui se traîne dans la poussière, brisée, à bout de souffle et comme secouée d'une dernière pulsion de vie, toute la faillite du capitalisme et les ravages imminents du mysticisme révolutionnaire ? Légions de la misère, exsangues, affamées, prêtes à se ruer sur le cadavre bouffi des USA. Corps atroces, difformes, yeux vides obscurcis de plaies.

Du haut de sa voiture, Miltiade croit apercevoir une ville en ruine, de longues saignées noirâtres, des quartiers surpeuplés que cachent d'immenses panneaux publicitaires sur lesquels on a pris soin de placarder son portrait.

Dans la frange de foule qui le fête, il devine un art du leurre, du travestissement. Les dorures, les simagrées de la parade masquent la honte, l'autre bout de l'horreur. La mort des grabataires, des estropiés, poumons rongés par l'insoutenable pollution. L'ourlet flamboyant, dressé lui cache ce versant muet, rétracté au plus profond des bidonvilles. La mort nue, le crucifiement de la souffrance, à chaque minute. Tous ceux qui n'ont pas pu se traîner jusqu'aux grandes artères que remonte le Thaumaturge. Une ville double, secrète, un noyau noir, gonflé de pourriture, d'insectes, de ruines et de loques fétides et que n'atteignent ni son ombre, ni sa voix, ni sa bénédiction.

Comme convenu, Miltiade remit à Colombo, dès son arrivée dans le périmètre du Tepeyac, le lourd chapeau de cardinal. Il savait toutes les résonances qu'aurait ce geste. En élevant celui qu'on avait appelé le pape des pauvres, il avait décidé de prendre un risque considérable. La veille encore, Din avait apporté un énorme rapport tissé à force d'enquêtes et d'aveux des prêtres rebelles aux thèses de Colombo. Les conclusions étaient édifiantes et sans appel.

Colombo était bel et bien le révolutionnaire déterminé que Rome avait toujours soupçonné ; l'apparence pastorale, l'espèce d'onction qu'il avait revêtue dès l'arrivée du pape à Mexico cachaient mal la résolution implacable de celui qui s'était donné pour mission d'arracher son Eglise à la tutelle du Vatican et de liquider le géant américain.

Les infiltrations terroristes, les ramifications des réseaux catholiques orchestrés à New York par des émigrés mexicains étaient indéniables. Colombo avait calqué son activisme sur le modèle de l'Islam conquérant qui entendait, lui, dépecer l'Europe. Il entraînait lui-même des camps de jeunes mystiques terroristes au Nord de Mexico.

L'énorme dossier collecté par Din au terme d'un travail aussi colossal qu'efficace et discret contenait également des extraits d'homélies, des discours militants et guerriers que le prélat avait prononcés peu avant le voyage du pape. Il faisait de Miltiade un traître et un vendu, un complice du Satan américain. Il arrivait même qu'il précise son grand dessein : la translation du trône de saint Pierre au Tepeyac !

La lecture du dossier avait achevé de troubler Miltiade. Il avait enfin la preuve que de bout en bout on l'avait dupé. Il s'en voulut d'abord d'avoir aussi mal résisté aux propos acides de Colombo. Il y avait du vrai, parfois forcé, dans sa peinture des USA. Mais les agissements terroristes étaient eux proprement inadmissibles. Et Miltiade ne les avait pas condamnés avec suffisamment de clarté.

Il voulut croire qu'en faisant entrer l'évêque au Sacré Collège il consoliderait un temps l'attachement de l'Amérique centrale à l'Eglise Universelle. C'était un énorme pari. De même il fallait une énorme capacité de pardon — ou une terrible inconscience — pour coiffer Colombo du chapeau cardinalice devant une foule déchaînée, soudain reconnue dans sa différence, et une prodigieuse ironie pour rappeler au même moment que « tous ensemble tissaient la chair, le tissu de l'unique Eglise, tunique sans couture, eux tous membres de l'unique Corps du Christ ». Paroles vaines que couvrit l'orage déferlant de la joie populaire.

Au Mexique, devant la façade noirâtre et fendue de Notre-Dame de Guadalupe, il ne pouvait ce jour-là y avoir qu'un héros. Hilare, resplendissant sous la pourpre. Si fort qu'il s'agenouilla même aux pieds de Miltiade pour un simulacre d'obédience. Au terme de cette traversée épuisante, il ne restait au pape, meurtri, les traits tirés, que le refuge d'une prière intense face à une ville qui le niait.

Revenu dans l'ovale muré du cloître, Miltiade fit appeler Din. L'outrance des Rameaux, les nuées de pollen, l'explosion de liesse, radeau dérisoire sur l'océan de la misère, la perspective des chapiteaux fleuris tout le long de Reforma, les grands quartiers désolés, ocre sous le sable ou la crasse, la beauté froide du visage de Colombo coiffé du chapeau à glands, ces images accumulées dans la journée ne cessaient de l'habiter. Il s'assit sous les arcades, attendant que son secrétaire le rejoigne.

La fatigue menaçait de l'engloutir. Quelques mailles, quelques îlots de conscience surnageaient, auxquels il faudrait se raccrocher dans la prière. Le ciel, strié de longues bandes rouges, déployait comme un réseau de lagunes embrasées. Un vent noir soufflait du côté des volcans et rameutait, confuses, des odeurs de soutes et de mûrisseries. Ce soir la ville sentait la cendre et le séisme comme si les routes, les places, les esplanades, piétinées tout le jour se fussent mises à trembler.

L'épuisement et la déception de Miltiade, qui induisaient une perception faussée et presque hallucinée du monde, le laissaient sans voix. L'image de son Eglise laminée l'obsédait. L'Eglise universelle, soumise à tant de mouvements contradictoires.

Dans le soir qui tombait, d'un coup, en lourdes masses charbonneuses, il se vit pris en étau, entre l'Europe et l'Amérique. Pire, écartelé, broyé par la dérive des continents, de ces grands blocs d'Eglise rageurs et incendiaires qui coupaient un à un leurs liens avec le berceau romain. Emportant chacun un morceau du squelette de Pierre, taillant à vif dans le dogme, travestissant le prêtre en guerrier.

La voie que prenaient les églises sécessionnistes le condamnait au rang de fantoche. Rôle qu'il avait tenu tout le jour, oublié, nié, injurié, entre roses et crachats. Il entrevit ce qu'allait être la suite du pontificat : le retour à Rome, les traquenards de la Curie, l'isolement au milieu des marbres et des trésors, la nostalgie accrue de l'Afrique.

Une terrible lucidité le gagnait. Abandonner, c'était enterrer irrémédiablement la fonction pontificale, détruire l'héritage des papes et surtout renier le Christ. L'Esprit l'avait appelé. Il resterait jusqu'au bout. Il irait jusqu'au bout de cette coupe amère. Malgré l'angoisse et le découragement. Il habiterait sa solitude de caprices, de folie. Cela, c'était l'apparence, la parade, la lourdeur du monde. Au fond de lui une voix nue lui intimait d'endosser jusqu'à la mort la fonction de Pierre, d'être pêcheur d'hommes, à travers écueils, coups de vent, murs d'eau et menaces de naufrage. Une voix obscure qui le rédimait, lui et sa race, en l'ancrant définitivement dans le corps du Christ. Ses tempes battaient. L'hallucination était proche. Celle qu'enfant il connaissait lorsqu'il enfouissait la tête dans les fondations moisies du chevet de l'église des missionnaires. Un terrible crépitement cérébral, la peur de la nuit et de la cendre lapidifiant le monde. L'angoisse d'un univers de cavernes lissées de suie, de larves et de bêtes, de monstres mi-oiseaux, mi-poissons, de cadavres séchés. Parchemins rudimentaires tressés de signes démoniaques.

Quelques étoiles clignotaient en esquissant une coupole distendue, saisie d'anamorphose. Miltiade avait toujours aimé scruter jusqu'à la folie la brousse galactique, les glissements, les balancements, les délimitations des territoires sidéraux. Cette contemplation illimitée le délestait. Là-bas, la ville, Mexico nocturne et torride se vautrait dans la jouissance et la mort.

Lorsqu'il entra dans le cloître, Din trouva le pape relativement apaisé. Tout le temps que Miltiade avait consacré aux messes, aux bénédictions officielles, aux entretiens et aux visites de monuments, et cela sans répit, Din l'avait passé à mieux cerner l'énigmatique Colombo. Il y était parvenu en déjouant sans cesse les ruses des mouchards du nouveau cardinal. Il s'en était fallu de peu qu'il se laisse à nouveau saisir par la ferveur de l'action. Din, tout autant que Colombo, ne pouvait que haïr l'idolâtrie de l'argent, le matérialisme aveugle, le fascisme insidieux des USA. Mais son attachement résolu à Miltiade l'obligeait à condamner pareilles pratiques et avait même fait de lui un espion.

Il avait même appris qu'une prochaine campagne d'attentats aux armes nucléaires, imparables, précises, déferlerait bientôt sur la côte est. Les Américains avaient eu beau intensifier leur surveillance à la frontière, rien n'y avait fait. L'Eglise mexicaine avait ses terroristes permanents aux USA, mystiques fiévreux, passionnels qui recrutaient toute une faune prête à se sacrifier pour Colombo que la propagande active des groupuscules n'hésitait pas à présenter comme un double du Christ.

— Tout prêtre est serviteur. Ce faisant, il s'interdit de donner la mort. Je le rappellerai tout au long de cette Semaine Sainte, conclut Miltiade. Avec tout ce que tu me dis, tout ce que je sais maintenant, mon petit Din, je me dois de condamner l'activisme religieux. Il n'y a qu'une manière de servir le Christ, c'est l'amour... avant de t'endormir cette nuit, médite dans saint Jean, les paroles du Christ sur la paix...

Le pape avait retrouvé un large sourire. Cette nuit le

doute, le déchirement ruineraient à nouveau le sommeil de Din.

*Log-book :*

La succession saccadée des derniers jours s'est tue à mesure qu'approche l'Heure, celle du Christ en croix, du rideau fendu, de la nuit millénaire et du cosmos racheté. J'ai pris le chemin des pénitents. J'écris ces lignes avant de célébrer tout à l'heure la Cène. Après, je tomberai en prière, sans boire ni manger. Je suis indigne de vivre la plus ténue des souffrances du Christ. Je veux m'ouvrir à la folie de la Croix. Vivre intensément le miracle de la Croix glorieuse qui donne la mort à voir et la vie à croire. Vivre intensément le *signe* de la Croix comme une gigantesque lettre aux montants de bois, levée sur la pierre aride du Golgotha, lettre qui clôt les Ecritures, comme si Jésus était crucifié sur le Livre et incorporé à lui.

Tous les ans, le Triduum pascal accapare toutes mes forces spirituelles. Je ne subsiste plus que par la prière ; tant que le corps du Christ meurtri, flagellé, reste plongé dans l'ombre du tombeau, je vis d'une vie somnolente, quasi végétative. Je ne me nourris plus, j'abreuve à demi ma défroque charnelle. Je songe au Verbe anéanti dans sa caverne à flanc de Golgotha, Verbe épineux, fielleux, roulé dans la lie et l'opprobre. Je survis au ralenti, monde noir, cœur fracturé. L'image de ce corps percé, tordu, raidi, recueilli dans les mains de Marie me hante. Ce corps oint, drapé dans ses linges verdâtres. Ce corps qui me parle, au bord de l'abandon : « Mon Dieu, mon Dieu, pourquoi m'as-tu abandonné ? » (Mc 15,35). Je vois, distinctement, comme si j'étais témoin de l'Heure absolue du calvaire, ce côté ouvert qui laisse couler du sang et de l'eau (Jn, 19, 34-37). Je reçois dans mes paumes jointes ce sang et cette eau où toute la tradition a lu le symbole du baptême et de l'Eucharistie, et de l'Eglise qui m'est donnée, la nouvelle Eve tirée du nouvel Adam endormi sur la croix.

Des rites que j'accomplis en ces jours, trois m'apparaissent fondamentaux : le Lavement des pieds que je répéterai tout à l'heure, pieds purs d'adolescents, blessés, squameux des vieillards. Pieds de treize prêtres ou futurs prêtres de treize nations différentes. Noirs, blancs, jaunes, basanés. Collège apostolique métissé comme l'univers. Je leur laverai les pieds alors que je n'en suis pas digne. L'autre rite consiste en la bénédiction du Saint-Chrême, huile mêlée de baume qui sert à l'onction. A Kinshasa on y faisait entrer jusqu'à trente-trois sortes de parfums qui, condensés avec l'huile sainte, formaient un onguent. Saint-Chrême de l'onction — des baptisés, des confirmés, des prêtres et des mourants —, huile présente à tous les âges de la vie et de l'Eglise, mais aussi, en mes mains, mortier de l'unité de l'Eglise. Chrême qui unit et mélange.

Enfin, dernier rite : la déposition de l'Hostie au Reposoir, sous le linceul le Corps figé, défiguré. Le tabernacle est creusé comme la roche funéraire. Le Corps glisse dans sa vêture de cendre et de crachats. Je médite la blessure de la lance de Longin au creux du flanc, dans l'intimité du Père, du Fils et de l'Esprit. Dans mon calice je recueille l'Eau et le Sang. Je bois aux sources baptismales de l'Eglise.

Sans même les psalmodier, je récite mes psaumes, ceux où David est traqué par son fils Absalom. Avec l'Eglise veuve de Son Epoux, je m'enveloppe dans le deuil. Avec le cadavre du Christ, je m'enterre sous le voile.

Pieds nus, en grand deuil, Miltiade s'était enfermé dans la basilique de Notre-Dame de Guadalupe. Il avait d'abord longuement prié au pied de l'Icône de la Vierge — recueillie selon la tradition dans le manteau du paysan auquel elle était apparue — parmi les monceaux de glycines et de roses. Une pluie noire, huileuse, ensevelissait la ville, étalant un bloc compact de nuages et de brumes charbonneuses.

La foule avait gagné le parvis de la basilique, sillonnant une capitale encore plus rongée par la lèpre. Le monde entier assisterait aux cérémonies du Vendredi Saint. Samuel avait fait le voyage de Rome pour coordonner les retransmissions. Le Vatican avait dû de toute urgence dépêcher des techniciens étant donné l'incompétence des services de télévision mexicains. Le Triduum pascal, pensait Samuel, était l'occasion de remontrer l'image de Miltiade, de rétablir l'impact du *dieu noir*. Lui qui avait toujours eu pour rêve de filmer la Passion aux Philippines se promettait d'utiliser celle de Mexico comme un banc d'essai.

Les pauvres du bidonville, les milliers de sans-abri s'étaient massés aux abords de leur église pour apercevoir le pape. Foule colorée, rayée, tressée, brodée. Les femmes arboraient des jupes de laine violette ou rouge.

A l'intérieur de la basilique remplie de buissons de cierges et d'ex-voto, Miltiade, couché sur les dalles de marbre poli par les pas, s'était plongé dans une lourde prière. Cela malgré les hurlements des pleureuses entassées près des portes. Du pape on n'apercevait plus qu'une longue forme sombre échouée tout en haut de la nef. Visage au sol, les bras en croix. Simple gisant dans la cohue des pèlerins et des voyeurs.

La basilique formait un cosmos rutilant aux voûtes surchargées de veilleuses et de lustres qui dispensaient une lumière jaune foncé. Chaque enceinte d'autel accueillait des tombereaux d'offrandes qui débordaient le périmètre des grilles. C'étaient des tas d'étoffes flambantes, amas de verroteries, monceaux de quincailles, statuettes de bois aux formes grossières, pourpres, brunâtres, couvertes d'un badigeon de sang séché, fruits, grands lys aux trompes fripées. La Passion mexicaine se présentait comme un mélange de bruit, de couleur, et en même temps de profonde affliction qui ravageait les visages.

Malgré cet espace saturé de cris et de lamentations stridentes, Miltiade avait réussi à faire le vide en lui. Il n'était pas la raison d'être de tout ce déploiement de foule, il tenait à s'effacer devant le Christ. Près de lui, dans les stalles que l'on disait sculptées dans le bois de vieilles barques amirales, des moines chantaient, lugubres, coiffés de san-benito bitumeux. On ne voyait apparaître que leurs yeux ternes tout au fond des encoches et les pieds nus ensanglantés après la procession sur des feuilles de cactus pilées. Voix sépulcrales, si plates, si atones qu'elles gommaient toute inflexion mexicaine. Tribunal de choristes rangés en cercle autour du corps prostré du pape. Pontife écrasé, seul dans ses larmes, comme un orant fondu au marbre du pavage. On eût dit que Miltiade s'anéantissait dans un bain d'élégies.

Les voix nocturnes des moines déclamaient la ruine de Jérusalem, les vagues de ténèbres, les prophéties du second psaume : les pieds et les mains percés, l'extension violente des membres, les vêtements partagés, la robe jouée au sort, les langueurs de l'agonie et les insultes des bourreaux. Les chants rameutaient toutes les prédictions bibliques, tous les intervalles du texte sacré où le Messie prend corps.

Dehors la foule hurlait à son tour, menée par les pleureuses dont les cris délirants couvraient largement les sonnailles des danseurs emplumés qui jouaient pavane sur les marches.

Les caméras s'attardaient nécessairement aux démonstrations théâtrales ou ludiques, Indiens qui s'autoflagellaient pour revivre les souffrances du Christ. Des hommes avaient chargé sur leur dos d'immenses rouleaux dardés d'épines qui leur labouraient les épaules. Bras en croix, ligotés aux troncs verts et ardents. Les dos cuivrés ruisselaient d'entailles, de plaies. Il y en avait ainsi des dizaines, courbés, usés par la fatigue, l'échine en sang. D'autres, vêtus d'un simple pagne, se faisaient clouer aux pierres mêmes du parvis de Guadalupe. La ville suintait la poussière, les cris, le sang. Ceinte d'une couronne d'épines et de flammes. Galaxie de souffrances, de lamentations poignardées. Une unique douleur à travers le rideau des origines et des langues. Ville mortifiée à l'image du corps étendu du pape.

Colombo s'était peut-être glissé parmi les moines affublés de capuchons noirs, à moins qu'il ne fût du nombre des crucifiés et des flagellés du parvis et des rues alentour. Rompu par l'affliction, pris en tenaille entre les litanies des moines et le bourdonnement impétueux de la foule qui remontait la nef, Miltiade ne bougeait plus, parfaitement immobile sous le vêtement noir, les bras en croix, la tête légèrement inclinée comme celle du Christ qui expire. Enroché parmi les dalles et les inscriptions funéraires, à même une litière d'omégas et de tibias effilés. Enseveli sous les péchés du monde. Il avait oublié la mégapole pourrissante, le cloaque de brumes et de fumées, sa population démente, Mexico infernale et cariée. De même il avait oublié Rome, sa charge, le cosmos. Autour de lui la basilique bruissait de reptations hagardes, de coulées de pénitents à genoux, de mille feux lancéolés qui doraient les visages et les yeux sombres noyés de larmes.

Notre-Dame de Guadalupe formait à elle seule un univers de plaintes et de herses, de grands Christs espagnols convulsifs, hachés de muscles et de plaies sanglantes, de dos safranés, blessés d'un treillis de rigoles rougies. De ce grand brasier de douleur crépitante, Miltiade n'entendait rien, rien de la roue des martyrs, des hurlements de tous ceux qui se flagellaient à coups de fouets métalliques.

Tout autour du pape, des religieuses avaient disposé des montagnes d'aromates. Nard, thym, hysope. Concert de fragrances dans l'espace clos du chœur et le tombeau des chants. Miltiade ne sentait rien. Son enveloppe charnelle était morte au monde, aux agressions vives des choses. Sa prière serrée ininterrompue l'avait fermé aux atteintes extérieures. Il était à la fois hors de son être et tout au fond de son cœur baigné d'amertume. Un filet de salive séchée suturait ses lèvres. Délivré de toute pesanteur, il nageait dans une eau mêlée de cendre et de fiel. La faim, la fatigue le glaçaient. Les terminaisons nerveuses de son corps endolori lui donnaient à ressentir un peu des convulsions du Christ et surtout celles de son Eglise secouée de séismes et de fissions. Il hantait par sa prière les lieux du Crâne. Témoin de la douleur muette de Marie, figée, mains jointes parmi les sables et les rocailles. Sa tête contenait désormais la géographie éraillée du Golgotha, la triple écharde des croix dressées, l'épine, la lance, les clous. Ses paupières fermées avaient accumulé en leurs plis les ténèbres froides, les couleurs gelées du Calvaire.

Les lames du monde remontaient vers lui, cris forcenés des pleureuses plus approchait l'heure de la mort du Christ, charpie dansante des flammes, parfums, ombres des lances et des herses, mais elles s'éteignaient aux frontières de son corps. Le pape vivait la Crucifixion avec une imagination hallucinée du détail, de chaque fragment de la scène, et tout particulièrement le tirage au sort de la tunique tissue des mains de la Vierge, emmêlée et virginale, symbole de l'unité de l'Eglise, inextricable, absolue. Dans sa prière il adhérait au bois de la Croix. Il était là, au pied de l'arbre sanglant, entre Marie et Jean. Cassé de larmes, ployé sur les ossements endormis d'Adam. Là, parmi les lueurs crépusculaires de l'Ancienne Alliance. Dans les eaux noires de sa rêverie il vit même le sang rédempteur couler le long du bois et ruisseler sur le crâne desséché, terreux du premier homme. Sans pouvoir y boire. Il crut alors que la création basculait dans la nuit.

*Log-book :*

Samedi Saint. Séjour des Morts. Barque sombre des captifs. Le Roi sommeille et éveille tous ceux qui dorment depuis les origines. Consciences froides vrillées par la flèche du remords. Profondeurs gelées du monde. Le Nouvel Adam, parfumé d'aloès et de myrte, sous son voile de stigmates, traverse le sas labyrinthique du royaume des morts. Il saisit le vieil Adam poussiéreux et ce faisant, raccorde l'Ecriture à sa source : moment de vérité du monde. Dans la grâce et le feu.

> « Je me suis endormi sur la croix, et la lance a pénétré dans mon côté, à cause de toi qui t'es endormi dans le Paradis et, de ton côté, as donné naissance à Eve. Mon côté a guéri la douleur de ton côté ; mon sommeil va te tirer du sommeil des enfers.
> *Lève-toi, partons d'ici.* » (Bréviaire du Samedi Saint)

Heures livides. Je plonge dans le sillage du Christ somnambule. J'erre sous les plaques, sous les dalles du monde. Ce grand sommeil spectral est le prélude de la Création nouvelle.

Samuel s'approcha de la fenêtre : le jour naissant étendait une muraille de nuages enflammés. La lumière surgissait de tout en bas, au ras des banlieues et rebondissait en ricochets de braise. De grands pans de nuit subsistaient à même les volcans. Il s'arrêta sur la terrasse, juste en face de la route tortueuse qui dévalait vers la ville. Pieds nus sur le sol rugueux comme une mue de lézard. Il attendait la fission qui libérerait le jour. Une démiurgie secrète se jouait sous les cumulus et les lambeaux de nuit accumulés en strates.

Dans son œuvre, l'image de l'œuf, du grain primordial,

de l'atome grenu soudain saisi de spasmes l'avait toujours obsédé. La fissure, la faille étaient du nombre de ses motifs favoris. D'où son attachement à cette terre mexicaine si souvent secouée de tremblements meurtriers.

Il attendait l'éclosion de la roue, de la première brèche solaire au-dessus de la ville qui lui paraissait creusée comme un cratère géant. Il aimait — parce qu'il croyait y voir l'amplification cosmique de ce qu'il cherchait — ce remue-ménage d'atomes brouillés sous la trame de l'univers, la lumière vivante qui explosait en jets, propulsant la nuit ou ce qu'il en restait au fond de l'argile humide des lagunes, cette poussée lumineuse qui engendrait les règnes, soufres bleutés des pierres, bouillonnement velu des végétaux, lèvres du monde fendues, sanglantes.

Il se décida à prendre sa voiture pour descendre vers la capitale. Le pape devait célébrer la messe de Pâques et donner sa bénédiction rituelle sur le parvis de Notre-Dame de Guadalupe.

Il traversa une fois encore l'immense bidonville rapiécé, bouillie de cartons et de déchets imbibés par les pluies. Il n'y avait plus à vrai dire de bidonville circonscrit, limité aux marges de la ville. Il avait gagné le tissu urbain à la façon d'un cancer proliférant. Samuel avait pris l'habitude de travailler au-dessus de cette marée insalubre mais il n'aimait guère s'y risquer. Il dut laisser sa voiture dans un recoin boueux et rejoindre le Tepeyac à pied. La saleté, la poussière, les corps affamés couchés à même les trottoirs, les tourbillons de lumière au néon, les affiches publicitaires mêlées aux banderoles religieuses, les nuées de punks inactifs, entassés dans les halls des immeubles qu'ils avaient squattérisés, c'était cela la réalité de Mexico mortifère. Miltiade l'avait-il sentie, cette réalité ? Colombo la lui avait sans doute montrée.

Samuel découvrit enfin la perspective du Tepeyac encerclé d'immeubles en ruine. Le quartier, ceinturé de forces de police, était difficilement accessible. Un gigantesque autel avait été dressé sur le parvis. Un écran géant retransmettait la messe sur la façade de la basilique.

Le pape arriva dans sa voiture blindée, mitré de blanc, la crosse à la main. Escorté de Colombo. Le cardinal s'écarta et laissa le pape gagner son trône. Alors Miltiade fit vraiment face à la foule. En une fraction de seconde il eut l'impression de saisir tous ces visages à la peau brune, tendus vers lui, les traits tannés par le soleil et la poussière, immergés dans leur silence, leur rébellion muette. Il les bénit. A cet instant les couleurs — jaune et blanc — du Vatican déferlèrent. Mais sous ce masque, sous ces diaprures de lune et de soleil, la violence couvait. Tout en les regardant, Miltiade ne pouvait oublier que le Vendredi Saint, à l'occasion des commémorations populaires de la Passion du Christ et selon les rites d'une tradition venue des montagnes, on avait pendu des mannequins de Judas le traître à sa propre effigie. Colombo et ses prêtres avaient suffisamment répété à cette foule que le pape était un traître pour que le message portât. Miltiade avait cerné la menace dès sa montée sur le podium. Aussi dut-il se contenter d'une homélie pastorale sur le sens de la résurrection du Christ. Eût-il pris position contre les pratiques et les risques de dérive marxiste et terroriste de l'Eglise mexicaine qu'il déclenchait une insurrection.

La bénédiction pascale était la première qu'un pape prononçait hors de Rome. Aussi Miltiade, à la veille de son départ du Mexique et dans des langues incompréhensibles pour la foule qui l'écoutait, en profita-t-il pour durcir le ton, condamnant sans ambiguïté le terrorisme et la militarisation dans l'Eglise. Seule la magie incantatoire des mots captivait l'auditoire. Au lieu de répéter trente-trois fois le même discours, le pape l'adapta aux nécessités, aux intérêts, aux attentes des peuples auxquels il s'adressait par le canal des satellites. Message d'espérance, de force et de foi dans le Christ, grand prêtre dans l'ordre de Melchisedek comme il se plaisait chaque fois à le répéter.

A ce moment précis, on eût dit que le pape, dressé devant la façade fissurée de la basilique, retissait l'unité de l'Eglise, puisant les mots dans le terreau des langues, les tressant, chantant le corps tatoué et transpercé du Christ, les louanges de l'Agneau, en une immense litanie qui lui cassait la voix avant de reprendre de plus belle, lui parfumé d'aromates, rescapé de l'ombre noire de Notre-Dame de Guadalupe, jouant à plein des sons rauques, des mélodies, des chuintements des dialectes, se grisant des mots, de tous les mots habitant la terre, mots de banquise, de neige, de troc, d'esclavage, races déchues, mots vides, exsangues comme leurs peuples, réduits à une simple vibration cristalline, un simple mouillement de salive dans la bouche du pape, mots volatiles, concassés dans le bruissement du monde, l'ivresse, l'impatience de la foule. Mots ronds, lumineux, écorchés par l'accent malencontreux du pape. Galets lisses sous la langue, soie de Chine, cellules, prismes, cône infini des mots. Mots sombres, gutturaux, taillés dans la pénombre des fjords, mots éclatants, incendiés de voyelles. Mots de Rome et d'Oslo. Dans la bouche de nuit, ce tohu-bohu, ce ressac de sonorités répercutés à travers le cosmos. Mots neutres, froids même, vitrifiés. Mots de Gdansk et d'Ukraine.

Enfin, tout au fond, mots de vertige et d'origine, Adam noir des hauts plateaux. Mots de souche et de racine. Vieux lignage d'Afrique. Mots sombres, limoneux. En leur creux la matrice du Nom. Mots d'Hédor et de Zaïre.

*Log-book :*

Avant de quitter Mexico, j'ai tenu à visiter son grand mouroir. Immenses salles carrelées, milliers de lits sur lesquels sont cloués autant de visages du Christ. Corps ravagés par la pollution, les parasitoses et les fièvres rhumatiques. Je me suis penché sur quelques visages, de vieillards ou d'enfants, m'attardant à ces regards chassieux, muets. A chacun j'ai fait distribuer une icône de la Vierge de Guadalupe — bonne mère de leur patrie — ornée de mon paraphe. Ce soir, je relis ces lignes des *Actes des Apôtres* (5,15-16) :

> « On allait jusqu'à porter les malades dans les rues, on les plaçait sur des lits ou des grabats *afin qu'au passage de Pierre son ombre en effleurât au moins quelques-uns.* On accourait même en foule des villes voisines de Jérusalem : on amenait les malades et les hommes tourmentés par des esprits impurs, et ils étaient tous guéris. »

Je médite toute l'impuissance de l'ombre d'un pape qui n'est qu'ombre.

. . . . . . . . . . . . . . . . . . . . . . . . . . . . . . . . . . . . . . .

J'ai reçu un accueil délirant de la communauté noire de Mexico. A mes frères par la race, j'ai expliqué le grand dessein de mon pontificat : l'unité, avant d'ouvrir avec eux une longue et belle réflexion sur le sens du sacrifice de l'Agneau. Je les ai invités à être non seulement mes frères par la race mais aussi mes frères dans le Christ. J'en ai baptisé une centaine par immersion totale. Leurs corps ruisselants, trois fois immergés, rayonnaient de l'éclat du Christ ressuscité. Puis j'ai repris la route vers le Sud. A Cuernavaca, ancienne villégiature des empereurs aztèques, j'avais un ultime rendez-vous avec le président mexicain. Nous avons évoqué la mort lente du Mexique, les soubresauts de la foi. Longue promenade dans les jardins. Je l'ai senti secrètement acquis aux thèses de Colombo. Je voulais ensuite visiter — parce qu'un vieil évêque espagnol m'en avait un jour parlé au Vatican — la grande église baroque de Santa Maria Tonantzintla, largement endommagée depuis qu'un tremblement de terre en a étêté une tour et fracturé la coupole. J'ai prié, presque à ciel ouvert, dans ce décor d'angelots coiffés de plumes, de mosaïques bariolées, de Christs et Vierges livides parés de tuniques amarante, sur les dalles fissurées par la dernière secousse sismique, parmi les montagnes d'offrandes : oranges, pommes, maïs, fleurs et jonchées de fougères. J'ai prié au son des violons, des guitares et du triangle. Synthèse de rites catholiques et de pratiques indiennes. J'ai remarqué de magnifiques pénitentes au visage lisse, doré, voilées de gaze brodée. Et toujours cette odeur mêlée de pourriture et de cendre. Un équilibre régnait là, malgré la menace d'une prochaine secousse. J'ai longuement invoqué la miséricorde de Dieu.

Plus loin, au cœur des communautés Nahuas, Totonaques et Otomis, des Indiens m'ont conduit jusqu'à leur Christ enguirlandé d'une couronne de plumes de quetzals, identique à celle que portait l'empereur des Aztèques. Là encore j'ai prié avec eux, pour eux, leur rappelant que nous tous, d'où que nous venions, nous sommes le fruit de ce métissage — cendres éteintes de l'animisme, illumination du Christ. Enfin je n'ai pu que leur redire les paroles de saint Paul dans son *Epître aux Galates :* « Tous, vous ne faites plus qu'un dans le Christ Jésus. »

Le pèlerinage mexicain du pape touchait à sa fin. Il y eut encore une grande cérémonie — que filma Samuel — : une dernière messe dans la baie de Veracruz à bord de *Dalmanoutha,* sur le pont du bateau tout oriflammé. Puis Miltiade remit à un représentant du gouvernement — il avait eu soin d'écarter tout envoyé de l'épiscopat — le bénéfice de la vente du vaisseau pontifical, à l'intention des pauvres du Mexique.

Avant de prendre l'avion pour Rome, le pape fit une courte halte au Venezuela. Il tenait à se reposer quelques jours en naviguant sur l'Orénoque.

*Log-book :*

J'ai la passion des fleuves, des arches portées sur l'eau. Après tant de foules, de voix haineuses ou priantes — je garderai jusqu'à ma mort le souvenir des voix pures des jeunes Indiens dans leurs merveilleuses églises baroques — j'ai voulu n'être accompagné que de Paloma, Din et Samuel qui nous filme. J'attends beaucoup de l'œuvre qu'il nous prépare. Le lancement de son film devrait correspondre avec le début de la deuxième session du concile et la nouvelle réflexion sur la primauté religieuse et ecclésiale de Rome.

Rafiot modeste que ce bateau. On est loin du luxe de *Dalmanoutha* qui enchantait tant Paloma. Je reprends le temps d'écouter ma sœur. En entendant ses chants ou ce qu'elle me dit de la prise de contrôle de l'armée à Kinshasa, je suis pris de nostalgie. Il faudra que je puisse retourner en Afrique. J'y suis évidemment mieux perçu que dans le continent latino-américain. Je veux revoir les marais d'Hédor, la maison natale, Kinshasa, je veux pouvoir à nouveau me baigner dans le Zaïre. Paloma est une femme d'une rare beauté. Visage splendide, cheveux lisses qu'elle roule ou laisse ruisseler. Et quelle collection de tenues magnifiques ! Din me dit qu'avant de partir elle est passée chez les plus grands couturiers romains. Je voudrais la garder auprès de moi à Rome ; sa présence me rassure. Ses éclats de rire, sa joie tonitruante. Mais que ne dira-t-on pas encore...

Par moments, le paysage me donne l'illusion que je suis en Afrique. Les palmes, le fleuve épais au cours alourdi de vase et de végétaux en putréfaction, le soleil voilé derrière les frondaisons, les fougères. Nous ne remonterons pas loin. J'aimerais pourtant découvrir dans la forêt les mers intérieures, les cathédrales de lianes, les lobélies, les fleurs velues. Voir le monde en ses replis secrets, dans les eaux, sous le bouillonnement végétal. Endosser l'habit de conquistador. Etendre le corporal et lever le calice dans les clairières sombres, pierreuses dans l'étuve. Tel j'eusse été pape des grandes découvertes. Mais je suis pape d'un siècle où tout est connu, arpenté, balisé. Pape d'une Eglise qui s'effondre, se fragmente. Je ne verrai pas le cœur de la forêt. Ce sont d'autres luxuriances qui m'attendent.

# VI

# L'ANGE DÉCAPITÉ

Les nuits qui suivirent son retour du continent sud-américain, Miltiade dormit d'un sommeil troublé. La haine larvée qu'il avait dû affronter tout au long de son voyage, le peu d'espoir qui lui restait de voir cette Eglise renouer ses liens avec Rome le plongeaient dans une cruelle désolation. S'y ajoutait la perspective d'un nouvel enfermement au Vatican, une série d'affaires délicates parmi lesquelles la condamnation par les USA du voyage mexicain et du sacre de Colombo et une vague d'attentats d'inspiration islamique dans Rome.

Le pape ne s'endormait que très tard, aux lisières du jour. Il remâchait tout un tas d'obsessions. Les quelques heures de sommeil qu'il s'accordait étaient tissées de cauchemars. Il se réveillait en sueur, le cœur affolé. Une de ces nuits de sommeil rare et halluciné, il fit un rêve particulièrement atroce dont le réveil n'altéra en rien le souvenir. Le rêve avait pour cadre les couloirs souterrains de la basilique Saint-Pierre. Longs, interminablement longs, taillés dans le basalte raviné et rougi par les infiltrations, tels que mille fois il les avait vus quand il descendait, dans ses moments de doute et de peur, prier près des ossements de Pierre. Souterrains aux conduites brusquement soulevées dans le vaisseau de la Chapelle Sixtine.

Dans son rêve, Miltiade vit nettement les ramifications des cryptes déferler dans la Chapelle, les flancs filigranés de formes, de figures, ombreuses, mêlées à la roche. La Sixtine avait perdu sa structure rectangulaire et offrait un plafond arrondi comme celui d'une nef gothique. Le *Jugement* de Michel-Ange déversait à même la muraille sa cataracte de corps livides, échevelés, aspirés par la terre secouée de ruades et de vagues — à la fois organisme et océan — mais à l'emplacement du Christ une énorme brèche ouvrait sur le vide.

Les damnés de la fresque et les ombres alignées du souterrain, loin de se heurter de plein fouet, glissaient les uns sur les autres, en une danse, un lent mouvement de lambeaux et de voiles. Miltiade s'avança dans le couloir, attiré par une rumeur lancinante et des lueurs, un martèlement monotone de pas et découvrit, à peine éclairé, plongé dans l'ombre mouvante de la fresque une sorte d'hémicycle enterré, un tribunal d'hommes rangés derrière une table habillée de soie rouge. La distance, l'éclairage incertain laissèrent croire au pape que le cercle faisait face et l'attendait.

Or, quand il eut fait quelques pas, il constata que le tribunal lui tournait le dos. Les personnages — ils étaient douze et portaient des camails poussiéreux et moirés — scrutaient un immense trône dressé devant eux. Miltiade s'approcha encore pour mieux voir quelle était la cible de leurs regards. C'était un pape, rigide, en vêtements terreux. Il s'approcha encore et se vit, comme en un miroir, juché sur le trône, le visage décoloré, grisâtre, l'os à nu. Un greffier, un protonotaire avaient sorti de vieux papiers délavés. Il devina qu'on instruisait son procès et entendit le cadavre répondre par sa propre bouche. A ce moment-là ce fut comme un éclatement de toutes ses cellules, une colonne de feu qui le traversait. Il se réveilla. Son cœur cognait. La lumière inondait déjà la chambre d'angle.

L'horreur de ce rêve, le souvenir persistant de la remontée des souterrains et de la découverte du tribunal d'inquisiteurs nocturnes dans l'ombre de la Sixtine détruisirent pour longtemps l'équilibre mental du pape. L'archiâtre, le médecin pontifical, imputa la responsabilité du cauchemar aux poussières toxiques de Mexico, voire aux tarentules de l'Orénoque. Encore Miltiade s'était-il bien gardé de raconter la totalité du rêve, le paroxysme de l'horreur : le jugement de son cadavre verdi. Il n'en dit pas plus à Ramon Serva et à Din qui s'inquiétaient de la teneur même du cauchemar. Le monde lisse de Miltiade basculait dans la cendre et l'hallucination.

Le pape, dès que l'émotion se fut apaisée, accueillit le rêve comme un signe qui réactiva sa foi. On le vit prier de longues heures devant la statue de Pierre, dans la basilique, le bronze noir d'Arnolfo di Cambio au pied usé par les baisers des pèlerins. Puis devant la *Messe à Bolsène,* face au miracle de l'hostie ensanglantée, sous le gris argenté du ciel saisi à l'heure fantastique de l'aube ou du crépuscule.

Il se fit conduire une nuit avec Ramon Serva, Din, Mgr Guardaroba et quelques Noirs de son entourage au grand escalier du Latran. Ils le gravirent tous, déchaussés, la tête voilée d'un capuce. Miltiade méditait avec acharnement les paroles de David : « Peut-être le Seigneur regardera-t-il ma misère et me rendra-t-il le bonheur, au lieu de ma malédiction d'aujourd'hui. »

Puis il ordonna qu'on lui trouvât un confesseur. Un confesseur dont le nom ne serait connu de personne, y compris de lui-même. Din et Ramon Serva s'activèrent une fois encore à visiter tous les couvents, tous les monastères de Rome. Finalement ils découvrirent un franciscain d'Assise. Il vint recevoir la confession de Miltiade, la nuit, dans Saint-Pierre désertée, au pied du baldaquin. Spectacle insolite que celui du pape agenouillé sur le pavage à la lueur des veilleuses de l'autel devant son grand confesseur de bure. Miltiade raconta le rêve dans sa totalité, avec une précision hallucinée. Le moine inconnu, le visage couvert du rabat sombre de son capuchon, demeura parfaitement impassible, et, avant d'accorder l'absolution, il n'hésita pas à rappeler à l'humilité le chef de la Chrétienté.

Miltiade passait désormais le plus clair de son temps dans son bureau. Il préparait la deuxième session du concile — consacrée à la redéfinition des pouvoirs stricts des différents épiscopats du monde — et venait d'entamer la rédaction de sa première encyclique sur l'irréligion et l'impiété : *Salutem ex inimicis nostris* (le salut contre nos ennemis). Il travailla de nombreux jours l'introduction et l'architecture du texte. Il avait fait dresser près de lui, sur un chevalet, le Christ en croix de Colombo. Dès qu'il levait le regard ou la plume, il rencontrait le corps tourbeux, fendillé comme une vieille fresque de Giotto. Tout au bas du tableau, dans l'axe du montant vertical de la croix, le peintre avait placé une arche fracassée, haillon de poutres et d'épieux. Cette copie rouillée, démembrée de *Dalmanoutha* intriguait Miltiade à tel point que son œil était presque toujours happé par les vestiges du vaisseau.

Le pape, qui, par sa formation, ses multiples incursions dans la Bible, ses méditations et ses prières, ses identifications à David, à Job ou au Psalmiste n'était qu'Ecriture, pensa à la première arche — l'arche d'Adonaï portée de citadelle en désert — et surtout au bateau évangélique des Apôtres, tel qu'il apparaît dans les *Actes,* ballotté sur les mers, préfiguration de l'Eglise.

Plus il le regardait, plus ce bateau l'émerveillait. Remarquable de composition, d'équilibre, d'imprégnation religieuse et de génie visionnaire. Il aurait souhaité ainsi une galerie entière, une académie vouée au Christ et à son pontificat. Il aurait voulu vivre la genèse de ce *Christ*, le choix — ou l'imposition ? — des couleurs, humer l'odeur des huiles dans le soleil et la pestilence de l'atelier.

Pour l'heure, l'écriture de l'encyclique l'accaparait. Aux rumeurs, aux signes qu'il percevait de son bureau, Rome lui paraissait en état de siège. Et, étrangement, ce climat de menace — le fait qu'on en voulût à sa vie, mais il y avait là trace d'orgueil qu'il faudrait avouer au confesseur inconnu — décuplait son envie d'écrire. Africain, il avait le goût des mots. Pour leur masse, leurs sonorités. Les mots pour lui étaient substance avant d'être idée. Pâte, limon à fouiller. Chair entre douleur et mémoire. Entre néant et souffle.

Il se proposait de donner à son texte l'architecture d'une basilique centrée, fondée sur sa *Confession* intérieure, jaillissant en coupole, surchargée de nefs, de déambulatoires, d'autels, d'absides luxuriants, une basilique rouge et miroitante, lieu inépuisable de trajets et de complicités secrètes. *Salutem ex inimicis nostris :* texte de guerre et de croisade, hérissé d'imprécations, de damnations. Pure cellule sous le bûcher. Il écrivait sans relâche, arrêté parfois par le son lourd d'un jeu de cloches qu'il s'amusait à localiser. Gesù, Saint-Ignace, Sainte-Marie-Majeure ? Sous sa plume c'était alors floraisons de marbre vert incendié d'élytres, or et lapis-lazuli, cryptes sombres sous le moutonnement des colombes. Verrou noir des tombeaux. Dans sa tête les sonnailles confluaient, toutes les cloches volaient.

Après le sacre, l'année du sirocco et l'épopée de *Dalmanoutha,* cette quatrième période de son pontificat s'ouvrait sous les auspices de l'écriture et de l'art.

*Log-book :*

J'ai décidé chaque mois de faire retraite dans une cellule d'Assise, sobre, noircie au fusain, où veille un Ange pâli et décapité d'un émule de Giotto. J'y entre pour vingt-quatre heures de jeûne et de prière. Je dépose mes péchés dans la conscience muette de mon confesseur secret. Puis, comme il est prescrit au livre d'Ezéchiel, je me couche sur le côté gauche pour prendre sur moi toute l'iniquité du Nord, sur le côté droit pour prendre celle du Sud, la tête tournée vers le berceau de Jérusalem.

L'union du Nord et du Sud est cellule mère de l'Eglise. Mais la déchirure de cette union me traverse, moi scarifié de péchés, moi serviteur nocturne de Dieu.

L'Académie pontificale de musique sous la direction de Kris-August Némo donna un programme éblouissant pour fêter le retour de Miltiade à Rome. On joua de Mozart le *Requiem,* les *Vêpres pour un confesseur,* de nombreux motets dont l'*Ave verum* — qui n'avait pas été produit dans Saint-Pierre depuis l'imposition de la tiare —, plusieurs messes qui servirent d'accompagnement musical aux célébrations de Miltiade, en particulier à l'occasion de la remise des palliums aux archevêques récemment élevés. Pour ces messes Kris-August Némo et Sir Edward Hugue, de l'Orchestre philharmonique de Londres renouèrent leur collaboration.

La *Passion selon saint Jean* de Bach et le *Paulus* de Mendelssohn retinrent tout spécialement l'attention du pape. Sans doute, déjà, par la proximité de l'émotion mystique qu'ils suscitaient en lui, mais aussi par la prouesse de l'exécution et l'audace des mises en scène. Trois mille figurants avaient été requis pour la Passion. Représentation colossale où triomphait le délire baroque de Kris-August Némo dans la forêt rouge des marbres de Santa Maria Sopra Minerva. On avait dressé des décors, toute une machinerie de portants, temple noir du Sanhédrin, liturgie flamboyante du Procès, crucifixion et ensevelissement dans les ténèbres brûlées de torches.

Miltiade était au premier rang des spectateurs, entouré de ses deux hommes de confiance, Ramon Serva et Din. Un Ramon Serva amaigri, comme rongé d'un mal inexorable. Le pape suivait avec une extrême attention le déroulement des spectacles, le livret à la main. Le *Paulus* fut donné à Saint-Pierre sous la végétation dorée du baldaquin. Il fallait voir le ténor qui tenait le rôle de l'Apôtre connaître son illumination de Damas sous la grande verrière de l'abside, incendiée pour l'occasion de projecteurs. Une foule païenne, simplement curieuse d'esthétisme et de faste, se pressait sous les voûtes de la basilique. On louait le raffinement et le bon goût de ce pape noir grâce auquel l'art lyrique et le théâtre revenaient en force à Rome.

L'Académie pontificale de musique était en pleine renaissance. Sir Edward Hugue avait modifié ses plans de travail et s'était presque définitivement installé au Vatican. Miltiade l'avait reçu personnellement dans sa bibliothèque du deuxième étage pour lui demander de mettre en chantier l'œuvre qu'il considérait parmi les plus grandes, celle dont les chœurs l'avaient bercé tout au long de sa traversée de l'Atlantique, et même le matin de l'attentat manqué de Mexico : le *Requiem* de Verdi. Œuvre gigantesque, tiraillée entre le profane et le mystique. Œuvre qui reflétait dans son outrance et sa macabre beauté toute la contradiction intime du pape.

Les nuits qui suivirent ces représentations, celle du *Paulus* surtout, et peut-être à cause de la parenté spirituelle qu'il trouvait chez Paul, Miltiade, en proie à une excitation qui aiguisait sa lucidité, déambula longuement sur sa terrasse. Les étoiles y faisaient briller un vernis de micas. Le Tibre étendait son dos lent de sables et d'écailles. Cette nuit encore, le pape allait écrire, transformant de fond en comble l'architecture de son encyclique, retardant le plus possible l'instant où il faudrait s'abandonner au sommeil.

La musique le portait. Il s'apprêtait déjà à jeter les bases d'un prochain texte, *Unum Corpus, unam Ecclesiam* — un seul Corps, une seule Eglise — sur l'indissoluble unité de l'Eglise, qu'il soumettrait à l'appréciation des pères conciliaires.

Kris-August Némo était sur tous les fronts. Il décrétait, il organisait, il triait les choristes avec une exigence, un souci de la perfection qui n'allait pas parfois sans cruauté. Mais il ne chantait plus. Miltiade s'en avisa en prenant connaissance de la distribution du *Requiem* de Verdi. Kris-August ne s'y était, en effet, réservé aucun rôle. Le pape voulut croire que la direction de l'Académie pontificale de musique ne lui laissait plus le temps de répéter avec ses choristes. Il fit appeler le maître de chapelle qui prétexta d'autres engagements qu'il avait pris à New York. Mais la réalité était tout autre.

Le lecteur se souvient que nous avions laissé le maître de chapelle en compagnie d'Amadeus dans les coulisses de l'Opéra de Paris. Très vite le jeune Noir était devenu l'intime de Kris-August. Il avait même évincé le favori en place. Partout où Kris-August se produisait, Amadeus était du voyage. Confident, impresario, amant, il tenait tous les rôles. Le Zaïrois était tombé dans la dépendance absolue du prince de Sodome. Avec lui, il continuait à découvrir l'Europe. Berlin, sauvage, envahie de squatters et de punks, Londres métisse et nègre, les capitales nordiques qu'affectionnait Kris-August, fracturées de ruines et lépreuses. Plus on remontait aux racines du pôle, plus on plongeait dans un monde crépusculaire.

Le grand choc, le suprême émerveillement, ç'avait été l'arrivée à New York, la ville dressée sur la baie putride de l'Hudson, les colonies de sans-abri dans les rues, s'engouffrant la nuit dans les bouches du métro, tombes creusées à ciel ouvert, corps disloqués, ballet de vermine. Le cimetière de Central Park : New York labourée par ses morts, espace lourd, malodorant, échoué sous les arches, les morfils, les ponts d'immeubles et les Babel de verre. Et le fleuve, cicatrice ordurière charriant mort et mélancolie. New York de lézardes et de convulsions, figure de proue du grand torrent de l'Apocalypse. Gigantesque anus ouvert sur la mer. Masse adipeuse, endormie sur son rivage. Amadeus avait promené des yeux dessillés devant cette ville dépouille surgie à la rencontre de l'océan et des étoiles.

Chez Kris-August la violence de New York agissait comme une ivresse. Il était encore plus flamboyant, plus fou. Il était déchaîné à l'idée de chanter Bach et Mozart dans cette ville charognarde, au-dessus de tous ces ventres soulevés et gémissants, la fixité de l'effroi écarquillait ses prunelles, il chanterait Mozart parmi ces glissements de formes humaines, animales, ces spectres, il ouvrirait le *Requiem* aux dimensions de ce charnier géant hérissé de ferrailles, de taudis galactiques, de roches crevassées, feux d'artifice des attentats, sanglants météores. La mort imminente donnait à sa voix double un envol, une somptuosité qu'elle n'avait jamais atteints.

L'autre événement majeur, après la saison musicale, fut la première du film de Samuel, simplement, définitivement intitulé : *Miltiade*. Diane avait à nouveau fait le voyage pour assister à la projection solennelle dans la basilique Saint-Pierre. Evénement unique, inédit dans l'histoire de l'Eglise : il faut dire que jamais pape avant Miltiade ne s'était aussi étroitement associé les services d'un cinéaste.

Miltiade, qui était fatigué après les soirées d'opéra et surtout d'écriture — il venait coup sur coup de finir son encyclique *Salutem ex inimicis nostris* et le texte d'introduction au concile *Unum Corpus, unam Ecclesiam* — rentra spécialement de Castel Gandolfo où il avait pris quelques jours de repos pour l'occasion.

L'écran avait été tendu sur les colonnes torses du baldaquin, au-dessus du berceau de la Confession. Le pape prit place, toujours accompagné de Ramon Serva et de Din, auxquels s'étaient joints quelques cardinaux africains nouvellement créés, tout en haut de la nef, au niveau du Saint-Pierre d'Arnolfo di Cambio. Le film portait en sous-titre : premières pierres du pontificat de Léopold l'Africain. Diane et Samuel entouraient Miltiade.

Le pape avait manifesté l'intention de visionner le film en projection privée avant la première mais le cinéaste, au nom de la liberté du créateur, s'y était opposé jusqu'au bout. Il découvrit donc avec le public des invités et des journalistes qui épiaient, filmaient ou photographiaient ses réactions deux heures d'images à sa gloire, un résumé brillant des débuts de son pontificat, les plans les plus beaux du couronnement, Lopez tout tremblant apportant le pallium, la remontée de la tiare sur la place, de larges vues du Zaïre, des marais d'Hédor, sa chambre monastique de l'archevêché de Kinshasa, les mines d'Igdoura-Miracle d'où avaient été extraites les émeraudes qui revêtaient la tiare, Notre-Dame de Paris et sa foule décadente, la construction de *Dalmanoutha*, Mexico et son peuple déchaîné, huant le pape, les scènes familiales, plus intimes de la remontée de l'Orénoque.

Des artistes mondialement connus, dont bien entendu Sir Edward Hugue et Kris-August Némo, mais encore un grand poète juif, plusieurs romanciers américains avaient apporté leur concours au film. D'emblée plusieurs choses déplurent au pape, par-delà la perfection formelle qu'il ne pouvait que saluer. Tout d'abord les multiples sous-entendus à propos de sa faiblesse face à M'Bo, les images, blessantes, de la foule haineuse de Mexico et des mannequins pendus à son effigie, douloureuses, de la dépouille de Green abandonnée dans sa chambre mortuaire, enfin, la conclusion, longue plongée dans les catacombes de San Callisto, lente immersion dans le nom même du pape, qui, après les vues des basiliques majeures de Rome quasiment vides laissaient accroire que le pape était à la tête d'une Eglise minoritaire, déclinante, qui n'aurait bientôt d'autre ressource que de s'enterrer dans la clandestinité des catacombes. Le final, au son du *Dies irae* extrait du *Requiem* de Verdi fut unanimement applaudi par l'assistance.

Miltiade ne put que féliciter Samuel, allant même jusqu'à louer les libertés prises. A côté d'eux Diane jubilait. Elle avait trouvé dans le film une distance, un jugement. Ce qui ne pouvait que la combler. Sitôt la présentation finie, Miltiade, sans s'attarder, prit le chemin de ses appartements. Diane, Samuel, toute l'équipe, des techniciens, des journalistes amis du couple se retrouvèrent dans un grand hôtel de la via Veneto. Si ravis qu'ils n'eurent pas même le temps de s'apercevoir qu'aucun membre de l'entourage du Saint-Père ne s'était joint à eux. Peu après on téléphona. C'était Din qui, au nom du pape, demandait au cinéaste de corriger quelques scènes et de procéder à quelques coupures. Samuel, enflammé par l'ovation qu'il avait reçue, refusa tout net. Dans la nuit le Vatican publiait un communiqué selon lequel le cinéaste cessait d'exercer toutes fonctions dans l'entourage du pape.

Le lendemain, aux premières heures du jour, un messager de la garde suisse déposa au domicile de Samuel, place d'Espagne, la lettre que voici, sur papier à en-tête des armes pontificales :

Mon cher ami,

Je me vois dans l'obligation de me séparer de vous. Il m'est difficile de cautionner votre œuvre, dans la mesure où par sa liberté et la part de subjectivité qu'elle comporte, elle blesse ma personne et porte atteinte à ma politique de réunification de l'Eglise. Je préfère ne pas imaginer les ravages qu'occasionnera la diffusion des images de la foule haineuse du Mexique à travers le monde. Il aurait suffi de pratiquer quelques coupures ; mais mon secrétaire me dit que telle n'est pas votre intention.

Cette œuvre fait de moi un pape que je ne suis pas : meneur de foule, bateleur d'estrade. Elle évacue toute ma quête mystique. Mais cela, je ne crois pas que le cinéma soit apte à le rendre.

Bien à vous in ☧
A Rome, près de Saint-Pierre,
le 13 juin 20.

MILTIADES PP II

*Log-book :*

Les grandes mappemondes de mon bureau, que j'avais jadis fait venir des appartements de Green, tournent devant moi. Corps chamarré, éclaté du monde. Suaire rond de signes. Corps travaillé par la mouvance de l'Esprit. Je ne veux plus avoir de cette terre qu'une vision mystique. Lignes hagardes, morcelées des continents qui se soulèvent. Ces fractures, ces soubresauts, ces *douleurs* préfigurent le Jugement tout proche.

Une terrible rébellion noire, vite réprimée, a endeuillé Harlem. Rébellion qui se réclamait de moi. Milliers d'affamés, de déclassés unis sous la bannière de mon nom. De nouvelles attaques d'inspiration islamique menacent l'Europe : la France et Rome. Les attentats se sont multipliés ces derniers temps. L'effervescence gagne le monde musulman pléthorique, tassé au bord de la Méditerranée, entre la mer et le désert, soucieux d'obtenir au plus vite un nouvel espace vital. Les convulsions se ressentent jusqu'en URSS sur les bords de la mer Noire. Il ne reste plus au géant soviétique las d'infiltrer, d'essaimer, qu'à panser ses plaies, lui que son identité centrifuge et multiple menace à tout instant d'implosion. Le terrorisme islamique est un terrorisme d'Etat, dévastateur parce que très bien organisé.

Afin d'essayer de calmer le jeu, d'obtenir un bref répit avant la conflagration, un peu comme celui qu'a connu le monde après mon élection, j'ai chargé, après m'être concerté avec les principaux chefs d'Etat européens, le vieux patriarche copte orthodoxe d'Alexandrie d'une mission de médiation auprès des dignitaires religieux du Caire, en particulier l'imam aux mosquées bourrées d'explosifs, celui qui ne cesse d'agiter le spectre d'une guerre nucléaire contre l'Europe, l'imam Hadjaoui.

Quant aux USA, avant même qu'ils ne me fassent payer le prix de l'élévation au cardinalat de Colombo — ce qui eût été un désastre diplomatique et médiatique pour mon action — j'ai pris prétexte du massacre de Harlem pour annuler l'expédition à bord de la navette *Cosmopolis*. J'attends d'en savoir plus — par des informateurs, de modestes prêtres, pas par les évêques complices du régime et des puissances d'argent — sur la réalité de la situation sociale des USA. S'il y a holocauste des immigrés, comme me l'a prétendu l'archevêque mexicain, la condamnation de Rome est urgente.

Mgr Antonini m'interdisant toute promenade dans les jardins — « L'attentat manqué de Mexico devrait vous faire réfléchir », ne cesse-t-il de me répéter — je marche à l'approche de la nuit, après le reflux des visiteurs, dans Saint-Pierre ou dans les loges et les chambres de Raphaël. Je remonte vers ma stanze d'Héliodore, mon campement de conclave. Je retrouve, omniprésent, le portrait de Jules II. Je revis la *Messe à Bolsène* dans son dégradé de couleurs, du gris du ciel aux tons chauds des officiants et du pape, comme un effet calorique et chromatique de la Transsubstantiation, de l'Hostie rougie qui pétrifie le descendant de Pierre et jette l'émoi parmi les thuriféraires et les porteurs de cierges dont les flammes s'affolent.

Mais, depuis quelques jours, je reste de longs moments à contempler sur le mur d'en face la fresque symétrique : la *Libération de saint Pierre*. Même miracle calorique et chromatique. Derrière la trame sombre de la grille, au creux du cachot, la lumière de l'Ange éclate, réfractée par l'acier lisse des cuirasses des gardes, et fait fondre les liens de Pierre enchaîné. L'Ange flamboie dans un ovale de gris, le corps fléchi, les ailes déployées. Brasier d'élytres et d'éclairs. A équidistance des deux fresques, là même où se dressait la cloison qui me séparait de la cellule de Ramon Serva, je prie. Saisi, dans les deux cas, par la fission lumineuse de la présence divine — et le génie de Raphaël.

C'est dans un climat de tension internationale accrue et d'alertes financières — les grandes banques américaines et européennes, au bord de l'écroulement, hypothéquaient la survie de l'édifice financier mondial — que Miltiade ouvrit sous le baldaquin de Saint-Pierre la deuxième session du concile. Le pape avait tenu à réunir au Vatican tous les pères conciliaires pour leur lire son message programme. Le concile devait ensuite poursuivre ses travaux dans la nef du Latran et ses palais.

Il apparut d'emblée que le nombre des pères conciliaires s'était considérablement réduit. Min, l'archevêque des Philippines, qui avait déjà boudé la première session en avait profité pour réunir à Manille un synode à l'intention de tous les évêques de l'Asie du Sud-Est. Thème du synode : la Chrétienté en Asie. Malouba, l'archevêque fanatique du Nigeria, ne s'était pas non plus déplacé ; s'inspirant de l'exemple philippin, il avait convoqué à Lagos un synode d'évêques africains hostiles au pape — hostilité ethnique, politique, rarement religieuse — pour réformer le droit canon de l'Eglise d'Afrique. Des grandes figures qui avaient marqué le conclave, on ne retrouvait que le métropolite de Bangkok, le cardinal Dan Phu, toujours accompagné de son secrétaire au teint de moine bouddhiste, et l'archevêque de Dakar, Indji, quelques archevêques européens, dont Saint-Marc et Ivera, quelques Américains sous la houlette de Mac Gregor.

Face à cette assemblée clairsemée, le pape donna lecture de son message *Unum Corpus, unam Ecclesiam* et fixa les grands objectifs de la réflexion conciliaire : la place de l'apôtre Pierre dans les Evangiles, la primauté du siège romain comme source et tête, le rôle des cultures locales dans le message évangélique, l'unité et la diversité de l'Eglise. Pour la première fois depuis le début de son ministère, il prononça le mot de schisme, brossant un tableau plutôt sombre de l'Eglise romaine.

« Je vois des continents entiers glisser dans le schisme, expliqua-t-il aux prélats qui lui restaient fidèles. Renier le pape, successeur de Pierre, vicaire du Christ, c'est renier le Christ lui-même, Tête du Corps qu'est l'Eglise. L'Eglise qui est à Kinshasa, celle qui est à Mexico, celle qui est à Paris, celle qui est à Bangkok ne sont pleinement l'Eglise que dans leur allégeance à Rome. J'ai tenu à vous parler en ces lieux, au-dessus de cette Confession, cette fosse de fondation où l'on dit la messe tous les jours et sans interruption depuis bientôt 2000 ans, cette fosse dans la terre où l'aveu de la foi a surgi des lèvres de l'Apôtre, tombeau de Pierre et berceau de l'Eglise. Et vous, mes frères dans l'épiscopat et dans le Christ, avant de retrouver vos lieux de réflexion du Latran, méditez un instant l'architecture de cette basilique telle que l'ont conçue ses constructeurs, architecture que j'ai voulu mimer dans mon texte *Unum Corpus, unam Ecclesiam,* et que reprendront, toutes proportions multipliées, les actes de notre concile Latran VI : la coupole, tiare géante pour abriter les cendres de Pierre, le vaisseau de la nef où se tient le Corps même de l'Eglise, le peuple de Dieu, toutes races confondues, et la colonnade, bras ouverts sur le monde, bras ouverts sur l'avenir : j'ai cité le pape, l'unité de l'Eglise, et l'évangélisation. »

Inversant une de ces vieilles habitudes qui réglaient la vie au palais apostolique, le pape descendait souvent en fin d'après-midi dans les appartements de Ramon Serva. Il n'avait jamais fréquenté ces lieux du temps de Green mais, depuis la mort du prélat américain, il venait s'y reposer avec plaisir. Rien n'avait changé : c'était toujours les mêmes tentures murales d'un vert austère, le même entassement d'objets d'inspiration religieuse qui rendait difficile la circulation dans l'antichambre et les salons, les mêmes portraits des prédécesseurs du cardinal argentin. Les fenêtres, plus basses que chez le pape, donnaient une vision écrasée de la place, on avait l'impression de plonger directement dans le flux des pèlerins et le crépitement des vasques écumantes qui flanquaient l'obélisque. La plupart du temps, le secrétaire d'Etat travaillait toutes fenêtres ouvertes.

Depuis des mois, plusieurs épiscopats dans le monde, plusieurs chancelleries aussi, traitaient directement avec Ramon Serva plutôt qu'avec le pape. Sa rigueur, sa fiabilité en matière de politique internationale faisaient de lui l'interlocuteur privilégié des gouvernements. Mais la fidélité de l'Argentin au pape était telle que jamais il n'avait voulu dessaisir Miltiade de sa charge, il avait tenté d'amortir les coups tout au plus. La complicité qui était née dans les coulisses du conclave durerait jusqu'à la mort de l'un ou de l'autre. Le pape, de son côté, avait la certitude que Ramon Serva ne le trahirait jamais.

Lorsque Miltiade entra dans le bureau ce soir brûlant de septembre, Ramon Serva lui parut épuisé. Un instant, il crut voir le visage jauni, durci dans la mort. Le cardinal évoqua les complications de la situation internationale, les menaces financières, la montée dangereuse de l'Islam, les synodes concurrents de Lagos et de Manille.

— J'ai peur, avoua le cardinal.

— Peur ? rétorqua le pape. Allez, venez avec moi. Nous allons marcher et prier.

Ils empruntèrent l'ascenseur secret, traversèrent les caves vides depuis le départ des sculpteurs de Carrare et remontèrent par un réseau de galeries jusqu'au porche de Saint-Pierre. Ramon Serva, qui toute la journée avait travaillé dans le bruit — fracas du monde, rumeur mêlée de la place —, apprécia le silence de la basilique.

— Je voudrais vous parler de quelque chose d'important, dit le cardinal. J'ai reçu le rapport du patriarche d'Alexandrie, celui que vous avez commandé... La situation au Caire et dans tout le Proche-Orient est plus que préoccupante.

Ils abordaient le baldaquin.

— Je serai toujours fasciné par ce baldaquin, continua Miltiade. Quelle idée de génie de faire un monument d'un simple attribut de procession ! La même chose pour les tombeaux. Ce Bernin, il avait un sacré sens de la scène et des artifices ! C'est un homme de cette envergure qu'il m'aurait fallu. Mais je suis tombé sur un cinéaste médiocre, un Américain !... Vous me parliez du Caire, je crois ?

— Oui, Saint-Père, Hadjaoui menace d'embraser l'Occident. Mais avant il commencera par le bassin méditerranéen. Nous sommes les premiers visés ici...

La lumière fléchissait par la grande gloire noyée de nuages et d'angelots. C'était l'heure où le soleil, ruisselant à l'occident, enterrait la basilique dans la forêt touffue de ses marbres et de ses tombeaux. L'ombre dévalait par masses, comblant la nef de ses blocs étanches. Sa chute organisait affrontements et contrastes : nuit-soleil, lumière liquide-pierre pleine, cavité des loges et des chapelles-relief saillant des balcons. On eût dit que le marbre vivait d'une force autonome.

Miltiade et Ramon Serva s'engagèrent dans la Chapelle du *Sacramento.* Ils s'agenouillèrent au pied du tabernacle circulaire. Deux anges maniérés leur souriaient sous leur vêtement d'or. Il leur sembla que derrière eux un mur de ténèbres verrouillait la crypte. Eux seuls sous le dôme, la basilique vide, la fracture des marbres. Eux deux rassemblés dans le faisceau de la lampe d'autel. Timoniers et veilleurs. Immobiles dans la prière, on eût dit deux pontifes minéraux du Bernin.

Une autre fois, Miltiade entraîna Ramon Serva dans son abri anti-atomique du Château Saint-Ange. On y accédait par un long couloir souterrain qui avait été creusé dans les fondations du *Passetto* de Léon IV. Le cardinal n'avait jamais visité l'abri où il serait appelé à descendre avec les principaux membres de l'état-major du pape en cas d'irradiation grave de la ville. Il s'attendait à découvrir une sorte de refuge moderne, bardé d'appareils et d'instruments de transmission, cabine de pilotage enfouie, l'équivalent de l'abri du président Germin à la Maison-Blanche. Or, ce qu'il trouva tout au fond de la galerie suintante que l'on avait étayée de madriers provisoires, s'apparentait bien plus à une cellule monacale meublée d'un lit étroit et d'une table de bois nu. Des placards de noyer occupaient tout un pan de mur.

— C'est là, dit Miltiade, que j'ai fait déposer les archives de la Bibliothèque vaticane sur microfilms. Je vais demander que l'on creuse d'autres galeries, qu'on prolonge les souterrains. Il y a un tas d'autres choses que je voudrais enterrer ici...

— Les archives de votre pontificat ? demanda Ramon Serva.

— Oui mais pas celles qu'ont tenues les archivistes de la Curie ou de la Secrétairerie d'Etat, les miennes, mes papiers, mes notes, mes bouts, mes bribes... Dès que j'écris un feuillet, je le descends ici. Les placards regorgent de papiers, voyez vous-même.

Il entrouvrit une des portes. Le cardinal reconnut aussitôt les liasses de feuilles jaunâtres sur lesquelles le pape écrivait instructions, confidences ou discours.

— Vous y racontez jour après jour les événements de votre pontificat ?

— Si vous voulez, répondit Miltiade, c'est quelque chose comme ça, des tas d'impressions fugaces, des idées qui me viennent dans la méditation, la lecture ou la prière...

— Vos confessions en quelque sorte.

— Non. Trop décousu, trop fragmentaire pour mériter le nom de confession. Rassurez-vous, je vais y venir...

Tout en parlant, Ramon Serva avait pris place au bureau du pape. Miltiade ne le regardait même pas. Il ouvrait les armoires, feuilletait une à une les liasses. Il y avait là les confidences dictées à Din tout au long du conclave et les cahiers successifs du *log-book*. En vieillissant, le visage du cardinal argentin s'évidait, prenait une couleur de cendre ou de cire. Le pape lui aussi vieillissait sur l'os mais avec un assentiment confiant à l'âge qu'on ne percevait pas chez Ramon Serva. On eût dit que la peau du cardinal s'amincissait jusqu'à n'être plus qu'une membrane diaphane, tendue sur l'os.

— Regardez, dit Miltiade en montrant au centre de la pièce une sorte de trappe rectangulaire.

— Vous allez y enfouir votre trésor...

— Pas vraiment. Non, c'est là que je vais enterrer mon testament. Je suis en train de le rédiger.

Une lame de froid traversa le cardinal.

— Votre testament ?

— Oui mon testament. Supposez que je sois mort à Mexico. Je ne laissais aucune directive. Vous me direz que personne n'a tenu grand compte des dispositions testamentaires de Jean XXIV, mais enfin, si... On a déposé son cœur dans la tombe de sa mère en Irlande comme il le demandait... Et puis je vais voyager... Je voudrais faire un pèlerinage nordique... Londres, Oslo, la Belgique... Les épiscopats me l'ont demandé...

— Les risques y sont moins grands qu'en Amérique ou qu'en Asie...

— Et en Afrique donc ! Il faudra pourtant que j'y aille... Malgré Lagos, malgré Malouba... Regardez, Colombo semble s'être calmé depuis mon voyage... On ne parle plus d'attentats aux Etats-Unis... La révolte d'Harlem me semble indépendante de tout mouvement organisé...

— C'est probable mais les actions risquent de redémarrer bientôt...

Le visage du cardinal s'était soudain durci comme sous l'effet d'un tourment atroce... Il avait un aveu terrible à faire au pape. Il avait pensé qu'il aurait la force de le livrer, l'autre jour, lors de leur longue promenade dans Saint-Pierre. Mais le courage lui avait manqué. Un aveu qui le déchirait, comme une vrille ardente dans les fibres de son être.

— Saint-Père, je dois vous dire quelque chose...

— Allez-y, Pablo. — Le pape appelait le cardinal par son prénom chaque fois qu'il le devinait en proie à l'angoisse, à la douleur —. Allez-y...

— J'ai appris, avant de descendre avec vous ici, deux décisions, étrangement convergentes, des synodes de Lagos et de Manille... Miltiade s'était assis, les mains serrées sur la croix pectorale, l'air inquiet.

— Qu'y a-t-il ?

— C'est simple, tragiquement simple. Un début de schisme, un grand coup dans l'unité catholique... Les deux synodes ont arrêté que désormais, il ne serait plus fait mention du nom du pape dans la liturgie de la messe, tant en Asie qu'en Afrique...

*Log-book :*

Depuis l'annonce de cette terrible nouvelle, je demeure prostré sur le sol de ma chapelle. Passe encore qu'on omette mon nom de chair. Mais taire mon nom de pape, enlever de la liturgie le nom du premier des évêques, c'est, à travers moi, détruire l'édifice de l'Eglise universelle, c'est, à travers moi, crucifier Pierre une nouvelle fois.

Je ne retrouve de ferments d'unité que dans ma prière. Mon nom, mon beau nom de pape, ombreux comme mon visage, ils l'ont troué, démantelé, injurié. Ce soir, je suis écartelé. Mon corps gît sur le *pavimento* de la chapelle des papes, sans ressort. Et plus je m'approche de l'unité dans ma prière, plus je sens mon corps déchiqueté, traversé de convulsions et de séismes. Je me souviens des paroles de saint Paul aux Galates : « Mes enfants, pour lesquels je souffre de nouveau les douleurs de l'enfantement jusqu'à ce que le Christ soit formé en vous. » (Gal. 4,19)

Cette nuit, seul et cloué dans mes larmes, je ressens, ô Jésus, comme des vagues forcenées venant battre la pierre fondatrice du monde, non pas la gestation, l'éclatement de Ton Corps.

Le lendemain, le Vatican, par la bouche de Ramon Serva, condamnait officiellement les décisions des deux synodes sécessionnistes, leur accordant un délai d'un mois pour amender leurs positions. Les cardinaux Min et Malouba étaient menacés d'exclusion du Sacré Collège.

Devant le concile, au Latran, le pape fustigea les prélats sur un ton d'inquisiteur qu'on ne lui avait jamais entendu. Sa rage était à la mesure de sa blessure. Il redéfinit sa fonction comme clé de voûte de l'Eglise et souhaita que dorénavant le nom de Pierre, si tabou dans l'Histoire depuis les prédictions de Malachie que personne n'avait jamais osé le reprendre, fût associé à son nom. Tout document signé de la main du pape porterait désormais la mention :

MILTIADES-PETRUS PP II

Par ailleurs, mais sans aucune publicité, le crocodile disparut du blason du pape. Et la devise de Miltiade qui l'accompagnait depuis son premier siège épiscopal de Boma (*De cruce ad lucem*) fut changée en :

UBI PETRUS, IBI ECCLESIA

(Là où est Pierre, là est l'Eglise.)

Miltiade ne bénéficiait plus que d'une marge de manœuvre relativement restreinte. L'émergence de papautés parallèles en Asie et en Afrique risquait à tout moment de tourner à la contagion. Pourquoi demain le patriarche Colombo ne se proclamerait-il pas pape au Mexique ? Et tant d'autres en Afrique, en Chine, partout. Depuis l'origine de l'Eglise, chaque fois qu'une messe était célébrée, sous quelque hémisphère que ce soit, elle l'était, par la citation du nom du pontife romain, en parfaite communion de foi avec Rome, noyau de l'Eglise. C'est pourquoi l'élimination de cette prière pour le pape par les synodes contestataires de Lagos et de Manille était un fait sans précédent, dont la gravité n'avait pas échappé à Miltiade. Il pourrait tout au plus jouer au niveau de l'image, des symboles. Mais sa latitude se limitait à cela.

Rompu de fatigue, il fit retraite à Assise. Il passait de nombreuses heures dans sa cellule à se mortifier. Puis le franciscain vêtu de bure, le visage caché, venait recevoir sa confession. Les pieds nus et gercés du moine dans les sandales aux lanières de cuir, la longue corde élimée qui lui servait de ceinture, la robe filandreuse, les murs écaillés de la cellule, l'Ange décapité, progressivement dévoré par le salpêtre qui attaquait la fresque, voilà qui changeait de l'or et du luxe du Vatican. Il aurait aimé rester là toujours, se métamorphoser en ermite, joues caves, semées de barbe, dans le calcaire de la chambre, survivre de ce pain bis et de cette eau puisée, glaciale, réciter seul dans le silence céleste et abyssal toute la litanie des psaumes avec une prédilection pour le 138, celui où règne un Dieu scrutateur et aimant, vigile cosmique et démiurge paternel, celui qui parle d'ombre lumineuse, d'origine, de naissance comme un tissage dans le secret des entrailles souterraines. Il le connaissait par cœur, comme tous les psaumes ou presque, mais il lui semblait que la récitation de celui-ci — qu'il modulait comme une lente imploration amoureuse — s'accordait plus étroitement à la pulsation de son âme, au bruissement de son sang et de ses cellules, à sa chair purifiée.

Il se sentait presque de substance divine, ramené dans l'aura, l'intimité du Père. Il renaissait dans le creux génésique du psaume, il se roulait dans ce ventre souple malgré les flancs pierreux et les esquilles, il baignait dans une porosité, une transparence parfaite. Ses actes se miraient dans le livre de Dieu. Il était un avec le Père. Il en oubliait ce goût d'amertume qui avait sali ses lèvres, l'obsession de sa noirceur, de son corps de péché, de sa purulence, comme l'avaient dit avant lui Ignace de Loyola et Fénelon. Les anicroches de la biographie, de sa vie d'homme, de prêtre et de pape se diluaient dans cette eau calme. Il était créature, fils de Dieu, transcendant tous les accrocs, toutes les ruptures. Le temps étale se courbait en cercle. Nul besoin de parler, d'avouer. Nulle douleur à dire. A se dire. Tout était déjà connu du Père, source réfractant les spirales de l'âme humaine. Source dans la source. Il nageait en pleine transparence et c'était des visages mélodieux, lisses, le sien, les siens, toutes les sources de son visage comme éparpillées dans un palais de glace, navigation lumineuse dans l'or absolu, une généalogie de soleil.

Dans la Rome torride de l'été, secouée par le qui-vive, l'imminence de l'attentat et les patrouilles de police, un grand chantier s'activait. Un chantier voulu par un pape qu'on ne voyait guère, réfugié à Assise ou dans son dernier étage du Vatican, occupé peut-être à écrire son testament. Un champ de fouilles dans les catacombes de San Callisto. Miltiade avait, en effet, ordonné que des fouilles fussent entreprises à l'emplacement de la tombe supposée de son lointain prédécesseur, saint Miltiade, pape africain du 2 juillet 311 au 11 janvier 314 selon la chronologie des pontifes. Les galeries où déambulaient les touristes avaient été barricadées. L'accès de la crypte de saint Miltiade et de la jolie chapelle des quatre saisons qui la prolongeait en face avait été interdit sous prétexte de risques d'éboulements des travées. Des pluies torrentielles avaient, soi-disant, raviné les sédiments d'os et de crânes. Le terrier de la Chrétienté primitive était menacé d'écroulement. Les archéologues du Vatican avaient en fait reçu l'ordre de creuser la sépulture du premier pape africain sans réticence, avec audace, jusqu'à ce qu'ils y trouvent le moindre soupçon de relique. Tel était le désir du pape.

*Log-book :*

Le Concile avance à grands pas. Je suis heureux de lire chaque jour les actes, les articles adoptés après délibération ou les projets de résolution. Le travail engagé par les pères conciliaires est colossal. Aussi déterminant que Nicée, Constance ou Vatican II en leur temps. J'admire la rigueur, le sens chrétien et le souci de la cohésion ecclésiale avec lesquels travaille ce concile sous la houlette des cardinaux africains. La réflexion conciliaire chemine dans le sillon qu'ouvrait mon texte *Unum Corpus, Unam Ecclesiam.* Et je dois dire que la disposition adoptée ce matin en séance plénière au Latran, visant à étendre les pouvoirs de la Congrégation pour la doctrine de la foi afin de réprimer au plus vite toutes les atteintes sécessionnistes m'est allée droit au cœur.

J'écrivais ces lignes dans ma bibliothèque du palais apostolique quand Din est venu m'appeler. Un terrible attentat venait de ravager l'église San Cesareo. Je me suis immédiatement rendu sur les lieux. Troisième église romaine détruite par un incendie ou une explosion depuis le début de mon pontificat. Je reprends l'écriture de ce journal après avoir longuement prié. L'image des corps de pèlerins déchiquetés voilés sous le suaire à mon arrivée, les taches de suie et de sang, la clôture du chœur fracturée par la déflagration ne me quittent plus. Je me suis agenouillé pour prier parmi les éclats de marbre et les débris de chaises. Devant moi la porte soufflée du tabernacle béait.

A mon retour ici, j'ai tenu à garder ma soutane souillée de cendre et de sang. Je mets toute mon énergie à prier pour les victimes, et pour les assassins.

Mon Eglise en charpie, mes églises incendiées, le peuple de mon Christ sacrifié, je dois endurer tous ces coups, tous ces crimes, tous ces tessons de Golgotha. De mon bureau, au-dessus de la place déserte, je regarde le couchant incendier le Janicule. Pour moi, ce soir, le monde est ceint d'une couronne d'épines, et je fléchis mes genoux dans mes pleurs, et tout ce sang meurtri.

Je songe au chantier de fouilles de San Callisto, la tombe violée. Ce n'est jamais que le deuxième que je fais ouvrir depuis mon élection. Mais ici on ne me parlera pas de toxine botulique de type A, de globe vésical mat à la percussion, du terreau macabre sortira une relique, le moindre fragment pour justifier la création de la Châsse que je ferai déposer dans Saint-Pierre.

Suis-je un pape indigne, coupé du monde, condamné à ne commettre que des actes symboliques ? Plus j'avance, plus il me semble que l'étau du malentendu se referme sur moi. Je ne connais pas les griefs de Min et de Malouba. Peut-être leur seule ambition leur tient-elle lieu de tactique. Mais je me souviens des reproches blessants de Colombo, malgré la retenue et la distance. Lui au cœur de son continent charnier. Tu ne peux pas passer ton pontificat à adorer les reliques de Pierre quand tant d'autres reliques t'appellent à combattre.

Comment comprendraient-ils ce que je vis, l'épreuve constante qui est la mienne ? Il n'y a que moi au monde pour témoigner de ce qu'est le pontificat. Tous les autres avant moi sont morts. C'est cela la règle des pontifes. Vous occupez le siège d'un mort. Quand ils m'illuminent, l'Esprit et la Grâce m'aident à raccrocher le maillon encore brûlant de Pierre. Mais tout ce qui est en moi est faiblesse d'homme — ma race, mon histoire et peut-être surtout mon identité perdue — me convie, lâchement, à me construire une généalogie, comme sur les bords des fleuves d'Afrique, un cortège de vieillards venus mourir et sécher à l'intersection du soleil et de l'eau.

Plus encore que le film de Samuel dont le succès pourtant allait croissant, une biographie romancée du pape — *La Vérité sur Miltiade II* — concoctée par des journalistes italiens, était depuis quelques semaines en tête des ventes. Un énorme bouquin tissé d'aveux et d'indiscrétions, de révélations fracassantes sur Miltiade et son entourage. Le pape ne se souvenait même pas d'avoir reçu ces journalistes au Vatican. Mais les deux paparazzi affirmaient eux avoir longuement rencontré Miltiade, ainsi que Din, Antonini et surtout Paloma. La plus bavarde, la plus flattée d'être enfin interviewée comme une vedette. Ravie que le centre d'intérêt des journalistes se déporte de son frère vers elle. A son habitude elle avait brodé toute une série d'aveux largement fantaisistes sur l'adolescence mystique du pape, ses premières entorses à la chasteté avec de jeunes étudiantes de Kinshasa, les rêves mégalomanes qui avaient été les siens dès son plus jeune âge, les cadeaux, l'or, les diamants offerts par M'Bo et ses ministres à la famille de l'ex-primat du Zaïre. Tout passait dans le livre : les trucages du Nobel et de l'élection, l'anti-américanisme du pape, ses trahisons successives envers le Tiers monde, les dessous du concile analysé par les auteurs comme une tactique — déjà brisée par l'échec — pour maintenir le plus longtemps à Rome les cardinaux rebelles, l'affaire de la mort de Green et du pardon refusé, le voyage catastrophique au Mexique, les mains conjointes de Colombo et de la CIA derrière l'attentat raté de Mexico, les dépenses inconsidérées, financées par on ne savait qui : le tombeau de Jean XXIV, la construction de *Dalmanoutha* et la croisière. Pour couronner le tout, les journalistes italiens — très portés à louer et à soutenir Ramon Serva pour son sens de la mesure et sa lucidité — avaient débusqué un ultime scandale : l'argent récolté après la vente de *Dalmanoutha,* que Miltiade avait préféré remettre directement au gouvernement plutôt qu'à l'épiscopat mexicain, n'avait jamais été versé aux pauvres mais raflé par des escrocs et des prévaricateurs infiltrés dans le régime. Le raisonnement était clair : le pape s'était fait le complice de la corruption. Le livre s'arrachait à Rome. L'éditeur avait négocié immédiatement des contrats pour la traduction et la distribution dans le monde. Il circulait sous cape au Vatican. Et surtout dans les coulisses du concile. Des prélats étaient même arrivés dans la nef du Latran, l'ouvrage à la main. On assurait que Ramon Serva que les auteurs pressentaient comme le successeur souhaitable de Miltiade sous le nom de Paul VII l'avait en bonne place sur son bureau.

Le brûlot n'était pas remonté jusqu'au pape qui ne lisait que ce que son proche entourage lui conseillait. Lors de sa traditionnelle audience du mercredi, place Saint-Pierre, des journalistes lui demandèrent son jugement. Il leur répondit très franchement — ce qui fut interprété comme une esquive — qu'il n'avait jamais entendu parler de cet ouvrage. Il en sortait des tas depuis son avènement. Celui-là ou un autre... Remonté dans sa bibliothèque, après les discours en plusieurs langues, les bénédictions et les remises de chapelets et de médailles, il avait même oublié l'allusion des journalistes. Din tremblait à l'idée qu'il demande à parcourir le livre. Un compte rendu, ce serait encore plus simple. Il en avait déjà rédigé de cette sorte avec la complicité du secrétaire d'Etat. Il était facile d'y atténuer, d'y travestir une vérité. Mais le pape ne pensait déjà plus à cette biographie.

*Log-book :*

Rien ne me choque plus que cette appellation de *dieu noir* suscitée par le continent africain, si mes souvenirs sont exacts, et reprise aujourd'hui partout. Homme, je ne suis pas dieu. Miroir et image de mon Dieu, voilà ce que je cherche à être. Lumière illuminée au pied de Sa lumière illuminante. Moi qui ne cesse de contempler, autant qu'il est possible à un mortel, Sa Face, en me recueillant en moi-même.

La méditation sur la noirceur et la blancheur est au centre des Ecritures. Déjà le Seigneur par la bouche d'Isaïe : « Si vos péchés sont comme la pourpre, je les rendrai blancs comme neige. » Que n'a-t-il dit : « Si vos péchés sont comme la terre... » ?

Mais la phrase la plus saisissante, la plus apte à nourrir ma méditation, c'est l'Epouse, préfiguration de l'Eglise, qui me la dit dans le *Cantique des Cantiques :* « Je suis noire mais je suis belle, filles de Jérusalem. » Noire par l'indignité de la nature humaine, belle par la grâce. Noire parce que purulente de péchés, belle par le sacrement de la foi.

Je prie le Seigneur chaque heure qui passe pour qu'Il me rende le plus lumineux possible, pour qu'Il fasse de moi Son flambeau dans un monde pris des douleurs du crépuscule. Noir et beau. Prêtre et roi. Alors, à la proue de Son arche, je jubilerai dans ma noirceur.

Les frontons et les coupoles de Rome blanchissent, des reliefs émergent, la ville — contours pierreux, enclaves de verdure — se dessine dans le faisceau des dernières étoiles qui pâlissent. Le Vatican s'allume selon un processus compliqué : on dirait que le soleil monte des racines de la façade de Maderno. Des grottes, des caves, des catacombes. Le soleil a dormi sous les fondations de la basilique du cosmos. Il ressuscite pour un nouveau cycle, déjà, au cœur de la colonnade, les fontaines s'animent, braquent leurs jets fous sur la pierre de la place zodiacale.

Au même moment, Miltiade gagne sa terrasse. Depuis quelque temps, il ne quitte plus sa mozette de soie rouge bordée d'hermine. Très pape de la Renaissance, très Jules II. Pour peu il se couvrirait du camauro. La calotte blanche habille la tonsure que les vieilles religieuses zaïroises pratiquent dans ses cheveux denses. Aucun signe sur son visage ne dit s'il sort d'un sommeil limpide ou torturé. Nulle trace de mort rituelle et de tribunal nocturne. Il s'approche du rebord garni de tuiles. D'un regard, il embrasse Rome, son lacis de perspectives : le Quirinal, la Tour des Milices, le dôme aplati du Panthéon, puis les coupoles : celle du Gesù, celle de Saint-Yves terminée en vrille, le clocher à céramiques de Santa Maria dell'Anima, celle de Sant'Andrea della Valle, celle de la Synagogue. La ville converge sous ses yeux. Alors il la bénit et la confie au Seigneur dans sa prière.

La chaleur monte. Le pape a fui sa terrasse. Il lui semble encore entendre crisser du sable sous ses mocassins rouges marqués du monogramme du Christ.

Depuis l'attentat de l'église de San Cesareo, Miltiade tremblait pour la sécurité des pères conciliaires. Aussi s'était-il déplacé à plusieurs reprises au palais du Quirinal pour presser le président de la République italienne de prendre des mesures de protection renforcée. Chaque fois il avait rencontré un vieillard amorphe, humaniste dévoué, totalement incapable d'animer la machine gouvernementale. « Vous êtes ici chez vous... », répétait le président à chaque rencontre, évoquant le passé d'ancienne résidence pontificale du Quirinal. Et il lui remontrait l'enfilade des salons baroques, la riche bibliothèque du Piffetti, le salon des Corazzieri et la chapelle Paolina, qui était l'exacte réplique de la Sixtine du Vatican.

Las de tant de démarches infructueuses, Miltiade avait demandé à Pablo Ramon Serva la protection de l'ONU. Mais les USA, déçus de la tournure que prenait le pontificat du Zaïrois, avaient bloqué la demande vaticane, jouant là encore sur deux registres : non à tout appel du pape, mais exécution immédiate de toute volonté du secrétaire d'Etat s'il s'appliquait à chasser Miltiade. Ramon Serva, blessé qu'on pût le prendre pour Green en suspectant sa loyauté, avait joué franc jeu en dévoilant l'affaire au pape. Ce qui n'avait eu pour conséquence que d'attiser l'anti-américanisme grandissant de Miltiade.

La diplomatie vaticane fut dès lors marquée par une offensive de charme en direction du bloc de l'Est. Miltiade laissait volontiers entendre à ses visiteurs que l'athéisme proclamé du régime n'était plus un obstacle au réveil de la Sainte Russie. On programma même un pèlerinage en Pologne et en Hongrie, juste après le voyage nordique. Et le pape, soucieux d'asseoir son image d'esthète, prêta même des tableaux du Vatican au musée de Léningrad. De même, lorsqu'il fut question de remplacer le cardinal Kruz à Prague, le pape eut soin de consulter les autorités soviétiques.

En Europe, la campagne de délation contre le pape s'activait. Les journalistes italiens — on était en droit de se demander qui se cachait sous ces paparazzi officiellement affiliés au journal *Il Tempo* — avaient intensifié leur enquête, en épargnant toujours Ramon Serva. Des propos fielleux commençaient à courir sur le maître de musique et, dans un tout autre genre, sur l'apparition dans l'entourage direct du pape, de fétiches africains et de cultes païens. La publication du livre *La Vérité sur Miltiade II* avait ouvert une campagne de presse sans précédent. Chaque jour, Ramon Serva et Din n'avaient qu'une crainte : que de nouvelles révélations, infondées mais à l'impact foudroyant, ne viennent encore éclabousser le pape.

Miltiade était régulièrement tenu au courant de l'avancée des travaux du concile — qu'il faudrait bientôt disperser, dès que le pape quitterait Rome pour son périple nordique — par les cardinaux Indji, Ivera et Dan Phu qui fréquentaient assidûment le Vatican. Indji, l'archevêque de Dakar, c'était le vieux complice des conférences épiscopales africaines du temps où Miltiade était prélat du Zaïre ; Ivera, d'origine espagnole, était lui attaché à la Curie depuis au moins vingt ans et Dan Phu, le Thaïlandais, restait fidèle au pape parce que, disait-on, il estimait que c'était la seule manière de contrebalancer l'autorité grandissante du Philippin Min. Miltiade les recevait à chacun de leurs passages au palais apostolique. Avec Indji la conversation roulait immanquablement sur l'Afrique, la famine, la désertification croissante et la montée de l'Islam.

L'archevêque de Dakar avait expliqué à Miltiade comment, à son avis, l'élection d'un pape africain avait réveillé une flambée concurrente du mouvement islamique. Sur la Méditerranée bien sûr, autour du Caire, capitale la plus peuplée du continent, mais jusqu'au-dessous de la ceinture équatoriale. Autant le catholicisme pouvait tourner au fanatisme sur le continent latino-américain, autant l'Islam, en Afrique, véhiculait cette même énergie du désespoir, cette même flambée de mysticisme et de nihilisme. La chaîne musulmane allait du Maroc aux républiques islamisées d'Union soviétique. Le but proclamé de tous les ayatollahs, de tous les imams de Rabat au Caire et jusqu'à Téhéran, c'était la déstabilisation, puis l'annexion de l'Europe. Leur fanatisme, leur détermination, leur assurance et leur orgueil étaient tels que la mission de médiation du patriarche copte d'Alexandrie était vouée à l'échec.

C'est aussi par l'intermédiaire d'Indji que Miltiade mesura l'impact dangereux de Malouba pour l'unité de l'Eglise d'Afrique. La personnalité du cardinal était elle-même des plus troublantes : oui le prélat avait installé une léproserie au palais épiscopal, oui il vivait parmi les pauvres du bidonville, mais, d'un autre côté, il ne cessait d'enrichir sa cathédrale et son archevêché ; son intention, avouée, était d'en faire l'équivalent africain du Vatican. Il n'était pas, en revanche, certain, comme l'avait pensé un temps Ramon Serva, qu'il y eût des relations directes entre les synodes de Lagos et de Manille, une simple coïncidence de l'avis d'Indji. L'archevêque de Dakar, aidé des nouveaux cardinaux africains, parmi lesquels le successeur de Miltiade à Kinshasa, se proposait dès son retour d'organiser la contre-offensive. Lui qui était d'habitude si mesuré poussait même le pape à prononcer la condamnation des cardinaux schismatiques. Ivera, que l'urgence de la situation avait un temps détourné de son obsession vitale : la canonisation de Christophe Colomb, rêvait de faire de la Congrégation pour la doctrine de la foi une Inquisition moderne. « C'est ce dont nous avons besoin. Un procès éclatant, médiatique et l'affaire de cette sécession est réglée », ne cessait-il de répéter au pape.

Miltiade, que la décision meurtrière des synodes avait d'abord blessé, semblait avoir oublié, presque pardonné. Aussi Ivera et Indji, auxquels se joignait Dan Phu, revenaient-ils toujours à la charge. Dan Phu, c'était le plus énigmatique de tous, le plus différent. Rien ne le rattachait à la souche européenne ou européanisée des deux autres. Il était résolument oriental. Il n'avait découvert Rome qu'à l'occasion de son accession au cardinalat, quelques mois avant la mort de Jean XXIV. Sa foi, autant qu'il fût permis d'en juger, était profonde mais la connaissance qu'il avait de l'histoire de l'Eglise largement lacunaire. Il ignorait le latin, mais il parlait un anglais impeccable. Venait-on dans la conversation à évoquer telle ou telle question de théologie qu'il éludait aussitôt la difficulté. Pourtant ce prélat asiatique — le seul qu'ait vraiment conquis le pape — avait su dès le conclave susciter la sympathie de Miltiade qui se proposait de mieux cerner son énigme en lui rendant visite chez lui, à Bangkok. « Tous, nous vénérons votre Sainteté », se plaisait-il à dire de son faux accent anglais qui laissait filtrer la mélodie orientale. Miltiade savait bien que la Thaïlande était une pièce maîtresse de l'Asie. C'est pourquoi il recevait Dan Phu à chacun de ses passages au Vatican — passages qui s'intensifiaient depuis quelques semaines —, renouvelant à chaque fois sa promesse d'aller dès que possible en pèlerinage à Bangkok.

Les visites successives ou conjointes de ces prélats meublaient la solitude du pape. Il suivait avec une attention étonnante les travaux du concile, préparait, dans le secret de sa bibliothèque, une réforme de la Congrégation pour la doctrine de la foi qui allait dans le sens des imprécations d'Ivera. Voulant jouer le fin stratège, il venait d'offrir à Dan Phu le titre de grand patriarche d'Asie. Ç'avait été l'occasion d'une cérémonie pontificale à grand spectacle largement diffusée dont on espérait que les retombées contreraient un temps les atteintes sécessionnistes.

Miltiade semblait au plus haut de sa forme intellectuelle. Il se répandait en discours, en interventions de toute sorte. Chaque semaine, il adressait depuis le studio de *l'Osservatore Romano* une lettre à une Eglise, dans sa langue. C'est ainsi qu'il avait remercié la France et le Mexique, qu'il avait longuement parlé à « ses frères, les chrétiens d'Afrique », « à ses fils d'Asie ». Il préparait une nouvelle lettre à l'intention des chrétiens de l'Europe du Nord. Ramon Serva avait applaudi à cette idée. Chaque fois, il affirmait la prééminence de l'évêque de Rome en un cours de catéchisme planétaire. Les textes qu'il lisait devant les caméras étaient l'objet de rédactions patientes. Il écrivait dans l'ivresse, sur le ton du père qui complimente ou admoneste. Parfois, entre deux phrases, il songeait aux fouilles de San Callisto, au secret du squelette reconstitué. On travaillait pour lui, aux racines mêmes de son pontificat, dans la terre de Rome. La perspective de ces prochaines découvertes l'émoustillait. Et il écrivait de plus belle.

— Bonsoir, Saint-Père !

La voix du maître de chapelle arracha le pape à ses travaux d'écriture. Surpris, — Kris-August Némo circulait à sa guise dans tout le palais apostolique, des caves aux terrasses — Miltiade s'empressa de refermer le dossier qu'il lisait, traçant toutefois au bas de la dernière page le monogramme ancien qu'il avait vu dans les grottes vaticanes et qui lui tenait lieu de signature dans sa correspondance avec son entourage :

Depuis quelque temps, ce monogramme qui unissait les figures du Christ et de Pierre l'obsédait. Kris-August Némo vit Miltiade le tracer avec dextérité et une évidente jubilation. Il était descendu chez le pape après une journée de travail intense. La répétition du *Requiem* l'accaparait.

— Comment va l'Eglise ? interrogea le musicien.

La mégalomanie et la parodie de la question que lui-même posait tous les soirs à Ramon Serva saisirent Miltiade.

— Mieux, se contenta de répondre le pape.

Sa grande campagne médiatique, ses lettres mondiodiffusées lui donnaient l'illusion de mieux tenir l'Eglise en main. Sa voix portée par le canal des satellites, ses mots de sang et de grâce répandus des pôles aux tropiques, tout cela, à son sens, rentoilait l'Eglise autour de son pontife.

— Mieux, bien mieux. Le concile — je loue Dieu de m'avoir donné l'idée de le réunir — est une réussite. Les cardinaux sécessionnistes vont être mis au pied du mur. Soit ils se soumettent, soit ils sont radiés du Sacré Collège. Avec l'assentiment de gens aussi difficiles que Colombo…

Le pape, comme il le faisait parfois, invita le maître de chapelle à partager sa maigre collation dans la salle à manger du dernier étage. Din les avait rejoints. Puis leur conversation dura dans le salon voisin jusqu'à la tombée de la nuit.

— Ce soir, dit Miltiade, j'ai une envie de place Navona. M'accompagnez-vous ? On visiterait Rome de nuit.

Une voiture banalisée du Vatican, conduite par un chauffeur qui n'était plus Amadeus, emmena Miltiade et Kris-August Némo à travers Rome. Le pape avait ici encore, comme autrefois à Kinshasa, un itinéraire strict. Il aimait longer les jardins de la villa Borghese, il aimait aussi passer place d'Espagne pour admirer les volées de marches rouges de la Trinité des Monts, à moins que ce ne fût pour apercevoir les fenêtres closes de Samuel, remonter par le Quirinal où, derrière les volets plombés, veillait peut-être le vieux président d'une République fantôme, là il devinait au loin la masse blanche de sa tiare, la coupole de Saint-Pierre, récitait à mi-voix quelques bribes de l'oraison des apôtres Pierre et Paul, puis redescendait par la Tour des Milices et les Forums. Malgré l'automne avancé, la chaleur persistait. Il leur semblait que la voiture roulait dans la poussière, la poussière sèche de Rome qui s'envolait au coin des places, poussière des marbres délités, poudre rouge, pierreuse des façades crevassées. Quelques particules flottantes des saints, des tiares, des coupoles et des obélisques.

Depuis la récente vague d'attentats islamiques, la ville était comme sous le coup d'un état de guerre. Les touristes avaient fui. La population se terrait.

Au fronton des églises romaines, le crocodile avait disparu du blason pontifical. Kris-August en fit la remarque au pape.

— Le crocodile a disparu à ma demande. Tant pis si c'est un morceau d'Afrique qui s'en va. A l'époque, du temps du cardinal Green, cette affaire avait provoqué un véritable scandale. On trouvait sacrilège que le crocodile puisse s'enlacer à la Croix du Christ. Je comprends aujourd'hui ces réticences. C'était, de ma part, un péché de jeunesse. J'étais un être bifide. La foi ne m'avait pas encore complètement lavé. D'autant que dans la mythologie de mon peuple le reptile annonce aux hommes leur damnation à pourrir dans la terre. Pour un homme qui affirme chaque jour sa foi dans la résurrection, c'était un beau paradoxe...

— J'aimais bien ce crocodile, moi, dit le musicien. Ils poursuivaient leur déambulation le long d'étroites ruelles. D'autant qu'il y a des lézards déjà dans Saint-Pierre. Vous ne les avez jamais vus ?

Le pape marquait son étonnement.

— Oui, dans la basilique. Des lézards, des scorpions, en

ronde bosse sur le baldaquin et tout au long de la nef à deux, trois mètres du dallage...

— Je ne les ai jamais vus...

— Pensez-y lors d'une prochaine promenade dans Saint-Pierre. Ils ont été mis là pour vous annoncer. C'était les signes du pape noir... En tout cas les animaux fétiches de Borromini qui avait chez lui toute une ménagerie de rats, de lézards, de grenouilles, de poissons lunes... A Rome, tout annonce tout. Il est étonnant de voir à quel point cette ville est celle des échanges, des rappels, des reflets... de la totalité. Bernin donne au tabernacle de la chapelle du Sacramento la forme du Tempettio de Bramante, le bronze du saint Pierre noir d'Arnolfo di Cambio provient de la statue de Jupiter au Capitole, la chapelle Sixtine a cinquante répliques dans la ville... Ville bouclée sur elle-même... Alors je dis que les lézards, les scorpions, tous ces signes païens dans la basilique vous annoncent... Et bien que vous l'ayez enlevé, j'associerai toujours le lézard ou le crocodile à votre nom... Comme les peintres... C'est une vieille tradition, Memling avec eux ont associé l'agneau à saint Jean-Baptiste, le lion à Marc et Jérôme, le cerf à Gilles... Pour moi, le crocodile, c'est Miltiade II...

Cette liberté de ton n'était pas sans agacer Miltiade.

— Moi, reprit le maître de chapelle, j'ai toujours dit que j'étais prêt à tolérer deux animaux auprès de moi... Au Vatican comme à New York... L'araignée... pour ses irisations... ses arcs-en-ciel... et le buccin... pour ses spires, sa ligne entortillée, récurrente, comme l'axe de l'Histoire et du monde... Je travaille entre une toile toute perlée et une conque de buccin qui s'effrite. On a besoin de signes... Tout à l'heure, je vous ai vu tracer un vieux monogramme sur un papier.

— Oui, monogramme de foi dans le Christ et dans Pierre... Permettez-moi de le préférer aujourd'hui au crocodile...

La voiture s'avançait dans les vieux quartiers, vides,

parfois traversés de spectres, engourdis. C'était un réseau d'artères serrées, de façades découpées sur un ciel sans astres. Une ville de ruines pures, de coques lavées par la lune, de lumières filtrées et d'ombres sèches. La Rome que connaissait Miltiade. Ville taillée dans la cendre et l'écaille. Pour lui aucune image de fécondité ne pouvait se rattacher à Rome. Il ne connaissait pas le déferlement de la lumière matinale sur les places, l'abattement de midi, les fleurs, les marchandes. Il ne connaissait pas cet ébrouement de vie torride. Depuis le début de son pontificat, depuis les grottes vaticanes et les catacombes, ses promenades étaient nocturnes.

— Des ragots courent sur vous Saint-Père... Toute une campagne... Un bouquin odieux, vulgaire, mal ficelé... *La Vérité sur Miltiade II...*

— Personne ne m'en a parlé, dit Miltiade, agacé à l'idée que son entourage pût lui cacher des choses.

— Vous le lirez... On y détaille toutes vos complaisances à l'égard du maréchal du Zaïre... Votre silence face à l'arbitraire, aux emprisonnements abusifs...

— C'est un procès ressassé... coupa le pape.

— Rassurez-vous. Je ne vous le ferai pas. Je m'en moque. Je me fous des prisonniers qui croupissent. Que vous ayez été par votre silence complice de M'Bo, peu m'importe... Moi ce qui me choque, c'est que vous lui ayez donné une *Transfiguration* d'un élève de Raphaël, du Sodoma je crois, je ne l'ai jamais vue, je ne sais rien de ce qu'elle valait, mais ce que je sais, c'est que ce tableau a pourri là-bas, rongé par des champignons, du fait de l'incurie de celui à qui vous le donniez... Oui, cela me choque beaucoup...

Ils arrivèrent place Navona au terme de leur longue promenade dans Rome. Kris-August avait brusquement perdu de son impulsivité. Le pape, quant à lui, avait d'autant mieux accepté les critiques, si blessantes fussent-elles, qu'il leur reconnaissait un fond de vérité. A la différence de tous ceux qui autour de lui — Antonini qu'il avait toujours suspecté, Ramon Serva et même Din, si changé, manipulé sans doute par les deux autres — ne cessaient de lui dissimuler la vérité, se plaisant à filtrer, à atténuer et donc à travestir, Némo avait un ton rude, salubre, et bien qu'il sortît de ces confrontations écorché, mis à mal, Miltiade y gagnait en lucidité.

Au centre de la place, la fontaine dressait son décor d'obélisque, de palmes, de géants musculeux et de pierres rouillées par les eaux. Elle aimantait toute l'architecture oblongue des lieux — et les déambulations nocturnes du pape. Miltiade aimait venir là, en cape noire, comme un modeste visiteur parmi les papiers laissés par les touristes, même si, en cet instant, c'était plutôt le souvenir de son lointain prédécesseur Innocent X qui avait commandé la fontaine au Bernin, qui l'habitait.

*Log-book :*

Ce matin, je suis descendu dans Saint-Pierre pour présider une cérémonie d'ordinations épiscopales. Je viens de consacrer une vingtaine d'évêques africains. Pendant toute la cérémonie qui précédait la messe même, mon esprit vagabondait, je pensais aux quatre colonnes qui soutiennent la coupole. Elles renferment toutes les quatre des reliques. Quatre comme les quatre fleuves du Paradis, dont, jeune converti, les noms me charmaient — Phison, Gihon, Tigre et Euphrate —, comme le Nil, le Danube, le Rio de la Plata et le Gange de la place Navona. Oui mon esprit divaguait. Face à moi, par-delà les corps prostrés des nouveaux évêques et le parterre d'ambassadeurs et d'invités, j'apercevais Longin, représenté par le Bernin à l'instant où, après avoir percé le flanc du Christ de sa lance, il est touché par la grâce et se convertit, lui qui semble s'écrier : « Vraiment cet homme était le Fils de Dieu. »

Enveloppé des abeilles, des feuilles de laurier, des minuscules soleils, et des lézards et des scorpions du baldaquin — une vraie forêt vierge ! — je méditais une fois encore le signe de cette lance qui creuse le flanc de Dieu, cette blessure dans le côté, le sang et l'eau mêlés. Et il me sembla ensuite, pendant la célébration de la messe, alors que mes frères évêques m'avaient rejoint autour de l'autel, que j'étais seul, offrant le sacrifice dans une nef vide, seul sous la coupole, au cœur des pilastres et de leurs reliques : la lance de Longin donc, mais aussi le linge-suaire de Véronique, le fragment de croix ramené de Terre Sainte par Hélène, la mère de Constantin. L'Esprit, que j'avais imposé de mes mains vides sur le front de mes évêques, refluait sur moi. Je ne voyais pas la nef remplie, la foule. C'est à peine si j'entendais le bourdon de l'orgue. Oui, j'étais seul à l'autel, seul avec le Calice et la Patène. Protégé par le baldaquin tandis que j'accomplissais ces rites qui pour moi ne s'usent pas, qui sont toujours infusés de la même grâce. Au centre des quatre pilastres de la tiare monumentale, des quatre piliers de mon pontificat : l'adoration du Sang du Christ, le culte des reliques, des martyrs et d'une peinture qui exalte Dieu. Et ce sang ruisselait entre mes lèvres, la lumière qui déferlait par la grande gloire dorée, derrière moi, s'arrondissait dans la patène de vermeil, souple, charnelle : pâte et corps. A travers le Christ, à travers son Corps et son Sang, dans l'unité de l'Esprit, j'étais un avec Dieu, dans le souvenir de *ceux qui furent mes parents dans la passagère clarté d'ici-bas,* au-dessus de la cendre frémissante de mes pères dans la généalogie des pontifes — ma seconde famille — un en Toi Seigneur, avec Ton peuple lumineux, bouillant là-bas dans le cercle de la colonnade, et en ces lieux de fondation, d'élection, de confession, le monde confluait dans l'unité de Ta Source.

. . . . . . . . . . . . . . . . . . . . . . . . . . . . . . . . . . . .

Je prépare mon voyage nordique. Je veux voir les îles

lavées de lumière, Oslo où j'ai tant de souvenirs, et le Saint-Sang de Bruges, et Bruxelles. J'ai demandé à Din de faire rechercher où se trouve la tombe de l'évêque bénédictin qui m'a ordonné prêtre ; je me souviens de son nom : Mgr Nouvel. J'hésite entre Bruxelles et Malines. Plus j'avance dans mon pontificat — ou tout simplement en âge —, plus j'aime raviver de grands blocs de mémoire. Je revois le vieil évêque, sa tonsure, l'épais cordon de cheveux blancs qui lui ceignait le crâne. J'avais demandé à le rencontrer dès qu'il m'avait semblé recevoir les signes du sacerdoce. Je l'avais rencontré une première fois sans rien oser lui dire, puis, comme saint Augustin je lui avais écrit « mes erreurs d'hier et mon vœu d'aujourd'hui ». Je crois me souvenir de ma réponse : « De tout cœur, je rends grâce au Seigneur pour ce chemin retrouvé... » J'irai prier sur la tombe de celui dont l'imposition des mains m'a mené du crocodile à la lumière.

*Ave Maria.* Dernière œuvre, peu connue, de Verdi que Kris-August Némo me permet de découvrir. Il s'agit de l'enveloppement musical de quelques vers de Dante, les *Laudes à la Vierge,* que récite saint Bernard au début du dernier chant du *Paradis.* Paraphrase du véritable rosaire : me fascine le début de la première terzine :

« Vergine madre, figlia del tuo figlio »
« Vierge mère, fille de votre fils »

Tant il est vrai que le Fils engendre la Mère sur la pierre du Golgotha, en la devançant dans la mort qui ouvre la vie éternelle.

Les nuits de Miltiade étaient longues, comme dilatées par la veille. Le sommeil ne venait plus. Le pape, quand il ne récitait pas ses psaumes — en hébreu, sa dernière trouvaille — évoquait des souvenirs, toujours puisés dans son pontificat : depuis quelque temps le conclave le hantait, les cardinaux livides sous le *Jugement,* la grande fresque suintante, ocre et soufre. Autour de lui tout était en silence. La Curie dormait. Din était trop loin pour qu'il pût entendre son hoquet de cauchemar. Pas une lueur ne filtrait de l'appartement de Kris-August Némo. On eût dit que le monde tenait à la conscience de Miltiade aiguisée dans la prière et la réminiscence. Ce qu'avait été sa vie avant son élection lui revenait parfois par à-coups, par bribes. Des fêtes, des danses colorées, masques et gongs dans la nuit au bord du Zaïre. La villa coloniale des parents, les collusions multiples qu'on lui avait racontées, du père et du grand-père avec les Belges, son propre père, minable explorateur qui vivait dans le culte stérile de Stanley, les couloirs de la bibliothèque chargée d'écrits, d'archives sur le pré-Zaïre, les royaumes légendaires, la traite des esclaves, l'ethnologie du père, la biologie de sa mère, l'homme, l'animal, rien sur ce Christ qu'il avait lui revêtu. Et sa jeunesse aride, païenne, sensuelle. Des corps se cabraient parfois encore dans la mémoire du guetteur insomniaque du dernier étage du Vatican. Avant la révélation, le trajet de la grâce, l'adoption de ce Christ blanc, raconté, enseigné, imposé par les Blancs. Miltiade se tissait des itinéraires : des noms de villes le fascinaient, la rondeur de Rome, les noms des cités aztèques crêtés, enflammés qu'il avait découverts au Mexique et Jérusalem. Ville double. La terrestre d'abord, sépulcrale, homicide et l'autre qu'il appelait de ses vœux, aux murs de diamant et aux tours d'onyx, celle d'En-Haut, la Jérusalem Céleste.

Dans le monde la déflagration tardait. Ou était-ce le silence romain qui avait cette vertu réparatrice ? La villa morne de Castel Gandolfo. L'Ombrie rocailleuse et ses ombres posées sur les pierres comme de lourdes ailes noires. Et les cortèges de fantômes du Vatican, ce climat de conspiration nocturne. Dans sa rêverie le pape cherchait les lieux focaux où saisir l'unité de l'Eglise et du monde : la coupole de Saint-Pierre, la place Navona et son brasier de fleuves, de chutes cinglantes. La gloire de la basilique aussi, lumineuse, embrasée par l'Esprit. Miltiade jouait des chiffres, des variations de la Trinité — Père, Fils, Esprit ; Tu-es-Petrus — et des lettres de Rome, brassées, décomposées, isolées : ROMA-AMOR-OA, AΩ : la ville-oméga recelait la première pierre du Royaume.

Les fouilles du tombeau de saint Miltiade étaient terminées. On vint prévenir Miltiade et l'inviter à se rendre aux catacombes. La joie du pape fut immense. Il appela aussitôt Din et Ramon Serva et demanda à Mgr Guardaroba d'apprêter sur-le-champ voiture et escorte. Il allait enfin pouvoir voir ce que contenait la tombe. Les archéologues et leurs aides, depuis des mois, avaient remué, fouillé, tamisé la terre. Voilà des semaines que la perspective de cette descente dans la galerie explorée excitait l'imagination du pape. Les travaux avaient été nécessairement longs, expliqua le chef des archéologues à Miltiade et à son aréopage. La chapelle attribuée au trente-deuxième pape l'avait été bien après sa mort et son ensevelissement, si bien que de prime abord rien n'autorisait à penser qu'il s'agissait de l'emplacement réel de la sépulture. Il avait fallu élargir le cercle des recherches, l'étendre aux cryptes adjacentes. Le terreau ne comportait aucune trace de restes humains. Et pourtant on était en plein cœur des catacombes, à un endroit où les parois étaient truffées d'ossements. Or la cavité fouillée était vierge de toute trace. La terre, soumise aux rayons au laser, restait bel et bien vierge. Finalement, à force de recherches et en défonçant une sorte de plancher de vieux bois minéralisé par les siècles d'enfouissement, on avait trouvé une première série d'indications qui consistaient en graffiti rapidement authentifiés comme ceux de chrétiens du IVe siècle. Cinq lettres éparpillées vite analysées comme les fragments de la phrase IN HOC VINCES qui faisait partie de la fameuse vision de Constantin en 312 avant la prise de Rome. Il ne faisait plus de doute dès lors que ces marques répandues annonçaient une sépulture de la première moitié du IVe siècle, sous Constantin peut-être.

Un éboulement, une sorte de flexure générale du troisième étage avait considérablement bouleversé l'ordonnance des lieux. Un réseau de fractures, de goulots compliquait l'accès de la fosse. Il avait fallu démolir au poinçon, à la truelle, en prenant un soin excessif : la moindre trépidation, la moindre attaque un peu violente menaçaient d'effondrement toute cette partie des catacombes. Alors, enfin, on avait trouvé dans l'argile les filaments d'une toile qui avait pu être un manteau funéraire, un tissage grossier dont il subsistait des points pourpres.

Le chef des archéologues s'arrêta là. Dans le boyau étroit étayé de madriers de bois neuf, son récit avait tenu en haleine le pape et son entourage. Même Din avait su manifester de l'intérêt à l'écoute de la généalogie de la fouille. Le cortège pontifical — deux Noirs, Miltiade et Din, un Sud-Américain, Ramon Serva, un Européen, Antonini — était aussi métissé que le groupe des archéologues. Le plafond ponctué de lampes baladeuses dégouttait de stalactites blanchâtres, de perles d'humidité qui répandaient une odeur d'argile et de mort. Le crachotement des cierges, des torches des cultes successifs avait noirci la voûte et les portes des tabernacles où avaient été scellés des tas de reliques anonymes et emmêlées. Miltiade ne détestait pas ces odeurs, cette architecture souterraine qui bouclait l'origine et la résurrection. Près de lui Ramon Serva avait une chair d'hostie ; la maladie, l'air rare des galeries avaient blêmi sa peau. L'archéologue attendait pour reprendre. Il méditait son effet.

— Une dernière chose, Saint-Père, dit-il, avant que je vous montre les reliques rassemblées de votre prédécesseur. Le squelette est très largement incomplet. Très largement puisqu'il ne comporte qu'une vertèbre, sans doute lombaire, et les 26 os d'un pied que nous avons pu reconstituer. Mais, à ces ossements, il s'en est mêlé d'autres. Effet des éboulements, de la troncature de la chambre. 13 particules d'os qui ne sont pas d'origine humaine, plus vraisemblablement animale.

L'un des aides dégagea un morceau de palissade qui obstruait la crypte. Sur une table tendue de pourpre, on avait disposé le pied ou ce qu'il en restait : sa grenaille de graviers. En tas, à côté, les ossements blancs, étincelant sous les projecteurs, de ce qui avait pu être un animal.

Sur les murs de la crypte, les fresques de la chapelle des 4 saisons dansaient en ombres pâles. Un pied, voilà ce que les siècles avaient conservé pour Miltiade II dans leur bibliothèque d'ossements. Comme dans les mythes africains la base d'un corps à naître, la souche d'une possible reverdie. Un pied tendu offert à la vénération du pape.

Les archéologues s'étaient écartés, laissant Miltiade en pleurs baiser longuement ce pied reconstitué. Son cœur battait à tout rompre. Son émotion était plus forte que lors de la vénération des reliques de Pierre dans la Sixtine au soir de son élection. Une plongée dans l'argile et le sable de Rome. Il était l'inventeur de ce pied, il était celui qui allait en redessiner l'empreinte dans la terre du Latran. Les images l'assaillaient, imposant à son cerveau une pression formidable : les visions de Constantin, les baptêmes gigantesques au Latran, l'éclosion de l'Eglise à grand renfort de processions, d'hymnes, de cohortes, de cliquètements d'armes. Toute une musique, une violence. Des territoires bougeaient en lui. Dans l'allégresse. Sous ses lèvres ce pied d'Afrique, bijou tapi dans la noirceur des cryptes comme une nouvelle pierre au croisement de ses généalogies.

*Log-book :*

Le pied trouvé de saint Miltiade restera dans sa sépulture des catacombes jusqu'à ce que soit prêt le reliquaire que j'ai commandé. Je n'avais qu'une crainte : que la tombe fût vide. Or elle contenait ces 26 os et cette poussière animale. Si les archéologues n'avaient rien trouvé, j'aurais demandé que l'heure venue, on m'ensevelisse dans le reliquaire.

Quel merveilleux signe que ce pied en face de la chapelle des quatre saisons dont il ne reste que des lambeaux ferrugineux et des formes moisies ! Pied de la renaissance comme dans ces vieux mythes que ma mémoire libère en un choc. Au fond de ces catacombes où Miltiade mourut. De mort violente ? Son inscription au martyrologe le laisse accroire. Dans le feu, la précipitation des hommes au fond des goulets accidentés. Des vagues d'alluvions, des sédiments d'ossements de tous ceux qui ont confessé ici leur foi dans le Christ, émerge pour moi et pour les hommes de ce temps cette relique pierreuse, enracinée dans le limon nocturne et le sang caillé des martyrs, elle est la base d'un organisme à naître, d'un corps à façonner, et ce corps, c'est mon pontificat.

« In hoc vinces » disait l'inscription mortuaire, fragment du « In hoc signo vinces » qui fut la révélation de la foi de Constantin au pont Milvius. Ce signe, c'était la croix du Christ. Pour moi, ce soir, c'est ce pied avec lequel l'évêque de Dieu vaincra.

Un soir, le secrétaire d'Etat arriva en proie à une violente excitation. Il ne parvenait pas à cacher son trouble. Son visage avait blêmi dans le sel des larmes. En l'absence du pape — encore en retraite à Assise — il avait dû se rendre la veille dans une église ravagée par un attentat. C'était la dixième qui brûlait en quelques semaines. Toujours la même technique, les mêmes bombes, la même revendication : la ligue islamique.

— Je m'étonne qu'ils n'aient pas encore frappé le Latran, soupira Ramon Serva. Ça ferait un beau massacre pourtant. Il n'y a que deux hypothèses : ou ils brûlent Rome, ou ils nous pillent morceau par morceau. Je prie Dieu pour qu'Il m'épargne ces horreurs.

La violence du Tiers monde s'installait à Rome. Elle aurait tôt fait de dynamiter le ventre mou de l'Europe. Déjà, dans le ballet des ondes planétaires, les supplications des imams brouillaient les émissions régulières du Vatican.

Impassible, Miltiade invita le cardinal à l'accompagner jusqu'aux chambres de Raphaël.

— Je rédige les grandes lignes des discours que je prononcerai à Oslo, Bruxelles. Des notes me présentent dans ces pays des mœurs si dissolues que je vais axer l'essentiel de mes sermons sur les valeurs morales, la famille... On me raconte les progrès foudroyants de l'homosexualité, la mort du couple fécond...

— Vous ne pouvez que condamner ?

— Avec nuance. Je rappellerai Sodome, la malédiction. L'Eglise a toujours été porteuse d'une tradition morale. Le soir de mon élection, quand j'ai dit « Accepto », je disais oui à toute la tradition, à toute l'éternité de son message. Mon oui récapitulait l'Histoire de l'Eglise pour un nouveau départ.

A mesure qu'ils approchaient des loges et des chambres de Raphaël, les souvenirs du conclave le gagnaient à nouveau. Abondants, précis. Ramon Serva, lui, redécouvrait ces grandes fresques à dominantes de bleu et d'or, le rouge cardinalice et pontifical, le blanc laiteux de la Fornarina. Tout en marchant avec le pape de salle en salle, il se retirait dans un rêve secoué de vibrations lumineuses. Or, planètes, mitres et chapes, corps luxueux de femmes.

— Vous allez parler de la famille, reprit Ramon Serva.

— Oui... La famille, disait Tertullien, est une ecclesiola,

une petite Eglise. Il est normal que par son unité elle préfigure l'unité de l'Eglise universelle.

Ils étaient non loin de la Sixtine. D'un commun accord, ils obliquèrent vers le palais pour reprendre la direction des terrasses.

— Je vais vous avouer quelque chose... murmura Miltiade. Je déteste le *Jugement dernier*. J'ai vraiment horreur de cette fresque...

— C'est un sommet pourtant... coupa Ramon Serva.

— Je vous l'accorde... mais je ne l'aime pas. Elle nie à mes yeux l'idée de résurrection. L'œil s'y englue. Antonini m'a raconté que trois papes, dont j'ai oublié les noms, ont voulu la détruire... Je n'oserai jamais... mais ce n'est pas l'envie qui m'en manque...

Ramon Serva venait de deviner un accroc, une faille peut-être chez cet homme à la foi monolithique. Une peur confuse, ancestrale. La meilleure manière de susciter la confidence du pape était de se taire.

— Oui, continua Miltiade, je déteste vraiment cette fresque. J'aime les voûtes, le poème biblique. La *Création de l'Homme* est quelque chose de superbe. Mais je ne supporte pas ce ruissellement morbide... Ou bien alors peut-être est-ce lié au conclave, au doute qui m'habitait alors après la mort de Jean XXIV... Je ne savais pas encore qu'on l'avait assassiné. Trop invraisemblable pour que je pusse y croire. Et puis le conclave ne pouvait pas donner une image d'unité. C'était un camp de factions. Souvenez-vous... Green avait tout combiné pour être élu. On a vécu des jours d'épreuve. Il faisait chaud, on était condamné à contempler la fresque lugubre, ces cardinaux terribles qui bloquaient l'élection. Ce sont ceux que je retrouve contre moi aujourd'hui à Lagos et Manille. Je ne connaissais guère que le cardinal Indji parce qu'il était africain et qu'il avait eu le même parcours que moi. Etudes, puis conversion tardive à 27 ans... 27 ans, mon univers intellectuel en morceaux... Un appel, un saisissement... J'étais seul ou presque… J'avais près de moi ce vieil Italien excentrique, Mgr Salviati qui contemplait les nus de la Sixtine et ne cessait de me répéter le mot d'un pape de la Renaissance : *una stafa di ignudi.* Oui, ce furent des jours d'épreuve. Ça manœuvrait, ça rusait de toute part. J'ai prié des nuits dans ma cellule sous la *Messe à Bolsène.* Et puis l'Esprit a joué, tout s'est dénoué, une nouvelle fois, comme à 27 ans j'étais appelé…

Ils arrivaient sur les terrasses. La lune s'était levée. A leurs pieds la ville ondulait, sur son ressac de ruines c'était une marqueterie d'étoiles. La coupole de Saint-Pierre projetée en mille éclats de braise.

— M'accompagnerez-vous en Europe du Nord? demanda Miltiade.

— Non, je ne pense pas. Je vais rester veiller sur cette ville. Parmi les décombres des églises saccagées…

— J'aurais aimé que vous visitiez Bruges avec moi, reprit le pape. Nous aurions prié ensemble auprès du Saint-Sang…

— Je vous envie de pouvoir partir… J'ai la conviction que je ne quitterai plus Rome. On m'enterrera dans les cendres de mon église de la Trinité des Monts… Le Saint-Sang… Mais il y a surtout la lumière intense du Nord… Je vous envie de pouvoir aller prier dans cette lumière…

— Peu m'importe cette lumière, répondit Miltiade. Il n'y a de vraie prière, et de grands papes, que dans la lumière du Christ…

— La clarté de l'Esprit…

— Oui… Je vais vous avouer quelque chose que je n'ai jamais dit à personne. Dans ma prière matinale, je demande à Dieu, outre bien sûr de rester en Son Corps par l'Esprit, je Lui demande qu'Il m'illumine, je Lui demande cette lumière qui ne vient d'aucune terre, d'aucun pôle, mais du cœur même de Dieu, la source des sources, cette lumière de la Transfiguration — ma fête préférée — qui est aussi celle du matin de Pâques, cette blancheur à la fois incandescente et ruisselante qui embrase les vêtements de Jésus, son visage, les nuées...

Sur la terrasse, au-dessus de Rome endormie, le pape livrait au cardinal fasciné l'essentiel de sa quête religieuse. Ramon Serva s'était tu. Il était saisi comme par un magnétisme, une force qui traversait l'Africain et qui l'empoignait. Il avait entendu l'homme tout à l'heure, sa douleur, ses tâtonnements. Et ce qu'il entendait à présent, cette voix musicale, lumineuse, le saisissait à son tour. L'expression même du pape lui semblait prodigieuse : mélange de tension et de délivrance. Une lueur sous les crispations du masque. Le visage illuminé dans les plis de la soutane, blanchi. La révélation de Dieu dans les traits du pontife.

*Log-book :*

J'avais fait une nouvelle fois le voyage d'Ombrie. Avec Din qui avait demandé à m'accompagner. Nous avions quitté Rome dans un état de sérénité, de jubilation sourde. Le concile allait finir. La découverte du pied du premier Miltiade m'avait procuré une satisfaction immense. Je venais de trouver une nouvelle pierre où appuyer mon identité de pontife. Comme à chaque voyage, l'or, le rose, le miel de l'Ombrie chatoyaient dans nos yeux. J'avais tenu à m'arrêter à Orvieto pour y visiter le puits San Patrizio creusé à flanc de volcan pour Clément VII. Etrange gouffre éclairé de soixante-douze fenêtres. Refuge d'un pape maudit qui avait dû affronter le sac de Rome. Après cette halte historique — mais ma mémoire est assombrie par les spectres de ceux qui m'ont précédé — nous avions pris la direction d'Assise. J'avais prévu une retraite de deux jours avec prière et confession dans ma cellule où veille l'Ange décapité. A peine arrivé au monastère, Din demanda à ce que je l'entende en confession. C'était très inhabituel. Je l'avais confessé au tout début de notre rencontre mais jamais depuis notre installation à Rome. Comme il insistait, j'acceptai.

Je n'aurais jamais pu imaginer ce qu'il me réservait. Ecrivant ces lignes, j'ai conscience de trahir le secret de la confession, mais je suis si bouleversé qu'il me faut l'oreille attentive d'un confident et je ne vois que l'écriture susceptible de m'apaiser. Je m'aperçois d'ailleurs que depuis le début de ce fragment de journal, je parle au passé, comme si les événements que je relate s'enfonçaient dans le temps — comme si Din était irrémédiablement perdu. Il avait voulu que je l'entende en confession pour me parler de sa foi, plus que vacillante, usée, en loques. Mon secrétaire, l'ami intime, confident de toutes les heures depuis dix ans, m'apparaissait comme un infirme par la foi et il fallait entendre ses mots, à la fois prudents, parce qu'il savait bien qu'ils allaient me blesser, et résolus, expulsant la gangrène qui rongeait son cœur. Ce n'était pas le Vatican, une connaissance plus précise des rouages planétaires, m'avoua-t-il, mais la suite logique d'un travail de sape entrepris depuis des années, depuis le Burundi, un univers plein qui s'effritait peu à peu, entraînant dans le vide des blocs entiers de certitude, une force inexorable qui décapait, détruisait, rinçait les moindres loges de sa croyance, rejetant le Père, abandonnant le Christ aux miasmes d'une Histoire erratique et veuve, et à la pourriture du tombeau.

Il me raconta même un rêve qu'il avait eu où il voyait le Christ plonger dans la mort sans espoir de réveil. Il me parlait, sous l'aile filigranée de l'Ange avec un ton de certitude froide. Lui d'habitude si nerveux, si fragile. La confession sortait de sa bouche sans fièvre, sans le moindre tremblement. Le brasier de ses nuits l'avait pétrifié. Je ne percevais même plus de trace, de souche susceptible de revitaliser sa foi. Rien. Din m'apparaissait comme un autre. Il avait été de toutes mes messes, de toutes mes prières, de toutes mes adorations de Saint Sacrement, de tous mes pèlerinages. Je l'avais côtoyé sans voir sa foi se vider. Son aveu m'abattait. Je l'écoutais multiplier les explications — la détention, un désir frustré d'action, et, sans plus de détail, *ce qu'il avait vu à Rome*. Et plus il parlait, plus son regard, clair, d'une blancheur totale se levait vers moi. Dur, terriblement dur. Et je sentais dans ses propos le reproche qu'il m'adressait, celui d'avoir, en me suivant et à travers moi le Christ, sacrifié le réel à un fantôme, délaissé le monde multiple, fertile de possibles pour s'enterrer avec moi, à cause de moi, sous le nom sec du Christ. Il ne pleurait même pas. Aucune émotion ne brisait sa voix. Dans le froid de la cellule, c'est moi qui tremblais.

Il me rejetait. Je lui proposai de rester. Par peur ou par aveuglement, je ne voulais croire qu'à une simple occultation du feu de la grâce. J'avais entrevu l'état de ravage de son âme mais comme le père du prodigue, comme tout père, j'attendais le retour, le réveil. Je n'avais même plus de péchés à lui remettre. Je devais lui pardonner ses doutes, son rejet de Dieu et du Christ. Et j'étais plus détruit que lui. Je l'invitai à s'agenouiller avec moi au pied de l'Ange que la nuit rendait terreux, et à réciter avec moi un psaume, le trente et unième :

« *Tant que je me suis tu, mes os se desséchaient*
*dans un gémissement quotidien ;*
*jour et nuit ta main s'appesantissait sur moi,*
*et ma sève tarissait comme aux plus fortes chaleurs de l'été*
*Alors je t'ai avoué mon péché,*
*et je n'ai plus dissimulé ma faute.*
*J'ai dit :* « *Oui, je déclarerai mes crimes au Seigneur.* »

*Alors tu m'as remis la peine de mon péché.*
*Que tout fidèle t'invoque*
*à l'heure du besoin.*
*Les grandes eaux déferleront,*
*Lui seul restera hors d'atteinte.* » (3-6)

Ses lèvres restaient muettes. Je récitais seul, à l'unisson de la pluie qui mouillait les pierres d'Ombrie. Elie sur l'Horeb avait entendu le passage de Dieu. Non pas dans l'ouragan, ni dans le tremblement de terre, ni dans le feu mais dans le « bruit d'une brise légère ». Dieu était là, avec nous, dans cette pluie qui infiltrait la sécheresse des tuiles.

## VII

## L'AGNEAU NOIR

Au loin la barre miroitante de la mer délimitait le relief plat et blanc de l'île. Le ciel avait l'éclat d'une matière en fusion. Pâle, traversé de grands rideaux de brume qui traçaient autant d'îlots imaginaires sur le flot. Parfois les oiseaux déferlaient, serrés, en vols compacts. Formations acérées et hurlantes. La masse assourdissante des cris enveloppait le pape qui rêvassait dans le creux des roches. Seul ou presque. Les plantons, les tireurs étaient là, cachés dans les ravines des dunes, derrière les touffes de genévriers. Des tas de photographes aussi, plus ou moins clandestins décidés à violer la méditation du pape noir au bout de cette langue de rocs brunâtres. Miltiade, lui, retrouvait un peu de l'émotion qu'il avait eue à scruter la mer, l'embrasement des orages, les averses lumineuses, l'éparpillement des feux sur le pont de *Dalmanoutha*. Le matin même il avait affronté la foule d'Oslo, violente et raciste — il s'était avisé à cette occasion que cinq ans plus tôt il l'avait traversée comme un visiteur anonyme, pas comme le pasteur au vêtement d'agneau que tous les fanatismes du monde rêvaient d'ensanglanter — des cris, la rumeur haineuse des voix, des mannequins encore à son effigie qu'on brûlait au coin des rues. Toute cette haine jaillie du gel sonore des pierres, Miltiade l'avait chassée en s'enfermant au fond de ce musée où il voulait contempler les *Larmes de Pierre* du Greco. Un orchestre jouait le morceau du même nom de Roland de Lassus. Le pape avait longuement regardé l'Apôtre frisé, les clés, les larmes taillées comme dans du cristal. Quelque part en lui un choc s'était réveillé, libérant une émotion, une terreur : le soupçon aigu d'une trahison.

L'angoisse s'était tue dès qu'il avait fait escale sur l'île. Les rocs plats, parfois déchiquetés de sabres et de tourelles, le corps blond de la dune que prolongeait l'eau infinie déléguaient en lui une puissance sauvage, irréellement calme, à l'échelle des glaciations et des bouillonnements géologiques. Le jeu de la lumière sur l'eau, l'avalanche des oiseaux, la perspective pelée des pierres, des ajoncs vidaient en lui toute crainte, tout ancrage dans l'Histoire. Ces quelques heures que le protocole avait bien voulu lui accorder approchaient l'éternité. La mer verdissait, délimitant plus nettement le rivage, les criques de gravier.

Le pape ressentait un état de bien-être proche de celui qu'il connaissait dans le chœur des cathédrales lorsqu'il y priait. Même refuge circulaire au confluent des lignes du monde. Basilique d'Apocalypse, ogives fendues dressées dans le ciel. Une vie immémoriale bougeait en lui : l'enroulement progressif du monde autour du pôle, l'éternité façonnée de fontes, de glaciations à coups de truelle cosmique. Tant de rigueur froide le fascinait, et plus il regardait l'île, plus il lui semblait que par ses couleurs elle réconciliait le monde : chair noire des pierres dont les redents et les accrocs ceinturaient le rivage, lumière blanche du sable, du vent, de l'eau, des mouettes dont les vols hagards et lents broutaient la dune crayeuse. D'un côté ce brun rude sédimenté dans le gel ; de l'autre, ce blanc liquide de sables et de plumes.

La brume montait de la mer. Miltiade descendit vers le rivage. L'aplatissement de la lande jusqu'à cette lointaine frange d'écume où s'écrasaient les vagues s'étirait comme une ligne d'épure dans la lumière rasante. Dans ce décor de naissance et d'irruption, chaque trait, chaque découpe minérale avait la précision d'un fragment de squelette. La lande désolée, rincée par le vent était parcourue d'un sentier caillouteux qui menait à la mer. Un vent fort hérissait l'océan. Des bancs désordonnés de mouettes aboyaient. Alors les oiseaux affluèrent. Hordes blanches, raz de marée de plumes. Un tonnerre d'ailes froissées, de cris. Le pape crut qu'il vivait l'ouverture du Tabernacle parmi anges et séraphins comme les vieux prophètes bibliques. Le Grand Nord explosait en voltes de plaintes, flocons sonores brouillés, mille gorges, mille stridences différentes. Concert anarchique au centre de l'île noire et blanche. Une marée de mouettes et de cygnes assaillait le pape. On eût dit que la mer fourmillante d'oiseaux déferlait sur l'île, corps des échassiers tendus sur le ciel comme de fins branchages sous-marins. Des milliers d'ossatures de sel déchiraient l'écume. Un immense vol de neige aveuglait le pape. Vertige de tous ces corps lancés, écriture des sillages, symphonie des cris et des noms. Le Nord transi de vols d'oies, de lourdes caravanes emplumées avait saisi le pape africain.

*Log-book :*

Dans ma chambre de la Nonciature à Bruxelles, je m'arrête un instant et j'essaie de me remémorer les grandes étapes de mon voyage depuis mon départ de Rome, depuis la dislocation du concile. J'ai des couleurs plein la tête. Celles de l'île de Sindberg l'autre jour. Le blanc des oiseaux, le noir des pierres. Un espace rugueux, lavé, hors du monde. J'y ai longuement médité dans le chuintement des sillages des mouettes. Le Nord aux lignes définies, minérales. La pierre et l'eau. La chair blanche de la mer et les vols cendrés des migrateurs. L'île pierreuse, ronde comme une hostie noire. Et je restais fasciné par ces longs couloirs lumineux à la lisière du large, ces trouées, ces forges, couleur de cuivre ou d'étain. Je me nourris de toutes ces stations qui évacuent l'Histoire et me raccordent à l'éternité. Partout je retrouvais l'œil sombre du démiurge comme plongé dans le gouffre des fjords.

D'Oslo, j'avais gardé le souvenir d'une ville crépusculaire, noyée dans la brume froide de ses quais. Je l'avais traversée à la hâte avec les autres élus du Nobel, jamais comme la cible que je suis devenu à présent. Quelle clameur ! Tous contre moi. Foule haineuse, raciste Rebut de la vieille Europe décadente. Il m'a semblé qu'ils huaient plus le pape que le Noir, peut-être les deux. Je ne voyais partout que des caricatures offensantes, des slogans meurtriers. J'ai dû me réfugier à la Najonalgalleriet sous la pression des cris qui s'engouffraient jusque dans les salles du musée. En d'autres temps, les *Larmes de Pierre* m'auraient ému. J'étais si meurtri par les cris de la foule qu'elles ne m'ont rien fait.

A Anvers même scénario. Comme j'évoquais devant une assemblée de religieux la nécessité de réévangéliser l'Europe, un homme est sorti de la foule pour m'insulter. Je l'ai laissé débiter ses griefs. Il s'adressait à moi en me tutoyant. Ses attaques étaient centrées autour de mon intention de raviver quelques principes élémentaires de morale chrétienne. La colère, la hargne faisaient saillir les veines de son cou. Je l'ai écouté jusqu'à la fin.

Dans mon entourage, on ne cesse de me dire que ma vie est en danger, que ce continent entier est contre moi. De Guardaroba à Din, tous m'incitent à rentrer à Rome. J'ai continué. Je voulais aller jusqu'à Bruges. Prier, tout d'abord, à la basilique du Saint-Sang, dans le feu des vitraux. Au-dessus des canaux remplis d'une boue grise qui ronge les fondations de la ville, dans la chapelle dressée comme une barque renversée, une ampoule contient quelques gouttes du Sang du Christ. Quelques gouttes précieuses qui scellèrent l'alliance nouvelle et éternelle sur la table du pressoir mystique. Et aujourd'hui ce reliquat de sang caillé dort dans son ampoule dans la ville de briques rouges, pourri par l'humidité, la lumière chargée d'eau, le blanc blafard des cygnes qui glissent au long des ruelles aquatiques. Ce soleil liquide, froid, durci dans son réceptacle d'argent, ce sang réel ou supposé, noirci comme une pâte grumeleuse, un agglomérat de particules, de petits astres morts.

Le clergé qui m'entourait est resté dans la Chapelle basse pendant que je vénérais le Saint-Sang. Sang du Christ, mais aussi dans la Bible, sang de Bosra, d'Edom, d'Idumée. Et tout le temps de ma prière dans le vaisseau de cette nef sortie des eaux de la ville, je ne pouvais m'empêcher de penser à ce passage de l'*Apocalypse* qui nous dit que le *tiers des Eaux*, de ces mystérieuses *Eaux supérieures* fut changé en *sang* et que les *poissons* y pourrirent, qu'ils y trouvèrent la mort, cette mort qui devait désormais être leur vie. Loin de ruisseler dans ma bouche indigne, je voyais ce Sang envahir la totalité des canaux de Bruges, et dans leurs flots c'étaient des cordons de filaments rougeâtres et brouillés. Bruges, ville d'algue et de cygne, tu flottais sur le cœur ensanglanté de Dieu.

Puis j'ai tenu à visiter l'Hôpital Saint-Jean où sont gardées les plus belles toiles de Memling. Je voulais voir la Châsse de sainte Ursule qui a servi de modèle pour le reliquaire de saint Miltiade. Luxe, hyper-réalisme des scènes. Belles pénitentes flamandes au visage rustique, lamé dans la prière. Ces Vierges au front bombé m'ont fasciné, accompagnées de l'Enfant Jésus replet, posées dans des décors de dais, de tapis orientaux. Vierges extraterrestres et infiniment vivantes. Déjà nimbées par l'élection divine, *emportées* bien avant l'Assomption.

J'étais loin de la rumeur de la foule, des cris, des menaces de mort. Je dérivais entre le saisissement religieux et l'extase esthétique. L'or, la pourpre, le gris des robes, le jaune mûri des visages, les cieux lisses, grisâtres ou fracturés hantaient mes yeux. J'étais au cœur de l'Europe dans ce qu'elle avait créé de plus beau. Ici tout était jubilation, dilatation, même dans la prière ou dans la mort, assentiment à la vie, au Créateur. Peinture de l'amour et de la fécondité. De la promesse. Et moi l'Africain, lavé de toute origine par mon élection, je venais célébrer cette beauté dans une Europe asservie par l'incroyance et les vices, et les paroles qui m'avaient valu la clameur et la haine revenaient à ma conscience : Vous avez tué l'Amour, attaqué, perverti sa fécondité.

La pourriture et la haine, voilà ce que j'ai vu et dénoncé. A Oslo, à Anvers. Corps cadavérique de l'Europe. C'est pour cela aussi que j'ai aimé la neige lustrale de l'île de Sindberg, les mouettes, les goélands qui refluaient vers moi, cette criaillerie sauvage, amplifiée par les plis et les crevasses des roches. De même l'éclat, les flamboiements de la peinture de Memling m'ont revivifié, et ma méditation auprès du Saint-Sang.

A Bruxelles, dans la capitale de nos lointains colonisateurs, j'ai reçu le même accueil froid ou hostile. Je n'ai eu que le temps de me précipiter à la cathédrale pour le Te Deum. Puis, après la cérémonie officielle, je suis allé me recueillir auprès de la tombe de Mgr Nouvel, l'évêque qui m'avait ordonné prêtre. Il avait surgi comme une météorite dans ma vie insouciante et matérialiste. Ce vieil évêque missionnaire, implanté au Nord du Zaïre parce que l'évangélisation des Bantous le passionnait, s'était vite lié d'amitié avec la bande de jeunes intellectuels nihilistes que nous formions. J'ai pu prier auprès de sa tombe couronnée d'un gisant de marbre tonsuré, habillé de la robe simple des dominicains. A quelques pas de la chapelle du Saint-Sacrement, à la lumière de vitraux incendiés par le sang jaillissant d'hosties poignardées. J'ai murmuré les paroles que saint Augustin adressait au Seigneur à propos de l'évêque Ambroise qui l'avait lui aussi amené à la foi : « A mon insu Tu m'amenais à lui pour être en connaissance de cause amené par lui à Toi. » Dans le déambulatoire envahi par le crépuscule, je m'agenouillais devant les restes de celui qui avait été à l'origine de ma foi. Une dalle encore sous mes pas et dans le grand arbre de ma généalogie religieuse.

Le pape est revenu dans la cathédrale Saint-Michel pour une dernière cérémonie avant le départ. Peu avant de quitter la Nonciature, une dépêche lui est parvenue, faisant état de mouvements massifs de troupes soviétiques à la frontière chinoise. Il a eu le temps de s'entretenir avec Ramon Serva inquiet. A l'Est, le vieux bloc essoufflé s'agite. Autour du Caire et des capitales arabes la tension continue de croître. Après Rome, la vague d'attentats a gagné Paris, Madrid. Bientôt le Bassin méditerranéen est en feu. De plus en plus les appels des imams à l'intention des communautés arabes installées en Europe résonnent comme des cris de guerre. Imprécations hachées, meurtrières. Chaque jour un peu plus le rêve d'unité de Miltiade part en miettes. Le Concile n'était peut-être qu'une façade, une image déjà perdue dans une terrible surenchère d'informations contradictoires. Comme il y a un terrorisme de l'attentat et de la bombe, il y a aussi désormais un terrorisme des ondes : des satellites parasitent les transmissions régulières, brouillant les images et les voix. C'est l'anarchie planétaire.

Miltiade, carré dans son trône devant le maître-autel, a déjà oublié l'accueil hostile des villes nordiques. Il y a foule devant lui, un peu comme à Notre-Dame de Paris la première année du pontificat. Il doit subir une nouvelle fois d'interminables litanies. Fatigué, il les écoute à peine. Son esprit dérive. Il se souvient des dernières paroles de Ramon Serva au téléphone tout à l'heure, et il lui semble que le secrétaire d'Etat l'a tutoyé des larmes dans la voix — peut-être n'était-ce qu'une illusion — ; il va se faire le défenseur des malheureux, des opprimés, condamnant la violence, pour peu il parlerait de l'emprise de Satan sur ce monde. Les litanies chantées par de jeunes enfants l'ennuient. Elles n'ont pas la pureté de celles des petits Mexicains de Notre-Dame de Guadalupe.

De part et d'autre du trône, le clergé de Bruxelles a pris place. Evêques, confesseurs, chanoines aux visages blêmes, bouffis. On les croirait sortis des tableaux de Van Eyck ou de Memling. Vieux évêques écrasés sous leurs chapes, donateurs obèses, la peau flasque, les yeux plissés qu'on voit dans les peintures des Flamands. Din passe à Miltiade les feuillets d'un discours que le pape est bien décidé à abréger. Il étouffe dans la cathédrale. Le soleil s'est levé, éclairant ce jour d'automne voué à la pluie. La lumière dorée roule sur le carreau du chœur. Le pape a vraiment envie de sortir. Mais c'est sans compter sur les longueurs du protocole, on lit des psaumes et immédiatement Miltiade se met à prier.

L'orgue se déchaîne. Toccata, fugue. La liturgie procure une sorte d'ivresse avivée par l'encens, la musique. Il y a du monde jusque dans le moindre recoin, la plus petite chapelle des bas-côtés est pleine. Certains se sont juchés sur des tombeaux...

Miltiade quitte son trône et monte à l'autel. Table de verre moderne que soutiennent deux pélicans de bronze. Il l'encense dans la lumière qui ruisselle des verrières. Lentement, comme il a l'habitude de le faire.

Une détonation sèche, couverte par le fracas des orgues. Le pape s'est effondré. Dans la nef, c'est la panique. L'organiste continue de jouer et la foule explose, franchit les barrières, se piétine... Dans le chœur quelques secondes d'hébétude saisissent les évêques et les prêtres pétrifiés. On court en tous sens. L'encensoir a roulé au bas des marches de l'autel. Avec les corps foudroyés de Miltiade, de Din et de deux enfants de chœur qui tenaient la chasuble du pape pendant le rite. Dans la nef, les projecteurs se sont éteints.

Une rumeur d'émeute s'élève, cris, chaises brisées. La police a bloqué les issues. Les secours tardent à venir. La foule qu'on n'arrive plus à canaliser s'est engouffrée dans le déambulatoire. Il faut la dégager à coups de matraques. Le corps ensanglanté du pape est porté sur un tapis tenant lieu de civière. Ses lèvres vibrent encore et murmurent des paroles incompréhensibles. La chasuble blanche est souillée d'une longue traînée de sang. Puisque les curieux ne s'écartent pas, la police cogne aveuglément. Les tueurs sont encore dans la cathédrale. De nouvelles décharges éclatent. Dans le fond, on ne sait plus où. Une torche enflammée vient d'être lancée de la chaire. Alors un formidable reflux fait craquer les portes. Le corps agonisant du pape a quitté la cathédrale. Des hurlements jaillissent. Les chapelles du bas-côté ont pris feu. Poussée par les flammes qui gagnent, la foule s'échappe sur le parvis, là encore, dans la fuite, des corps s'écrasent sur les marches. Les tueurs ont disparu dans la masse. La police, les pompiers, assaillis d'ordres contradictoires, se bousculent. Si on tarde encore, la cathédrale flambe. Nouant un linceul de flammes autour des cadavres de Din et des thuriféraires oubliés sous les décombres de l'autel.

Dans l'ambulance qui le transporte à l'hôpital Albert-Ier, le pape n'a pas encore perdu connaissance. Un mince filet de conscience le retient en vie. La tête relevée sur un oreiller, il murmure des bribes de prières. Les mains cramponnées aux épingles du pallium. Des infirmières s'affairent et découpent les ornements liturgiques. Les compresses provisoires qu'elles disposent ne suffisent pas à résorber l'hémorragie. Le torse et l'abdomen sont touchés. L'ambulance, toutes sirènes hurlantes, fend la ville. Le pape a les yeux qui se révulsent. Il est secoué de gestes frénétiques. Une terrible inquiétude écarquille ses prunelles. Des mots lui échappent, en vieille langue zaïroise.

Formules naïves pour exorciser sa peur ? Paroles d'abandon ? Un filet mêlé de salive et de sang ruisselle de sa bouche.

A son arrivée à l'hôpital, Miltiade est tombé dans le coma. De toute urgence il est conduit au bloc opératoire. On finit de découper ses vêtements aux ciseaux. Les balles ont perforé les poumons et le foie. Les lésions semblent d'une extrême gravité. Le pape est immédiatement placé sous tente à oxygène. L'opération est décidée sans plus attendre : elle risque de durer des heures.

Du pape et de son secrétaire, ce dimanche pluvieux de Bruxelles, il ne reste qu'un corps atrocement mutilé, bardé d'appareils et de tuyaux dans la chambre bétonnée du bloc opératoire, et un cadavre à demi calciné au pied du grand autel de la cathédrale. L'Eglise est désormais entre les mains d'un cardinal malade seul derrière les fenêtres grises du Vatican.

Les enquêteurs, les photographes affluent à la cathédrale. Les beaux vitraux des chapelles latérales ont fondu dans l'incendie. Au pied de l'autel, près de la cathèdre désertée, les corps de Din et des enfants de chœur n'ont pas encore été dégagés. Trinité sanglante couchée sous les ailes ouvertes des pélicans. Din a le crâne fracassé sous le jet des balles. Il est totalement défiguré. Son visage est une plaie béante, détruite par le ricochet foudroyant. Eux trois dans l'écrin des ogives brûlées. Le grand squelette noir affaissé sur les deux anges fauchés, la main crispée comme s'ils tenaient encore le vêtement du pape. Pyramide macabre, quelques vestiges éparpillés du sacrifice de l'Agneau noir.

Sous terre, dans le bunker du bloc opératoire, le corps nu et ouvert du pape est maintenu en vie par une batterie de tuyaux, de branchements aux narines, sur les tempes, dans la bouche. Autour de lui une forêt de voyants et d'écrans clignote. Sa survie tient au pointillé lumineux qui tremblote. La respiration est capricieuse. De longues syncopes font disparaître tout signe de l'écran. Sur la pierre carrelée de la table, le corps résiste à l'agonie. Longue dépouille maigre et dévêtue. Les vêtements — soutane et chasuble — tout tachés de sang sont entassés dans un coin. Seul insigne de sa fonction, l'anneau du Pêcheur est resté au doigt du pape. Mat sous la clarté crue de l'énorme lampe. Les médecins réservent leur diagnostic. Ils travaillent dans une boue d'organes perforés et liquéfiés. Entre leurs mains, le pape n'est plus qu'une bouillie anatomique livrée à la grâce des pontages et des greffes. Ils coupent, cousent, raccordent. Avec une attention exacerbée, une lucidité sans faille. Leurs esprits positifs s'activent à sauver cette chair exsangue et trouée.

Dans le désordre mondial, parmi les signes sporadiques de guerre, l'attentat contre le pape supplanta tous les facteurs d'inquiétude. On diffusa à loisir les images de la cathédrale dévastée et même celles de l'attentat. L'office avait été filmé. On voyait nettement Miltiade, Din et les deux servants s'écrouler au moment où le pape encensait l'autel. Le feu nourri des balles les avait terrassés. Aussitôt après, les cadreurs de la télévision belge avaient cessé de filmer, bousculés par la cohue et la panique générale. A partir de photos ou de films de particuliers, la police essaya de reconstituer la suite des événements : la fermeture des portes, l'explosion et la fuite. Outre le pape et les trois morts, le bilan était très lourd : une cinquantaine de morts piétinés dans le mouvement de fuite qui avait poussé la foule en direction des portes. L'incendie qui s'était déclaré quelques minutes après l'attentat faisait opter les enquêteurs pour la thèse du complot organisé : un tireur et deux ou trois acolytes. Ils couraient encore.

L'attentat avait été abondamment revendiqué : des groupuscules musulmans souvent concurrents, des ligues racistes européennes et d'autres revendications encore, des plus fantaisistes. Des barrages de police quadrillaient la totalité du territoire belge et les frontières. Et le pape luttait toujours contre la mort dans le bloc opératoire de l'hôpital Albert-I$^{er}$. L'intervention chirurgicale avait duré douze heures. Miltiade, toujours dans un état comateux, avait perdu une quantité de sang considérable. Il était hors de question de le ramener à Rome où Ramon Serva ragaillardi dirigeait l'Eglise en compagnie du cardinal Ivera.

Cet automne-là, l'épopée planétaire se concentra autour de quelques foyers : la frontière sino-soviétique, Tripoli, Le Caire où les imams appelaient de plus en plus nettement à la Guerre sainte, Rome sous la grêle des attentats à la voiture piégée, vide de son pape toujours comateux dans sa chambre d'hôpital à Bruxelles et les carrières marécageuses du Sud de la Belgique. A force de traques et de recoupements, la police belge avait acquis la certitude que c'était là que se cachait l'un des tueurs présumés du pape. Les habitants des villages voisins avaient signalé à la police locale la présence suspecte d'un errant dans ces gravières à la lisière des Ardennes. L'homme, jeune d'apparence, presque malingre, avait fui à l'approche des gendarmes. Il semblait connaître jusque dans ses moindres caches ce dédale de carrières et de fosses ennoyées. Le paysage, pierreux, peu boisé, semblait pourtant pauvre en repaires. Quand on le survolait, il présentait un damier régulier de ravines et de lacs. Quelques rares bosquets, des zones de taillis courts et espacés. La police ceintura la région. Des bataillons d'hommes et d'hélicoptères arrivèrent. On passa au peigne fin les abords des lacs, les fermes environnantes, des caves aux greniers. Les recherches restaient infructueuses. Dans leurs récits haletants, leurs feuilletons, tous les médias du monde avaient trouvé deux lieux de prédilection : la chambre souterraine de l'hôpital Albert-I$^{er}$, surveillée par l'armée comme une place forte, où avait échoué le corps sanglant du *dieu noir,* et les gravières du Sud où la police traquait un des tueurs.

Un des premiers actes de Ramon Serva, dès qu'on lui avait annoncé l'attentat, avait été de se précipiter dans l'abri anti-atomique du Château Saint-Ange pour extraire de la fosse que Miltiade lui avait un jour montrée le testament du pape. Il avait enfermé l'enveloppe cachetée dans le coffre de son bureau. La longue enveloppe de couleur crème, rougie d'une balafre de cire, sur laquelle, sous la tiare et les clés, le crocodile s'enlaçait encore à la croix. Il avait failli l'ouvrir. Ce n'est pas l'envie qui lui avait manqué. Puis il s'était dit qu'il attendrait. Il avait préféré monter prier dans la chapelle privée du pape, ensuite il avait erré dans l'appartement désert. Miltiade ne mourrait pas dans cette chambre d'angle inondée du soleil roux de Rome. Dans un coin, la crosse épiscopale de l'archevêque de Kinshasa, noueuse comme le sceptre d'un patriarche nègre voisinait avec des gousses séchées de flamboyants, un gigantesque herbier de lobélies, des chapelets aux grains d'ébène, une collection d'Apôtres d'un art aussi naïf et fruste que celui des fétiches. Il n'avait jamais visité cette chambre. En sa qualité de camerlingue, il aurait d'ailleurs dû apposer les scellés sur les portes. Mais un fond de superstition lui faisait croire qu'apposer ces scellés, c'était accepter, et peut-être même précipiter la mort de Miltiade. Et il n'y avait guère que dans cet appartement qu'il pouvait trouver le silence et communier avec le souvenir du pape.

En bas, dans son bureau, un énorme travail l'accaparait. Une ligne directe le reliait à l'hôpital de Bruxelles. Il suivait ainsi heure par heure l'évolution de l'état de santé du pape. L'absence d'évolution, plutôt. Dix jours que Miltiade avait sombré dans le coma. L'archevêque de Malines se tenait dans une pièce proche de la chambre pour donner l'extrême-onction, si nécessaire. Et il y avait un conclave à préparer. Une telle affaire ne s'improvisait pas. Déjà des cardinaux étaient arrivés à Rome, sous prétexte de visite *ad limina.* Etrange, en l'absence du pape.

De multiples points d'interrogation torturaient Ramon Serva. Que faudrait-il décider si le pape restait infirme et donc incapable de continuer à assurer sa charge ? Toutes les constitutions apostoliques restaient muettes sur cette question. Il fallut réunir une commission spéciale de la Curie pour étudier l'affaire.

Le visage, la voix, les habitudes de Miltiade obsédaient le cardinal. A l'approche de la nuit, il multipliait les circuits dans le Vatican : les chambres de Raphaël, la fameuse *Messe à Bolsène,* l'hostie en sang et à cet instant, c'était le corps sacrifié de l'Agneau noir qui le hantait, le pape foudroyé dans ce décor de nef froide, de tapis orientaux, de retables dorés et de ciboire massif qu'il aimait tant.

Dehors la lamentation de la foule percutait les fenêtres. On avait déposé des milliers de gerbes au pied du saint Pierre d'Arnolfo di Cambio, coiffé de la tiare de Miltiade et vêtu de la chasuble ensanglantée, grossièrement recousue. Ivera avait eu l'idée de cette mise en scène. La foule venait si nombreuse qu'on avait dû laisser les portes de la basilique ouvertes la nuit.

Ivera semblait très pessimiste sur le sort du pape. Cardinal de Curie, habitué aux manœuvres et au langage codé des congrégations vaticanes, fin, roué presque, il basculait dans une sorte de délire dès qu'il évoquait le Diable. Il avait une vision duelle de la Création, et pour lui, c'était le Diable, le grand Satan musulman qui avait frappé le pape. Ramon Serva restait silencieux pendant les longues tirades hallucinées de l'Espagnol. Il priait pour le rétablissement rapide de Miltiade. La cruauté des blessures, la mort de Din, le fait aussi qu'il ne pût, à cause de sa charge de camerlingue, se rendre à Bruxelles accentuaient sa douleur et révélaient la profondeur des liens qui l'unissaient au pape. Les cris, les brasiers de joie qui avaient accompagné l'annonce de l'attentat de Bruxelles aux Philippines, dans plusieurs villes d'Europe et même au Zaïre où le régime militaire qui avait succédé au maréchal M'Bo s'était ouvertement félicité de la liquidation du pape l'avaient infiniment choqué. En signe de deuil, il ne quittait plus sa soutane violette, après avoir invité l'Eglise à prendre également les couleurs du veuvage.

Outre le défilé métissé des pèlerins devant la statue noire couverte de la chasuble souillée, il y eut un autre moment émouvant : l'enterrement de Din. Sa qualité de secrétaire particulier du pape et de monsignor lui donnait droit à des funérailles grandioses et à une sépulture dans une église romaine. Ramon Serva était à nouveau face à un dilemme. Il y avait d'un côté le statut privilégié de Din, et, de l'autre, son incroyance avouée. Si l'on s'en tenait à la lettre des faits, Din était mort après avoir renié toute foi dans le Christ. C'était une réalité qu'on pouvait difficilement contester. Mais le secrétaire d'Etat ne pouvait pas effacer d'un trait les années de collaboration étroite, la confiance, l'attachement légitime et l'immense douleur qu'il avait ressentie lorsqu'on lui avait montré les images du corps foudroyé entre les deux enfants blancs.

Aussi décida-t-il des funérailles sobres, réservées au seul cercle des intimes : quelques membres de la famille exilée du pape, quelques prêtres noirs amis de Din, anciens révolutionnaires comme lui. A la Sixtine, dans le fracas nocturne, lentement rythmé des tam-tams. Ensuite on porta le corps enroulé dans un simple drap blanc tout au fond des jardins du Vatican, non loin de la fontaine de la galère où le pape venait marcher avec son secrétaire, et on le descendit sans cercueil dans la fosse d'argile. Ramon Serva répandit sur le cadavre un peu de cette terre de Kinshasa que Miltiade cachait sous la pierre de son autel privé. Puis il bénit la sépulture. La dalle que les sanpietrini apportèrent était absolument nue : ni nom, ni croix.

Lorsqu'il rentra dans ses appartements, Ramon Serva fut

pris d'une violente crise de nerfs. Il avait vécu l'enterrement de Din comme une préfiguration de celui du pape. Il se voyait déjà, au fond des grottes sous la basilique éparpiller le reste de terre rouge sur le corps de Miltiade. Il s'enferma dans sa chapelle et pria des heures. Avec difficulté. Les versets des psaumes lui échappaient.

Des jours qu'il patauge dans cette tourbe, ces gravières froides. Rien que ces pierres et ce sol imbibé. Et la menace, le vol bas des patrouilles, les colonnes d'hommes sillonnant les carrières, les hectares de marécages. Des jours qu'il déjoue leurs recherches. Ils sont 50000 peut-être. Ils se relaient. Ils ne restent pas plus de quelques heures. Leur vigilance s'émousse. Des Français et des Allemands sont venus grossir leurs effectifs. Il l'a entendu dans ce petit poste de radio qu'il transporte. Sur eux il a ce terrible avantage de connaître comme sa poche le réseau des gravières. Il n'y a que la faim qui le tenaille. Il a réussi à capturer dans une garenne un lapin qu'il a mangé cru. Son arme ne le quitte pas, entortillée dans l'imperméable. Même s'il la sait dérisoire face à cette horde qui patrouille. Les hommes-grenouilles inspectent un à un les étangs. Il voyage peu dans le territoire. La nuit surtout, après avoir effacé toute trace de son passage. Ça peut encore durer des jours. Autant que l'agonie du pape. Il est las de ces grandes flaques immobiles, de ce ciel bas, de cette terre spongieuse qui lui remplit les chaussures. Las de cette fuite insensée. Six jours qu'il court. Il a fait une halte à Bruxelles même, dans la boutique d'une vieille antiquaire qui l'a élevé. Sa mère adoptive. Le temps de tout lui raconter. Puis il a pris la route, avant même que la police n'installe ses barrages. Dans sa folie il a obliqué vers les gravières. Par ses cloisonnements, ses chemins d'eau, sa monotonie, le domaine des carrières, espère-t-il, va épuiser ses poursuivants. Il se tapit sous des taillis d'arbustes noueux et se repasse à l'infini le film de l'attentat. La haine de ce visage noir d'abord, mis à prix partout dans des graffiti, sur les affiches. Pour lui ce visage de singe ciblé dans les cercles concentriques d'une lunette de visée. C'est là qu'il l'a vu. Sur les murs d'Anvers. Dans la faune des bordels du port. Avec ses amis au crâne rasé et aux crêtes multicolores, il a brûlé des mannequins représentant le pape. Ce Noir, ce traître, ce vendu, plus coupable encore à ses yeux que les Européens. Cette tête mise à prix il s'est juré de la faire voler en éclats. Le rêve est né la nuit, dans un bar louche du port d'Anvers. A force de fumer, de boire. La nuit fertile, avec ses salles obscures et moites, ses pas, ses chimères et ses rencontres. Obsédante comme les eaux basses de la gravière, cette fadeur croupie. Anvers, ce galetas immonde, cette ville du Jugement Dernier. Capitale de tous les dégoûts. Il l'a ruminé là-bas, son projet. On le lui a peut-être soufflé. Dans sa mémoire il y a un trou. Il n'arrive plus à se souvenir pourquoi il a pris la direction de Bruxelles. Pour voler sa mère adoptive peut-être en lui raflant les plus belles pièces du magasin. Les événements se mélangent. Suite accélérée, sans logique. La cathédrale, son terreau de voyeurs. Cette masse adipeuse, compacte. Veule. La foule chérie du dieu noir. Couchée à son passage. Mais cette cathédrale, parce qu'il l'a décidé, qu'il a déjà sous le vêtement la main sur la gâchette qui va saccager l'Histoire, sera le sépulcre du pape. Dans ses veines, ses nerfs assurés, il a l'énergie des grands sacrilèges, des tueurs déicides. Il est la comète désignée pour anéantir le dieu noir. La Bible, les Prophètes, Jésus, Rome, ce vomis de paraboles, d'interdits, il va les mettre en poussière. Un grand puzzle dans le cosmos. Tirer sur Dieu, s'en faire un ennemi mortel.

Sur le vernis des flaques de la gravière, sur l'eau grise que froisse le sillage d'un rat, nettement, il voit se dessiner les colonnes de la cathédrale, les arches et leurs verrières, le soleil d'automne faisant étinceler Marguerite d'Autriche et Charles Quint, le chœur assiégé d'hommes, de cierges, tous ces évêques avec leurs bonnets d'ânes, leurs crosses ridicules, leurs vieilles gueules de traîtres. Le grand siège de bois sombre est au milieu, vide encore. Comment est-il entré dans la cathédrale ? Il a déjoué les fouilles symboliques. Un policier l'a tâté. Rien ne permettait de deviner le fusil extra-plat. Modèle rare, volé, refilé par quelqu'un ? Le chœur, donc. Le trône et le pape, loin, trop loin. Il a beau être dans les premiers rangs, on a ménagé une zone de sécurité. Il faut attendre. L'or, l'orgue, ce luxe, ce sacré de parade. Jusqu'à la nausée. Et ce primate assis, en blanc, royal. Blanc dans la lumière d'orage.

On a tiré. Il se voit encore jouant des coudes dans la nef en folie. Le brasier, les sirènes. La halte au magasin, le souffle coupé, parmi les bouddhas et les masques. L'acier de l'autoroute. Et les gravières, ce long cimetière d'eaux depuis dix jours.

Derrière les fenêtres où les arbres noircis par l'hiver tracent comme des résilles de vitrail, dans ce lourd tombeau carrelé, on a déposé le corps du pape. La chambre plombée ne laisse filtrer aucun bruit. Seulement la lumière. Le pape s'est enfoncé à une profondeur de vie végétative, somnolente. Epave liée de tuyaux et de sondes. Au fond de la pièce, derrière une vitre, ont pris place des moines, des évêques qui chantent, prient, psalmodient. Sans discontinuer, au rythme des rites de la journée chrétienne. Ils ont étalé devant eux une litière d'ossements, des fémurs, des crânes, tous les restes des grands saints belges. A l'ère du scanner, de l'endoscopie, de la chirurgie nucléaire, ils comptent plus sur la vertu de leurs prières et les ondes des reliques. Ils ont transformé le fond de la chambre en un gigantesque ossuaire. Le chirurgien-chef, athée et franc-maçon, a dû céder devant les recommandations du roi et du gouvernement, eux-mêmes pressés par Ramon Serva.

Derrière la vitre, toutes les heures, des messes sont dites. L'hostie et le calice sont levés en direction du corps immobile du pape. De leur sanctuaire de fond de chambre, les prêtres aperçoivent une peau qui n'indique plus de chair, presque plus d'os, du cartilage qui semble lui-même fondre. Le pape, spectre flottant sur la barque des mânes, des esprits.

Miltiade ne sortirait plus du coma : Ramon Serva et Ivera en étaient désormais convaincus. Ils recevaient les bulletins de santé, par satellite le tracé des sinusoïdes sur les écrans de contrôle. Sur la place Saint-Pierre, les pèlerins se rassemblaient autour de grands feux que l'on avait allumés pour symboliser l'attente et l'espoir. Des haut-parleurs directement reliés à l'*Osservatore Romano* diffusaient les nouvelles. Une nuit — la seizième depuis l'attentat — les techniciens du Vatican réussirent l'exploit de faire entendre aux pèlerins rassemblés sur la place le battement sourd du cœur du pape et les litanies des moines qui priaient à côté de la chambre. Dans la colonnade éclairée des flambeaux des morts arriva en un moment de magie collective, aux frontières du miracle, ce battement d'organe creux, saccadé, jailli des racines de la nuit et de la mort, et c'était plus fort encore que sa voix, une prégnance souterraine, la foule, en majeure partie noire, s'agenouilla, la foule des grandes heures de l'Histoire, quand les tombeaux roulent et que les barques des morts renaissent, ce flux et ce reflux de sang qui cogne, ralenti, comme encombré dans son cours d'astres, de lune, de constellations éteintes, ce cœur criblé de coups, échoué sur la neige, et la foule priant, saisie par ce piétinement de Limbes, ce souffle dans l'origine et l'obscur, clameur des Prophètes et des Ancêtres, aux fondations du temps, longue plainte des tam-tams funèbres, et ce cœur, à force d'irriguer le grand corps nocturne, ses rameaux, ses continents, s'essoufflait, emportant dans sa perte les siècles, les ruines, les parchemins de Rome, tous ses marbres fendus, les Nativités et les Crucifixions, et il fermait dans son cercle l'Alpha et l'Oméga.

Samuel, dès l'annonce de l'attentat, était rentré précipitamment à Rome. Il avait achevé depuis quelque temps déjà un tour du monde pour la promotion de son film sur Miltiade et venait de tourner dans ses studios de New York une banale histoire de couple et d'adultère. Il s'agissait d'une très vieille commande qu'il avait trop longtemps différée. Les événements s'étaient bousculés depuis que le pape l'avait officiellement renvoyé. Il en avait conçu une légère rancœur. Miltiade n'avait pas supporté la liberté du cinéaste. Le film avait été un succès colossal. Cela suffisait au bonheur de Samuel.

Malgré les distances qu'il avait prises, l'univers du Vatican l'attirait toujours autant. Il demanda audience au secrétaire d'Etat. Ramon Serva se sentait si seul depuis l'attentat qu'il invita le cinéaste à le rejoindre.

— Les nouvelles sont meilleures, le pape a repris conscience ! cria Ramon Serva, à peine Samuel était-il entré dans le bureau. Nous allons enfin pouvoir le transporter à Rome. Il ne pourra pas travailler avant de nombreux mois. Mais sa place, c'est ici. Vous savez, mon cher Samuel, j'étais très pessimiste, je ne croyais plus à sa sortie du coma. Tenez, vous allez venir avec moi. J'ai exigé de l'hôpital de Bruxelles qu'il ne diffuse pas la nouvelle. On va faire sonner les cloches de Rome et je vais aller au balcon de Saint-Pierre annoncer le réveil du pape !

Le cardinal manifestait une jubilation d'enfant. Il tapait dans ses mains, sautillait en tous sens dans le bureau solennel. Il appela un secrétaire et transmit les ordres.

— J'ai vécu des jours affreux. L'épreuve pure. Mais l'Eglise, toutes nations confondues, a prié d'un même corps. Et puis Dieu ne pouvait pas priver son peuple d'un père aussi saint...

Le cardinal rayonnait. Une joie contagieuse éclatait en lui, surprenante chez ce prince d'habitude si mesuré. Ils s'approchèrent tous les deux des grandes baies. La foule remontait en colonne vers le saint Pierre d'Arnolfo di Cambio. Samuel l'avait perçu depuis longtemps — c'était d'ailleurs une de ces intuitions autour desquelles s'ordonnait le film, et qui avait tant déplu au pape — : Miltiade était devenu l'objet d'un culte qui progressivement s'installait en rompant toute référence à l'Ecriture et à l'Evangile. A cet égard, son surnom de *dieu noir* était éloquent. Ce n'était pas un culte de la personnalité comme avaient pu en connaître des papes d'un passé récent. Non, dans ce décor de basilique royale et dorée, et dans un monde dont les failles s'assombrissaient, Miltiade était devenu une sorte de prophète, de gourou magnétique, de dieu talismanique et tutélaire. Il y avait d'abord eu son origine, la nuit d'Afrique, ses voyages continentaux, la haine qu'il condensait, et maintenant l'attentat, son sang versé, ce long coma des ombres, les battements de son cœur amplifiés dans la colonnade du Bernin à l'échelle des secousses, des convulsions souterraines de la planète. Et cette foule qui entrait dans la basilique, c'était la chasuble percée qu'elle venait voir, l'étoile de soleil et de vin sur le lin blanc. Il avait d'ailleurs fallu installer des barrières pour éloigner ceux qui voulaient toucher le vêtement de l'attentat, poser leurs lèvres dans le sang du pape. Des Chinois, des Jamaïcains, des Sud-Américains. L'arbre des races au pied du saint Pierre noir qui pendant toute la durée du coma avait figuré le pape. L'arbre des races et la montagne des offrandes : les petites veilleuses rouges scintillaient sur des masses de fleurs, de médailles, de photos de Miltiade et de lampes votives. Des crucifix, des fragments d'images saintes. Et le saint Pierre noir dominait le ressac du vent sur les fleurs, la corbeille de flammes. Comme à Lourdes, à Mexico, dans tous ces sanctuaires levés sur la pierre chaotique du monde.

Les pèlerins remontaient toujours de l'autre côté du Tibre. Il y avait là une masse de choix à faucher mais les attentats se raréfiaient. De belles Noires ruisselant de larmes. Depuis l'attentat, la communauté zaïroise de Rome veillait auprès de la statue de la basilique.

— Vous ne pensez pas que vous allez les décevoir en leur annonçant son réveil, souffla Samuel. Ils avaient besoin de cette pause, de ce culte.

— Non je ne crois pas, rétorqua le cardinal qui se situait résolument dans une perspective chrétienne. Ils attendent cette nouvelle. Ils reverront leur pape au Vatican ou en pèlerinage sur leur terre.

Il allait annoncer la résurrection de Miltiade et filer aussitôt à Bruxelles. Dès que le pape aurait totalement repris conscience, il serait déchargé de sa fonction de camerlingue. Surtout il voyait se dissiper la perspective d'un nouveau conclave et son éventuelle élection. Ramon Serva disparut dans sa chambre pour se changer. Il revint peu après vêtu d'un camail et d'une étole. Samuel, pendant ce temps, avait regardé derrière l'épaisse vitre blindée les gens sur la place, leur lent mouvement d'anguille jaune et ambrée.

— Vous venez !

Samuel suivit le cortège à travers les galeries qui menaient à la loggia de la façade. Là, il resta en retrait, laissant le cardinal précédé de la grande croix processionnelle gagner le balcon. C'est en italien que Ramon Serva donna lecture du communiqué médical qui lui était parvenu de Bruxelles. Au fond du vestibule, Samuel fut abasourdi par le crépitement des mains, l'explosion des cris, comme une muraille qui s'écroule.

— Le pape reviendra dans la ville sainte ! hurlait le secrétaire d'Etat. Prions pour lui et remercions le Seigneur ! Pater noster, qui es in cœlis, sanctificetur nomen tuum...

Les voix grondaient dans la colonnade. Pépiement universel orchestré par la voix maigre du cardinal. Comme une eau pure sur ces milliers de lèvres. On reprit la prière dix-sept fois pour rappeler les dix-sept jours de deuil. Eclatait une transparence, une candeur sous le ciel lavé de Rome. Dans le mausolée de ruines et de fissures surgissait un nouveau sursis. Et l'éclaircie du Verbe noyait la barque des morts.

Samuel se leva de bonne heure. La perspective d'une longue journée romaine l'excitait. Des lambeaux d'histoire embarrassaient son esprit : le scénario de son dernier tournage qui l'avait plongé dans les traquenards et le huis-clos des couples, l'attentat contre Miltiade, le long coma de dix-sept jours et la chasse à l'homme qui continuait encore dans les gravières du sud de la Belgique. Après le gigantisme morbide de New York où la misère s'affichait en toute impudeur, il aimait retrouver le silence de Rome, les marchés, la rumeur joyeuse des voix, tant d'exubérance dans la lumière. Une ville d'os, de pierres, de secrets secs et de traces archétypales. Pas un cadavre ruisselant.

Dans quelques jours il devait présenter son film à Venise. Un colloque international se réunissait pour étudier le rôle et les enjeux de la Chrétienté moderne. Le patriarche de Venise, qui était à l'origine de cette manifestation, avait invité de nombreux intellectuels, journalistes, philosophes, théologiens. Kris-August Némo devait venir parler de la place de l'art dans l'Eglise. Samuel, à l'issue de la présentation de son film, aurait à évoquer les rapports du pape et de l'image, ainsi que l'image du pape dans le monde.

Déjà il traînait. Il aurait dû s'installer à son bureau et travailler aux rudiments du prochain scénario. Il descendit sur la place, lézarda sur les marches. Il héla un marchand de journaux. La presse titrait sur la « résurrection » de

Miltiade avec photo du complexe hospitalier de Bruxelles où l'on avait hissé le drapeau jaune et blanc du Vatican.

Quand il ne savait où aller, il prenait en général la direction de la basilique Saint-Pierre. Il avait conservé ce laissez-passer magnétique qui lui ouvrait toutes les portes de la secrétairerie d'Etat et de la maison pontificale, mais, ce qu'il voulait revoir, c'était la basilique. Il n'y était pas revenu depuis la présentation officielle du film. Du taxi qui l'emmenait, il aperçut quelques carcasses d'églises calcinées. Une grappe sur les berges du Tibre et tout autour du Château Saint-Ange. La quiétude qu'il avait cru discerner de l'appartement de la place d'Espagne était mensongère. Malgré le soleil automnal encore fort, malgré une certaine agitation dans les rues, Rome avait tout d'une ville en guerre. Pas encore complètement creusée ni disséquée par le feu. Simplement de loin en loin. D'église en église, des murs inégalement noirs, un chantier nocturne barré d'un porche démantelé, aspergé de suie. Pendant la tournée de promotion qui l'avait conduit en Amérique, il avait entendu parler de ces attentats d'origine arabe mais il était loin d'imaginer l'ampleur des dégâts. A ce train, il ne resterait bientôt du pourtour méditerranéen qu'une corbeille de cendres.

Deux foyers aimantaient les visiteurs dans la basilique. Devant le saint Pierre noir on vénérait toujours la chasuble ensanglantée. Samuel se mêla à la foule pour voir de plus près le vêtement, une de ces chasubles or, légèrement damassées qu'il avait conseillées au pape pour les messes mondiodiffusées. Le spectacle était saisissant : la pyramide des offrandes atteignait les pieds de la statue et décrivait un rayon de plusieurs mètres. Samuel regretta de ne pas avoir pris de caméra. L'autre centre d'intérêt, de l'autre côté, sous une cloche de verre, c'était le reliquaire de saint Miltiade. Une superbe châsse polychrome hérissée de flèches et de tourelles. Le cinéaste détailla les fresques. La ressemblance de saint Miltiade et de Miltiade II le frappa.

De fresque en fresque, le peintre avait su jouer de cette physionomie de patriarche et de mage. Sur les berges d'Ostie, au moment de la donation du Latran. Dans la pose, le maintien, il y avait cette assurance, cette rigidité que Samuel connaissait bien pour l'avoir tant filmée. Le reliquaire était légèrement décollé du pilastre de façon à ce que les visiteurs puissent contempler la totalité des faces. Le martyre dans les catacombes émut beaucoup Samuel, le sang irradiant la chasuble en une prémonition de Bruxelles, le tumulte, l'agitation dans le goulot des couloirs souterrains, chaque détail, le moindre visage éclairé à la torche, grimaçant, comme une fusion visionnaire de Jérôme Bosch et de Rembrandt. Le pape avait enrichi la basilique d'un joyau. Samuel était littéralement subjugué. C'était vraiment autre chose que l'affreux tombeau de Jean XXIV, détestable par sa froideur et sa stylisation excessive. Il s'était pourtant intégré à la basilique et était même devenu l'objet d'un culte : les rares pèlerins irlandais ne manquaient pas d'y allumer des lampes votives parmi les roses et les gerbes des nostalgiques de la papauté blanche.

La basilique Saint-Pierre avait été le théâtre d'un miracle : une jeune Romaine d'une vingtaine d'années avait recouvré la vue dans le périmètre de la statue noire et des offrandes. La presse s'empara immédiatement de l'affaire. Le visage de la jeune miraculée apparut sur tous les écrans du monde. La famille se répandait en interviews. Le père raconta comment il avait porté sa fille sur ses épaules, en déjouant la surveillance des gardes, afin qu'elle puisse toucher le vêtement du pape. Le Vatican, embarrassé par les proportions que prenait l'affaire, restait sur une prudente réserve. Ramon Serva ordonna une enquête. La famille, de tradition catholique, ne pratiquait plus depuis deux générations. Les parents, hauts fonctionnaires à Rome, avaient tout tenté pour sauver leur fille : nombreux séjours aux USA dans les cliniques les plus performantes en matière de chirurgie oculaire. Rien n'y avait fait. Le père expliqua comment la foule rassemblée à Saint-Pierre devant la statue habillée de la chasuble rougie de Miltiade lui avait donné l'idée d'y entrer. Il n'en savait lui-même pas plus. Il s'était mêlé à la foule, tout simplement, et, arrivée dans le cercle de la statue sa fille avait poussé un grand cri : elle voyait ! Le sang du pape noir lui avait rendu la vue. La secrétairerie d'Etat commanda des expertises médicales : les chirurgiens italiens et américains qui avaient opéré la jeune fille témoignèrent qu'ils l'avaient toujours considérée comme un cas désespéré. Le Vatican ne parlait pas de miracle — une commission de prélats avait été chargée d'entendre la « miraculée » — et, devant l'afflux de visiteurs, Mgr Antonini fit retirer la chasuble. Le pape allait rentrer, prétexta-t-il. Aussi était-il inconvenant de laisser le vêtement de l'attentat dans la basilique. La folie de la foule se reporta de la chasuble sur la personne de Miltiade. Les visiteurs désertèrent Saint-Pierre pour le quartier de la gare, à l'est de Rome ; le pape venait d'être transféré de Bruxelles à l'hôpital Victor-Emmanuel. Nuit et jour la foule attendait derrière les grilles. On guettait une apparition éventuelle aux fenêtres du dernier étage mis à la disposition du pape. Miltiade le miraculé et le thaumaturge. Les journaux romains les plus sérieux condamnaient la décision du Vatican d'avoir enlevé la chasuble à la vénération des fidèles. Mais Antonini, Ivera et Ramon Serva étaient intraitables : il ne pouvait y avoir de culte que du Sang du Christ. L'impact du « miracle » de Saint-Pierre les irritait. La jeune Romaine était devenue une vedette : on ne voyait qu'elle à la une des hebdomadaires, des journaux.

L'*Osservatore Romano* publia alors les premières paroles du pape à sa sortie du coma. Miltiade rendait grâce pour son réveil qu'il attribuait à la vertu du Sang du Christ qu'il avait vénéré à Bruges quelques heures avant l'attentat. Il annonçait même son intention de célébrer dès son retour au Vatican une Année Sainte consacrée au Sang du Christ. Certains, au sein des rédactions romaines, suspectèrent là une manœuvre de l'*Osservatore Romano* et des cardinaux de la Curie pour contrer les répercussions païennes du soi-disant miracle de Saint-Pierre et du culte grandissant du sang du pape noir.

« Et Din ? » Telle avait été la première parole de Miltiade.

— Il est là, non loin de vous, Saint-Père...

De jour en jour, le pape reposait la question. Retenu à son lit par l'énorme machinerie de tuyaux, il ne pouvait bouger. Le chirurgien et l'archiâtre, le médecin personnel du pape, avaient averti l'entourage, le cardinal Ramon Serva du risque qu'il y avait, vu la fragilité du patient dans cette phase post-opératoire, à lui annoncer la mort de son secrétaire.

— J'encensais l'autel... Il était avec moi... Comme toujours... Où est-il ?

— On le soigne... Il a été blessé comme vous...

Puis Miltiade somnolait. Il ne recevait guère de visites. Le chirurgien et Ramon Serva. Le chirurgien posait surtout des questions techniques ; quant à Ramon Serva, il célébrait la messe au bout du lit et portait la communion à Miltiade.

Le pape commençait maintenant à s'alimenter normalement. Dix jours après son arrivée à Rome — soit un mois après l'attentat —, il se leva, et, entouré du chirurgien et de Ramon Serva, s'approcha de la fenêtre. La foule tassée derrière les grilles aperçut une forme qui esquissait un geste derrière la vitre fumée. Miltiade resta une courte minute à la fenêtre, puis il demanda qu'on le recouche.

Tous ceux qui l'avaient vu racontaient que l'attentat avait encore accru sa foi. Les mains nouées sur la croix pectorale qu'on lui avait passée sur le pyjama, il priait. Il avait des absences, des trous de mémoire. Normal après un tel choc, rassurait le chirurgien. « Préparez l'Année Sainte, avait-il dit à Ramon Serva. On célébrera le Sang du Christ qui m'a sauvé... », puis il tombait dans un silence hébété. Il ne parlait plus de Din. Il priait intensément mais comme reclus en lui-même.

— Je crois que nous n'aurons pas à lui annoncer cette mort, dit en sortant de la chambre le chirurgien à Ramon Serva. J'ai la conviction qu'il a compris. C'est la raison pour laquelle il se tait.

— Dites-moi, Professeur, êtes-vous sûr qu'il sera bientôt en pleine possession de ses moyens intellectuels et physiques ? Je crains des troubles... une amnésie causée par le long coma...

— Rassurez-vous Monseigneur, il n'en est rien. Je vous l'assure. Tout est normal. Sa conscience est intacte. Tout se reforme progressivement. Les mots lui manquent parfois, mais j'observe des progrès... Certes, le plus souvent, il parle dans un dialecte incompréhensible... Mais les infirmières qui l'ont accompagné pendant son transfert de la cathédrale au bloc opératoire de l'hôpital et mes collègues de Bruxelles m'ont dit qu'avant de perdre conscience, il avait prié dans ce dialecte... Grâce à Dieu, le pape est sauvé... Oui, Cardinal, j'ai entière confiance...

Ramon Serva, lui, doutait. Pendant ses voyages quotidiens du Vatican à l'hôpital. Les montagnes d'offrandes se dressaient contre les grilles. Les pèlerins de tous les continents s'étaient massés là pour attendre une prochaine bénédiction du pape. Des prières continues, intenses, mais aussi des chants, des danses à l'initiative de la colonie zaïroise de Rome. Ils faisaient chaque fois une belle ovation au prélat argentin. Si le pape devinait la mort de Din, pourquoi ne disait-il rien ? L'image du corps défiguré descendu dans l'argile des jardins ne quittait pas le cardinal. Cette âme vouée à une navigation éparse, entre néant et damnation.

Dans le silence du pape, il y avait l'épaisseur du coma et la nuit d'une tombe qu'il savait habitée.

La police, grossie de milliers d'effectifs supplémentaires, avait fini par capturer le tueur. Le jeune homme amaigri et barbu avait été enfermé dans une forteresse du sud de la Belgique. Le procès serait instruit sans plus attendre. On ne connaissait rien des motivations du terroriste. D'ailleurs les conditions mêmes de l'arrestation restaient plongées dans une telle nébuleuse qu'il se trouva des voix dans la presse internationale pour crier au simulacre. Déjà on reparlait de filières, d'éventuels commanditaires qui avaient armé la main du tueur. On retraça jour après jour l'itinéraire du jeune homme qui disait s'appeler Alder, d'Amsterdam à Bruxelles en passant par Anvers, Gand et Bruges. Le jeune homme restait muet. Prostré dans sa cage. L'archevêque de Malines avait transmis les ordres du pape qui prescrivaient au nom du Christ de renoncer à la torture. La tentation était grande pourtant dans les rangs de ceux qui menaient l'enquête de recourir aux méthodes fortes tant le silence du tueur les irritait. L'enquête procédait par innervations successives à Anvers et à Amsterdam dans les repaires des terroristes internationaux.

Dans sa cellule hautement surveillée, Alder ne bougeait plus. A son tour il était entré dans une lourde immobilité comateuse. Le bruit du vent dans les caves, le grincement des écrous ne l'arrachaient pas à sa méditation muette. Des jours de traque dans les gravières, à patauger le long des étangs et des eaux marneuses. Des images le hantaient, par bribes. Deux énormes béances grevaient sa mémoire : l'attentat, puis l'arrestation. Il n'arrivait pas, fût-ce au prix d'une mobilisation forcenée de toutes les ressources de sa conscience, à rattacher ces événements à une logique. Toute logique s'égarait dans les eaux nocturnes de la fatalité. Il avait été désigné, seul dans le cosmos, pour être ce tueur, il s'était réalisé dans cet acte, son geste n'avait été que l'écho sanglant de son âme damnée.

Des bribes. Il ne recouvrait son intelligence que par intermittence. Alors le monde retrouvait un semblant d'unité. Il ne comprenait plus le sens des questions des policiers qui le harcelaient. Filières, camp d'entraînement au Caire, affinités avec des groupuscules musulmans, théorisation des thèses extrémistes du cardinal mexicain Colombo. C'était sans doute d'un autre qu'ils voulaient parler, déployant une véritable activité de romancier à jouer avec les dates, les faits, les rencontres, les innervations secrètes du désir et de la mort. Un jour, il demanda comment allait le pape. Là encore comme s'il eût parlé d'un autre que celui qu'il avait vu évoluer dans le cercle de sa lunette de visée. Il va mieux, lui répondit-on et sans plus attendre, on lui apporta un écran, c'était des images nocturnes place Saint-Pierre, Miltiade chamarré, mitré d'or frappait à coup de marteau à la porte de la basilique pour l'ouverture de l'Année Sainte du Sang du Christ.

A son retour de l'hôpital Victor-Emmanuel, Miltiade avait retrouvé un Vatican étrange, paralysé par les semaines d'absence, le pilotage en douceur du cardinal Ramon Serva et les menées sécessionnistes d'un certain nombre de prélats de la Curie. Lorsqu'on eut brisé les scellés qui fermaient les portes de ses appartements, il découvrit une enfilade de pièces empoussiérées, meubles précieux et crucifix ensevelis sous de larges housses. Une pluie persistante avait vidé la place Saint-Pierre de son flux ordinaire de pèlerins.

Un des premiers visiteurs fut Samuel qui avait repris, à la demande de Ramon Serva, ses fonctions de conseiller pour la propagande et l'image. Miltiade ne manifesta pas le moindre signe d'étonnement comme si Samuel n'eut jamais cessé d'exercer ses fonctions. Le pape reçut le cinéaste dans le petit salon attenant à sa chambre. Samuel le trouva faible, amaigri, et surtout, largement amnésique. Miltiade raconta son émerveillement à l'île de Sindberg et à Bruges, s'attardant à tout ce qui avait précédé l'attentat, sa dernière méditation la nuit dans la chambre de la Nonciature à Bruxelles, mais jamais il ne parla de la suite, de la mort de Din, du coma et de la longue convalescence. L'entretien se déroulait comme d'habitude en français, langue que le pape maîtrisait autrefois avec perfection. Or, à plusieurs reprises, les mots lui manquèrent. A chaque fois il fut secoué d'une sorte de hoquet, les muscles du cou saillants, le visage sabré dans une expression de désarroi atroce.

Samuel était venu lui présenter les maquettes de la cérémonie d'ouverture de l'Année Sainte. Le pape les regarda à peine. Il n'exprima qu'une exigence : que l'ampoule du Sang de Bruges soit exposée sous le baldaquin les douze mois de l'année jubilaire. Il s'était déjà levé, abandonnant le grand fauteuil de velours rouge dans lequel il s'était tassé tout le temps de l'entretien. Il se tenait maintenant devant la fenêtre, voûté, cramponné au rideau.

— Je rentre de Venise, dit Samuel. Avec Kris-August Némo, on se disait qu'un de ces gestes qu'il faut maintenant que vous accomplissiez, c'est d'aller le plus vite possible à New York, oui à New York, prier à Saint-Patrick pour tous les Noirs de ce continent... Je ne sais pas, vous pourriez saisir le prétexte d'un discours à l'ONU...

Miltiade n'avait pas bougé. Seule sa main gauche avait serré le pan d'étoffe pourpre qu'elle tenait. Miltiade ne semblait plus croire au monde, à la nécessité de son action. Il bredouilla quelques mots, hachés et pourtant empreints d'une certaine musicalité, dans son vieux dialecte zaïrois. Face à lui la colonnade du Bernin arquait sa forêt de statues, moussues sous la pluie d'automne. Une nouvelle fois on eût dit que les vieux palais ruineux se liquéfiaient sous les trombes. Le pape, toujours posté dans la même attitude de veilleur fantomatique, répéta ce qu'il venait de dire. Prière, parole d'acquiescement ? La pluie semblait le fasciner, l'éparpillement des flaques au pied de l'obélisque. Ni le retour de Samuel, ni le nom de Kris-August Némo ne l'avaient fait ciller. Il demeurait immobile dans l'embrasure grise comme un orant dans sa crypte. Sur ses joues quelques tortillons de barbe pointaient leurs épis blancs.

Cette barbe, que dans sa méditation il qualifiait de pénitentielle, poussait en pointe sur ses joues creusées. Plusieurs fois, avant d'aller titubant célébrer sa première messe dans sa chapelle privée, il avait dû repousser avec violence le rasoir-couteau des vieilles religieuses zaïroises qui trouvaient qu'une barbe longue faisait négligé et ne seyait pas à un pape. Les vieilles religieuses, ventrues sous leurs robes blanches, avaient abdiqué. La barbe poussait en longs filaments soyeux. Elle dissimulait progressivement le cou décharné, et surtout mutilé après l'attentat, et plongeait jusque dans les replis moirés du camail. Etant donné l'état de faiblesse prolongé du pape, le voyage américain préconisé par Samuel apparaissait comme une chimère. Miltiade n'avait pas d'ailleurs semblé décidé à en retenir l'idée. L'obsession de Samuel était que le pape reparaisse au plus vite sur les écrans de la planète, qu'il frappe de son marteau d'or la Porte Sainte de la basilique et déclare ouverte, en une cérémonie mondiodiffusée, l'Année jubilaire du Saint Sang.

Auparavant, Miltiade entendait rendre un dernier hommage à Din. Il le savait mort depuis des semaines déjà, et personne, pas même Ramon Serva n'avait osé lui révéler cette mort. Mgr Guardaroba lui avoua l'endroit de la sépulture, au fond des jardins. Miltiade s'y fit conduire aussitôt. Il découvrit la dalle nue, vide de tout emblème, et, à la stupéfaction de la courte escorte qui l'accompagnait, se coucha sur la tombe. Guardaroba dut intervenir pour abréger la prière dans la nuit qui venait. Tout le long du trajet, dans la voiture qui les ramenait vers la cour Saint-Damase, entre de longs silences entrecoupés de pleurs, le pape égrena d'une voix forte, en latin, les dix-huit versets du *Credo* de Nicée. Guardaroba raconta ensuite l'émotion violente qu'il avait ressentie à écouter ainsi le pape dans la voiture qui fendait la nuit des jardins. Miltiade, expliqua-t-il, avait récité le *Credo,* comme s'il le découvrait, d'une voix monodique, mais il avait littéralement hurlé les deux versets qui condensaient le mieux ses angoisses de l'heure :

« Et unam, sanctam, catholicam et apostolicam Ecclesiam... »
« Et expecto resurrectionem mortuorum... »

Il semblait presque rasséréné quand son chauffeur l'avait déposé au seuil de l'ascenseur.

Il lui fallait encore rester couché de longues heures. Aussi préférait-il le petit salon attenant à sa chambre plutôt que sa grande bibliothèque. Il s'y tenait dans son grand fauteuil pourpre, une couverture marquée à ses armoiries ramenée sur ses genoux. Ramon Serva montait l'entretenir de l'avancée de l'enquête. Le parlement belge venait de voter le rétablissement de la peine de mort à l'intention des terroristes. Alder était menacé par cette mesure. Tout dans l'enquête laissait à penser qu'il était un tueur isolé, qu'il n'avait entretenu que des rapports discontinus ou épisodiques avec les centres vitaux du terrorisme en Europe. Mais les démocraties affaiblies semblaient résolues à le considérer comme le bouc émissaire qu'elles liquideraient pour purger définitivement le mal. Les conditions de détention, l'avancée de l'enquête, la préparation du procès, tout était mené avec un souci évident de dramatisation. Le bastion solitaire de la forteresse de Vrouwkerk, non loin des gravières où il avait erré, les allées et venues des enquêteurs minutieusement filmées et surtout les confrontations, stériles, avec de soi-disant têtes pensantes du terrorisme européen qu'Alder avait peut-être aperçues une nuit dans ces bars louches qu'il fréquentait, sans plus. Les expertises psychiatriques que l'on avait pratiquées sur la personne d'Alder étaient parvenues, sous le sceau du secret, jusqu'au pape. Ramon Serva les lui avait lues, tout en guettant le peu d'intérêt que Miltiade y prêtait.

— Ce n'est pas le tueur du pape, avait un jour laissé tomber Miltiade. Le pape a survécu grâce à Dieu. Cela a été une épreuve pour lui. Il ne faut pas être double dans son chemin vers la lumière, disait Barnabé. Je l'étais sans doute à ma manière. Non, cet enfant en a tué deux autres, deux innocents, et un homme, mon vieux Din qui, lui non plus, n'avait pas fini son cheminement vers la lumière...

Puis il s'était tu, et figé. Les traits vieillis, lucides du *Jules II* de Raphaël ou du *Clément VII* de Sebastiano del Piombo.

*Log-book :*

Je me remets à écrire. Plus rien depuis des mois. Quelques feuillets épars ramenés ici où je parlais de Bruges, de la peinture flamande, du Te Deum de la cathédrale Saint-Michel. Rien, ou plutôt les marges de la mort, le coma, la traversée du coma, ma conscience, ma mémoire en miettes. Rien, et cette nuit qui approche, ce sommeil qui va m'engloutir, et cette Création nocturne, tendue de toutes ses fibres dans la vigilance de Dieu.

Je cache mon corps meurtri sous le triangle de ma barbe pénitentielle, ma barbe de vieux mage. La pensée de ma terre me gagne. Je veux replonger mon corps noueux dans le fleuve. Avant ma mort, je veux revoir Hédor, mes marais. J'accorderai désormais priorité à ma terre en écrivant le premier catéchisme à l'intention des Africains. Je vais leur raconter Dieu, le Fils, l'Esprit. Là-bas, au Zaïre et ailleurs, des sectes concurrentes se disputent et déforment l'Evangile. Oui, Jésus sort de Dieu mais il n'a pas été pendu à un arbre, il a connu la croix, son Sang nous a rachetés. Je dédierai ce catéchisme à ma mère. Vivement l'automne prochain et son sirocco dans les rues de Rome.

A défaut de célébrer 2033, l'Année jubilaire de la mort et de la résurrection du Sauveur, je vais célébrer bientôt l'Année du Sang du Christ. Ce Sang qui m'a sauvé à Bruges. Ce Sang qui, d'après saint Jean, est, avec l'Eau et l'Esprit, une de ces trois choses qui rendent témoignage et qui n'en font à elles trois qu'une seule : ce Sang, véhicule de l'Unité. Ce Sang qui irradie du cœur même de Dieu. Et moi, pape, je veille sur un corps éclaté à la recherche de ce cœur.

Le feu de ce Saint Sang éclaire ma méditation dans la nuit qui gagne. Vatican assombri comme un grand bateau minéral. Le froid monte dans la chambre, et ma chair blessée frissonne. Les traces du coma se réveillent. La traversée des ombres. Là-bas, dans sa cellule, Giulio trie à la lumière de bougies les ossements blêmes des futurs canonisés. Déjà me hante un damné qu'à deux pas d'ici, dans la Sixtine obscure et déserte, des bras noués à son ventre et à ses jambes font plonger dans l'abîme...

Le pape passait désormais chaque jour de longues heures dans ce qu'au Vatican on appelait le jardin miltiadique : quelques arpents de bassins à l'ombre de la basilique où il cultivait nénuphars et jacinthes du Zaïre. Après sa messe matinale, il gagnait silencieux le jardin d'eau, sous les serres. Il avait lui-même veillé à la germination des plants. C'était lui aussi qui avait déposé au fond des bassins le limon adéquat : une terre grasse et grise, lourde de végétations en putréfaction puisées dans le fleuve en amont de Kinshasa. Les nénuphars avaient d'abord tramé leur texture de feuilles flottantes et de racines, puis les fleurs blanches avaient jailli dans la moiteur tropicale des serres. Ebloui, Miltiade demeurait de longs moments au bord des bassins à scruter les moirures du végétal et de l'eau. Son cœur s'était serré un matin de décembre quand, après avoir traversé le gel du parc, il avait aperçu les premières jacinthes, drues et violettes. Il avait demandé une embarcation : une simple pression de l'aviron suffisait à lancer la plate sur le feutrage d'algues. Des nymphéas s'étoffaient. Feuilles et pétales ménageaient autant de juchoirs flottants pour les grenouilles. Les fleurs lunaires au cœur sanglant formaient un jardin à la fois luxuriant et fastueux. D'autres nénuphars, dégénérés ou vieillis, se teintaient de longs filets aux incrustations purpurines dont les lacets souillaient la blancheur des corolles à la façon de marbres purs tout fendus de linéaments rouillés. Des saules nains, des aulnes noirs encombraient le canal que remontait le pape : leurs racines, nouées dans la fange, tressaient une série d'obstacles, un réseau gluant de résistances.

Miltiade quittait son jardin d'eau pour déambuler dans les couloirs. On le voyait encore prier au pied de la *Messe à Bolsène*. De même il arrivait qu'il se glissât tout au-dessus de la Sixtine, dans une loge secrète d'où il dominait le vaisseau sombre et la masse des visiteurs agglutinés devant le *Jugement dernier*. Depuis l'attentat, depuis la mort de Din, la contemplation des damnés lui paraissait encore plus intolérable. Et le parterre le révulsait, bruyant, loin de toute extase, de tout recueillement. Il fuyait vite la Sixtine et poursuivait sa marche par les dédales de la Curie.

Une pièce, là, l'attirait : la lypsanothèque, immense écrin de tous les ossements des futurs canonisés de l'univers. Tout procès en canonisation exige, en effet, que des reliques soient apportées aux pères chargés d'instruire la cause, comme autant de pièces à conviction. A la tête d'une dizaine de religieux affairés à classer, Giulio, l'ancien secrétaire de Jean XXIV et de Green, dirigeait les opérations. C'était lui le maître de la lypsanothèque, le grand servant des fémurs et des crânes. Plus étonnantes encore que la Bibliothèque vaticane, ces archives de l'os bouleversaient le pape qui restait fasciné à regarder les doigts décharnés des assistants de Giulio manier les ossements des ascètes du monde. Un code secret, à base de lettres et de pictogrammes, permettait à la troupe de reconstituer les squelettes des saints. La lypsanothèque travaillait depuis les origines de l'Eglise, mais Miltiade n'ignorait pas que son propre culte des reliques en avait considérablement relancé l'activité. Fémurs écaillés, fendus, sacs entiers de rotules, d'osselets et de vertèbres, crânes, intacts ou défoncés, d'un blanc pierreux ou d'un rouge d'argile, dents monstrueuses, tous ces fragments d'os s'amoncelaient dans l'étroit caveau éclairé aux bougies, tous ces résidus de cathédrales ou d'ermitages, comme dans la vallée desséchée de la vision d'Ezéchiel. Il fallait voir la dextérité, aussi efficace que respectueuse, avec laquelle Giulio manipulait les reliques. Saints obscurs d'Asie ou de Chine, vieux jésuites persécutés, crânes trépanés et membres rompus, missions du Mexique ou de Colombie. Pas un bruit, pas le moindre murmure : les assistants de Giulio communiquaient par signes, demi-sourires, hochements de tête. Il y avait aussi des mèches, des houppes, guenilles filandreuses des vieilles tonsures sacramentelles. Parfois l'os était enroulé dans un fragment de bure comme minéralisé par les sédimentations de la tombe. Miltiade se tenait un peu au-dessus du cercle des archéologues mystiques. Nulle émotion ne l'étreignait, rien de comparable à ce qu'il avait ressenti dans les catacombes, devant les restes de son lointain prédécesseur.

Un jour, il arriva à la lypsanothèque comme on éventrait le cercueil de plomb qui avait servi au transfert d'un corps. Il s'agissait du corps d'une jeune religieuse morte à vingt ans dans un couvent bénédictin du Bénin. La dépouille avait été transmise au Vatican pour examen. On fit fondre les soudures du cercueil au chalumeau, devant le pape. Le corps était enveloppé dans un rouleau de drap parcheminé. Déjà Miltiade s'attendait à trouver sous le tissu jauni le crâne grimaçant et les bribes du squelette. On approcha des flambeaux, Giulio s'avança vers le pape et l'invita à soulever le linceul. Dessous le cadavre était intact, d'une noirceur qui avait viré au gris, mais toujours couvert de sa peau, la bouche ouverte dans une expression de grâce miraculeuse. L'habit monastique semblait avoir plus souffert de la tombe que la chair même. Miltiade n'avait jamais entendu parler de cette bénédictine, une certaine Adélaïde N'Diom.

La beauté de ce corps qui n'avait pas pourri eut en lui un tel retentissement spirituel qu'il fit accélérer la procédure de canonisation. A y regarder de plus près, la vie de la sainte, morte vingt ans plus tôt, ne comportait pas d'événements extraordinaires : une vie de grande pauvreté dans un lazaret du Sud du Bénin, un ascétisme forcené — la jeune fille s'était nourrie exclusivement de fèves et de poisson séché tout le temps de sa courte existence terrestre —, tout juste signalait-on dans la notice destinée aux juges qu'elle avait eu des visions, du Christ et de sa Croix sanglante les derniers mois qui avaient précédé sa mort.

Le pape demanda et même exigea — tant son désir soulevait de heurts — que le corps de la sainte fût déposé dans sa chapelle privée. Depuis Bruxelles et le long coma, son mysticisme s'exacerbait. Il entendait prier désormais entre son autel où dormait le reste de terre kinoise et la châsse d'Adélaïde. Le beau corps momifié par l'ascétisme et la mort. Il s'agenouillait des heures au pied de la châsse, les mains jointes, le front collé à la vitre du cercueil. L'émouvaient par-dessus tout ces grands yeux liquides, durcis dans la mort, qui avaient eu les visions du Christ et de la Croix sanglante. La sainte noire du Graal. La sainte mouillée de ses menstrues sèches, des pleurs des pauvres. Au moment de célébrer l'Année du Sang du Christ, il trouvait un réconfort puissant à prier auprès de ce corps lumineux. Il ressassait jusqu'à en être grisé les paroles de l'Epouse dans le *Cantique des Cantiques* (Je suis noire, mais je suis belle) et les lignes de saint Paul sur l'incorruptibilité.

Le crépuscule l'emplissait d'une peur panique. Peur qu'il maîtrisait de plus en plus difficilement. Crépuscule musical à Rome, animé des sonneries des offices du soir. Il voyait les tentures de son petit salon se durcir comme les plis d'un linceul de marbre. Une raie embrasée surplombait le Janicule. Il la regardait saigner jusqu'à l'extinction. A cet instant, l'obélisque, dont il apercevait un pan et les méplats supérieurs, prenait une coloration verte qu'il n'avait jamais. Tremblant, saisi jusque dans son corps recousu au fond duquel la douleur essaimait à partir de l'épicentre lombaire, le pape se carrait dans son fauteuil. Pape et patriarche, européen et nègre sous le déguisement composite : camail, camauro et barbe de vieux chef de tribu. Dans ses yeux refluait toute la douleur de ce soir romain, couloirs vides, fantomatiques du Vatican, capitale décérébrée, monde livré aux aléas du Schisme et de l'Apocalypse. De plus en plus il avait l'impression d'être juché sur son tombeau. Comme il n'avait guère le courage de se lever, on avait installé dans un des accoudoirs du fauteuil un interrupteur discret qui lui permettait d'enclencher à distance le mécanisme de ses mappemondes favorites. Les grosses boules s'animaient. Le monde tournoyait comme une géologie de soufre et de feu. Les images se brouillaient dans le regard du pape.

Il avait aimé les ors et les bleus de Raphaël, le rouge sanglant des marbres, les ocre vieillis des beaux cabinets de géographie, les blancs veinés des tombeaux dans Saint-Pierre, surtout les monuments dus à Pollaiolo, la grande gloire ruisselant d'angelots, et la terre des catacombes, les tuiles romaines, les campaniles et les coupoles, et le luxe de la peinture flamande, les jacinthes en deuil de son jardin d'eau. Tout ce kaléidoscope de couleurs s'engouffrait en lui. Mais à présent il leur préférait le noir sublime d'un corps de sainte.

A cette heure aussi, il pensait au tueur de Din dans sa forteresse belge.

*Log-book :*

J'ai déclaré ouverte l'Année Sainte en frappant à l'aide du vieux marteau incrusté de diamants qu'ont tenu tant de mes prédécesseurs la porte droite de la basilique Saint-Pierre. L'année du Sang du Christ pour l'arrêt de toutes les guerres, l'année de la réconciliation. Comme je remontais à pied la nef centrale, dans le froissement des applaudissements, je pensais surtout aux yeux de sainte Adélaïde, ces *pierres de l'âme* ouvertes dans la mort, ces pierres qui réfractent encore l'éclat sanglant du flanc ouvert du Christ. J'ai remonté la nef à pied, écrasé sous le poids des ornements dorés, cramponné à la croix à double traverse. Bernin avait conçu la remontée vers le baldaquin et la coupole comme un chemin de croix, aujourd'hui mon corps endurait ce supplice. Il y avait là toute cette foule, et ces diplomates, et ces cardinaux, et ces évêques comme toujours. J'aurais voulu entendre Kris-August Némo chanter l'*Ave Verum,* mais on me dit qu'il est malade et en traitement à New York. J'ai célébré la messe malgré la fragilité de mon état. Tous ils guettaient mes gestes, mes faiblesses, attendant que je m'écroule. J'ai tenu à accomplir tous les rites, à vivre ces longues messes pontificales de trois heures que j'aime tant. Je les voyais fixer mes joues creusées, mes mains crispées sur les feuillets de l'homélie. Clergé essentiellement romain d'ailleurs, comme si l'Eglise se refermait sur son berceau initial.

J'ai déposé l'Ampoule du Saint Sang de Bruges dans la Confession. La basilique a un nouveau foyer, le monde gravite autour d'un nouveau pôle : le Sang du Rédempteur. Il me donne une force, une foi qui me vient de bien au-delà de moi. Je suis prêt à tous les défis. J'irai là où le Christ m'appelle : en Amérique prier avec mes frères noirs liquidés par le génocide le plus insidieux de l'Histoire, à Jérusalem. L'Extrême-Orient, si Dieu me prête encore pontificat.

Mais avant, un autre pèlerinage m'appelle. Je le ferai en silence, sans la moindre propagande. Je pars demain à l'aube. Seuls Ramon Serva et Giulio m'accompagneront. Je veux aller visiter celui qui m'a blessé et qui a tué Din et les deux thuriféraires blancs. Demain je m'envole pour la forteresse de Vrouwkerk en Belgique. Tous me croiront à Castel Gandolfo.

Rien ne prédisposait la forteresse de Vrouwkerk, ancienne demeure seigneuriale, ancienne prison militaire sur le chemin des Flandres à devenir le lieu d'incarcération de l'assassin du secrétaire du pape noir. D'architecture médiévale avec toutefois quelques concessions à l'art de vivre renaissant, elle dressait son bastion de pierres rouges dans cette région marécageuse qui prolonge les gravières du Sud de la Belgique. Inoccupée depuis des années, glaciale, d'un inconfort notoire, elle présentait l'avantage d'être inexpugnable en cas d'attaques de groupuscules terroristes auprès desquels Alder avait peut-être trouvé un appui logistique. Plus les policiers avaient avancé dans l'enquête, plus ils avaient acquis la conviction que le tueur avait bel et bien agi seul. Les contacts qu'il avait pu avoir avec les centres vitaux du terrorisme européen à l'occasion de voyages à Amsterdam, Berlin ou Londres, relevaient plutôt du registre de l'anecdote. Le journal intime qu'il avait tenu et qui s'arrêtait à Anvers quelques jours avant l'attentat de Bruxelles ne mentionnait aucune théorisation de l'action armée. Alder n'avait jamais daigné répondre aux questions des enquêteurs. Aussitôt après son arrestation, les policiers l'avaient torturé en lui envoyant de violentes décharges électriques dans les pieds. Mais dès qu'il avait repris conscience, le pape avait personnellement chargé l'archevêque de Malines de veiller à ce que l'inculpé fût convenablement traité. Un envoyé de l'épiscopat belge se tenait en permanence tout à côté de la cellule d'Alder. Plus question dès lors de recourir à la torture.

On avait différé le procès, faute de preuves suffisantes. Le projet concerté des capitales européennes de démanteler d'un coup les réseaux terroristes tournait court. Les gardiens avaient annoncé au détenu cette remise *sine die*. Il avait simplement demandé du papier et des crayons, voulant — c'était là ses premières paroles depuis longtemps — commencer sa confession. Il travaillait une vingtaine d'heures par jour, le dos tourné à la porte, sous l'étroit faisceau que dispensait le soupirail.

Des pas, des martèlements de crosses résonnaient dans les longues coursives de la forteresse. Une intense activité de vigiles, le qui-vive magnétique des états de siège. Tout cela pour ce tueur dérisoire, amaigri, qu'au début de sa détention, il avait fallu alimenter par perfusion, et qui travaillait maintenant avec acharnement, le dos ployé sur les feuillets qu'il couvrait de figures et de lignes, dans la cellule froide aux murs marqués de coulures de salpêtre et d'humidité.

Le voyage du pape avait été tenu secret. Alder lui-même, dont on craignait fort qu'il ne refuse, ne devait être prévenu que quelques heures avant l'arrivée de Miltiade. Quand ce dernier aurait déjà décollé de Rome et qu'il serait donc impossible d'annuler la visite.

A trois heures cette nuit gelée de janvier, les vieilles religieuses zaïroises qui veillaient sur le pape pénétrèrent dans sa chambre d'angle. Miltiade était dressé dans son lit, en prière. Elles venaient comme chaque matin lui apporter sa collation et sa soutane avant la messe. Lourdes, gonflées par l'âge, le geste hésitant. Elles avaient suivi le pape aussitôt après son élection. Comme lui elles portaient toujours des vêtements blancs. Miltiade les embrassa longuement. Jamais il ne répondit à leurs questions. Pourquoi ce départ si matinal ? Et vers quelle destination ? L'Amérique ? Vous allez vous y faire tuer ! Eût-il avoué qu'il s'apprêtait à s'envoler pour la Belgique, il faisait défaillir Léonor, la plus âgée d'entre elles et sa préférée. Elles se retirèrent dans le petit salon voisin pendant que le pape enfilait sa soutane. Elles ne pouvaient s'empêcher de jacasser. Le pape connaissait leur fébrilité des jours de départ.

— C'est une mission secrète... leur avoua-t-il dans son dialecte. — Il les connaissait depuis plus de trente ans et il avait toujours communiqué avec elles dans cette langue. A Kinshasa elles étaient chargées de la confection des hosties pour l'archevêque et de l'entretien de ses ornements liturgiques. Oui, une mission secrète. Je serai rentré ce soir...

Les vieilles religieuses le suivirent dans sa chapelle où l'attendaient Ramon Serva et Giulio. Un Giulio purifié par ses longues macérations, ses confessions d'Assise et ses manipulations d'os à la lypsanothèque. Le franciscain qui n'avait rien perdu de son allure d'adolescent lunaire et pas vieilli d'une ride, se remettait lentement à jouer le rôle qu'il avait tenu auprès de Jean XXIV puis de Green. Le pape l'avait presque naturellement désigné quand il s'était agi de remplacer Din. Aucun acte officiel ne concrétisait toutefois ce retour en grâce de Giulio.

Miltiade célébra sa messe basse devant les deux prêtres et les cinq femmes. La châsse de sainte Adélaïde séparait les religieuses du rang où s'étaient installés Ramon Serva et

Giulio. Les Zaïroises n'avaient pas aimé l'arrivée de cette sainte du Bénin dans la chapelle du pape. Tout comme jadis elles avaient détesté Paloma. Elles supportaient mal l'intrusion d'une femme dans la vie du pape parce qu'elles lui vouaient un culte exclusif et jaloux.

La messe finie, le pape se recueillit quelques instants auprès de la châsse de la Sainte. Les lampes orientales de la chapelle rendaient au visage d'Adélaïde une vie soudaine qui remodelait les aplats lisses des tempes et des joues. Le corps basculé sur la couche semblait prêt pour quelque navigation. Ramon Serva et Giulio étaient déjà sortis. On allait prendre du retard. Une des religieuses souffla les lampes pour inciter le pape à quitter la chapelle. Mais, la tête dans les mains, il priait. Le vent qui s'engouffrait par les galeries de tuf et les terrasses couvrait le bruissement de sa méditation.

Alder n'avait pas compris la raison de ce réveil forcé. Depuis que les interrogatoires avaient cessé, on le laissait dormir tard. Or, ce matin-là, les gardiens l'arrachèrent à son lit, le précipitèrent sous la douche. La tête plaquée contre le carrelage glacé, les mains au mur, il fut minutieusement fouillé, aisselles, bouche, bourses et même anus. Les gardes avaient reçu l'ordre de s'assurer que le détenu n'était porteur d'aucune arme, si petite fût-elle. De même ils eurent soin d'examiner la plante des pieds brûlée par les électrodes. Quand Alder regagna sa cellule, il découvrit une pièce modifiée. Le dallage moisi avait disparu sous un tapis rouge. Une cathèdre de vieux chêne avait été disposée en face de son lit. Les gardiens intimèrent l'ordre au détenu de passer une chemise blanche, un pantalon de flanelle grise et des chaussettes assorties.

L'hélicoptère du pape tourna longtemps au-dessus de la forteresse hérissée de ses tours et de son clocher. Un brouillard compact égalisait les monts et les vallées, et compliquait du même coup les manœuvres d'atterrissage. Le ciel était déjà imperceptiblement dilué d'aube quand l'hélicoptère put se poser à quelques centaines de mètres de la citadelle sur une pièce d'eau gelée. Plusieurs bataillons, soit quelques milliers d'hommes, cernaient les abords de la forteresse. Une batterie de projecteurs éclairait l'aire d'atterrissage mais pas une lueur ne filtrait du bastion cuirassé. On vit se précipiter dans le faisceau d'un des projecteurs, trois silhouettes, dont l'une drapée d'un ample manteau rouge.

Il faisait froid et humide dans la cellule d'Alder. Le pape avait demandé qu'on l'y conduisît sans plus attendre. Quant à Ramon Serva et Giulio, ils priaient dans la chapelle gothique réaménagée pour la circonstance.

Des hommes en armes se tenaient devant la porte. Miltiade leur demanda de s'écarter puis il referma la lourde poterne. Alder n'avait pas bougé, la tête dans les mains. Il faisait celui qui n'avait pas vu le pape. Miltiade vint le rejoindre sur le bord du lit. Alder resta immobile. Miltiade sut alors qu'il pouvait engager la conversation.

— Comment vas-tu mon fils ?

Alder trembla. Cette voix... il réentendait la longue homélie de Bruxelles.

— Comment vas-tu mon fils ?

Le pape manifestait un calme, une maîtrise de soi exceptionnelle. L'autre demeurait toujours tapi en lui-même, la tête baissée, dans cette attitude d'autiste ou de fou qu'il avait adoptée au tout début de sa détention.

— Je suis venu t'apporter mon pardon... Le pape n'attendait pas de réponse.

Il continua :

— Je te pardonne parce que tu es mon frère dans le Christ. Je te pardonne... Tu m'as blessé, tu as tué mon secrétaire, tu as tué deux pauvres innocents, tu aurais pu me tuer, mais je te pardonne.

Alder ne bougeait toujours pas. Miltiade ne lui voyait

pas même les yeux. Plusieurs fils blancs s'étaient mêlés à sa chevelure à laquelle on avait imposé une coupe militaire.

— Oui, je te pardonne, reprit le pape, parce que je connais ta souffrance.

Le mutisme d'Alder ne le gênait plus. Il se souvenait de ses premières confessions au tout début de son ministère de prêtre, quand c'est la parole même du confesseur qui exorcise la douleur muette de celui qui se cache derrière la grille.

— Oui je connais ta souffrance, c'est d'abord celle de quelqu'un qui ne connaît pas Dieu... Tu étais seul quand tu as tiré sur nous, je le sais. Et cet homme que tu as tué, mon secrétaire, je vais t'avouer quelque chose, il était comme toi, il ne croyait plus... Pour d'autres raisons que toi... Mais je les respecte toutes. Il venait d'Afrique, la vraie, malade de la famine, de la pauvreté. Il avait lutté et pour cela on l'avait torturé. Lavages de cerveau, électrodes, brûlures. Tu aurais vu son corps... Tu aurais entendu ses cris, même encore des années après la prison, au Vatican, oui au Vatican... On me l'a raconté, parce qu'à ce moment-là, il ne vivait plus auprès de moi...

Le pape s'arrêta. Il avait vu la main du détenu se crisper, son pied déchaussé soulever nerveusement le tapis. Autour d'eux la forteresse était étrangement silencieuse. Il n'avait aucune notion de l'heure. Le soupirail laissait passer une lumière grise, comme macérée dans les gravières. Aucune rumeur ne parvenait non plus du couloir.

— Je voudrais mieux te connaître, reprit Miltiade. On m'a un peu raconté ta vie. Tu connais sans doute un peu la mienne. Si mal sans doute aussi. On m'a dit que tu étais à Anvers quand j'y suis passé, que tu étais dans cette foule qui me huait... Grâce à toi, j'ai connu l'épreuve... Tu as fortifié ma foi...

Le jeune homme avait relevé la tête et pour la première fois depuis que Miltiade parlait, il découvrait le visage dévasté et rayonnant de son interlocuteur.

— Oui, mon fils, regarde-moi bien dans les yeux... Regarde-moi bien. Il n'y a nulle haine dans mon regard. Je ne suis pas venu avec des journalistes et des photographes pour te récupérer. Je suis venu seul. Personne à Rome, et dans le monde, ne sait que je suis ici avec toi... Je resterai ici le temps qu'il faudra... Mieux vaut sauver radicalement une âme, et surtout la tienne, qu'en bénir hâtivement 6000...

Miltiade s'était levé et avait gagné la chaise de chêne. De là il pouvait regarder le détenu en face.

— J'aurai vraiment réussi, reprit le pape, quand ce poids énorme qui est là en toi, ce poids qui t'empêche de parler, t'aura glissé de la poitrine... J'aurai réussi, pas pour moi, pour toi... Tu le sentiras peut-être quand je serai parti...

Brusquement la cellule lui pesait, anneau de pierres suintantes. Le jour se tenait à distance, comme s'il eût été annulé par les hectares de lacs et de taillis spongieux. Face à lui le détenu avait maintenant la tête levée, le regard gris et fixe. Ce visage, Miltiade l'avait vu en photo. Mais il le découvrait, il prenait la pleine mesure de sa souffrance.

— Pourquoi as-tu fait cela ? lâcha le pape en retenant un sanglot. Pas pour moi, ni pour eux, ces enfants étaient purs, mais pour lui... il allait revenir vers la lumière...

Il y avait trois heures déjà que le pape était entré dans la cellule de son assassin manqué. Trois heures d'excitation et d'angoisse pour les membres du personnel de sécurité. Le directeur de la prison avait voulu aller frapper à la porte de la cellule. Il craignait le pire. Ramon Serva s'était interposé pour qu'il laisse les deux hommes à leur face à face. A midi le cardinal dut à nouveau intervenir pour que l'envoi du maigre repas ne fût pas un prétexte d'immixtion. « La confession est un sacrement, tonna-t-il. Je vous ordonne de laisser le pape en paix. » Le directeur et quelques membres de la police belge n'en finissaient pas de faire visiter à Ramon Serva et Giulio les dédales de la forteresse.

Las du mutisme d'Alder, le pape avait voulu partir. Mais le détenu s'était jeté en travers de la porte pour l'empêcher de sortir. Miltiade s'était assis sur sa cathèdre. Il savait que sa présence apaisait le criminel. Il devinait en lui le travail secret du remords, la naissance à la conscience du péché. Miltiade priait à présent de façon silencieuse. L'autre en face avait la tête dans les mains. Déjà la lumière déclinait. Un soleil rouge d'hiver s'enfonçait à l'horizon des lacs et des ravines. On saisissait sa chute dans l'axe de l'étroite fenêtre. Alder était toujours assis sur le bord du lit. Miltiade vint s'agenouiller devant lui, lui prit les pieds, les débarrassa des chaussettes grises et les baisa longuement. Les effets conjugués des électrodes et des gerçures avaient donné à ces longs pieds osseux une douloureuse carnation violette.

— Je vais te laisser à présent, dit Miltiade en se relevant. Ton silence valait toutes les confessions. Je te remets tes péchés. Cela, je le tiens de mon ministère de prêtre. En tant que pape, tout ce que j'ai aujourd'hui délié dans ton cœur, l'est également dans les cieux. Je rends grâce pour ce que tu m'as fait connaître...

Le pape allait partir quand le jeune homme cria :

— Attendez ! J'ai quelque chose pour vous. — Il avait l'accent traînant des gens des polders. — Ma confession, la voici. — Il lui tendait un dossier cartonné. — Mais ouvrez-le quand vous aurez quitté la prison... Pas avant...

Trois nuits consécutives, le terroriste entendit jusqu'à l'hallucination le fracas, dans l'air gelé, d'une hélice d'hélicoptère.

Dans le cœur de sa forteresse plantée au milieu des eaux, en attendant une mort probable, Alder avait tracé sa confession. Sauvagement, voracement, dans un dernier élan où se ruaient ses forces vitales. Des heures entières, sans se lever pour s'alimenter ou boire, il s'était posté à la lumière du soupirail. Le jour imprégnait le papier de sa fadeur blême. Il s'était mis à vivre au rythme des cycles de l'hiver, dans le tumulte des vols d'oiseaux qui, fuyant le grand Nord, venaient se réfugier dans les gravières. Il se revoyait dans la nef de la cathédrale de Bruxelles, le jour où le monde avait basculé dans sa folie. Les images se précipitaient. Il n'avait jamais été un homme de mots. Sa civilisation, celle qui l'avait porté et qu'il vomissait aujourd'hui, n'était qu'un vivier grouillant d'images. Il y avait bu jusqu'à l'ivresse. Mais il avait un sens presque inné de la ligne, de la couleur. Il avait crayonné à la hâte, sur un coin de table, dans ces bars louches d'Anvers où il avait établi ses quartiers, des silhouettes, des figures de ceux qu'il aimait. Chair émaciée, prunelle glauque. Ainsi il en avait dessiné des tas à la lueur des spots, des néons. Au bord des canaux, des gueules de touristes japonais. Il avait même vécu un temps de ce petit commerce. Ça valait encore mieux que la prostitution. Chez lui le talent fusait à l'état brut. Il n'avait reçu aucune éducation, aucun cours. Alors, face au soupirail qui déversait sa lumière, dans la cellule qui suintait, à mi-chemin du ventre et de la tombe, il avait jeté sur les feuilles qu'on lui donnait avec parcimonie ses premières épures. Il aimait crayonner dans la masse, l'épaisseur d'une chair. Ses moyens étaient limités mais précisément ces limites le grisaient. Il l'avait décidé : sa confession serait picturale. Les feuillets iraient s'amonceler dans un carton à dessins. Et il travaillerait le visage du pape. Il recréerait ce visage au sortir du coma et de la mort. Il le ferait sortir de la mine grasse du fusain. Ce visage d'épervier inquiétant, ce visage d'aigle du Zaïre. Dans sa mémoire il retrouvait le vacillement des traits au travers du viseur. Il avait détesté ces protubérances africaines, ce front démesuré, ce regard. Il y avait d'un côté un magma de souvenirs, d'émotions, le pape noir dans les rouges et les verts des vitraux, et de l'autre le vertige du coup de crayon, sec, aride, cinglant dans sa nécessaire et vitale ascèse. Le tueur raté, l'assassin d'enfants s'était fait ciseleur de visages. Et, avec des moyens de fortune, dans l'angoisse d'un jugement de jour en jour différé, il allait réussir à capter l'éclat du visage du pape au sortir du coma et de l'ombre. Miltiade souterrain, rétracté dans sa nuit, Miltiade des catacombes. Foudre noire entre l'arbre de la tentation et l'épée de l'archange.

## VIII

## LES CROISÉS DE HARLEM

New York : ville de miroirs et d'eaux grises. Miltiade l'avait découverte comme une cathédrale grouillante, hérissée de flèches, de grands murs d'ombre ou de verre taillés dans les assises mêmes du monde, un quadrilatère de rues qui s'enfonçaient dans la masse minérale comme autant de gorges, de passerelles souterraines. A dire vrai le gigantisme l'avait peu impressionné mais il était resté en émoi devant ces bastions placardés de cristal dans lesquels défilaient les nuées rouges d'un ciel d'Apocalypse, ces forteresses austères, vouées peut-être au culte des idoles, cette lumière permanente qui jaillissait par clignotements, éclipses, ricochets le long des façades, cette bogue sculptée, sertie comme le lointain vestige d'une civilisation éteinte. Masses immobiles levées dans le concert des éléments : l'eau, l'air, dont les reflets et les chimies venaient habiter les grands écrans de verre. Un opéra se jouait sur ces murs, signes, coulées lumineuses, alphabet géant de l'acier et du krypton. Et, peu à peu, à force de parcourir ces artères ou ces terrasses d'où l'on découvrait en surplomb la fureur verticale de la ville, l'œil rempli des fusions de l'eau, de l'air et du vent, le corps noyé dans la poussière qui traversait les rues, le pape, dans sa rêverie, s'était délesté de tout ancrage tangible — la terre, la glaise fondatrice et l'homme — pour se perdre dans l'immatériel de ces grands murs mouvants dressés entre ciel et eau, une énergie, celle qui avait dressé la mégapole sous l'effet d'on ne sait quel séisme vertical, l'éclosion ordonnée des arches et des sanctuaires.

*Log-book :*

Une année solaire pour rappeler les trente-trois années terrestres du Christ. Une année pour moi pour courir de continent en continent et prêcher la paix, l'amour et la vie. La foi que j'ai puisée dans l'épreuve de l'attentat, le coma, la mort de Din, mon réveil et le pardon accordé à Alder, me pousse au-delà de mes limites. Une foi à lever les montagnes, une foi à souder le corps éclaté du Christ.

Je n'attendais pas un tel choc de New York. J'ai plongé dès mon arrivée dans la misère du Bronx. J'ai parcouru ces puits de lèpre et de puanteur, ces artères en ruine jonchées d'immondices et de corps. Je me suis mêlé à mes frères noirs et portoricains. Une fureur d'émeute secouait la foule assemblée au Yankee Stadium. Partout, sur les gradins, la pelouse et les tribunes. Une foule partagée entre la colère et la danse. Le moindre de mes mots aurait pu déclencher le carnage. Nous avons prié sous les bastions de Manhattan. Le ciel rosissait dans les tubulures de verre du stade. Je me suis abstenu de prononcer une homélie : d'ailleurs ils criaient, ils exultaient, ils vociféraient tant que l'écho de mes paroles leur parvenait à peine. La marée déferlante de la pauvreté, le bidonville noir accouru à la rencontre de son pape. De gigantesques écrans protégeaient l'autel où j'ai offert le sacrifice : pas question de consacrer les offrandes, d'appeler la descente de l'Esprit sur le pain et le vin dans la vibration mystérieuse et saisie de la foule. Tous, ils me semblaient encore plus pauvres, encore plus meurtris qu'au Mexique. Et terriblement vengeurs, prêts à se lever en émeute saccageuse. Je les voyais déjà se fracasser contre les pyramides et les forteresses de Manhattan. Je leur ai longuement présenté l'hostie géante, confectionnée par mes religieuses zaïroises du Vatican, puis la coupe luxueuse, incrustée de diamants et d'émeraudes — le calice de mon couronnement — qui, dans les feux déclinants du soir new-yorkais était vraiment la *coupe incomparable* de la première prière eucharistique. Mais je sentais que tous leurs morts les hantaient et que les spectres de leurs morts les accompagnaient dans leur marche vers l'autel.

Les prêtres qui vivent avec eux dans le Bronx, aux lisières du jardin botanique qu'ils ont squattérisé, avaient choisi une cinquantaine d'infirmes, de malades, de femmes défigurées par les maternités successives, auxquels je suis allé porter le Corps du Christ. J'ai vu leurs bouches avides se précipiter sur le mince cercle de pain, l'avaler comme une nourriture première et vitale. A chaque fois je les bénissais et j'avançais dans le cercle fourmillant de leurs mains qui happaient ma chasuble. J'étais au plus profond du cœur pauvre de Dieu, en pleine intimité avec eux, et dans mon geste et ma prière, je m'unissais à leur misère, leur égarement. Déjà la nuit sentait la poudre et la cendre. Quand je suis remonté à l'autel, le cardinal Ivera qui m'accompagne dans ce voyage m'a chuchoté qu'à l'extérieur du stade des heurts sanglants opposaient de jeunes Noirs fanatiques à la police, et qu'il fallait retenir le plus longtemps possible la foule à l'intérieur de l'immense amphithéâtre de béton. Je leur ai parlé de la pauvreté selon le Christ qui est richesse d'âme et gage de vie éternelle. Le désir d'émeute avait gagné l'assistance.

Peut-être attendaient-ils de moi des paroles plus dures. Une dénonciation plus radicale de leur condition d'esclaves, de rebuts du monde blanc. L'insécurité est telle au Bronx que la police n'hésite plus à tirer dans le tas. Un génocide s'amorce, l'holocauste noir du troisième millénaire. Ils meurent là, au fond de leurs cours de briques, sans travail, sans espoir de travail, et l'armée ceinture le ghetto. *Bronx river* s'avance comme un énorme canal putride qui charrie les déchets du bidonville et les cadavres des Noirs. Je l'ai remonté, la nuit venue, à bord d'une vedette pour bénir le quartier de tous ceux qui ont déjà leur place dans le Royaume, pour les bénir dans la nuit épaisse et puante au triple nom du Père, du Fils et de l'Esprit.

Je ne serais pas tombé sous les balles d'Alder à la cathédrale de Bruxelles, je n'aurais jamais pu venir ici. Paradoxalement, ce sont les balles du jeune tueur, puis mes coups à la Porte Sainte qui m'ont ouvert les voies de l'Amérique. Il n'était plus possible de refuser au pape noir, sauvé du coma et de la mort par la volonté de Dieu, l'entrée chez ses frères de Harlem et du Bronx. Le président Germin lui-même, qui collectionne les mandats, a fléchi. A condition que je me comporte en simple visiteur, que je m'abstienne de toute immixtion dans les affaires américaines, que j'accomplisse, dans le cadre de l'Année Sainte du Sang du Christ, une visite essentiellement pastorale et que je prononce à l'ONU un discours de *portée générale.* « C'est affreux », m'a soufflé tout à l'heure Ivera, après notre bénédiction sur *Bronx river,* lui d'habitude plus préoccupé par l'Apocalypse et Christophe Colomb que par la misère des peuples. Je me suis tu à Yankee Stadium, mais confiant dans le Christ je parlerai à Harlem.

Les autorités new-yorkaises avaient eu beau nettoyer, travestir, la réalité n'avait pas échappé à Miltiade. Au pied des citadelles des dieux Dollar et Technologie, au pied des sanctuaires du Roi vert et du Progrès infini, le Bronx, West Side, Brooklyn et Harlem déversaient leur vermine. Manhattan dressait son éperon criblé de feux et de phosphorescences dans une marée de corps affamés et pourris. Central Park allongeait son bidonville géant parmi les frondaisons et les sinuosités compliquées des lacs, c'était logements de fortune, huttes de carton pâte, nuées d'enfants noirs et de vagabonds faméliques. La misère suintait, inexorable. Rien ne l'arrêtait plus. Elle s'infiltrait dans les avenues, Harlem débordait de son enclave traditionnelle, le corps vorace du bidonville avait absorbé Edgecombe Avenue, Hamilton Terrace et leurs parages, jadis occupés par la bourgeoisie noire. La misère croissait, pieuvre ténébreuse et fatale. Elle savait s'insinuer par les couloirs du métro, le long des ponts, elle consolidait les fondations de la ville, les assises des gratte-ciel d'une sorte de lave, d'un pus géologique nourri d'ossements et de chair en putréfaction. Son étiage montait chaque jour. Central Park libérait un nouveau flux de végétations hirsutes. Un véritable réseau de frontières protégeait la pointe extrême de Manhattan. Postes de police, barrières magnétiques, palissades grillagées hérissées de herses défendaient l'accès du centre nerveux de la mégapole.

De même des renforts de l'armée filtraient les passages à Brooklyn et Manhattan Bridge. Ne s'y ruait que la foule admise, la clientèle du Temple, la foule blanche et nantie. Elle seule hantait la proue scintillante dressée sur l'Hudson, le sanctuaire crépitant de tous ses spots, l'Eden des banques et des affaires, des calculs planétaires et des trésors, le Cerveau de l'Amérique en marche. C'était là, tout au haut de ces citadelles verticales levées comme autant de vertèbres galactiques, que les ordinateurs, les robots, les machineries démentes et les creusets de l'intelligence froide régentaient le monde, happant dans leurs mémoires les continents, les milliards d'hommes. Les tours de pilotage, criblées de milliers de feux qui ruisselaient le long des axes et des nervures de la pierre, surplombaient la mer grise, boueuse, comme alourdie, dans son ressac, de chairs liquéfiées.

Il n'y avait pas de crépuscule à New York. Les lumières s'intensifiaient et l'on n'avait pas la sensation de la nuit qui gagne. Depuis qu'il avait émergé du coma, Miltiade vivait douloureusement le crépuscule. Il se retrouva un soir devant le porche éclairé de la cathédrale Saint-Patrick où, sur invitation, se pressaient les représentants prestigieux du monde des affaires, les ingénieurs, les technocrates et les chasseurs de têtes, les savants, les biologistes experts en manipulations génétiques pour qui le « tissage des entrailles souterraines » n'avait plus de secret, tous les amis de l'épiscopat américain. A son habitude, Miltiade s'agenouilla au seuil de la grande porte de bronze. On avait eu soin de disposer un coussin que le pape écarta, et de poster un enfant de chœur en soutane rouge et surplis blanc, pour l'aider à se relever. Sur le tympan de la porte, un Christ de Jugement, entre sa mère et saint Jean-Baptiste, bénissait ses apôtres, dont, à ses pieds, Pierre, la tête baissée, reclus dans une lourde prière. Le pape remonta vers le chœur dans le silence le plus absolu. Il avait accepté cette rencontre à la demande insistante de Mac Gregor. Après une brève introduction de l'orgue, Miltiade prit la parole devant cet auditoire de marbre. La messe à Yankee Stadium et les affrontements du Bronx, la perspective de sa descente parmi ses frères d'Harlem l'avaient profondément ému. La barbe pénitentielle, qu'il portait toujours, lui donnait un air de monarque autoritaire ; ce soir-là, il avait le regard perçant, le verbe assuré. Très vite, après avoir prononcé les compliments d'usage, il attaqua le vif du sujet :

— Vous êtes les complices de la barbarie, hurla-t-il à l'adresse des scientifiques et des marchands, vous êtes les tenants d'un monde qui en écrase un autre, vous êtes les ennemis du Fils de l'Homme. Voici cinq jours que je suis parmi vous. Je vois nettement deux mondes qui s'affrontent. Quand on prétend vouloir endosser le Christ, le choix est facile. L'Eglise est avec les pauvres contre les oppresseurs.

Tout en parlant, le pape scrutait ce parterre mondain, bien calé dans les fauteuils garnis de coussins. Après le bain de misère du Bronx, ce public le révulsait. Les notes détaillées que la secrétairerie d'Etat lui avaient fournies avant son départ de Rome faisaient état de manipulations génétiques pratiquées dans de grands laboratoires de Manhattan sur des corps de Noirs vivants. Investigations cérébrales, grossesses suscitées de manière artificielle, recherches sur la procréation et les capitaux génétiques. Des femmes, des enfants avaient été enlevés dans les bidonvilles du Bronx et de Central Park. La police, qui n'avait rien dit, l'avait toutefois enregistré dans ses archives.

La thèse de l'holocauste prenait corps. Et le pape avait devant lui dans la nef de Saint-Patrick les complices et les bourreaux. Elégants, souriants, accompagnés de femmes superbes. L'atmosphère s'était tendue dès que le pape avait pris la parole. Rien ne l'arrêterait.

— Disséquez les corps, désintégrez les atomes, fouillez toute cette bouillie de molécules, tonnait-il, mais à quoi vous sert-il de fabriquer la vie lors même que vous en avez perdu le sens ? Cherchez, creusez, manipulez, vous rendrez des comptes ! L'ironie, le mépris qu'il y a dans vos yeux ne changeront rien à mon attitude. — Une énergie brutale circulait en lui, celle qu'il puisait dans sa foi renouvelée, dans la certitude qu'il avait que cette Année Sainte qu'il avait décrétée pouvait être celle de tous les défis —. Scientifiques, banquiers, vous êtes des Pharisiens. Vous avez fait de la maison de Dieu une maison de trafic. Devant vous ici ce soir, et en communion avec tous ceux qui souffrent dans cette ville et sur ce continent, je suis le Vicaire de Celui qui est le Chemin, la Vérité et la Vie. Vous êtes l'abîme, le mensonge et la mort.

Une clameur haineuse avait couvert les dernières paroles du pape. Tandis que l'entourage direct de Miltiade, Ivera en tête, applaudissait à tout rompre, le clergé américain divisé ne savait quelle attitude prendre. Des insultes éclatèrent dans l'assistance. Et des menaces de mort. La protection rapprochée du pape avait dû faire front. Des voix, des injures racistes résonnaient. On s'empoignait dans la cathédrale. Visiblement apaisé, Miltiade était tombé en prière au pied du tabernacle.

*Log-book :*

Des jours que je hante cette brousse de bâtisses levées. Des quartiers délabrés du Bronx ou de Lower East Side au noyau noir de Harlem. Des jours que je hurle, que j'exhorte dans le grand soulèvement des masses pauvres. Assailli, cerné de cris, de couleurs, dans mon bulbe de verre qui me propulse parmi les citadelles d'acier poli, épuisé aussi — l'éclatante douleur lombaire renaît, mes forces intellectuelles sont elles intactes, mais le poids des messes, des discours me terrasse vite — je ne me lasse pas de Manhattan dressé sur l'eau, je me laisse saisir par la verticalité de la ville après l'inertie du coma. Ces grands murs brun clair ou gris, rutilant de leurs feux, et cette misère qui monte, revanche des dessous, de la boue qui gagne. Dans l'entaille lisse des canyons j'ai aimé la cathédrale Saint-Patrick, dérisoire miniature blanche. Et là, saisi par l'horreur de ce que ne cesse de me raconter Ivera, j'ai crié de toutes mes forces, de toutes mes fibres, raccordé à cet instant au Corps splendide du Christ, oui j'ai hurlé et j'aurais voulu que l'écho de ma voix fende les murailles obscures, brouille les terminaux d'ordinateurs, détruise ces faux temples pour fêter l'avènement des pauvres. Dans ce désert de verre et d'acier, je me suis drapé, ô Christ, dans ton manteau de Palestine.

Dans ma méditation permanente, plongé avec toi au creux du cœur pauvre du Père, je ne cessais de te sentir secoué des convulsions de la Croix.

Oui, la cathédrale Saint-Patrick gonflée des psaumes et des spirituals des Noirs. Comme cette graine de moutarde de l'Evangile, ce germe divin dans les bastions secrets. Le soir, sur le balcon de la Nonciature, quand nous regardons le soleil allonger ses reflets sur la mer jaunie, Ivera me parle d'Apocalypse, de déluge de feu ou encore d'une ville si tendue sur ses arcs de verre qu'elle menace à tout moment de rompre. Il se trompe. La ville ultime de l'histoire blanche contient déjà en ses murs, sous les fondations de ses idoles, son germe rédempteur, celle d'un nouveau peuple d'holocauste, prêt au sacrifice mais dont la colère sanglante brille au flanc des canyons. Saint-Patrick, ridicule vaisseau dont la foi, je le sens, va fracasser les tombeaux de Baal. J'entends vos voix, vous mes frères, vos voix calmées, non plus grossies par la haine et l'effroi, mais saisies par ce don mystérieux de l'Esprit, vos voix belles dans la nef de Saint-Patrick, appelant le salut et la miséricorde, vos voix tissées, mêlées, une dans le Christ. Vos voix d'espérance sorties de vos corps blessés, séchés par la famine, mais que Dieu irrigue de Son Esprit.

Ils criaient d'ivresse. Ivresse du Don, ivresse de se sentir élu et aimé du Père. Et j'ai retrouvé leur colère, leur folie vengeresse quand je suis arrivé au Metropolitan Opera. Le carnage menaçait quand j'ai gagné la grande salle moderne. La police avait placé ses cordons et ses barrages tout au long de mon itinéraire. La masse atroce des pauvres déferlait, galvanisée par sa foi et son amour du Christ. Il y a eu des coups de feu tirés dans la foule. Un jeune policier ému, novice je crois. Les Croisés de Harlem et du Bronx se sont alors jetés contre l'armée, piétinant les corps de ceux qui tombaient, les visages durs, grimés du sang des morts.

Peu à peu je pénétrais l'énigme de cette ville. Je la connaissais par bribes, depuis longtemps déjà. Depuis que Colombo dans son vieux salon mystique de Mexico m'avait ouvert les yeux sur la vérité du génocide. Mais couard ou trop soucieux de l'unité de mon Eglise, j'avais esquivé l'affrontement. Maintenant New York se levait sur l'ossuaire de mes morts.

Je suis entré au Metropolitan Opera. On allait y jouer pour moi le *Requiem* de Verdi. Mon fauteuil avait été installé au bout d'une longue estrade de feutre rouge. Pour moi Kris-August Némo avait quitté la chambre de verre où on le soigne. Au premier roulement des cuivres, j'ai vu son effigie maigre, comme une relique vivante, le chanteur double, blême dans le sel de Sodome. J'aimais pourtant que celui qui dans ses quêtes charnelles avait nié la fécondité du monde, chante cette messe géante des morts pour moi. Le *Dies Irae* m'a jeté au sol. Les huit trompettes du *Tuba mirum* en surplomb sonnaient superbement dans ma prière. Le cortège de mes morts m'avait rejoint. Tous, du Bronx, de Harlem, du Zaïre, du Bénin et de toutes les terres noires. Deux heures je suis resté agenouillé, écrasé par les masses orchestrales, la folie des voix et toute la déréliction du monde. Il semblait que les voix s'engouffraient le long des murs liquides de New York, que des tombeaux s'ouvraient dans le verre cavernal. Je les entendais rugir, effervescence sourde à l'extérieur de l'opéra.

Le *Liber Scriptus* a détaché une figure du cercle mouvant des ombres. Voix qui fouillait l'opacité du souvenir jusqu'à projeter Din devant moi, dans son ressac. Je l'ai revu séché, le crâne ouvert, et, étrangement, ses traits se mêlaient à ceux de la sainte du Bénin qui dort dans ma chapelle à Rome. Din implorant, rouge dans le sang des hosties poignardées de Bruxelles. Et je l'entendais dans le flux des voix du *Libera me,* je l'entendais hurler, cogner à la porte refermée du Royaume, dans un mouvement qui l'écartait irrémédiablement de la grande nef illuminée où siégeait sur sa nuée verte le Fils de l'homme. Je voyais nettement d'un côté le visage pacifié du Suaire de Turin, d'une étonnante jeunesse, sans ride ni crispation vengeresse, et de l'autre le mouvement indéfiniment ralenti de Din qui s'engouffrait dans la perdition. Et au moment où les traits du Christ s'inscrivaient avec netteté dans la lumière, ceux de Din se diluaient inexorablement. J'avais perdu son visage.

Je suis sorti dans New York à demi incendiée. Les rampes de néon plongeaient dans les brasiers qu'avaient allumés les Noirs. Deux tours brandissaient leurs épaves foudroyées. Un vent de saccage flottait sur les rives de Manhattan. Je ne comprenais plus rien. Le requiem m'avait détaché de mes frères pour me précipiter au bord d'un puits où s'anéantissait un visage. Quelle que fût l'énergie que j'y mettais, je ne retrouvais plus ce visage. Les draperies de métal et de fumée de Manhattan l'avaient émietté dans leurs rainures et leurs plis.

Seul, ruisselant de pleurs, j'avançais sous ce suaire vide.

Le pape avait voulu donner à la célébration de Noël un éclat sans pareil. Il présida une messe géante, criblée de torches en plein cœur des taudis de Harlem. Au moment précis où à Rome le cardinal Ramon Serva déposait le *bambino* dans la crèche rituelle de l'Aracoeli près du Capitole, Miltiade, lui, installait un enfant noir sous la terre séchée d'une maison dogone.

Tout était né de ce geste : le pape tremblant, la main incertaine, déposant dans la crèche de Harlem le Christ noir. Son homélie, largement métaphorique, n'en était pas moins évidente : elle appelait au réveil de l'âme, à la foi en Dieu et à la destruction des faux temples. « Le Christ que nous fêtons ce soir aux premières heures de sa naissance, trente-trois ans avant l'effusion du Sang qui consacre la Création nouvelle, a lui aussi détruit le Temple, celui de son corps », avait crié Miltiade. Les croisés de Harlem, auxquels s'était jointe la foule maudite de Lower East Side, celle encore plus loqueteuse du Bronx, y avaient tout de suite vu un formidable symbole. La messe finie, les flambeaux du grand bivouac chrétien soufflés, à l'intersection des avenues et des coupe-gorge qui incisaient la masse épaisse de la misère, les premiers hussards, les leaders fanatiques, les pasteurs au verbe fou avaient pris la direction du flot. Les prêtres qui avaient concélébré la messe avec le pape s'étaient eux aussi postés sur la ligne de crête. Le déferlement noir, portoricain, mexicain, grossi d'afflux jaunes, chinois, torrent des races d'holocauste. Tous, ils avaient désormais un signe, un fétiche qui les liait malgré leurs différences et leurs haines : le Christ noir que l'on avait arraché à sa crèche sitôt le pape parti pour le placer dans les bras d'une vieille religieuse noire que le toucher de la statue au bois lourd faisait trépigner de joie. Et ils étaient partis à l'assaut des glaciers de Manhattan, ces ventres sombres et leurs ripailles secrètes. Tout cortège a son noyau qui l'ordonne dans sa gravitation fougueuse : ici le Christ noir, bambin d'ébène poli par les mains calleuses de la vieille madone. Son fétiche et sa mère, et la foule croissait, Central Park libérait une nouvelle faune, hagarde, brûlée au haschisch, jeunes révoltés de Dieu, ils progressaient, de nouvelles tribus sortaient de l'ombre, le Christ noir aimantait leur folie, leur nombre avivait leur ivresse et leur soif. Et plus ils étaient ivres, ivres de leur force, de leur masse dont le cri grondait dans le fond des canyons, plus ils avaient soif. Des femmes portaient des grappes d'enfants sur leur dos. Dans une futaie d'étendards, de banderoles, de flambeaux jaunes et blancs qui éclairaient de-ci, de-là, des portraits de Miltiade. A l'origine de cette course déferlante, il y avait eu un geste mystique, le choix revendiqué d'une couleur, un simple geste pour rappeler une naissance et ce signe se perdait dans le grossissement des formes, l'avancée des colonnes, grimées, menaçantes, bourrées d'armes. La foule fécondait la foule. Leurs voix d'esclaves scandaient des chants joyeux dans le Noël minéral de New York. Le cosmos flambant d'étoiles les fêtait. Des sillages de comètes fusaient. Le long des façades, et c'était le reflet bondissant des brasiers qu'ils allumaient dans les vitrines des restaurants de luxe, des théâtres, des boutiques, des cinémas. Çà et là des affrontements éclatèrent avec les vigiles des tours, mais rien ne ferait dévier le courant de sa trajectoire. Cette lave noire qui encombrait les rues, purulente et déchue, se levait, elle avançait à la suite du Christ noir, modeste statue, grossière et lourdaude, comme jadis les foules dans le désert après le Christ, le vrai Dieu masqué sous son apparence d'homme, c'était un cortège de cataclysme, un tournoiement de rires et de lueurs, le corps luxuriant d'une joie sauvage, inextinguible. La vibration des pas ferait trembler les assises des bastions et des forteresses. Souillée de ce flux de parias, la beauté classique de la ville rayonnait : on eût dit que les artères, les rues, les profils longilignes des tours, la verticalité dansante des murs tendus comme pour unir le ciel et l'eau avaient été tracés, montés, pour recevoir cette cohue barbare, cette invasion d'esclaves fanatisés par le geste d'un pape noir. Et il fallait que le monde fût au bord de l'Apocalypse, que Rome, déjà, fût tombée aux mains de la sauvagerie démente pour qu'un Nègre mitré attise l'élan du Bronx, de Harlem, des bidonvilles et des docks, dans ce décor de cathédrale ascétique, pour que surgisse des eaux grasses et jaunies de l'Hudson et de Bronx River une furie de lémures et de monstres poissonneux.

La foule s'était arrêtée à la ligne de démarcation, la frontière qui interdisait l'accès de Manhattan. Le bruit s'était tu. Seule revenait la rumeur des arrières. Mais face aux tours froides et gelées, le silence s'imposait. Manhattan : c'était là que travaillaient les maîtres du génocide, là qu'on avait décérébré des Noirs vivants afin de leur greffer des cerveaux préhistoriques prélevés dans les marais de Floride, là encore qu'on procédait au clonage de gènes sur des Noirs *in vitro*. Les forteresses sépulcrales abritaient ces hybrides de Blancs de Floride et de Noirs du troisième millénaire. Là aussi qu'on avait trié les premiers habitants des colonies de peuplement en partance pour la lune. On assurait que les vaisseaux spatiaux avaient été volontairement désintégrés dès leur sortie de l'atmosphère.

La colonne du Christ noir stationnait maintenant au pied des hauts cercueils de vertige. Termitières de vigile levées pour la grande nuit du sac. Manhattan allait brûler. En cette nuit d'orgie pour les Blancs. On avait allumé des feux de frontière, élevé des rudiments de barricades. Là-haut, c'était l'abondance et le rut. Les lupanars de Sodome et de Gomorrhe. Et au pied la foule rassemblée autour de ses brasiers et de son Christ noir, la vieille madone des gadoues de Bronx River en tête. Elle tenait toujours la statue qu'elle emmaillotait de ses mains usées à force de guérir les plaies des Noirs. Le fils de l'homme, l'embryon de Dieu. Formidable défi face aux bastions de ceux qui préparaient l'Esclave moderne, le Robot humain. Le Christ noir avait triomphé du dieu noir et Miltiade se serait le premier réjoui de ce transfert de symbole. Alors la vieille madone leva de toutes ses forces le bambino d'ébène et se mit à chanter. Un haut-parleur répercutait sa voix le long des nuées de verre. Vieux chant d'Afrique, de plantations et de marchés d'esclaves. Chant du Sud meurtri par la férule des Blancs. Elle révélait une énergie insoupçonnable, le Christ noir serré contre son corps fantomatique. Vieille pasionaria des foules, elle se prenait pour une star de music-hall. Elle chantait le Christ, la nuit millénaire de Marie. Elle chantait Harlem et Bethléem, l'Incarnation noire. Déjà les premières bombes pleuvaient sur la ligne des Blancs.

*Log-book :*

Noël. Choc d'une nuit lointaine, égarée, une nuit de recommencement. Je n'imaginais pas la révolte qu'allait engendrer le dépôt du Christ noir dans sa crèche de Harlem. Des centaines de morts, une répression sanglante, l'affirmation nette des choix totalitaires du régime. Tout à l'heure, l'épiscopat nord-américain que je rencontrais m'est apparu profondément divisé. Il m'a fallu une nouvelle fois leur rappeler, à tous ces évêques, leur engagement de pauvres à la suite du Christ. Aujourd'hui, avec le recul, je comprends presque l'action terroriste de Colombo, même si je la condamne. En tout cas, je ne regrette plus de lui avoir donné le chapeau de cardinal. L'épiscopat américain, malgré des protestations de façade, a laissé marginaliser, pire, exploiter voire liquider le noyau le plus pauvre d'une civilisation.

J'ai demandé à rencontrer la religieuse qui menait la rébellion de Noël. Elle m'a entraîné dans les cahutes misérables des bords de Bronx River. Femme d'une énergie remarquable, d'un courage sans faille. De l'aube à minuit, elle parcourt le bidonville, imposant les mains, dispensant les soins vitaux. Avec elle j'ai porté à manger à tous mes frères dans ce gigantesque entrepôt désaffecté qu'elle a transformé en hôpital. Il faut la voir courir le long des eaux putrides de Bronx River, fétu dans le corps grouillant de la misère. Elle a voulu que je la confesse. Je travaille tant que je n'ai plus le temps de prier, m'a-t-elle confié.

J'ai quant à moi demandé à Ramon Serva de mettre immédiatement aux enchères à Rome ma tiare et la chasuble percée de l'attentat de Bruxelles. Elles sont allées aux mains d'un vieux collectionneur toscan. Je me dépouille progressivement de tout ce qui au début de mon pontificat fut autour de moi fausse richesse. L'argent tiré de la vente ira à cette religieuse et à ses sœurs. Quand j'entends parler du génocide des Noirs, preuve de la permanence, sinon de l'intensification de l'Esprit du Mal sur cette terre, pour le bénéfice de tous ces pauvres, j'irais jusqu'à vendre les plus belles collections de la bibliothèque et des musées du Vatican. Oui, tout vendre, tout quitter pour plonger dans une cruelle pénitence au fond de je ne sais quelle cellule.

Ivera me passionne. Je n'ai pas bien entendu avec lui la

complicité de tous les instants qui me liait à Din. Mais son imagination apocalyptique me plaît. J'aime l'entendre parler de la caverne de Patmos et des visions de saint Jean. J'aime aussi écouter l'exégète de Daniel, de Joël et de Zacharie, d'autant que New York l'inspire, sa baie jaune et boueuse, ses ordinateurs hallucinés, ses chambres de massacre. Il m'assure, comme s'il décryptait quelque obscure prophétie, que j'ai enfin trouvé la *ville scindée*. Y voit-il quelque mauvais présage pour mon pontificat ? Je loue sa constante obsession et domination du Diable mais il m'arrive de regretter que sa foi s'encombre à ce point d'ésotérisme. Ce qui m'alerte, plus que la scission, c'est la liquidation des Noirs, les atteintes, à travers l'humanité noire, à la divinité et la mort de la fécondité. L'Histoire humaine répète à l'infini les figures fondamentales de la Bible. New York de ce millénaire emprunte à la fois à Babel, Sodome et Gomorrhe. Aussi ai-je laissé Ivera aborder devant l'épiscopat nord-américain les questions de morale sexuelle. Il fallait ce côté d'imprécateur fou pour évoquer la menace qui plane. Ici d'ailleurs comme à Berlin, Anvers ou Oslo, on assiste à une mort lente du couple humain. La race se perpétue par des voies artificielles. Le couple humain éclate. Mon pontificat restera marqué par la résurgence de ces formes d'attentat contre l'amour.

Le lendemain, après un discours incendiaire à l'ONU, le pape reçut avant de partir un jeune prêtre mexicain qui se disait un envoyé du cardinal Colombo. Il prouva son appartenance aux légions du cardinal mexicain en présentant la célèbre croix sanglante qui leur servait d'insigne. Le patriarche du Mexique avait tenu, par ce geste, à avertir Miltiade de la reprise de ses activités terroristes à New York. Le jeune prêtre — il devait avoir à peine plus de vingt ans — exposa devant le pape, avec une grande minutie, la teneur du programme. A aucun moment

Miltiade ne l'interrompit. Tout en l'écoutant, il laissait son regard glisser le long des façades de verre.

— Dieu vous bénisse ! dit-il au jeune terroriste comme ce dernier s'apprêtait à sortir. Pour la première fois, cette bénédiction avait valeur d'acquiescement.

Il n'y avait qu'à Rome que désormais Miltiade se sentait bien. Des mois avaient passé depuis New York et l'horrible révélation de ce qui s'y préparait. Ensuite le pape avait gagné l'Asie, il avait visité la Thaïlande, voulant y retrouver le sens de la Création, il avait traversé Jérusalem en guerre, le Zaïre dévasté par les habituels combats ethniques. Quand il ne méditait pas dans sa chapelle privée devant le corps imputrescible de la Sainte, il rejoignait Alder dans l'ancien promenoir de Jean XXIV. Il avait fait venir auprès de lui l'assassin de Din. Les séances de pose duraient des heures. Miltiade se carrait dans son grand fauteuil pourpre face au jardin. De là, il devinait le passage des saisons — il lui semblait qu'il faudrait au peintre un an pour réaliser ce portrait. Alder ne lui avait rien montré de ce qu'il faisait. Il apportait chaque fois la toile lorsque le pape était installé dans son fauteuil.

L'unité de l'Eglise était devenue pour lui un rêve improbable. Miltiade, depuis son retour, avait accentué son penchant méditatif. Il passait de longues heures dans son jardin d'eau à naviguer entre les fleurs étalées des jacinthes, la tête remplie des images des fleuves qu'il avait aimés. Les fleuves omniprésents de son dernier voyage : le Mékong qu'il avait contemplé à la frontière du Laos, le Jourdain où il s'était plongé, et le Zaïre. Une dernière fois il avait tenu à nager dans le Zaïre avant de remonter vers la cellule de Loé qui surplombait le bidonville.

Souvent, tandis qu'Alder était affairé à son chevalet, il se disait que l'heure était venue d'écrire sa confession. Avant que l'implosion finale ne contraigne le monde au silence.

Seul avec lui-même, avec sa foi, à la tête de sa Chrétienté en miettes. Dans leur vieux dialecte, que l'âge avancé du vieil ermite de Kinshasa rendait encore plus bougonnant, Loé, à sa sortie des eaux du fleuve, lui avait prédit une prochaine descente dans les catacombes. Cela ne l'avait guère surpris. Dès l'imposition de la tiare, il avait su qu'il pouvait être le pape d'une nouvelle destruction de Rome. Depuis quelque temps, les foules sur la place Saint-Pierre lui semblaient plus rares. Mais peut-être était-ce l'effet de sa subjectivité malade. Oui, écrire sa confession, tel était désormais son but. Ordonner les événements, raconter ce pontificat chaotique qui s'accordait si bien à l'éclatement du monde, sous la basilique tumultueuse des faits, des apparences, ouvrir la sépulture circulaire de l'aveu, oui tout dire et redire sa foi dans le Fils de Dieu fait homme. Il tardait à se mettre au travail. Déjà, sous la pression des événements et la multitude des voyages, il avait abandonné le projet de son catéchisme africain. Il avait aussi, un temps, conçu le projet de commenter ses psaumes favoris où il trouvait non pas la vibration de cordes et de cithares mais à travers ses nerfs celle de sa propre substance humaine. Donc il écrirait, renflouant à coup de mots le Corps troué du verbe.

Le Précieux Sang de Bruges s'était liquéfié dans son ampoule. Miltiade avait vu la masse grumeleuse rougir et bouillonner dans la capsule de verre. Une brusque trépidation avait saisi le limon noir qui s'était mis à ruisseler sous les yeux du pape qui ne quittait guère la *Confession* de Saint-Pierre. Miltiade avait aussitôt pensé aux prédictions de Giulio, le petit franciscain sec qui, jadis, lorsqu'il ne triait pas les reliques avec ses assistants de la lypsanothèque, s'enfermait dans sa loge de la Bibliothèque vaticane — celle-là même où l'avait exilé le pape à la mort du cardinal Green —, occupé à traduire le manuscrit irlandais qui, à ses dires, contenait la révélation du Graal. La liquéfaction du Précieux Sang fut pour le pape le signe que la fin était proche, et, en effet, la situation mondiale semblait totalement incontrôlable. Les imams du Caire menaçaient directement Rome, les légions islamiques, poing levé, déferlaient sur les bords de la Méditerranée. Ramon Serva s'était rendu au Kremlin pour s'entretenir avec les autorités soviétiques des risques d'embrasement qu'il y avait au frontières du Pakistan. La mission de médiation dont le pape avait chargé une fois encore le patriarche copte d'Alexandrie — vieillard aussi pantelant que lui — avait échoué. Miltiade donnait l'impression de se désintéresser de la situation planétaire. Il y avait eu New York, la traversée de la ville d'holocauste, les soulèvements noirs, les grands massacres au pied de Manhattan et depuis sa nuit de Gethsémani.

Le pape avait gagné Jérusalem après la Thaïlande. Jérusalem en guerre. L'Egypte fanatisée par ses imams attaquait l'Etat hébreu à coups d'explosions et d'attentats. Les Casques bleus de l'Europe agonisante avaient escorté le pape tout au long de son voyage. L'insécurité était telle que Miltiade ne se déplaçait qu'en fourgon blindé. Il n'avait aperçu les lumières ocre et bleutées de Jérusalem qu'au travers des fentes vitrées du fourgon. L'étagement des murailles, les cratères laminés des bâtisses, ces escarpements de cendre jaune et sèche résonnaient d'explosions, de détonations en rafales. Il fallut sans cesse modifier les itinéraires afin de déjouer les traques des fanatiques musulmans. Leur rage, leur détermination à anéantir le pape noir faisaient paraître en comparaison les huées et les cris de mort d'Oslo et de Bruxelles comme d'inoffensives démonstrations de carnaval. Partout, au Mont Scopus, au Mont des Oliviers, à côté du tombeau présumé de la prophétesse Hulda, ils avaient pourchassé le pape. Les rafales de mitraillettes cinglaient les pierres et les mosaïques. Les Casques bleus ripostaient. Miltiade avait visité les Lieux saints comme un voleur. Sa vie avait été mise à prix : le Vatican avait la preuve que des Etats islamiques des bords de la Méditerranée et du Golfe avaient entraîné des tueurs dans des camps, fanatisé dès leur plus jeune âge les futurs assassins du Satan noir. En Syrie et en Egypte il existait de tels camps où le point d'impact des cibles contenait la photo du visage du pape. Dans tout le monde islamique, les muezzins hurlaient les noms de l'Europe, de Miltiade et de Rome comme autant de manifestations sataniques à anéantir. Dès l'enfance, les jeunes Arabes avaient été habitués à huer le pape noir, et tous ceux qui maintenant avaient l'âge de son pontificat ne rêvaient que de l'abattre.

C'est dans ce climat de haine et de guerre que Miltiade arriva au jardin des Oliviers. Il lui fallait fouler le sol de cette terre criblée de roches et de troncs noueux, parmi les basiliques et les mosquées, les oratoires et les mosaïques, retrouver l'empreinte de pas inscrits dans la mémoire humaine depuis plus de deux mille ans, le jardin noir, balayé d'ombres et de spectres, le jardin solitaire où le Christ avait mesuré sa solitude avant l'accomplissement de l'Ecriture. Là-bas, par-delà les remparts de la Vieille Ville, les combats, les sirènes, les explosions et les pétarades continuaient de rythmer leur orchestration lugubre. La lumière jaune qui flottait en nappes brumeuses autour des piliers de Salomon figés dans leur rêve géologique s'était diluée d'un coup et le vent s'était levé avec l'arrivée de la nuit. La Tour de Cigognes se dressait, comme ensanglantée. L'armée stationnait aux portes de l'enceinte sacrée et refermait son cordon de vigiles autour du pèlerin solitaire. Ivera, Ramon Serva et Giulio accompagnaient Miltiade comme au temps des contemplations nocturnes autour des géants aquatiques de la place Navona ou de l'escalade de la Scala Santa. Au pied du Mont des Oliviers, ils s'arrêtèrent au Tombeau de la Vierge, laissant le pape parcourir seul le grand crâne escarpé, criblé de murailles et de grottes. Les trois ecclésiastiques s'enfoncèrent dans le dédale souterrain jusqu'aux chapelles de Joachim et d'Anne. Autour de la ville des brasiers de munitions éclataient, dans les faubourgs ou les ruelles. Des cris, des vociférations rauques. Une couronne de terreur enserrait la ville. Les étoiles s'étaient allumées, rendant à la nuit son dessin immémorial. Des milliers d'hommes couraient le long des murs et le fracas de leurs pas grondait jusqu'au fond des carrières de Salomon Miltiade avançait seul, comme s'il eût oublié la guerre, le sang, l'entrelacement meurtrier des confessions au cœur de cette citadelle fratricide et sanglante. Des cris, les lances sonores des muezzins et des volées de cloches.

Cette nuit que Miltiade aurait voulu vide de tout bruit, pour mieux y retrouver la peur du Fils de l'homme trahi et pris de doute, résonnait à l'infini. Il n'entendait même pas le bruit de ses propres pas dans les traces du Christ. Bientôt la Basilique de l'Agonie se leva devant lui, comme voilée de sueur, une sueur mêlée de sang qui brouillait le dessin des mosaïques, monumentale sur le flanc de pierre que le pape eût souhaité nu, taillé dans le vent noir. Des rumeurs d'exode montaient toujours dans la nuit. Grand désordre de peuples cernés de séismes et de mers en furie. Fracas d'abîme et de plaies telluriques. La lune avait jailli des crénelures de l'édifice, ronde, noircie de sang immolé. A l'intérieur de la basilique, près de l'autel, la Pierre d'Agonie attendait Miltiade, éclairée de longues lampes orientales, jaune ou bleutée selon les mouvements de la lumière. On avait refermé les portes derrière le pape. Nulle rumeur ne lui parvenait plus. Il flottait dans la nef une odeur d'encens et de fleurs macérées. La Basilique de l'Agonie, par son silence, son obscurité trouée de quelques veilleuses et de quelques cierges, se dressait loin du tumulte guerrier. Des chœurs de jeunes Israéliennes chantaient *la Passion selon saint Jean* de Bach. D'un geste de la main, le pape les fit taire. Plus de bruit, plus d'architecture, la nuit nue, la pierre nue telles qu'elles lui apparurent quand s'ouvrit la porte qui donnait sur le Jardin des Oliviers jalonné d'arbres aux troncs tordus.

Le pape tomba à terre dans l'allée du Jardin. Les éclats

de grenade, les rafales de la guerre montaient à nouveau. La cendre d'églises et de mosquées incendiées s'élevait en longs panaches que le vent éparpillait. Des flammes sortaient en vrille de l'anfractuosité des murailles. Miltiade, plongé dans le sable sec du Jardin, continuait de prier, indifférent aux signes de sang et de feu. Pour lui il n'y avait qu'une empreinte, celle qu'avait tracée le pied du Christ fébrile et trahi, empreinte tremblée, et, sous l'assaut du bruit et des fumées, elle se perdait, laminant les racines de sa foi, révélant la solitude angoissée du Fils. L'univers vibrait. Miltiade pensa à Din dans ce sépulcre assailli de flammes. Jérusalem condensait tout le chaos du monde. Son agonie s'écrivait dans les ruisseaux que les larmes du pape creusaient dans le sable de Gethsémani.

Plus haut sur la colline, au seuil de la chapelle du *Dominus Flevit* desservie par des moines franciscains, Giulio attendait Miltiade. Pour lui annoncer son intention de rester là, de ne plus rentrer à Rome. Presque au sommet du Mont, non loin des restes de Haggaï et de Malachie, sur cette bogue noueuse et menacée. Le franciscain avait choisi d'expier sa faute parmi ses frères de toutes les nations à l'endroit où le Christ avait pleuré sur Jérusalem. Miltiade accepta en le bénissant. Dans la congrégation du *Dominus Flevit,* Giulio prendrait le titre de frère veilleur des larmes de Jésus.

De retour à Rome, les images de Jérusalem dévastée ne quittaient plus Miltiade. Sa prière dans la nuit de Gethsémani dans le crépitement des églises et des mosquées en feu l'avait bouleversé. Au hasard des trajets, il avait aperçu les visages haineux des musulmans fanatiques, leurs prunelles noires, d'un volcanisme intense. La conspiration des regards. Où qu'il aille, de Manhattan à Gethsémani, il déchaînait la haine et la cendre. Dans sa solitude et sa souffrance qui confinaient au délire, il remâchait les paroles du Psalmiste :

*« On m'oublie, tel un mort effacé des mémoires,*
*je ne suis plus qu'un débris.*
*Et j'entends les ragots de la foule :*
*« Il épouvante les alentours ! »*
*Ils se sont mis d'accord contre moi,*
*Ils conspirent pour m'ôter la vie. »*

Un effroi s'élevait dans son cœur, une peur panique qui liquidait tous les subterfuges. Par-delà la mémoire africaine, le nom usurpé, les reniements et les identités successives. Un grand bloc d'angoisse dans les décombres de la planète.

A nouveau ils étaient tous couchés au pied du baldaquin. Marée de sang dont le dessin épousait le demi-cercle du berceau de la *Confession.* Les nouveaux cardinaux que Miltiade avait décidé de nommer en un dernier défi. Il avait fallu désigner de nouveaux titulaires, entre autres pour les sièges de Prague et de Paris laissé vacant par la mort de Saint-Marc. Assis devant l'autel, dans la basilique illuminée, le pape regardait tous ces corps pourpres qu'on eût dit fauchés par un cataclysme. Dès l'aube, il leur avait remis la barrette et la mozette dans la Sixtine. Les capuchons ramenés sur la tête des gisants ne permettaient pas de reconnaître tel ou tel. Les robes fastueuses, les plis abondants, les flots de soie effaçaient toute différence. Le soleil qui tombait des fenêtres supérieures du vaisseau embrasait les soutanes. Immobile, comme en prière, Miltiade semblait décidé à faire durer le rite de prosternation. Il aimait voir l'étrave du baldaquin surplomber le cercle des gisants rouges. Et le soleil qui vibrait parmi les molécules de poussière de la nef le distrayait, les chutes claires qui se brisaient contre le marbre. Il avait revu tout à l'heure dans la barque sombre de la Sixtine les corps noueux et noyés des damnés, la chapelle tassée sous la main vengeresse du Christ et les murs lisses des peintures. Et ce *Jugement,* ce grand mur noir, ruisselant de grappes charnelles. Il aurait voulu le détruire, anéantir une à une toutes les figures, les noyer définitivement dans le salpêtre et le soufre. Déjà ses cardinaux qu'il s'apprêtait à envoyer par le monde s'alignaient pour recevoir les insignes de leurs fonctions.

L'encens, les cierges, toutes les lampes de la *Confession* rabattaient vers lui leurs senteurs de bûcher mystique. Ça brûlait sous le baldaquin. Comme le jour, glorieux, à l'image du printemps romain. Tibre roulant dans son flux d'écailles et de sables solaires. Le spectacle de la lumière sur la moire des gisants, les nappes d'odeurs qui encerclaient l'autel avaient chassé de la mémoire du pape ses derniers traumatismes. Les papes rivaux de l'Orient, le génocide noir et la guerre sainte d'outre-Méditerranée. Un instant, avant de désigner ces cardinaux, Miltiade s'était interrogé sur la portée de ce geste, puis il s'était dit qu'il était bon que des rites se perpétuent parce qu'ils alimenteraient la longue nuit de vigie de l'Eglise. Tout au fond, les lourdes portes refermées cachaient la colonnade, l'échappée sur le Tibre. Les cardinaux sanglants, étendus sur le pavage, ne bougeaient plus, comme morts, à la dérive sur les eaux muettes de leurs prières.

Une prodigieuse énergie dilata soudain le cœur du pape en accord avec la lumière qui déferlait. La fulguration de vivre, de voir, de réunir l'univers de ses souches aux racines célestes. Il sentit cette énergie le traverser, ce feu de météore monter des grottes, l'illuminer, comme un ravissement, un crépitement de tous ses nerfs. Ses yeux s'obscurcirent. Il crut même que la basilique s'effondrait, noyant les corps dans un flot de poussière. Des coups résonnaient aux portes. Il était seul dans cette marée de cadavres rougis. Puis l'hallucination s'estompa. Mais la certitude d'avoir un instant capté toute l'énergie du monde, entre catacombes et coupoles, ne le quittait pas.

Les cardinaux se relevèrent pour l'homélie. Miltiade parlait en italien, lentement, d'une voix solennelle, comme s'il eût voulu donner à chacun de ses mots une dimension mystique ou testamentaire. Il évoqua la menace de la guerre islamique, la veille nécessaire de tous les cardinaux jusqu'au Jugement. Toutes ses citations bibliques parlaient de cataclysme et de vision. Un moment, il s'arrêta, ouvrit une digression pour dénoncer une nouvelle fois le génocide noir et les forfaits des généticiens new-yorkais puis il revint au Jourdain et au Baptême du Christ. Mais très vite il réévoqua la Grande Prostituée et la Bête écarlate, les vainqueurs de la Bête, le chiffre de son nom et les harpes de Dieu. Son homélie, chantée dans les assonances fluides de l'italien, donnait du désordre planétaire une image naïve et confiante. On aurait dit le contrepoint verbal du retable de l'Agneau mystique de Van Eyck. Lui-même n'écoutait guère ce qu'il disait. Cette bouillie de paroles fausses qui le traversaient, extérieures à sa mémoire, à l'énergie torride qui l'avait brûlé tout à l'heure. Cette langue de Rome, pucelle de la barbarie. La violence qu'il sentait en lui, et qu'il avait laissé exploser à Saint-Patrick et à l'ONU, il n'y avait qu'une langue capable de la restituer, son vieux dialecte qui avait émergé du coma, le beau sabir bougonnant de Loé, comme un fracas de tourbe et d'eau forte. Et plus il parlait dans le grand vaisseau de marbre, plus il avait conscience de jouer un rôle absurde, sous la mitre et la chasuble blanches, devant les cardinaux ployés et les pontifes de marbre dressés sur leurs cénotaphes, plus il avait l'impression de célébrer un rituel vide, une comédie inutile, et toutes les torches, tous les cierges s'allumaient en longues processions tournoyantes, vertige d'étoiles affolées, et sous les lustres, le luxe, la pavane et les mots, la *Confession* de marbre vert creusait son tombeau...

Une nouvelle fois, Miltiade mêla l'eau et le vin au-dessus de la tombe de Pierre, le Sang du Sacrifié sur la tombe du traître. L'Instant de vérité fulgurante. La basilique dérivait dans des couleurs de rouge merveilleux, feu du vin, des robes, toutes ces vagues de pourpre qui venaient buter contre l'étrave du baldaquin.

Délivré du luxe de cette cérémonie, des feux de Saint-Pierre et du vertige baroque qu'il éprouvait chaque fois sous la coupole, entre les quatre piliers aux reliques, Miltiade regagna le promenoir de Jean XXIV où l'attendait Alder. Le trône pourpre avait été dressé sur une petite estrade tout au fond du promenoir aux mosaïques régulières. La géométrie des rosaces et des lignes convergeait vers le fauteuil du pape. Alder avait demandé que les mappemondes fussent placées de part et d'autre du trône. Derrière les baies vitrées, comme au fond d'une eau, semblaient bouger les motifs rougeâtres d'une tapisserie. Miltiade reprit son bréviaire, Ben Sirac et ses leçons de sagesse : « J'ai grandi comme un cèdre du Liban et comme un cyprès sur les hauteurs de l'Hermon. J'ai grandi comme un palmier d'Ein-Guèdi, comme des plants de laurier-rose à Jéricho, comme un bel olivier dans la plaine, et comme un platane j'ai grandi. Comme la cannelle et le baume aromatique, comme la myrrhe de choix j'ai exhalé mon parfum, comme du galbanum, et l'onyx et du stacte, comme une nuée d'encens dans la Demeure. » Ce défilé d'aromates l'apaisa, d'odeurs lisses et transcendantes. Loin des Limbes et du charnier de la Sixtine.

La lune s'était levée et dessinait sur la mer un chemin de lumière qui ondulait au caprice des gonflements d'écume. Le ciel pur et criblé d'étoiles, les jeux de l'eau sur les vitres lui rappelaient la houle de l'Atlantique, la longue traversée de *Dalmanoutha,* le grand vaisseau blanc dressé sur la vague.

Attiré par cette nuit qu'il devinait tiède, Miltiade voulut sortir sur la terrasse. Une étroite passerelle lui permettait de rejoindre la sienne propre, celle-là même d'où il aimait contempler Rome. Alder l'avait suivi. Les végétaux chauffés tout le jour embaumaient. Quelques foyers éclairaient de-ci, de-là quelques coupoles, quelques alignements ruineux. L'éternelle poussière que véhiculait le vent était pour beaucoup dans l'aspect granuleux et éteint que prenaient les monuments et les églises de Rome, au-delà du Tibre, donnant l'impression d'une ville abandonnée, doucement défaite par une érosion implacable. Vu des terrasses, le fleuve lui-même s'étirait comme un chenal désertique. Du sable recouvrait encore les dalles. Miltiade en prit et en égrena une poignée.

— Croyez-vous qu'il s'agisse du sable de sirocco ? interrogea Alder. Il a la couleur des façades de Rome.

Le pape demeurait silencieux.

— Je le connais bien, j'ai gratté des murailles pour intégrer cette couleur à ma palette.

Miltiade continuait d'égrener cette poussière rouge. Puis il se mit à réciter :

— Ils t'écraseront, toi et tes enfants au milieu de toi, et ils ne laisseront pas en toi pierre sur pierre...

Très vite ses paroles se perdirent dans un brouillard inaudible, couvertes par le claquement du sable sur les dalles, et la rumeur d'un sanglot.

IX

# LA CONFESSION

*Log-book :*

Cela devait être à l'origine un catéchisme, une lecture commentée de l'Evangile à l'intention de mes frères noirs, et, de plus en plus je sens sous mes mots affleurer une voix plus vraie, comme la nécessité, enfin, de parler, d'avouer, de tout dire au creux du sépulcre de marbre où j'irai rejoindre mes prédécesseurs. Je suis seul dans l'espace silencieux de ma longue chambre vaticane, et, de temps à autre de grands visages ténébreux s'affichent entre les plinthes et les rinceaux de stuc, balafrés de rides et de crevasses, l'air pierreux qu'ont, sur les fresques des tombeaux, les passeurs des morts. Près de moi, m'assistant dans ce lent et difficile cheminement vers l'aveu, la sainte du Bénin, celle dont le corps n'a pas pourri, sourit sous son voile d'extase. Je la regarde. Après la vision bariolée des foules cosmopolites que j'ai bénies, après le Sinaï, Le Caire et les eaux nocturnes du Zaïre, j'aime retrouver ses traits apaisés, son ravissement éternel, son sommeil d'Ophélie minérale. La nuit dure. Je n'ai aucune idée de l'heure. Je devine l'écoulement aride du Tibre, les eaux exténuées dans le lacis des sables. L'heure s'éternise. Je capte la pulsation du monde, l'écho des séismes, le fracas des foules, la terreur ; tout est signe dans le silence de Rome et prend une résonance qu'accentuent le labyrinthe des ruines, l'orchestration des coupoles, des catacombes et des caveaux. Dans le secret d'une cellule endormie, l'Hostie fendue ruisselle toujours, perpétuant le sacrifice où le monde trouva sa nouvelle genèse. Pourtant autour de moi, tout est déclin, balbutiement affaibli de l'âge.

Je n'entrevois qu'une ronde saccadée d'ombres, la nuit profonde, l'égarement des bruits. Quelques jalons dans ma mémoire, une volonté de quiétude aussi me font désirer des chants de coqs, des cris, puissants dans la faille des pierres, qui précisent et régulent l'enchaînement des heures. Chants de Kinshasa et de reniement.

Mon corps inerte s'enfonce dans l'ombre de la chambre. Ma mémoire inextricable, lourde de ses profondeurs et de ses réseaux, me revient. Mon origine noire s'immisce entre les strates de mon identité. A travers le tissage des années, le harcèlement des événements, je perçois une cohérence. Je me glisse entre l'ombre et l'Esprit. Les mots se précipitent, m'imposant le rythme d'une hallucination vive. Ma solitude et ma peur sont celles de Jean-Baptiste dans sa prison de Machéronte. Il me faudra attendre le lever du jour, la sortie du soleil des archives et des couloirs de basalte. Rome sommeille sur sa litière de reliques et de cendres.

Des fracas de marteaux, de scies me parviennent. Sont-ce ceux des sanpietrini occupés à creuser mon tombeau ? Je crois qu'ils déchirent des feuillets de marbre, j'entends cingler la poussière dans les grottes de la basilique. Je m'apprête à descendre dans mon suaire, entre mes linges de Carrare. Mais, pour l'heure, je veux écrire ce pontificat, lire au-delà des signes, traquer la vérité qui se cache. L'autre nuit, j'ai replongé dans le Zaïre. J'ai livré mon corps fatigué au courant. Sensation merveilleuse que celle de cette plongée dans l'eau souple, mêlée de boue et d'algues. Après l'eau biblique du Jourdain, eau sèche, presque désertique, j'ai retrouvé l'eau vraie, l'eau d'écume, celle d'où jaillit ma mémoire, l'eau de ma poche natale. Le Jourdain et le Zaïre, fleuves de ma double culture, fleuves de ma naissance et de mon rachat. C'est dans l'eau du Zaïre que je retrouve mon nom d'origine, celui conçu, appelé, énoncé, désiré par ma mère. Miltiade n'est jamais qu'un nom d'emprunt, choisi au hasard, il n'a pas la densité amniotique et charnelle de l'autre. Une fraction de seconde, dans les eaux cinglantes de Kinshasa, j'avais retrouvé mon nom.

Loé m'attendait sur la rive. Vieille souche noire, le corps déformé à force d'être assis dans la grotte. Dans la nuit de pleine lune, il m'attendait sur le bord de la ville dévastée. Il m'a accueilli dans ma nudité cuirassée de glaise, lui qui le jour du couronnement avait enflammé l'étoupe au-dessus de cette *Confession* d'où j'écris, lui qui m'avait rappelé mon néant, mon essence de passage, *car elle passe la figure de ce monde.* Le pontife tiaré n'était plus qu'un vieillard boueux sur la berge. Un vieillard hué, proscrit, au corps profondément entaillé. La boue s'était accumulée à l'emplacement des cicatrices et des entailles. La lune saignait sur l'eau, ravivant en moi l'obsession délicieuse de ce Corps fondamental que tous les jours j'élève aux quatre points du cosmos, ce Corps de Dieu, ce Corps de Fils et de victime sanglante qui s'incarne chaque jour et rachète le monde jusqu'au Jugement.

Vieillard proscrit. Je venais de visiter ma ville comme un voleur. Tellement haï, tellement assimilé à un traître — même les chrétiens de Kinshasa m'exècrent — que je n'ai pu apercevoir mon ancienne cathédrale que d'une voiture anonyme, au cœur de cette ville de ruines et de cendres. Des mois que la guerre civile opère ses ravages. J'ai deviné la *Cité* fourmillante, les quartiers bombardés. Je venais de Jérusalem en guerre et j'avais fait halte au Caire afin de rappeler à la raison quelques imams modérés. Les parchemins et les signes du Jourdain m'habillaient encore. Cette eau de sable et de lettres, cette eau dont le froissement évoque pour moi celui d'un rouleau qui s'ouvre, d'une Ecriture qui s'incarne.

Avant, j'arrivais d'Asie. J'avais glissé sur les eaux puantes de Bangkok parmi les lotus épatés. Revu l'étrange Dan Phu dans son palais qui domine la ville, palais qui se présente comme l'exacte réplique du Vatican. Des artistes locaux lui ont recopié les chefs-d'œuvre de Michel-Ange et de Raphaël. Il a lui aussi sa chapelle Sixtine où se réunira le conclave qui élira son successeur. Il semblerait qu'il en soit de même à Manille. J'ai préféré descendre parmi l'humanité souffrante des prostituées et des mendiants, les laisser maculer ma soutane précieuse. Dan Phu ignore cette réalité. Min sans doute aussi. Je préfère encore Colombo, lui le frère des pauvres. Ils sont tous aux antipodes de ce que je veux et crois vital pour l'Eglise du Christ, mais Colombo est vraiment le plus proche de moi dans cette unité éclatée.

Les fracas des marteaux s'intensifient. Les scies forent la lave du Vatican, ouvrent les chapelles secrètes des premiers chrétiens. L'édifice souterrain de l'Eglise tremble dans ses assises... Un froid violent s'empare de moi. Enfer minéral et glaciaire. Rome est quadrillée de pas, de formations. Vitrifiée sous une pluie de cendre. Il ne reste que moi qui veille près de la sainte noire et les sculpteurs qui découpent mon monument funéraire. Et mes juges qui tardent.

J'entends aussi glisser les eaux du Tibre. C'est une érosion constante qui encercle ma chambre. Eaux grevées de poussière, celle de tous les maudits de Rome, mes frères les papes qu'on y a jetés et dont les spectres remontent du lit rocailleux et me cernent. Je les vois déjà ouvrant mon cercueil au bord du fleuve sec, jetant ma dépouille sur la rive, entre les sables, dans le fracas des cloches, la colère des hordes, toutes les églises en feu, sur mon cadavre un vent de marbre brûlé.

Les lampes orientales qui entourent la châsse de la sainte du Bénin me renvoient leur éclat safrané. Je retrouve la lumière de la chapelle de Sainte-Hélène à Jérusalem. Le feu doré sur les mosaïques, ce nœud intense de lumière d'où émerge un visage lisse de femme, les yeux ouverts dans la mort, un visage de passage illuminé par la foi, l'assurance de l'au-delà. La Sainte me regarde. Corps liquide, porté dans une dérive immobile. Il vient vers moi.

Le jour n'arrive pas. J'attends son incendie, cet éclair qui embrase Rome à sa lisière. J'ai bu ma coupe jusqu'à la lie, tout enduré de ce pontificat atroce. Les cris, les crachats, la folie meurtrière, les trahisons et les reniements. Toutes les convulsions de l'Eglise. J'ai vu la Tunique du Christ se déchirer, les séismes dans ce tissu vital, et tous mes efforts, toutes mes prières, tous mes voyages n'auront pas empêché ces fissures, cet éclatement. Dans cette nuit qui dure, la mémoire du monde conflue en moi. Suis-je le dernier témoin, le dernier prophète ? Je Te ferai la relation de mes actes, du seuil où je Te parle, dans ce silence qui abolit les siècles ; il me faut auparavant affronter le cercle de mes juges, délivrer ma mémoire de ce monde, de cette violence, de ces foules, soubresauts humains, ressaisir un peu de mon identité.

« Tu es Pierre... » Moignon noir sous les décombres de ma cellule. Comment cette loque que je suis devenu pourrait-elle porter l'Eglise ? Fantôme ravagé par le doute. La seule énergie qui me ravive, je la retrouve en me souvenant des murailles végétales de la forêt thaïlandaise, villes vertes encerclées dans la furie des troncs, cette force de genèse, ce dynamisme neuf du monde après les eaux pourries de Bangkok et les épaves nues, dévorées par la lèpre, qui couraient à ma rencontre.

Mon arche sombre, creusée dans la cendre vaticane, me rappelle un peu la grande bibliothèque coranique où j'ai rencontré le vieil imam Hadjaoui entre Jérusalem et le Zaïre. Je me suis glissé dans le noyau médiéval, non loin de la Cité des Morts. Je n'ai rien vu du fabuleux grouillement des villes musulmanes. Le vieil imam m'attendait dans son ermitage de livres et de reliures poussiéreuses. La barbe, la longue robe noire à plis sales comme macérée dans la crasse des grimoires. Je me suis déchaussé pour fouler les vieux tapis élimés. De minuscules flammes, flottant dans de minces coupelles à huile, éclairaient le long vestibule de livres. Toute cette crasse, cette poussière miteuse et la silhouette séchée du vieil imam, les chairs rentrées, l'œil scintillant dans sa meurtrière d'écailles. Un adolescent, parlant anglais, nous servait d'interprète. J'étais frappé par la sécheresse des lieux, l'état d'inexorable usure, plus troublant encore qu'à Rome. L'imam s'est mis à parler et, peu à peu, il a perdu de sa distance arrogante. Je le vois encore se lever et glisser le long des murs de grimoires en s'aidant d'une longue perche qui lui tenait lieu de béquille. Caressant les reliures, toute cette foi de livres, ces monceaux d'exégèses coraniques, tous ces ouvrages tassés dans les alvéoles entre les moulures et les frises. Il avait passé sa vie à butiner dans cet espace fermé comme la mémoire, comme un anachorète des bords du Nil, ignorant tout des soulèvements, des complots de la Guerre sainte. Plus coupé que moi encore du monde. Un instant je fixai ce vieillard dans sa bibliothèque tombale d'où, m'avait-on assuré, il manipulait les foules fanatiques. Il était peut-être de ceux qui avaient prononcé mon nom dans leurs prêches hallucinés du vendredi, demandant ma mort, l'invasion de Rome. Ses vociférations avaient démantelé mon nom au sommet de tous les minarets du Caire et de l'Islam. Je regardais longtemps sa vieille main fine, lustrée à force de caresser les feuillets et les rouleaux, cette main de mendiante du souk, verdie dans la menthe et les herbes et j'avais peine à l'imaginer pointée sur moi et ma ville. Cette main safranée, ongles longs, terriblement acérés, ces dents cariées que révélaient de rares sourires. Pas un bruit ne nous parvenait de la ville. C'est l'apanage des dignitaires religieux que d'habiter des tombeaux. Pas même les appels à la prière. La lourde coupole de mosaïques, le croisement serré des passerelles surchargées de livres plombaient la pièce. L'adolescent, penché auprès du vieillard, continuait de traduire ses grommellements, une langue incohérente, d'où il ressortait — du moins telle fut mon impression — que je lui prêtais une influence qu'il n'avait pas, qu'il ne quittait que rarement sa bibliothèque — il me désigna même une couche de serpillière et un bassin pour les ablutions —, qu'il n'avait aucun pouvoir sur les légions de jeunes fanatiques, et que tout ce qui adviendrait entrait dans le grand dessein d'Allah.

Loé et l'imam furent mes initiateurs de l'ombre. Je savais désormais que je finirais dans les catacombes. Le déclin de l'Eglise, son éclatement étaient à leur paroxysme. Je pouvais rentrer à Rome. L'eau sableuse du Jourdain m'avait couvert de son onction. L'eau pure du Zaïre replongé dans mon nom de baptême. Je crois avoir encore créé des cardinaux, en majorité italiens et africains. Beaucoup prié près du corps de la Sainte. Capté l'énergie de l'univers — cette force qui hale les corps, la multitude sanglante vers la Source — sous la coupole de Saint-Pierre, dans ma prière ivre.

J'avais traversé le monde. Moi le grand généalogiste des tombeaux, l'arpenteur funéraire, j'avais repéré le Corps de mon Eglise comme une immense armature de reliques. J'étais né d'une imposture, d'un complot, j'étais né dans le charnier de la Sixtine. Ce ne sont pas les pierreries de la tiare, les rutilements de l'émeraude qui auront caché cette sinistre réalité. Et j'avais vu la misère, j'avais senti la pourriture démente de l'Orient, les corps qui se décomposent dès l'aube, la putréfaction qui gagne, les luxuriances de la misère et de la mort sous les nuées de mouches. A Bangkok, l'ivresse des cris d'enfants m'avait troublé, l'ivresse de tous ceux qui n'auraient qu'à mourir.

A Rome mes églises étaient vides. Il faut que je l'avoue enfin. Je voulais les voir pleines, regorgeant de pénitents, de foi glorieuse. Splendides musées sépulcraux. A Saint-

Pierre, les pèlerins affluaient pour ma couleur ou ma chasuble percée.

J'entends avec une netteté croissante le tressautement de lames ou de scies qui pourraient être celles de marbriers. Je veux tout dire. Une peur atroce s'empare de moi : celle de manquer de temps. Je sais que l'aveu total se dessinera avec la montée de la lumière. Pourtant la nuit dure. Je n'ai pour compagne dans mon arche qu'une vieille Bible aux pages collées par l'humidité. Moiteur de Mexico, du patio pourri, des plantes délirantes. Et le corps de la Sainte, ma Sulamite. Beauté noire. J'ai appris à vivre auprès d'elle, dans sa lumière. « Il est beau pour l'homme de ne pas toucher de femme », disait saint Paul aux Corinthiens. Je ne la touche pas, je vis du feu qui émane d'elle, j'apprivoise sa beauté. L'autre jour, j'ai eu une peur terrible : il m'a semblé que l'humidité de la cellule nuisait à son corps jusque-là intact et que, peu à peu, son squelette affleurait dans la chair liquéfiée.

J'ai traversé les salles désertes et dévastées du Vatican. Je suis sorti de ma tanière. J'ai revu la *Messe à Bolsène* fendue par la déflagration. Il ne restait dans la fresque mangée de suie que le cercle pâle de l'Hostie. J'ai évité la Sixtine, simplement entendu des bruits. Un galop forcené dans les couloirs jusqu'à ma crypte. Sur la paroi ocre, granuleuse, apparaît une fresque, un brasier de lignes issu d'un grand soleil nocturne, le dieu noir d'Héliogabale peut-être. Il ne me reste que l'écriture. Et je sens que mes mots appellent un à un les souvenirs, la folie du monde, mes phrases s'alignent, elles m'allègent, c'est le Corps reconstruit du Christ qui se dévoile sous mes lignes, mon pontificat d'Apocalypse, j'ai brusquement perdu mon identité, je vais mourir et les jeunes fanatiques venus du Caire, mes cardinaux schismatiques vont juger mon cadavre, comme dans ce rêve que j'avais fait à mon retour du Venezuela, ils vont déposer le vieux sarment rompu de ma dépouille dans la Sixtine, épeler tous mes actes, toutes les abominations dont j'ai été complice. Je me sens bien dans la terre vaticane, sous le soleil noir qui ressemble parfois à un immense charroi cabré dans un vertige de galaxies et je resonge à l'éternité cosmique, à la comète Coggia qui avait salué ma venue. J'étais le fils de la lumière, cette lumière du Zaïre instantanée à l'aube sur le fleuve, ce feu qu'enfant je courais saluer à la lisière de la forêt, parmi les bêtes qui descendaient au lac.

La nuit infinie me pèse. Mes souvenirs d'avant Rome, mes souvenirs de Rome, tout se mêle, j'ai peine parfois à repérer les événements, à les resituer dans la courbe de ma vie. Deux vies en une. Deux noms pour dissimuler l'absence de nom. J'ai relu les textes de Din, son journal, j'ai vite abandonné, paralysé par l'émotion et l'horreur. Ces pages qui creusaient le monde, l'Histoire, filigrane de mots inutiles dressés sur le vide. Des maquis du Burundi à la cellule à l'Ange décapité, des longues conversations fraternelles à l'aveu d'Assise.

Je voudrais une écriture dure, coupante, la beauté minérale de Jérusalem. Je suis las des catacombes. Dans Saint-Pierre les cardinaux déchaussés et couchés prient devant un grand Christ qu'on encense. Je remonte vers le promenoir de Jean XXIV. Le grand sanctuaire de verre sur les terrasses, et Rome, tout autour, fleuve de sable, pierres incendiées, constellation de ruines. Je n'aurai pas à aller jusqu'à San Callisto ou à la place Navona. J'entre, et, en un éclair, j'embrasse mon pontificat, les cardinaux raides et sanglants, une procession infinie, regards d'inquisiteurs fous, peaux tubéreuses, le Prince de Sodome, et je me souviens du *Liber Scriptus* de New York et du récitatif de la Vierge qu'il chantait dans *la Passion selon saint Jean,* j'avance entre les immenses toiles dressées, l'homme n'est rien que du vent, ses jours sont une ombre qui passe, Seigneur, écarte les cieux et descends, d'en haut, tends la main, Seigneur, délivre-moi des eaux profondes, de cette toile où j'apparais enfin, sous ce miroir d'huile où je prie agenouillé devant l'Hostie géante qui saigne, ce Corps tranché, cette fissure et cette plaie, accablé sous les plis proliférants du camail pourpre, barbe longue, fournie, à mes pieds sous le Corps fendu ma confession éparpillée, je tends la main, mâchoires durcies sous l'effort, ma main implorante vers l'écorce qui craque, voici les lambeaux de Ton Eglise, ma confession, mon corps noir. Me voici, moi qu'ils ont appelé l'Obscur. Et dans l'aube qui arrive, des confins de Rome, des fontaines et du sable du Tibre, dans cette lumière qui déferle soudain, le tableau s'éclaire et se déploie, ou alors peut-être est-ce mon ombre dans le mur liquide, et je me vois, marbre géant dans le sirocco qui recouvre la ville, tendant la main vers le ciel — l'hostie blanche et le secret de mon nom.

Rome, avril 1985 — Rennes, décembre 1986.

# POST-SCRIPTUM

— La fresque de *La Messe à Bolsène,* exécutée en 1512, montre un miracle survenu en 1263 à Bolsena. Un prêtre qui doutait de la réalité de la transsubstantiation vit, alors qu'il célébrait la messe, l'hostie qu'il tenait se couvrir de sang et tacher le corporal. La fête du Corpus Domini fut instituée par le pape Urbain IV l'année suivante, à la suite de ce miracle et l'on sait que Jules II vénérait particulièrement la relique de la serviette tachée de sang, conservée dans une châsse à la cathédrale d'Orvieto où il se rendit en 1506.

— La plupart des citations bibliques insérées dans le texte du roman sont extraites de la Sainte Bible des moines de Maredsous.

## POSTSCRIPTUM

Le tragique [illegible]

[illegible]

## DU MÊME AUTEUR

*Aux Éditions Gallimard*

LA RUMEUR DU SOLEIL, *roman.*

*Aux Éditions Artus*

LA MAIN À PLUME, *essai.*

*Aux Éditions du Mercure de France*

L'INVENTAIRE DU VITRAIL, *roman.*

LES PORTES DE L'APOCALYPSE, *roman.*

*Impression Bussière à Saint-Amand (Cher),*
*le 7 octobre 1990.*
*Dépôt légal : octobre 1990.*
*Numéro d'imprimeur : 2525.*
ISBN 2-07-038286-9
(Précédemment publié aux Éditions du Mercure de France
ISBN 2-7152-1496-0)

50512